중화
만리

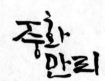

김영우 지음

1판 1쇄 발행 | 2014. 4. 4.

발행처 | **Human & Books**
발행인 | 하응백
출판등록 | 2002년 6월 5일 제2002-113호
서울특별시 종로구 경운동 88 수운회관 1009호
기획 홍보부 | 02-6327-3535, 편집부 | 02-6327-3537, 팩시밀리 | 02-6327-5353
이메일 | hbooks@empal.com

ISBN 978-89-6078-176-4 03810

中華
萬里

김영우 장편소설

Human & Books

이 책에 나오는 사건과 인물은 모두 허구임을 밝힌다.

목차

진황도 토박이들

중국 하북성 진황도(秦皇島)시.

이 낯선 중국 도시의 역사를 잠시 살펴보면 참으로 섬뜩한 느낌이 든다. 왜냐하면 진황도는 그 이름에서부터 알 수 있듯이 진시황(秦始皇)과 깊은 연관이 있는 도시이기 때문이다. 잔인하고 불같은 성정으로 독재 권력을 향유하였던 진시황은 그 무소불위의 힘으로 중국을 최초로 통일국가로 만들었으며, 자신의 위업을 후세에 남기기 위해 수백만 명의 농민과 군사 그리고 자신의 충신(蒙恬) 몽염 장군까지 죽이면서 인류 최대의 건축물인 만리장성을 만들었다. 만리장성이 시작하는 곳이 바로 이곳 진황도시 산해관(山海關)구이다.

산해관에 가보면 망부석(望夫石)이라는 명승지가 있다. 중국 인민들은 해마다 이곳을 마치 성지순례하듯 인산인해를 이루며 찾는다. 그 옛날 진시황의 명을 받은 몽염 장군은 빠른 시일 내에 만리장성을 완공시키기 위해 하루에도 수십 구씩 죽어나가는 강제 동원된 백성들의 시신을 정식 장례 절차도 없이 그냥 축석 속에 집어넣고 공사를 진행하였다. 만리장성 노역을 떠난 남편의 소식을 몇 해 동안 듣지 못한 어느 아낙네가 남편의 생사라도 알고자 물어물어 지금의 산해관까지 와서 남편이 장성 속에 묻혀 있다는 소식을 듣고는 그 자리에 주저앉아 통곡하다 돌이 되었다는 전설을 가진 곳이다. 이곳은 중국 초등학교 교과서에 실릴 정도로 매우 유명한 명승고적지이다. 매년 이곳을 찾아오는 수백만의 중국인들은 망부석을 보면서 과연 무슨 생각을 하는 것일까?

진황도 바닷가에 위치한 동산공원(東山公園)이란 곳에 가보면 오래된 위령비가 있다. 이 또한 잔혹한 독재자 진시황과 관련이 있다. 진시황은 전국을 통일시키고 그 막강한 권력을 영원히 누리고 싶어, 불로초를 찾아 중국 밖으로 사람을 보낸다. 그때 진시황은 항해 중 배가 뒤집히지 않고 무사히 불로초를 찾아올 것을 기원하기 위해 잔인한 행사를 거행했다. 전국에서 금을 주고 사온 또랑또랑하고 예쁘게 생긴 대여섯 살 난 오천여 명의 어린아이들을 제물로 삼아 산 채로 바다 속에 수장시키는 것이었다. 이런 어처구니없는 기념행사를 치른 곳도 바로 이 진황도이다. 그 위령비는 바로 진시황 한 개인의 욕심을 위해 벌레처럼 하찮게 목숨을 잃은 어린아이들의 넋을 기리기 위한 고적이다.

그래서인지 진황도에는 이천여 년이 지난 지금도 그 무소불위 독재 권력의 망령이 맴도는 느낌이고, 동시에 억울하게 죽은 백성과 어린아이들의 영혼이 도처에서 떠도는 느낌이 든다. 이것은 어쩌면 수천 년의 세월이 흐르면서 진황도를 넘어 중국 전역으로 퍼져 나갔는지도 모를 일이다.

진황도 구시가지 문화로(文化路)의 어느 번잡한 뒷골목.

위령비 명승지가 있는 동산공원에서 얼마 떨어지지 않은 곳이다. 많은 식당들이 양옆으로 즐비하게 늘어서 있는, 진황도에서는 가장 유명한 먹자거리이다. 중국은 어느 도시를 가더라도 전국 각지의 특산 음식을 먹을 수 있는 먹자거리가 있다. 먹자거리에 가보면 중국은 그 어느 나라보다도 먹을 것이 다양하고 풍부한 나라라는 것을 대번에 알 수 있다. 서역 신장위구르에서 기원하였다는, 중독성이 매우 강하여 한번 맛을 보면 자꾸 먹고 싶은 양고기 꼬치구이, 샤브샤브란 이름으로 더 잘 알려진 내몽고 지역의 훠궈(火鍋), 쩨쩨할 정도로 조금씩 담겨 나오는 딤섬(點心)이라 불리는 광동 음식, 입안이 얼얼해야 병에 걸리지 않는다는 맵디매운 사천 요리, 술 먹은 다음 날 속 푸는 데 최고인 운남성 쌀국수 등 각종 산해진미를 파는 전문 식당들로 가득하고 항상 사람들로 와자지껄한 분위기이다. 안 그래도 중국인은 대화를 하거나 흥정을 할 때 유난히 시끄러운 편인데 이런 먹자거리는 오죽하겠는가.

그 거리에 산해관객잔(山海關客棧)이 있다.

객잔(客棧)이란 중국 고대로부터 전래한 숙식이 가능한 허름한 지방 여관을 말하는데, 요즘은 잘 안 쓰는 단어이다. 하지만 운남성, 티베트 등 역사가 깊은 관광지에 가면 이런 객잔이란 이름을 사용하는 식당이나 여관을 어렵지 않게 만날 수 있다. '객잔(客棧)'이란 왠지 그 이름부터가 강호의 냄새를 물씬 풍겨 낭만을 찾는 젊은 주객들의 발길이 끊이지 않는다.

산해관객잔은 문화로 먹자거리 중에서도 가장 유명한 식당이다. 각종 중국 음식을 넉넉하게 제공하고 특히 다른 곳에서는 비싸게 부르는 해산물을 저렴한 가격에 공급하기로 유명했다. 어떻게 그 비싼 해산물을 싼 가격에 내놓을 수 있는지 말들이 많았지만, 어쨌든 이틀 전쯤 예약하지 않으면 들어갈 수조차 없는 내로라하는 식당이다.

하지만 고급 식당 축에는 속하지 못하고 그저 서민들에게 인기 있는 대중 식당에 불과했다. 게다가 구시가지에 자리 잡고 있어 담벼락도 없이 맞닿아 있는 어둠침침하고 후미진 골목은 화재도 빈번했고 쌈질도 솔찮게 벌어지는 곳이었다. 산해관객잔은 그런 위치적 열세에도 불구하고 언제나 문전성시를 이루고 있었다. 또한 식당 주차장은 삼면이 카이라이(凱來)라는 오래된 삼류 호텔 건물로 둘러싸인 데다 가운데 큰 송전탑이 있는 정말 기괴하게 생겨먹은 곳이라 손님들이 자동차 범퍼를 송전탑에 부딪치기 일쑤였다. 그러다 보니 웬만한 운전자들은 멀찌감치 노변에 주차하기 마련이었다.

산해관객잔의 1층은 넓은 홀로 많은 사람들이 시장 통같이 와자지껄하게 떠들면서 식사를 즐긴다. 2층은 중국인들이 소위 '야지엔(雅間)'이라고 부르는 작은 방들로 되어 있어 조용한 분위기를 원하는 단체 손님이나 회사 접대 시 자주 애용하는 곳이다. 하지만 회사의 중요한 손님이라면 이런 대중적이고 누추한 산해관객잔에는 애초부터 오지 않을 것이다.

1997년 어느 가을날, 주리용은 산해관객잔 2층 방에서 회사 간부들과 회식을 하고 있었다. 아니 회식이라기보다는 송별회라고 해야 정확할 것이다. 그들은 원형테이블에 앉아 서로 술을 따라주며 식사를 하고 있었다. 술이 벌써 몇 순배가 돌았는지 점심식사인데도 대낮부터 얼큰하게들 취기가 올라 연신 주제도 없는 잡담으로 방 안이 시끌벅적하였다.

"가이다 상, 오이시 오이시(おいしい) 짭짭!"

주리용(朱力勇)이 주빈 자리에 앉아 있는 일본인 가이다(開田)에게 서툰 일본말을 섞어가며 그의 밥 먹는 모습을 흉내 냈다. 그 모습이 얼마나 우스꽝스럽던지 간부들은 나오는 웃음을 억지로 참느라 이쪽저쪽에서 연신 키득거렸다.

"으흠."

가이다는 불쾌한 표정이었다. 그도 그럴 것이 이것이 이들 중국인과의 마지막 식사일 텐데 자신이 이렇게 허접한 산해관객잔 같은 곳에서 대접받는다는 자체가 기분이 나빴고, 또한 주리용이 자신을 여러 사람 앞에서 웃음거리로 만든다는 것이 심히 불쾌했다. 하지만 그들과의 마지막 자리라는 것을 감안하여 어떻게든 화를 누그러트리고 있었다.

"일본 사람은 항상 예의가 바르지. 하이, 하이."

주리용은 이번에는 허리를 꼿꼿이 펴고 정자세로 앉아 고개를 숙이면서 일본 여자 흉내를 냈다. 간부들은 더 이상 웃음을 참았다가는 입속에 있는 음식들이 앞으로 튀어나올 것만 같아 방 안이 떠나가라 큰 소리로 웃으며 박장대소했다. 주리용의 노골적인 빈정거림에 일본인 가이다는 폭발하기 일보 직전이었다.

"주리용 부총경리님, 오늘 같은 날은 술 한 잔 마셔야지요. 그동안 정들었던 가이다 총경리님이 본국으로 돌아가는데요."

중국인 간부가 주리용에게 술잔을 권했다.

"이걸 마시면 그렇게 기분이 좋아지나? 홍, 사람은 항상 정신이 맑아야 돼."

주리용은 손사래를 쳤.

40대 후반의 보통 체구를 지닌 주리용은 남자답지 않게 얼굴이 유난히 흰 것이 언뜻 보기에는 대단한 귀공자 타입이다. 하지만 그의 얼굴을 찬찬히 들여다보면 첫인상과는 달리 묘한 부조화가 눈에 띈다. 그것은 얼굴 전체에 흐르는 묘한 분노와 광기였다. 그의 초롱초롱하지만 뭔가에 쫓기듯 불안한 눈매와 냉소적인 얇은 입술은 그의 성격과 내면을 대변하고 있었다.

오늘은 주리용이 부총경리로 있는 진황도조양(朝陽)레미콘유한공사의 일본인 총경리가 중국을 떠나 일본으로 완전히 복귀하는 날이었다. 한국에서는 회사의 장(長)을 사장(社長) 또는 대표이사(代表理事)로 부르지만 중국에서는 총경리(總經理)라고 부른다. 부사장은 부총경리(副總經理), 부장은 경리(經理) 또는 부장이라고 부른다. 사실 중국에서 부장은 중앙인민정부 국무원 각 부처의 장관을 부르는 호칭인데 일본과 한국 합작기업이 많이 설립된 90년대부터 일반 회사에서도 한 부서의 장을 부장이라고 부르는 회사가 적지 않았다.

진황도조양레미콘유한공사는 일본과 중국이 50%씩 투자하여 만든 대형 레미콘 회사였다. 하지만 중국 측은 설립 이후 3여 년에 걸쳐 회사를 중국 회사로 만들기 위해 많은 방법을 동원해 왔고, 그간 10여 명에 가까웠던 일본인 파견자를 차례차례 본국으로 돌려보냈다. 결국 오늘 마지막으로 가이다(開田)라는 일본인 총경리를 보내고 중국 측이 레미콘 회사를 완전 접수하는 역사적인 날이었다. 물론 일본 측은 경영권을 중국 측에 완전히 일임하였지만 향후 발생하는 이익금의 반을 매년 일본으로 송금해 준다는 조건을 달았다. 3년에 걸친 이 대형 레미콘회사의 중국화 작업을 주도한 장본인이 바로 주리용이란 인물이다. 주리용은 중국 최고의 명문 청화대학교를 졸업한 수재이면서 중국 공산당 열성당원이기도 하다.

"남경대도살(南京大屠殺) 때 일본군이 중국인을 몇 명이나 죽였는지 아는 사람?"

주리용이 술에 취해 게슴츠레한 눈을 하고 있는 간부들에게 물었다.

남경대도살. 중국인들은 남경대학살을 도살이라고 부른다. 일본인에 대한 증오심을 그대로 표출하는 단어이다. 아무리 오늘 보고 다시는 보지 않을 가이다 총경리라지만 그를 옆에 둔 채 던진 주리용의 질문에 모두들 당황해하는 표정이었다. 가이다 총경리도 그 정도 중국어는 알아들었지만 끝까지 화를 참고 있었다.

"30만 명. 그걸 모르는 사람이 어디 있겠습니까?"

"그럼, 그 시체를 기차에 실으면 몇 량이나 필요한지 아는가?"

"한 500량은 필요하나요?"

"아니야, 1,000량은 필요할 걸요?"

제각기 한마디씩 했다.

"다 틀렸어. 2,500량이야. 죽은 사람들의 손을 다 이으면 남경에서 항주까지 322킬로미터를 이을 수 있고 그들이 흘린 피만 무려 1,200톤이야."

옆에서 가만히 이야기를 듣고 있던 가이다 총경리는 더 이상 참을 수가 없었다. 그는 주리용을 노려보더니 자리에서 벌떡 일어섰다.

"그럼 나는 이만 가보겠습니다. 내일 아침 비행기라 지금 북경으로 올라가 봐야겠습니다. 회사 뒤처리 문제야 지난 한 달 동안 이미 충분히 이야기를 나누었고 제가 뭐 다른 할 말이 있겠습니까? 앞으로 우리 일중합작회사를 잘 부탁합니다."

"걱정하지 마세요. 자, 우리 일본인 친구를 위하여 박수."

주리용의 제의에 모두들 가이다를 향하여 힘찬 박수를 쳤다.

"가이다상 사요나라."

기분이 상한 채 황급히 방을 빠져나가는 가이다의 뒤통수를 향하여 주리용이 큰 소리로 외쳤다.

"사요나라."

"짜이찌엔."

다른 간부들도 제각기 한마디씩 소리치며 주리용을 거들었다. 잠시 침묵이 흘렀다. 그러다 그들은 약속이라도 한 듯 모두 큰 소리로 웃었다.

"푸하하하."

"자, 진짜로 건배 한번 해보자. 나도 술 한 잔 따라봐."

주리용은 태어나서 처음으로 자진해서 술잔을 들었다.

"아니, 주 부총경리님이 술을 다 마신다고요?"

"모두들 이 집을 잘 기억하시오. 내가 처음 술을 마시는 역사적인 장소니까. 자, 건배."

주리용의 건배 제의에 모두들 잔을 높이 들고 건배를 외쳤다.

"주 부총경리님."

검은 뿔테 안경의 한 간부가 입을 열었다.

"이 자리에 있는 다른 간부들과 이미 이야기를 한 내용인데…… 이제 일본인들도 다 가고, 다들 친구 같은 우리끼리 있으니 하는 말인데요…… 쇠뿔도 단김에 빼랬다고……."

"뭐야? 뜸들이지 말고 본론부터 이야기하시오."

주리용이 다그쳤다.

"일본 놈들이 철수하면서 일본산 최신형 레미콘 트럭을 무려 20대나 놔두고 갔잖습니까. 지금 북경에 건설 공사하는 곳이 한두 군데가 아닙니다. 북경시 전체가 건설 현장이에요. 어느 곳이나 레미콘이 엄청나게 들어가는데 그놈의 레미콘 차가 없어서 난리예요. 그래서 우리 생각에 레미콘 트럭 중 15대를 북경 레미콘회사에 빌려 주는 겁니다. 그럼 한 달에 대당 3만 위안씩 총 45만 위안을 벌 수 있어요. 이 건설경기 그리 오래가지 않습니다. 진황도개발구 정부에서 우리 회사에 직접적인 영향을 미치기 전에 바짝 1년만 당기면 여기 있는 사람들 평생 충분히 먹고 살 수 있는 현금이 떨어집니다. 그럼 그 돈을 나누어……."

그의 말이 채 끝나기도 전에 주리용은 화를 내며 테이블을 내리쳤다.

"이 썩어 빠진 놈들아! 내가 3년간 이 고생하면서 일본 사람들 내쫓은 것이 그런 부정한 방법으로 너희들 호주머니나 채워주려고 한 줄 알아?"

"주 부총경리님, 너무 흥분하지 마시고……."

주리용은 손에 쥐고 있던 술잔을 바닥에 집어던졌다. 술잔은 아주 박살이 나서 온 바닥이 유리조각 천지가 되었다.

"뭣이 어쩌고 어째? 흥분하지 말라고? 나는 3년 내내 오로지 우리 조국의 발전만을 생각하면서 우리 회사의 일본인들을 내쫓은 거야. 그게 나를 밀고 나아가게 만든 원동력이었어. 일본군이 남경에서 우리 인민을 얼마나 죽였다고 했지? 자네가 조금 전에 대답했잖아?"

주리용은 조금 전에 대답한 간부에게 삿대질을 하면서 말을 이었다.

"30만 명이야, 30만. 그런 일본인이 우리 땅에 와서 총경리랍시고 우리에게 직접 월급을 나누어 줘야겠어? 비록 우리가 돈이 없어 일본 자금을 빌려 사업을 시작했을지는 모르지만 근본적으로 이 레미콘회사는 우리 거야. 앞으로 우리 회사에서 생산된 레미콘으로 인민들을 좀 더 좋은 집에서 살게 해주려는 생각은 안 하고 뭣이 어쩌고 어째? 일본인들이 놔두고 간 자동차 빌려줘서 번 돈으로 우리끼리 나눠 갖자고? 야, 이 썩어 빠진 놈들아, 다들 나가!"

주리용이 목에 핏발을 새우며 고래고래 소리쳤다.

"그게…… 뭐 우리만 갖자는 것인가? 양카이더 주임도 줘야지."

간부 하나가 반쯤은 들으라고 혼잣말을 크게 했다.

주리용은 갑자기 짜증이 났다. 양카이더 때문이었다.

양카이더(楊開德)는 진황도경제기술개발구 주임(主任)이었다. 주리용을 조양레미콘유한공사 부총경리로 임명한 후 그를 배후에서 조종하여 회사를 중국화 한 것도 다 양카이더 주임의 계획이었다. '주임'은 경제기술개발구의 최고 책임자를 지칭한다.

"오늘은 이만들 돌아가. 다음에 조용할 때 다시 이야기하자고."

주리용이 머리를 감싸고 피곤한 듯 내뱉었다. 간부들은 모두들 조용히 자리를 떴다.

"양카이더……."

주리용은 그의 이름을 뇌까리더니 앞에 놓인 맥주를 벌컥 들이켰다. 그러나 이내 인상을 쓰며 입속에 가득 물고 있던 맥주를 바닥에 내뱉었다. 주리용은 양카이더 주임에게 충성을 다해온 심복이다. 하지만 그러면서도 마음 한구석에 늘 양카이더에 대한 번민도 안고 있었다.

양카이더에게는 주리용 이외에 또 한 명의 심복이 있다. 그 이름은 왕창(王昌). 이십 대 중반의 왕창은 진황도에서 알 만한 사람은 다 아는 깡패 조직의 일원이다. 왕창은 160센티미터가 겨우 넘을까 말까 한 작은 키에 어깨까지 좁아 언뜻 보기에는 고등학생 정도로 보였다. 그렇게 앳돼 보이니 술집여자들에게 인기는 좋았다. 처음에 그는 진황도개발구정부 공무원으로 일했었다. 그런 무식한 자가 어떻게 공무원이 되었냐면 왕창의 고모가 진황도에서는 알아주는 유지인지라 건달 생활을 하다가

고모의 백으로 개발구 정부 운전기사로 들어가 상당 기간 진황도개발구 주임 양카이더의 운전기사 노릇을 했다. 그러면서 양카이더와 개인적인 친분을 쌓게 되었고 지금은 양카이더 주임의 지시로 곧 착공하게 될 중국과 한국의 합작 발전소 준비사무소에서 일하고 있었다.

이렇게 두 사람은 진황도경제기술개발구 주임 양카이더의 심복 중의 심복이다. 하지만 주리용을 왕창과 비교한다는 것은 우스운 이야기이다. 그만큼 두 사람은 학력이나 사회적인 직위로 보았을 때 수준 차이가 너무 났다. 어쨌든 두 심복 중 주목할 인물은 바로 주리용이다.

주리용에게는 대학에 다니는 예쁜 딸이 하나 있다. 이름은 주리메이(朱梨美). 주리용은 밖에서는 다른 사람들이 이를 갈 정도로 악랄하게 굴었지만, 집에서는 딸을 끔찍이 생각하는 딸 바보였다. 계획생육(計劃生育)으로 한 가정에 한 자녀밖에 낳지 못하는 중국에서 어느 집 애비가 딸 바보, 아들 바보가 아니겠냐마는 주리용은 그 도가 지나칠 정도였다.

주리메이는 중국 명문대학인 천진 남개(南開)대학교 기업관리과 2학년이었고 당장 모델을 해도 좋을 정도로 늘씬한 몸매를 지녔다. 아버지를 닮아서 피부가 유난히 하얗고 쌍꺼풀이면서 촉촉해 보이는 눈매는 학교 남학생들의 마음을 대번에 사로잡을 정도로 강한 매력을 지녔다. 어쨌든 주리메이는 아버지와는 영 딴판으로 마음씨 착한 전형적인 중국 미인이었다. 그래서 주리용은 딸에게 더 애착을 갖는지도 몰랐다.

주리메리는 아버지 회사에 일본 사람들이 많았을 때부터 아버지가 일본인을 닮달하여 그들의 소개로 천진에 있는 일본인에게 중국어 개인교습 아르바이트를 시작하게 되었다. 주리용도 집 밖에서는 '위대한 중화인민공화국'이니 '일본인 축출' 등 온갖 민족주의적 구호를 외치고 다녔지만, 집 안에서는 금지옥엽 주리메이에게 용돈벌이를 해주기 위해 일본인을 그런 식으로 이용하는 이율배반적인 행동을 보였다.

천진 시내에 있는 어느 아파트. 이날도 주리메이는 요시무라라는 일본인에게 중국어를 가르치고 있었다.

"뚜즈(肚子)."

"투즈."

일본인 요시무라가 영 다른 뜻의 발음으로 따라했다. 뚜즈는 복부, 배라는 뜻이고 투즈(兔子)는 토끼라는 뜻이기 때문이다.

"투가 아니라 뚜예요, 뚜. 자, 다시 따라해 봐요. 뚜."

주리메이가 요시무라를 쳐다보며 말했다. 하지만 요시무라는 주리메이가 마치 키스를 원하듯이 앵두 같은 입술을 쭉 내미는 것을 보고는 더더욱 따라할 수가 없었다.

"뚜."

주리메이는 강요하듯이 더 크게 소리쳤다.

"투."

또 틀린 발음을 하자 주리메이는 손으로 요시무라의 입을 오므려 줬다.

"이렇게 뚜라고요, 뚜. 다시 해보세요."

그러나 요시무라는 가르쳐 주는 발음을 따라하지 않았다.

"왜 그래요?"

주리메이를 빤히 쳐다보던 요시무라가 그녀를 껴안으려 했다. 주리메이는 그를 점잖게 밀쳤다.

"오늘은 요시무라 씨 사무실 공사한다고 해서 제가 집으로 따라왔지만 다음부터는 안 와요. 오늘은 그만하겠어요. 다음 시간에 사무실에서

뵙죠."

"주리메이. 나는 집에서 하는 것이 더 재미있는데. 흐흐."

중년의 뚱뚱한 요시무라는 엉큼하게 웃으며 지갑에서 돈을 꺼냈다.

"자, 오늘 교육비 주는 날이지? 수고했어. 여기……."

"고맙습니다."

"주리메이. 나한테 뽀뽀 한 번 하면 주지."

"저 약속 있어서 빨리 가봐야 해요."

"딴 선생들은 좀 시간 지나면 연인처럼 잘 지낸다는데 주리메이는 왜 이렇게 차가운 거야?"

요시무라는 돈을 내밀었다. 그녀가 돈을 받는 순간 요시무라는 날렵하게 그녀의 손목을 낚아채더니 덥석 끌어안았다.

"놔요. 이거 놓으란 말이에요!"

"주리메이. 돈 준 거 잘 봐. 오늘은 내가 100위안 더 줬어. 600위안이야."

요시무라는 그녀의 허리를 강하게 끌어당겼다.

찰싹. 순간 주리메이는 요시무라의 따귀를 사정없이 갈겼다. 화들짝 놀란 요시무라는 한 걸음 뒤로 물러섰다. 주리메이는 손에 들고 있던 돈에서 100위안 한 장을 꺼내어 그를 향하여 집어던졌다.

"오늘부로 중국어 공부는 끝이에요."

그녀는 바닥에 떨어진 가방을 낚아채고는 빠른 걸음으로 아파트를 빠져 나왔다.

주리메이는 매사에 야무지고 똑 부러지는 성격이었다. 그런 면은 아버지 주리용을 쏙 빼닮았다. 공부도 모르는 것이 있으면 도서관에서 혼자 연구를 하든지 아니면 교수님이나 친구를 찾아가 반드시 알아내고

야 마는 끈질긴 면이 있어 학업 성적이 항상 과 수석을 차지하고 있었다. 게다가 동아리 활동 역시 적극적으로 하고 있었다. 아버지의 유전인자 중 마치 일부러 장점만을 골라 놓은 듯한 그녀의 마음속에는 성공을 향한 강한 성취동기가 자리 잡고 있었다. 마치 용이 되기 위해 등용문을 향하여 힘차게 황하(黃河)를 거슬러 오르는 한 마리 물고기처럼 항상 역동적인 생활을 하고 있었다.

천진시 남개(南開)대학교 근처.

남개대학교는 중국 현대 정치사 최고의 인물인 주언라이(周恩來) 등 수많은 인물을 배출한 중국 명문 대학교이다. 이 학교는 수천 년 유구한 역사가 흐르는 천진시 구시가지에 자리 잡고 있고, 옆에는 천진대학교까지 있어 그 일대는 천진에서 유명한 대학가이다. 중국의 여느 대학가와 마찬가지로 그곳에는 학생들이 자주 들락거리는 음식점이 빼곡하다. 그 중 주리메이의 학습조직(스터디 그룹)도 자주 찾는 음식점이 있었다.

양주반점(揚州飯店). 양주반점은 항상 학생들로 북적였다. 이날 주리메이의 학습조직은 정기 모임을 가졌고 그녀가 주빈 자리에 앉아 있는 테이블에는 여남은 남녀 학생들이 서로 술잔을 부딪치며 토론에 열중하고 있었다.

"오늘은 주리메이가 한턱 내는 날이니 주리메이 네가 건배 제의해라."

왕웨이(王維)라는 남학생의 말에 모두들 잔을 들었다.

"벌써 내가 낼 차례가 되었나? 어쨌든 우리 학습조직은 우리 학교에서도 다른 학생들이 부러워하는 모범적인 학습조직인 만큼 다들 행동에 조심들 하고 또 여기 모인 사람들은 대부분이 각과의 대표를 맡고 있으니 각자 맡은 바 일들에 충실할 수 있도록 해. 그리고 오늘 이 자리에 진황도에서 온 내 고향 친구 한 명이 같이 참석했어. 여러분에게 소개할게."

주리메이는 옆에 앉아 있던 친구 황수칭(黃蘇靑)을 바라보았다.

"만나서 반갑다. 황수칭이라고 해."

황수칭이 가볍게 목례를 하였다.

"황수칭은 나하고 초등학교, 중학교 동창이야. 정말 친한 친구야."

"리메이, 우리 팔 떨어지겠다."

아까부터 모두들 건배를 하기 위하여 술잔을 들고 있었다.

"자, 그럼 우리의 모임과 나의 친구 황수칭을 위하여 건배!"

"건배."

주리메이는 말을 이었다.

"오늘 주제는 다음 달에 열릴 교내 웅변대회 때문이니 서로들 좋은 의견을 제시해 봐."

"웅변 주제는 지정해 주는 거니?"

여학생 리잉(李英)이 물었다.

"물론이지, 주제는 덩샤오핑 동지의 개방정책에 관해서야."

그때 금테안경의 도도한 여학생 왕춘엔(王春燕)이 엉뚱한 질문을 했다.

"주리메이, 너 요즘도 그 일본 사람에게 중국어 가르쳐 주니?"

"너 귀신이다. 나 어제부로 때려치웠어."

"왜? 무슨 일 있었어?"

"그놈이 날 집에 불러 이상한 짓을 하려고 하잖아."

"나쁜 자식."

왕웨이가 내뱉었다.

"너의 아버지는 일본 회사 부총경리인데 너에게 용돈은 안 주시고 직접 벌어 쓰라고 하시니?"

왕춘엔이 안경 너머로 주리메이를 내려다보았다.

"너, 알려면 똑바로 알아. 우리 아버지는 일본 회사에 다니시는 것이 아니라 중국과 일본 합작회사에 다니시는 거야. 그리고 우리 나이 정도 되면 자기 생활비 정도는 자신이 해결해야 하는 것 아니니?"

주리메이는 왕춘엔의 말에 화가 났지만 학습조직을 이끌어 가는 회장으로 그 정도 말에 화를 내 분위기를 흐릴 수는 없었다. 학생들은 음식을 먹으면서 다음번에 있을 영어웅변대회에 대하여 의견들을 주고받았다. 물론 주리메이가 주도권을 쥐고 토론을 이끌어 갔다.

영어웅변대회에 대한 이야기가 거의 끝날 무렵 왕춘엔이 느닷없이 유학 이야기를 꺼냈다.

"난 졸업 전에 호주로 유학 가려고 지금 우리 엄마가 알아보고 있기 때문에 지금부터 슬슬 영어 원서로 공부하려고 해."

"왕춘엔, 너의 어머님은 천진시에서 가장 번화한 남경로(南京路) 세무국장이니 유학 가는 데는 전혀 문제없겠구나. 유학비자 만드는 데 통장에 현금 20만 위안은 있어야 하고 학비하고 생활비 합쳐서 일 년에 최소 10만 위안 정도 든다고 하던데…… 왕춘엔, 넌 좋겠다."

리잉이 부러운 목소리로 말했다.

"왕웨이, 너의 아버지도 너를 영국 유학 보내려고 하잖아?"

왕춘엔이 물었다.

"응, 그런데 졸업하고 가려고. 너희들도 잘 알다시피 우리 아버지가 후루다오(葫芦島)시 개발구 부주임 아니냐. 요즘 정부에서 지방 고위공무원 자녀 해외유학 보내는 것을 철저하게 조사하고 있나 봐. 또 내가 영어 실력이 좀 달리잖아. 일단은 졸업 후에 가려고 해."

"주리메이, 너는 유학 안 가니? 너는 우리 학교 공산주의청년단 2학년 대표이고 공부도 우리 중에서 제일 잘하잖아. 유학을 가려면 네가 제일 먼저 가야지."

왕웨이가 물었다.

"으음."

"아버지가 용돈도 안 주는데 유학을 갈 수 있겠어?"

왕춘엔이 비꼬았다.

"애들아, 유학 이야기는 그만하자. 여기 있는 사람들치고 유학 안 가고 싶은 사람 어디 있겠니? 그건 그렇고, 내가 방금 전 마음을 정했는데 이번 영어웅변대회 참가자는 교내 전체의 형평성을 생각해서 우리 학습조직에서는 왕웨이 한 사람만 나가는 것으로 하자. 왕춘엔, 넌 미안하지만 다음 기회에 나가라."

주리메이가 딱 잘라 말했다.

"뭐, 뭐라고?"

왕춘엔은 말문이 막혔다.

"우리 학습조직에서 2명 나가면 사람들이 욕해. 이번에는 왕웨이 한 사람만 나가."

"우리 엄마가 이번에 내가 교내 영어웅변대회 나가 일등 하면 그 상장을 호주로 보내어 추천장을 받아 비자 빨리 만들려고 한단 말이야."

왕춘엔이 소리를 버럭 질렀다.

"누가 너한테 일등 상을 준다던? 내가 우리 학교 공청단* 2학년 대표야. 이번 영어웅변대회는 당에서 주최하는 것이고 2학년 참가자 선별은

─────────────

* 중국 공산당 전위대인 공산주의청년단의 준말.

내가 하도록 되어 있어. 누가 좋고 미워서 결정한 것이 아니라 형평성 문제 때문에 그러니 이해해라. 알겠니?"

"너…… 내가 우리 엄마한테 다 말해 줄 거야."

왕춘옌은 분을 참지 못했다.

"말하든지 말든지. 자, 우리 이제 가자. 주인 아저씨, 여기 계산서 주세요."

주리메이의 말에 종업원은 얼른 그녀에게 계산서를 가져다주었다. 350위안. 그곳에 모인 각 과 대표들로 구성된 8명의 학생들은 한 달에 한 번씩 돌아가면서 밥을 산다. 그 학습조직의 대다수는 집안이 괜찮았다. 부모들이 대부분 지방정부 관리들이니 한 달에 용돈으로 일이천 위안쯤은 우습게 쓰는 학생들이었다. 사실 주리메이는 이들과 어울리기에는 재정적으로 뒷받침이 안 되었다. 하지만 주리메이는 남개대학교 공산주의청년단 2학년 대표로서 교내에서 막강한 영향력을 행사할 수 있었기 때문에, 그룹에 있는 다른 학생들이 주리메이를 영입했던 것이다.

그녀는 아버지가 큰 합작회사에 다니면서 외동딸인 자신에게 학비 이외에는 아무런 경제적인 지원을 해주지 않고, 스스로 생활비를 해결하라며 일본인에게 중국어를 가르치는 아르바이트 자리나 알선해 주는 것이 적이 원망스럽기도 했다. 하지만 아버지가 조국과 인민을 위하여 열심히 일하고 가족들의 호의호식 때문에 그 어떤 검은 돈도 마련할 사람이 아니라는 것에 늘 자부심을 가지고 있었다. 그래서 왕춘옌 따위의 자화자찬식 공치사에는 조금도 흔들리지 않았다.

식당 앞에서 모두들 헤어지고 주리메이와 황수칭만 남았다.

"350위안 내고 나니 150위안 남네. 후후."

"리메이, 천진에는 외국인도 많고 실력도 있으니 곧 가정교사 자리를 찾을 수 있을 거야. 너무 걱정하지 마. 그리고 넌 과에서 공부를 제일 잘하니까 틀림없이 유학을 갈 거야, 두고 봐."

"역시 넌 나의 소중한 친구야, 수칭. 내일 새벽에 나하고 같이 진황도로 올라가고 오늘은 우리 기숙사에 가서 자는 게 어때?"

"그러다 걸리면 어떡해? 난 그냥 초대소에서 잘래."

"오늘 금요일이라 벌써 집으로 돌아간 애들 많아. 우리 방도 침대가 두 개나 비었으니 괜찮아."

"걸리면 네가 책임져."

"알았어. 걱정 마."

둘은 웃으면서 학교 기숙사로 향했다.

주리메이는 학교에서 기숙사 생활을 하다가 한 달에 두 번 정도 집에 간다. 중국 대학생들은 전원 기숙사 생활을 하기 때문에 근거리에 사는 학생들은 보통 주말에 집으로 돌아가고, 먼 곳에서 온 학생들은 방학 기간에 고향으로 돌아가곤 한다. 남개대학교에서 주리메이의 집이 있는 진황도까지는 약 200킬로미터 정도의 거리지만 하루에 몇 편씩 기차가 다니기 때문에 주말을 이용해 집에 가는 데는 큰 불편함이 없었다.

토요일 아침, 여름이라 주리용의 아파트 앞 광장의 아침 시장 여는 시간이 훨씬 빨라졌다. 새벽부터 많은 사람들이 장을 보러 나와 시끌벅적하였다. 주리용은 부엌에서 열심히 아침식사 준비를 하고 있었다. 중국인들은 보통 아침식사는 직장이나 학교에서 사 먹는다. 그도 그럴 것이 대부분의 가정이 맞벌이를 하여 출근준비 때문에 아침 준비를 할 여유가 없다. 중국은 오래전부터 주5일제 근무와 주5일제 수업을 시행하고 있어, 토요일 아침은 가족이 함께 모여 식사를 할 수 있는 좋은 기회이다.

주리용은 모처럼 자신이 잘 만드는 요리 '판치에지단(番茄鷄蛋)'을 만들고 있었다. 판치에지단은 계란과 토마토를 같이 볶아서 만드는 영양 만점의 음식이다. 그때 현관문 여는 소리가 났다.

"누구냐?"

"나예요."

주리용의 부인 장멍(張夢)이었다. 그녀는 딸 주리메이와 같이 아침 시장에서 식사거리를 사가지고 돌아왔다.

"어머, 당신 요리하고 있었어요? 내가 만토우(饅斗)*랑 반찬 사가지고 왔는데."

"뭐라고? 내가 이렇게 만드는데 아깝게 반찬은 뭐 하러 사와?"

"아빠, 뭐 만드시는데요?"

"나야 계란 토마토 볶음이지. 뭐 사왔는데?"

"만토우 여섯 개, 그리고 징장로쓰(京醬肉絲)**하고 투도쓰(土豆絲)***인데요."

주리메이는 음식물이 담긴 비닐봉지를 들어 보였다. 비닐봉투에서 뜨거운 김이 모락모락 피어올랐다.

"이런, 쓸데없이 반찬을 세 개씩이나 준비했잖아? 낭비야, 낭비. 다음 주 토요일부터 나가서 사지 마. 집에서 반찬 하나만 만들어 먹어."

그들은 오랜만에 식탁에 둘러앉아 아침식사를 같이 시작했다.

"리메이, 요즘 요시무라 잘 가르치고 있니?"

---

* 소가 들어 있지 않은 찐빵.
** 북경식 매콤한 소스를 두른 소고기채 볶음.
*** 감자채 볶음.

주리용이 딸에게 물었다.

"그만뒀어요."

"뭐? 왜 그만둬?"

"그분 굉장히 바쁜가 봐요. 지난달에 그만뒀어요."

"그럼 너 용돈은 어떻게 하고 있니?"

"걱정하지 마세요. 운 좋게 학교에서 영국인을 소개해 줘서 그 사람 가르치고 있어요. 여자라서 더 좋고요. 돈도 더 많이 받아요, 700위안."

"어, 그래? 잘되었군."

"아빠."

"왜? 할 말 있냐?"

"저…… 아니에요."

"뭔데 그래? 무슨 일인지 말해 봐."

엄마 장멍은 주리메이의 학교 생활이 매우 궁금한 듯 재촉했다. 사실 주리메이는 주리용에게 유학 이야기를 꺼내고 싶었다. 지금은 2학년이라 졸업은 아직 멀었지만 지난번 친구들을 만났을 때 이미 유학을 준비하고 있는 친구들이 한둘이 아니라는 것을 알았다. 물론 친구들이 유학을 간다고 덩달아 유학을 준비하는 그런 생각 없는 주리메이는 아니었다. 주리메이는 아버지를 닮아 매우 주관이 뚜렷하고 조국 중국에 대한 자부심이 매우 강한 학생이었다. 그런 주리메이가 유학을 생각하는 이유는 자신의 목표가 중앙정부의 관리로 진출하는 것이기 때문이었다. 그렇게 하기 위해서는 유학을 다녀오는 것이 무척 유리하다고 생각한 것이다.

"아빠, 만약 내가 유학을 간다면 유학비를 마련해 줄 수 있겠어요?"

주리메이는 조심스럽게 말을 꺼냈다.

"뭐? 유학? 유학은 왜?"

"아직은 정확히 모르겠지만, 제가 중앙정부 간부로 성공하려면 반드시 유학을 갔다 와야 할 것 같아요."

"애야, 아빠나 아빠 친구들을 봐라. 청화대학 출신이니까 외국 유학을 가지 않아도 전부 정부 요직이나 큰 회사에서 일하잖니. 너도 명문 남개대학을 다니니 졸업 후에는 충분히 중앙정부 공무원으로 들어갈 수 있어. 게다가 아버지 동창생들도 많으니 그런 것은 염려하지 마라."

엄마는 주리메이에게 다정스럽게 말했다.

"그래도 요즘은 예전과 많이 달라졌어요. 중앙정부로 진출하거나 사업을 시작하여 큰 기업을 이룬 사람들 대부분은 국내에서 배우지 못한 지식을 외국에서 배우고 와서 다 그렇게 성공할 수 있었던 거예요."

"쓸데없는 소리! 유학은 무슨 놈의 유학이야? 남개대학은 우리나라 최고 대학이야. 거기만 졸업해도 충분해. 그리고 유학을 가려면 적어도 삼사십만 위안이라는 엄청난 돈이 들어간다. 너 아빠 월급이 얼마인지 알잖니? 2,000위안이 채 안 된다. 그런데 유학 가겠다고 하는 것은 이 아빠더러 국가 돈이나 빼먹는 탐관오리가 되라는 소리와 똑같아. 요즘 몇몇 공무원들이 자녀들 해외유학 보내 자금을 추적해 보니 몽땅 불법적으로 공금 횡령했거나 뇌물 수수한 것으로 드러나 쇠고랑 찼다는 뉴스도 못 봤니? 유학 이야기는 꺼내지도 마라."

주리용은 단호하게 말했다. 유학 이야기를 꺼내자마자 확고한 반대 의사를 표명한 아버지의 태도에 주리메이는 적이 실망하였다. 그녀는 젓가락을 내려놓고 일어섰다.

"저, 친구랑 약속 있어서 나가 봐야겠어요."

주리메이는 일어서더니 먹다 만 만토우를 쓰레기통에 버리고 부엌을 나갔다.

"쟤가 버릇없이……."

부인은 걱정스러운 눈빛으로 주리메이의 뒷모습을 바라보았다. 주리용은 벌떡 일어서더니 쓰레기통으로 갔다. 그리고 방금 전 주리메이가 먹다 버린 만토우를 주워들었다. 주리용은 그것을 들고 싱크대로 가서 물로 깨끗이 씻은 다음 만토우를 도마 위에 올려놓고 주리메이가 먹었던 부분을 칼로 잘라낸 다음 나머지 반쪽을 그릇에 담아 찬장에 얹어 두었다.

"점심때 내가 먹어야지."

"그냥 버려요."

등 뒤에서 들리는 부인의 핀잔에 주리용은 잠시 옛 생각에 잠겼다.

1969년 어느 여름날. 주리용이 살던 곳은 하북성 향하현(香河縣)이다. 북경에서 동쪽으로 약 100여 킬로미터 떨어진 한적한 시골 현이다.

향하현 시골 마을 집들은 한결같이 똑같은 모양을 하고 있었다. 소위 핑팡(平房)이라고 부르는 붉은 벽돌로 지은 일자형 단층짜리 집들이었다. 보통 핑팡은 네 개의 방으로 이루어지는데 가장 오른쪽에 있는 방은 곡물을 저장해 두는 방, 두 번째 방은 사람이 거주하는 방, 세 번째 방은 부엌과 식당이다. 네 번째 방도 사람이 거주하는데 가끔 방의 한쪽 면에 침대 크기 정도로 벽돌을 쌓고 아궁이에 군불을 때는 반 온돌형 구조도 있다. 곡식과 가축과 사람이 한데 어우러져 사는 형태의 집이라고 할 수 있다.

향하현은 참으로 가난한 시골 마을이었다. 청조 때에도 가난하기는 매한가지여서 그런 가난을 벗어나고자 궁중의 내시로 들어가는 향하현 출신 남자들이 많았다. 향하현은 전통적으로 옥수수와 기타 밭농사로 먹고살던 지역이었다. 1960년대 말, 중국은 전국적으로 불어닥쳤던 흉년으로 극심한 식량난을 겪고 있었다. 급기야 끼니를 해결하지 못하고 영양실조에 걸리거나 굶어 죽는 사람들이 급증하였고 결국 마오쩌둥은 전국적으로 인민들에게 밀가루와 만토우를 지급하도록 지시했다. 그나마 향하현은 북경 근교에 있기 때문에 비교적 배급이 잘 나오는 편이었다.

주리용의 어머니는 넝마자루에서 시장 바닥에서 주워온 만토우 조각을 꺼내 물로 깨끗이 씻어냈다. 그리고는 그것을 다시 불에 쪄서 가족들이 먹을 점심으로 준비하고 있었다.

"배급 주는 만토우 가지고는 일곱 식구가 먹기에는 턱도 없다. 이렇게라도 먹어둬야 돼."

어머니는 옆에서 점심 준비를 도와주는 셋째 딸에게 말했다.

"와, 오늘은 양이 많네."

"어머니, 어머니."

그때 주리용이 소리치며 집으로 들어왔다.

"왜 이렇게 호들갑이냐, 주리용?"

주리용은 여느 학생과 마찬가지로 점심을 먹으러 집에 돌아왔다. 중국의 초·중·고 학생들은 대부분 점심을 집으로 돌아가서 먹는다. 그래서 보통 점심시간이 2시간쯤 된다.

"내가 오늘 학교에서 뭐 받았는지 아세요? 제가 말이죠, 오늘 전교 마오 주석 사상 발표대회에서 대상을 받았다고요, 대상! 자, 보세요."

주리용은 들뜬 목소리로 상장을 내보였다.

"어디 한번 보자."

"오빠, 진짜야? 먹을 것은 안 주나?"

어머니는 상장을 보더니 환한 미소를 지으며 주리용의 볼을 비벼 주었다.

"그래, 뭐라고 쓰였는지는 잘 모르겠지만 어쨌든 내 아들 장하다. 어서 졸업해서 관리가 되어 돈 많이 벌어라. 그래야 동생들도 공부하지."

"엄마, 먹을 거 없어요? 나 배고파요."

주리용의 상장 덕분에 그날은 온 가족이 오랜만에 웃음꽃을 피우며 점심을 먹었다. 주리용 가족은 가난하게 살았지만 국가에서 할당해 준 조그마한 토지에 만족하며 살고 있었다. 그때 밭에 나갔던 아버지 주밍쑨(朱明孫)이 집으로 돌아왔다.

"아버지, 잘하면 이번 상 때문에 제가 북경대 아니면 청화대에 입학할 것 같아요."

주리용은 자랑스럽게 이야기했다. 당시 주리용은 고등학교 3학년으로 대학 입학을 앞두고 있었다. 하지만 당시 문화혁명 시절에는 대입시험이 별도로 없었다. 그래서 아무리 공부를 잘한다고 하더라도 자기 마음대로 대학을 갈 수도 없었다. 대신 북경 등 대도시에 거주하는 고등학교 졸업생은 의무적으로 시골로 내려가 일정 기간 노동 봉사를 해야 했다. 이것이 소위 말하는 하방(下放)이라는 것이다.

마오쩌둥은 늘 농민이 지닌 소박함의 중요성을 강조하였다. 그래서 수많은 도시 노동자, 학생, 지식인들이 사상 교육을 받도록 일정 기간 강제적으로 농촌으로 내려보냈다. 대신 애초부터 빈농 출신의 학생 중에는 학업 성적과 관계없이 마오 주석 사상이 투철한 학생을 별도로 선발하여 북경대, 청화대, 북경인민대 등 일류 대학에 진학할 수 있는 특전을 부여하였다.

그것이 문화혁명 시절 대학 입학의 가장 큰 특징 중 하나였다. 그 시절에는 학업 성적으로 대학에 진학한 것이 아니라 오로지 당과 마오쩌둥 주석에 대한 충성심을 인정받은 학생만이 대학교에 진학할 수 있었다.

아버지는 주리용의 머리를 쓰다듬었다.

"암, 들어가야지. 우리 마을에서 너만큼 마오 주석의 사상에 투철한 학생도 없다. 아니, 어른 중에도 너를 따를 만큼 주석님 사상에 대하여 암기하고 있는 사람도 없을 게다. 마오 주석께서는 문화대혁명을 통하여 중국 공산당 발전에 도움이 안 되는 지식분자들을 뿌리 뽑고 중국 사회주의 완성을 위하여 진정으로 일할 수 있는 인재들을 찾고 있으니 잘만 하면 주리용 네가 대학에 갈 수 있을지도 모르겠다. 하지만 그것도 힘 좀 쓰는 사람이나 가능하지, 우리 같은 사람들이야 원······."

그때 누군가 아버지를 부르면서 집으로 들어왔다. 큰아버지 주바이쑨(朱百孫)이었다. 그는 대낮인데도 불구하고 벌써 어디서 얼큰하게 한잔 걸치고 동생 집을 찾았다.

큰아버지는 향리현 공산당 조직 복리후생 책임자로 정부에서 배급하는 만토우 관리를 맡고 있는, 당시로서는 매우 중요한 요직에 있었다. 하지만 주리용의 식구들은 아버지만 빼놓고 모두들 큰아버지를 싫어했다. 큰아버지는 만토우 배급 책임을 맡고 난 후, 큰집 재산이 눈에 띄게 불어나고 있었지만 단 한 번도 작은 집을 도와준 적이 없기 때문이었다. 그렇다고 동생네에 만토우를 몇 개 더 주는 법도 없었다. 하지만 착한 주밍쑨은 그런 형님에 대하여 단 한 번도 원망한 적이 없었다. 단지 그런 일을 맡은 형님이 얼마나 힘들겠냐는 말뿐이었다. 큰아버지는 그날도 무엇인가 자랑하고 싶어 동생 집을 찾은 것이었다.

"형님, 여기 앉으세요."

주밍쑨은 식탁 가운데 자리를 비켜주었다.

"뭐 먹냐?"

큰아버지는 거드름을 피우며 식탁 가운데 놓인 만토우를 뚫어지게 쳐다보았다.

"이거 시장에서 주워온 거지? 야, 너희가 뭐 거지 새끼야? 제수씨, 이런 것 좀 제발 주워오지 마세요. 이거 전부 상해서 버린 거란 말이에요. 앞으로 이걸 태워서 버리든지 해야지, 이런 걸 주워 먹다니…… 끄윽."

큰아버지는 주위 사람은 아랑곳 않고 큰 소리로 트림을 했다.

"지금 배급해 주는 만토우 가지고는 우리 식구가 먹고살기에는 턱없이 모자라요. 양을 좀 늘려 주었으면 좋겠는데……."

어머니가 말했다. 주리용은 큰아버지의 오만방자한 태도와 그 앞에서 주눅 든 아버지, 어머니의 얼굴에 분통이 터질 것 같았다. 현 전체의 만토우 관리를 맡고 있는 큰아버지가 동생 집이 그렇게 어렵다는 것을 알면 만토우를 단 몇 개라도 갖다 주는 것이 도리일 텐데 도와주지는 못할망정 그런 쓰레기를 먹는다고 어머니를 호통 치는 큰아버지가 너무나도 가증스러웠다.

"이봐, 동생. 내가 이번에 선풍기를 한 대 장만했는데 너무 시원해, 허허."

"큰아버지 집에 선풍기 있어요? 와, 좋겠다. 이따가 놀러 가야지."

철없는 막내 여동생이 떠들어댔다. 주바이쑨은 주밍쑨에게 바짝 다가갔다.

"내가 너니까 이야기하는데…… 내가 이번에 비축분 밀가루와 옥수수가루를 암시장에 풀어 재미 좀 봤잖아, 히히히."

주바이쑨은 술 냄새를 풀풀 풍기며 떠들었다.

"그렇게 하면 걸리는 거 아니에요?"

"이놈아, 중국 천지의 식량배급 책임자 중에 그렇게 안 하는 놈 있으면 나와 보라고 해. 그리고 그걸 나 혼자만 먹느냐? 다 위에 상납하는 거야. 멍청하기는."

그때까지 울분을 참고 있던 주리용은 큰아버지 주바이쑨이 스스로 부정을 저지르고 있다는 말에 치밀어 오르는 분노를 더 이상 참을 수가 없었다. 주리용은 주먹으로 식탁을 세차게 치며 벌떡 일어섰다.

"큰아버지, 그런 식으로 일을 하시면 안 됩니다. 밀가루와 만토우는 마오 주석께서 헐벗고 굶주린 인민들을 불쌍히 여기시어 하사하신 것인데 어떻게 그것을 일개 개인이 마음대로 유용할 수 있습니까?"

주리용의 당돌함에 주바이쑨은 깜짝 놀라며 벌떡 일어섰다.

"이런 싸가지 없는 자식, 어디서 함부로 입을 놀려!"

찰싹. 큰아버지는 세차게 주리용의 따귀를 때렸다.

"큰아버지는 지금 마오 주석의 뜻을 배신하고 우리 중화인민공화국을 망하게 하고 있는 겁니다. 두고 보세요. 제가 가만히 있을 것 같아요?"

주리용은 씩씩거리며 밖으로 뛰쳐나갔다.

"저, 저…… 건방진 자식. 야, 인마, 밍쑨. 애들 교육을 어떻게 시키는 거야?"

"아이고, 형님. 정말 죄송합니다. 제가 오늘 단단히 야단을 치겠습니다."

"에잇, 술이 확 깨버리네. 이봐, 우리 어디 가서 술이나 한잔 하자고. 에잇, 기분 나빠."

큰아버지 주바이쑨은 주밍쑨을 앞세우고 대낮부터 동네 술집을 찾아

나섰다.

　십여 일 후, 큰아버지 주바이쑨은 북경 중앙정부 감찰부로 소환되어 배급식량 불법 밀거래 혐의로 구속되었다. 주리용은 큰아버지가 자기 집을 찾아와 행패를 부리던 날, 그가 술에 취해 실토한 사실을 바로 학교 선생님에게 이야기하고 편지를 써 중앙정부에 고발한 것이었다. 결국 주바이쑨은 직무유기 및 국유재산 불법거래로 사형을 선고 받고 감옥에 들어간 지 1개월 만에 바로 사형이 집행되었다. 주밍쑨은 형님 주바이쑨의 죽음에 충격을 받아 운명의 장난처럼 그가 죽은 지 정확히 3년째 되던 날 세상을 하직하고 말았다. 그러나 주리용만은 위대한 마오 주석 사상의 계승과 조국의 발전을 위하여 가족의 비리도 고발하는 투철한 애국정신을 인정받아 명문 청화대학교에 입학하는 영예를 안게 되었다.

　주리용은 방금 찬장에 얹어 놓은 반쪽짜리 만토우를 다시 꺼냈다. 그리고는 크게 한 입 베어 먹었다.

　"음, 정말 맛있군."

　주리용은 만토우가 입 속에서 국물이 될 때까지 계속해서 우물우물 씹었다.

　주리용을 배후조종하여 진황도조양레미콘유한공사를 완전 중국화 시킨 양카이더는 진황도경제기술개발구 주임으로서 동분서주하였다. 경제기술개발구란 덩샤오핑이 경제개방개혁의 박차를 가하기 위하여 1984년 진황도, 대련, 천진, 청도 등 14개 연해도시를 선정, 외국 기업에게 면세 혜택, 토지 제공 등의 우대 조치를 시행하여 외국 자본과 기술을 대거 유치한 지역을 말한다. 현재는 경제기술개발구 수가 192개에 이른다. 양카이더 주임은 진황도경제기술개발구의 최고 책임자였다. 일종의 청장인 셈이다.

양카이더. 그는 한눈에 봐도 카리스마 넘치는 인상을 지니고 있었다. 약간은 대머리에다 굵은 눈썹 사이로 깊게 일자로 패인 미간, 조금 튀어나온 턱뼈, 가늘고 길게 휘어진 윗입술 그리고 항상 반짝거리는 금테 안경은 대번에 그가 독재자의 기질을 지녔음을 느끼게 해주었다.

양카이더는 매일 바쁜 나날을 보냈다. 양카이더가 그렇게 바쁜 이유는 겉으로는 마오쩌둥 사상에 투철한 지도자로서 덩샤오핑의 교지를 받들어 중국 경제 발전을 위하여 열심히 뛰는 것처럼 보였지만, 실은 자신의 출세와 축재를 위하여 그렇게 바삐 움직인 것이었다.

양카이더는 일반적인 개발구 시정 업무는 아랫사람들에게 맡기고 본인은 해외자본 유치를 위하여 한국, 일본, 대만, 싱가포르 그리고 멀리 미국까지 날아가 투자설명회를 개최하는 등 진황도개발구 해외자본 유치에 총력을 기울였다. 해외자본 유치에 성공하면 자신에게 떨어지는 떡고물이 상당하기 때문이었다. 총투자비의 2%에 해당하는 금액을 정식 투자 유치 성공 사례금으로 받을 수 있다. 이뿐만이 아니다. 주리용과 같은 마오쩌둥 사상에 투철한 정통 사회주의 극좌파 홍위병을 고용하여 외국합작회사를 중국화 하면 일석이조이다.

안으로는 중국화 된 회사를 떡 주무르듯 주물러 자신의 비자금을 챙길 수 있고, 밖으로는 비록 외국 자본은 들여왔지만 외국인은 내쫓아 명실상부한 중국 기업으로 만들었다는 칭송과 업적을 쌓게 된다. 외국합작회사에서 외국인들을 내쫓아 중국화 하는 것이 왜 이 사회에서 칭찬 받을 일이냐 하는 것은 중국의 근대사를 살펴보면 대번에 알 수 있다.

청조(淸朝) 말기, 그러니까 서태후가 섭정을 하고 있을 즈음, 청조는 영국의 침략을 받고 결국 난징조약을 통하여 홍콩을 영국에게 조차하게 되었다. 1897년부터 무려 100년이라는 세월 동안 영국에게 그 통치를 양보하게 되는데, 영국은 홍콩을 통하여 여러 가지 무역으로 큰돈을 벌어들였다. 또한 여러 제조업에 손을 뻗쳐 중국인의 노동력을 악랄할 정도로 착취하였는데, 영국과는 비교도 안 될 만한 유구한 역사와 찬란한 문화에 빛나는 중국인들은 그들로부터 인간 이하의 대접을 받으면서 그렇게 구겨져 가는 자존심을 방치해 둘 수가 없었다. 그래서 중국 정부는 홍콩의 영국 대표부를 통하여 강력한 요구를 하였다.

"당신들이 홍콩을 통하여 회사를 운영하는 것은 좋지만 자금만 대시오. 회사의 모든 관리와 판매는 우리 중국인이 하겠소. 중국은 중국인이 가장 잘 아는 법이오."

무수한 투쟁 끝에 결국 영국 기업들은 그러한 제안을 받아들여 영국은 자본만 대고 모든 업무는 중국인이 관장하는 외국 기업이 만들어지게 되었다. 그것이 소위 말하는, 자본은 외세의 것이지만 판매와 관리만큼은 중국인이 맡는다는 매판기업의 탄생이다. 이러한 매판기업은 장제스 국민당 시절 관료자본기업으로 변모하였고, 마오쩌둥 공산당 시절에는 민족기업으로 승화, 결국 이것이 현재의 외국 합자·합작기업에 이르게 된 것이다.

주리용이라는 공산주의 극좌파, 즉 현대판 홍위병을 자유자재로 다룰 줄 아는 양카이더의 출세기는 주리용과는 비교도 안 될 만큼 극적이었다.

양카이더 주임은 하북성 창리현(昌黎縣)출신이다. 진황도시에서 북경 쪽으로 조금 가다 보면 중국 최대 포도 산지로 유명한 창리현이라는 시골이 있다. 창리현 출신으로 진황도 주임까지 되었다는 것은 실로 엄청난 출세인데 집안에 아무런 배경도 없는 그가 그렇게까지 성공했다는 것은 나름대로 많은 노력을 기울였다는 것이고 무엇보다도 억세게 운이 좋은 사람이었다는 뜻이다.

중국에서 출세를 하려면 세 가지가 필요하다. 첫째, 머리. 둘째, 꾸안시(關係). 셋째, 운이다. 머리는 곧 학력이다. 중국에서도 일류대학 출신일수록 출세의 확률이 훨씬 더 높다는 것은 마찬가지이다. 꾸안시란 인맥과 돈을 아울러 말한다. 아무리 유력자와의 좋은 인맥을 갖고 있다 할지라도 도와준 만큼 거기에 상응하는 답례가 없는 꾸안시는 대번에 무너지고 만다. 사실 따지고 보면 기브 앤 테이크(give and take)가 지구상에서 가장 확실한 나라가 중국이고 그것이 바로 꾸안시인 것이다. 그리고 운. 이것은 더 이상 설명이 필요 없다. 중요한 것은 운만 있다면 앞의 두 가지는 없어도 상관없다는 것이다. 어쨌든 양카이더는 앞의 두 가지는 별 볼 일 없는 자였지만 횡재수는 대단한 자였다. 하지만 누구의 인생이든 항상 횡재수만 있는 것은 아니니 횡액단명(橫厄短命)도 조심해야 할 것이다.

양카이더의 최종 학력은 고등학교 졸업이다. 나중에 주임이 되어 중국 최고 명문대학인 청화대학교 졸업장을 받기는 했지만 그것은 자신의 실력과는 전혀 상관이 없는 돈 주고 산 과시용에 불과했다. 그는 고향 창리에 있는 창리직업고등학교를 졸업하였고 졸업 후 몇 년 동안 이런저런 직업을 전전하다가 제대로 된 직장을 찾게 된 것은 진황도산해관발전소에서 24시간 보일러를 돌리는 교대근무자로 일하게 됐을 때부터였다. 그때 그가 맡은 보직은 석탄 운송반 반원으로 하루 종일 마스크를 끼고 석탄 컨베이어실에서 석탄 운송 상태를 확인하는 고된 작업이었다.

그곳에서 근무하는 동료들은 양카이더보다 나이는 훨씬 많았고 학력도 대부분 중졸이었다. 오직 양카이더만 고등학교를 졸업했을 정도로 모두 저학력의 육체노동자로만 뭉쳐진 참으로 미래가 암담한 부서에서 일을 하였다. 한마디로 그 당시만 해도 양카이더는 잘 안 풀린 케이스였다. 다른 동기생 중에는 보일러나 터빈 운전실에서 선풍기 바람 쏘이며 신선놀음하는 친구들도 허다한데 양카이더는 자기 자신을 그만한 자리로 보내 줄 든든한 백이 없었다.

"어이, 양 군. 너도 이리와 한 잔 마셔라."

"전 낮에 술 안 마셔요."

"이놈아, 이런 데서 일하려면 술을 마실 줄 알아야 해. 안 그러면 기관지에 석탄 가루가 끼어 일찍 죽어. 선배가 이야기하면 딱딱 받아 처먹어."

양카이더는 점심때마다 석탄반 선배로부터 이런 소리를 듣는 것도 지겨웠다. 양카이더에게 그렇게 이야기한 선배는 채 1년이 안 되어 죽었다. 그는 석탄가루를 많이 마셔 폐암으로 죽은 것이 아니라 술을 너무 많이 마셔 간암으로 죽었다.

"야, 너는 젊은 놈이 좀 좋은 데로 배치 받지 왜 이런 데로 떨어졌냐? 너도 출세하기는 다 글렀다."

나이 많은 또 다른 선배는 컵에 바이주(白酒)를 가득 담아 컵 채로 파는 '이따코우(一大口)'라는 알코올 도수 52도짜리 술을 점심시간부터 반주로 쭉 들이켰다.

"양카이더, 너 이번에 우리 석탄반에서 의무적으로 한 명 중국공산주의청년단에 입당하여야 하는데 네가 우리 반 대표로 가입해라. 듣자하니 네놈도 빈농 출신이라 신분 자격도 되고 우리들 중에서 공부도 가장 많이 했잖아."

"맞다, 양 군. 네가 우리 대표로 공청단에 가입해라."

양카이더는 진황도산해관발전소의 석탄반에서 힘든 일을 하다가 어느 날 선임들의 추천으로 우연찮게 공청단에 입당하게 되었으나 당원이 되고 난 후에도 특별히 달라진 것이 없었다. 다만 발전소에서 몇 명 안 되는 공청단 단원이라는 자부심을 가끔 느낄 뿐이었다. 지금이야 공청단 단원이 전국적으로 약 9000만 명에 달하지만 1970년대만 해도 그리 많지가 않았다.

양카이더에게 있어 석탄 컨베이어 운송반의 생활은 정말 지옥과도 같았다. 그나마 지금까지 전전했던 직업보다는 월급이 훨씬 많아 계속 근무하고 있었을 뿐이지, 가슴에 야망으로 가득한 그에게 그런 현실은 정말 참을 수 없는 일이었다.

"이봐, 양카이더. 거기 앉아만 있지 말고 바깥 보도블록 청소 좀 해라. 사흘 후에 누가 오는지 알아? 중화인민공화국 공산당 중앙선전부 부장 리첸밍 동지가 우리 발전소를 방문하신단 말이야. 이 기회에 나도 잘 보여 북경발전소 석탄반 반장으로 갈지 알아? 그러니까 빨리 밖에 나가 비질이나 열심히 해, 이놈아."

양카이더는 대꾸도 하지 않고 빗자루를 들고 나가 보도블록을 쓰는 둥 마는 둥 하였다. 보도블록에는 석탄 컨베이어 터널 창문으로부터 날아온 석탄가루가 사방에 널려 있었고 양카이더가 혼자 그것을 쓸기에는 역부족이었다. 하지만 그는 사흘 후 그의 인생에 어떤 대변화가 찾아올지 전혀 감지하지 못하고 있었다.

사흘 후 당시 중국 중앙선전부 부장인 리첸밍(李千明)이 진황도산해관발전소를 방문하기 때문에 발전소 전 직원들은 총동원되어 그날 오후부터 발전소 구석구석을 청소하느라 난리가 났다.

특히 가장 지저분한 곳이 석탄 운송 컨베이어였는데 이중에서도 컨베이어 통로에서 물로 씻어 내려와 진흙처럼 끈적끈적해진 석탄 찌꺼기가 쌓이는 침전지가 발전소 내에서는 가장 지저분하였고 워낙 주위가 석탄 찌꺼기로 더렵혀져 있어 아무리 청소하여도 표시가 나질 않았다.

하지만 발전소 소장은 리첸밍 부장이 시찰 시 지적사항이라도 나오는 날이면 그의 진급에 치명타가 될 수 있기 때문에 그곳을 깨끗이 청소하라고 엄명을 내렸고 석탄 운송반 반장은 침전지를 가장 막내인 양카이더에게 할당하였다.

양카이더는 800여 명의 직원들 중에서 가장 지저분한 곳을 맡아 청소를 하게 되었다. 침전지는 마치 수영장처럼 생긴 커다란 사각콘크리트 수조로 파이프를 타고 내려온 물에 섞인 석탄이 그곳에 차곡차곡 쌓이다가 물은 서서히 빠져나가고 석탄은 나중에 퍼내어 햇볕에 말린 후 다시 쓸 수 있게끔 만들어진 구조였다. 깊이가 무려 5미터나 되어 자칫 발을 잘못 디뎠다가는 그대로 빠지고 만다. 그랬다가는 모험영화에서나 봤을 법한 위험한 늪처럼 질척한 석탄 구덩이로 빨려 들어가 결국 힘도 못 쓰고 목숨을 잃는 아주 위험한 곳이었다.

그날도 침전지에 석탄이 가득 차 있었는데 양카이더는 청소를 하다가 발을 헛디뎌 그만 그곳에 빠지고 말았다.

"사람 살려! 사람 살려!"

양카이더는 소리를 지르며 빠져나오려고 필사적으로 몸부림쳤다. 하지만 그러면 그럴수록 그의 몸은 점점 더 석탄 구덩이 속으로 빨려 들어갔고 그 주위에는 아무도 없어 양카이더는 그날 그것으로 인생을 끝내는 줄로만 알았다. 그런데 이게 웬일인가! 가슴 정도까지 늪 속으로 빨려 들어가던 양카이더의 몸이 딱 멈춰서는 것이 아닌가! 살려달라고 목이 터져라 외치던 양카이더는 너무 놀라 눈이 휘둥그레졌다. 가만히 보니 침전지 아래쪽에 있던 석탄이 오랜 시간 단단히 굳어져 더 이상 빨려 들어가지 않고 받침대 역할을 해주었던 것이다. 양카이더는 구사일생으로 그곳에서 빠져 나올 수 있었다. 그는 그날 죽을 뻔한 위기를 그렇게 가까스로 넘겼다.

리첸밍 중앙선전부 부장이 발전소를 방문하던 날, 양카이더를 비롯한 전 직원은 깨끗한 복장을 하고 제 위치에서 긴장한 모습으로 중앙정부 지도자를 맞을 채비를 하고 있었다. 이날도 양카이더는 석탄 침전지 담당자였는데 특히 손님들이 침전지를 들여다보다가 양카이더처럼 안전사고가 발생하지 않도록 하는 것이 그에게 주어진 임무였다. 수행인원이 50여 명쯤 되는 리첸밍 방문단은 진황도시 북쪽에 위치한 북대하(北戴河)라는 휴양지로 가기 전에 잠깐 발전소에 들른 것이기 때문에 일사천리로 구경하였다. 리첸밍 부장은 어느덧 양카이더가 지키고 있던 침전지로 왔다.

"이게 뭐지?"

"네, 이것은 침전지라는 것으로 바람에 소실되는 석탄을 물로 씻어 내려 이곳에 담아 건조시킨 후 다시 사용하는, 한마디로 에너지를 절약하는 시설로 제가 설계하여 만든 것입니다."

발전소 소장의 대답에 리첸밍 부장은 고개를 끄덕였다.

"음…… 하나라도 아끼려는 정신이 중요한 거야. 소장의 그런 정신이야말로 우리 인민 모두가 본받아야 하는 정신이야."

리첸밍이 발전소 소장을 칭찬하자 소장은 입이 함지박만 해졌다. 그때였다. 어디선가 갑자기 세찬 바람이 휘몰아쳤다. 그때 리첸밍 부장은 안전 모자를 안 쓰고 시찰이 끝나면 빨리 북대하 휴양지로 가기 위하여 자신이 애지중지 아끼는 여름용 고급 중절모를 쓰고 있었다. 그런데 그 모자가 그만 바람에 날리어 공중에서 두어 바퀴 공중제비를 돌더니 그대로 침전지 한가운데 떨어지고 만 것이다. 너무나 순간적으로 일어난 일이라 모두들 깜짝 놀랐으나 어느 누구도 손을 쓸 수가 없었다.

리첸밍 부장을 따라온 예하 수행원들은 모두 어찌할 바를 몰랐고 발전소 직원들은 그곳이 매우 위험하다는 것을 잘 알고 있었기 때문에 제아무리 리첸밍 부장의 소지품이라 하지만 그 따위를 꺼내려 제 목숨을 걸고 그 석탄 늪으로 뛰어들 사람은 아무도 없었다. 하지만 리첸밍은 안타까운 눈으로 모자를 계속 쳐다보고 있었다.

"소장, 저, 저거 어떻게 좀 해보쇼"

안절부절못하는 리첸밍의 비서실장은 발전소 소장을 다그쳤다.

"죄송합니다만, 이곳은 매우 위험한 곳입니다. 깊이가 자그마치 5미터나 되어서 좀……."

"그래? 그럼 됐어. 그냥 가지."

리첸밍은 모자 줍는 것을 포기한 듯 발길을 돌리려 할 때 누군가 갑자기 튀어나와 그 침전지 가운데 떨어진 모자를 향하여 번개처럼 뛰어들었다. 바로 양카이더였다.

"양카이더, 위험해!"

동료들은 반사적으로 소리를 쳤다. 양카이더는 석탄 늪에 빠진 뒤 리첸밍 부장의 모자를 쥐고 바깥으로 던져 주었다.

"빨리 나와. 빠져 죽는다."

"괜찮아요. 절대로 안 빠져요."

양카이더는 장난스럽게 그 자리에 서서 구경꾼들에게 양팔을 들어 보였다. 그는 침전지 바닥의 석탄이 딱딱하게 굳어 있다는 것을 알고 있었기 때문에 그곳에 뛰어들 수 있었고 결국 바깥에 있던 직원들이 긴 막대를 디밀어 그것을 붙잡고 침전지를 빠져나왔다. 양카이더는 물에 젖은 석탄을 뒤집어써 시궁창에 빠진 생쥐 꼴이 되었지만 그래도 중앙 선전부 부장의 중절모를 끄집어냈다는 성취감으로 얼굴에 미소가 가득했다. 거기에 모인 모든 이들이 양카이더의 용기에 열렬한 박수를 보냈고 리첸밍 부장은 석탄 늪에 빠지고도 환한 미소를 짓고 있는 양카이더의 얼굴을 보더니 그에게 성큼성큼 다가갔다.

"자네 이름이 뭔가?"

"네, 양씨입니다."

"양 뭐야?"

"양카이더입니다."

리첸밍 부장은 소장과 다른 수행원들을 향하여 큰 소리로 외쳤다.

"양카이더야말로 오늘날 우리 중국 공산당이 그렇게 찾고 있는 진정한 용기를 지닌 젊은이다. 지금 이자가 보여준 행동은 자신의 목숨을 바쳐서라도 우리 당과 조국의 단결을 위해서라면 불속이라도 뛰어들 각오가 되어 있다는 살신성인의 정신 그 자체이다. 자네 공산당원인가?"

"네, 당원입니다."

"오호라, 자 보시오. 이자는 공산당원이기 때문에 그 가치가 더욱더 빛나는 것이다."

리첸밍의 말에 모두들 다시 한 번 우레와 같은 박수를 보냈다.

리첸밍은 손을 내밀어 양카이더에게 악수를 청했다. 그 모습에 여기저기서 놀라는 모습이었다. 저렇게 존엄한 국가 영도자가 체면 따위는 신경 쓰지 않고 일개 석탄반원, 그것도 석탄 검정이 그대로 묻어 있는 노동자의 손을 잡으려 하다니! 양카이더는 헐레벌떡 손을 옷에 닦은 채 조심스레 손을 내밀었다.

"민족의 영웅 레이펑*에 견줄 만한 대단히 용기 있는 노동자야. 나도 철강회사 노동자 출신이야. 당신 내일부터 내 비서실에 와서 일할 생각 없나? 어이, 소장. 당장 그렇게 조치하도록 해."

"네? 아, 알겠습니다."

소장이 얼마나 기다려 왔던 천재일우의 기회였던가! 그런데 그 출세의 기회가 소장에게 오지 않고 이름도 몰랐던 일개 석탄반 말단 직원에게 돌아가다니! 소장은 너무 급작스러운 명령에 정신이 혼미할 뿐이었다.

그건 양카이더도 마찬가지였다. 이것이 꿈인지 생시인지 알 수가 없었다. 그는 앞으로 펼쳐질 자신의 미래에 대한 기대에 몸속 어딘가로부터 뜨거운 불길이 타오르는 것 같았다. 진황도산해관발전소 석탄반에서 지지리 궁상맞은 삶을 살던 양카이더가 일약 중화인민공화국 공산당 중앙선전부 비서실로 스카우트된 것이다. 양카이더는 이제야 그의 불타는 야망에 걸맞은 자리로 몸을 옮기게 되었다.

정말이지 인생이란 영혼의 계획표에 의하여 그렇게 이미 정해진 대로 움직이는 것인가. 양카이더의 비약적 출세기를 보면 그런 운명론에 수긍할 수밖에 없다. 그의 마음속 야망을 알 턱이 없는 다른 석탄반 동료들

• 레이펑(雷峰, 1940~1962)은 중국 인민해방군 군인으로 젊은 나이에 요절한 국민적 영웅. 부모 형제 모두 노동자 농민 출신으로 아버지는 그가 어렸을 때 일본군에 저항하다 죽고, 어머니는 지주에게 능욕을 당하고 자결하였다. 큰 형은 공장에 취직했다가 폐결핵으로 죽었다. 그의 가족들은 모두 중국 근대 노동자의 공적(公敵)인 악덕 지주, 일본 군에게 압박과 능욕을 당하여 사망했다. 레이펑 자신은 고아로 성장, 1959년 농장에서 일하다 홍수 시 목숨을 걸고 수많은 시멘트를 지켜내 그 이후 일약 전국적인 영웅 반열에 오르게 되었다. 그 후 인민해방군에 입대, 혁명정신으로 수많은 선행과 솔선수범으로 타의 귀감이 되었으나 22살 때 늪에 빠진 전우의 트럭을 꺼내려다 사망하였다.

의 시기와 부러움을 동시에 받으며, 양카이더는 조금도 지체하지 않고 미련 없이 진황도를 떠났다. 청운의 푸른 꿈을 품고 북경으로 장도에 오른 것이다.

리첸밍 부장 비서실 생활은 긴장의 연속이었다.

진황도 시골 발전소에서 젊은 나이에 삶의 의욕을 잃고 빈둥거릴 때와는 180도 다른 생활이었다. 양카이더는 자기에게 이익이 될 만한 사람을 찾아내 그 사람의 비위를 맞추는 데는 천부적인 소질을 타고났다. 그의 그런 성격을 알아본 비서실장은 그를 '후근(後勤)'이라는 의전, 손님 접대 부서에 배속시켰다. 이런 업무가 체질적으로 몸에 맞았던 양카이더는 밤낮 없이 일에 몰두하였고 그의 달력에는 아예 세 가지 요일이 없었다. 토요일, 일요일, 공휴일. 양카이더는 쉬는 날에도 언제나 사무실에 나와 일을 했다.

그러던 어느 여름 일요일 아침.

벌써 3년이란 세월을 북경에서 매일 긴장된 생활로 보내며 진황도에서의 촌티를 완전히 벗어버린 양카이더는 사무실 천장에 매달려 있는 대형 선풍기를 켜놓은 채 다음 주에 있을 하계전국청년대표단회의 행사장 배치도를 펴놓고 좌석 배치를 하고 있었다.

"왕동평. 이 자식 부장에게 잘 보이려고 갖은 아부를 다 떠는 놈이잖아. 나쁜 자식. 이놈은 맨 뒷자리에 앉히고……."

양카이더는 후근 부서의 막강한 힘을 이용하여 배치도를 자기 멋대로 짜 맞추고 있었다. 평소 리첸밍 부장이 잘 봐왔던 젊은 인재들을 그로부터 멀찌감치 이쪽저쪽으로 뿔뿔이 헤쳐 놓았다. 그렇게 자기 입맛에 맞게 배치도를 짜 맞추고 있을 때 누군가 노크도 없이 방문을 휙 열고 들어왔다.

깜짝 놀란 양카이더는 고개를 번쩍 들었다. 양카이더와 낯선 사나이는 순간 아무 말 없이 서로를 바라보았고 양카이더는 예의도 없이 함부로 자기 방문을 열고 들어온 그 사람에게 몹시 화가 났다.

"누구십니까?"

"벤츠 열쇠 좀 잠깐 빌려 줘."

낯선 사나이는 다짜고짜 양카이더에게 비서실 의전용으로 사용하고 있는 신형 벤츠 자동차 키를 달라는 것이었다. 양카이더는 어이가 없었다.

"네? 자동차 열쇠를 빌려 달라고요? 내 참…… 뭐 하시는 분인지는 모르지만 남의 사무실에 노크도 없이 들어와서 어떻게 다짜고짜 자동차 키를 달라는 겁니까?"

"그런 넌 누구냐? 너는 이 나라 대외경제무역부장 얼굴도 모르나?"

순간 양카이더는 전기에 감전이라도 된 듯이 자리에서 벌떡 일어났다.

"아…… 몰, 몰라봐서 죄송합니다. 그, 그럼 양청(楊成) 대외경제무역부 부장님?"

양카이더는 그제야 그의 얼굴을 신문에서 몇 번 본 기억이 났다.

"흠, 이제야 알아보겠나? 내가 오늘 급한 일로 사무실에 나왔다가 기사를 다른 데 보내 여기 승용차 좀 쓰려고 그런 거야."

"정, 정말 죄송합니다. 제가 혹시 부장님이 아니신가 생각은 했는데 벤츠 열쇠를 달라고 하는 바람에…… 당의 물건을 잘 지켜야 하는 것이 저의 책임이라…… 정, 정말 죄송합니다."

대외경제무역부는 현 상무부의 전신이고 대외경제무역부 부장은 대단히 높은 직위의 행정 관료이다.

"내가 리 부장에게 이야기했어, 잠깐 급한 볼일이 있어 차 좀 쓴다고. 전화 안 왔나?"

"전화는 안 왔습니다만…… 여부가 있겠습니까? 잠시만 기다리십시오."

양카이더는 부랴부랴 자기 양복 호주머니에서 벤츠 자동차 키를 꺼내왔다. 양카이더는 일요일마다 공산당 중앙선전부 의전용 벤츠 승용차를 마치 자기 자가용인 양 폼 내며 몰고 다녔기 때문에 토요일 오후부터 벤츠 자동차 열쇠는 항상 양카이더 호주머니 속에 있었다.

"부장님, 제가 운전을 해드리겠습니다."

"그래? 자네도 바쁠 텐데……."

"아닙니다. 일요일이라 할 일이 없어 사무실에 나왔습니다. 가시죠."

양카이더는 대외경제무역부장을 모시고 건물 밖으로 나가 벤츠를 타고 북경에서 북쪽으로 45킬로미터쯤 떨어진 창평(昌平)이란 곳에 위치한 북경국제골프구락부로 향했다. 북경국제골프구락부는 덩샤오핑이 1978년 개혁개방정책을 실시한 이후 북경으로 물밀듯이 밀려오던 외국 기업 주재원들의 여가활동을 위하여 북경시가 일본 기업과 합작으로 1986년에 건립한 골프장이다. 만리장성과 명십삼릉의 수려한 풍경이 병풍처럼 펼쳐진 북경국제골프구락부는 오늘날까지도 많은 중국 국내외 골퍼들이 즐겨 찾는 훌륭한 골프장으로 자리 잡고 있다.

양청 부장은 북경국제골프구락부가 개장한 작년부터 올해까지 2년 동안 거의 주말이면 그곳을 찾았다. 대외경제무역부는 국무원 어느 부처보다도 각국 대사나 경제 대표들과 자주 접하게 되고, 그러다 보니 자연스럽게 그들과 같이 골프 경기를 할 기회가 많았다. 양청 부장은 이

날 외국 요인들과의 경기는 없었으나 필드 실전 연습을 위하여 골프장을 찾았다. 중국은 어느 골프장을 가더라도 1인 단독 라운드가 가능하다. 그래서 중국 골프장에서 혼자 라운드 하는 골퍼를 발견하면 십중팔구 연습을 하러 나온 정부 관리일 확률이 높다.

양카이더는 운전을 하는 도중 비서실장으로부터 무선호출기 문자가 들어와 그분이 정말로 양청 대외경제무역부 부장이라는 사실을 확인할 수 있었다. 문자를 확인한 이후, 양카이더는 손에 땀이 날 정도로 긴장하여 차를 몰았다. 그는 또다시 신분 상승을 할 수 있는 이런 좋은 기회, 그러니까 막강한 권력자와 단둘이 있는 절호의 기회를 놓칠 인물이 아니었다.

평소 행정 관료들의 출신 고향을 잘 알고 있었던 양카이더로서는 속으로 쾌재를 불렀다. 왜냐하면 자기가 조사해 본 바로는 자기와 고향이 같은 고위급 인사가 두 명이 있었는데 하나는 중국 최고 명문대이며 중국을 이끌어가는 수많은 인재를 배출해낸 청화대학교 총장과 그리고 지금 양카이더와 차를 같이 타고 가는 대외경제무역부 부장 양청이었다.

국무원 최고위직과의 독대는 수천 금을 들여도 성사될까 말까 하고, 그런 자가 양카이더와 같은 말단 공무원을 면담할 리도 만무한데, 공교롭게도 오늘 우연찮게 그런 귀인을 만나게 되었으니 역시 행운이란 갑작스레 찾아오는 법이고 그런 요행도 준비되지 않은 자에게는 그냥 스쳐 가는 것이라 양카이더는 자기가 평소에 최고위직 간부들의 고향을 파악해 두기를 참 잘했다고 생각했다.

양카이더는 운전 중 조심스레 입을 열었다.

"저…… 부장 각하, 혹시 고향이 하북성 진황도 옆에 창리현 아니신지요?"

"아니? 자네가 그걸 어떻게 알아?"

"저도 창리 출신입니다."

"그래? 자네가? 이름이 뭔가?"

"양입니다. 양카이더요. 벽해해수욕장 뒤쪽 포도밭 양씨마을 출신이에요."

"뭐야? 나도 그곳에서 살았어. 허…… 그래?"

양청 부장도 뜻밖에 동향 사람을 만나서인지 매우 반가워하였다. 사실 중국이란 나라는 워낙 땅덩이가 커 대도시에서 고향 사람을 만난다는 것은 그리 쉬운 일이 아닌지라, 고향 사람을 만나면 마치 한 식구를 만난 것처럼 얼싸안고 좋아한다.

양카이더는 뛸 듯이 기뻤다. 3년 전 발전소 침전지에 온몸을 던져 리첸밍의 중절모를 건져 주었을 때보다 더욱 가슴이 뛰고 흥분되었다. 왜냐하면 대외경제무역부 부장이라면 중앙선전부 부장보다 훨씬 권력이 막강했고 게다가 양청 부장이 자기와 같은 고향 출신이기 때문이었다. 양청 역시 우연히 만난 고향 후배를 보고 매우 기분이 좋은 얼굴이었다. 또한 같은 양씨 집안이기 때문에 양카이더에 대해서는 비록 초면임에도 불구하고 작든 크든 무엇인가 집안 사람을 도와주고 싶은 생각이 들었다.

"자네 언제 시간 나면 나한테 한번 와. 내가 저녁 한번 살 테니까. 그리고 오늘은 내가 운동 끝날 때까지 기다렸다가 나를 다른 곳에 좀 태워 줘야겠어."

"여부가 있겠습니까? 어디든지 말씀만 하십시오."

양카이더는 그날 양청 부장의 기사 노릇을 아주 깍듯하게 해주었고,

비록 양칭이 그저 빈말로 한번 찾아오라고 한 것이라고 생각했지만 양카이더 입장에서는 그를 찾아갈 뚜렷한 명분이 생기게 된 것이었다.

양카이더는 호시탐탐 출세 기회를 노리다가 기회가 나타나면 그것을 놓치지 않고 성공의 전환점으로 만드는 데 천부적인 소질이 있는 사람이었다.

양카이더는 양칭 부장을 만나러 가기 전에 먼저 고향에 있는 사촌형 양펑더(楊峰德)을 만나러 갔다. 큰아버지 집은 양카이더 아버지와는 다르게 돈을 알차게 모아 창리에서 큰 부자가 되었고 양카이더의 아버지는 큰집의 포도밭에서 일을 했었다. 사촌형은 큰아버지의 포도밭을 물려받아 지금 창리에서 포도농장을 크게 하고 있었다.

중국에는 유명한 '깐홍(干紅)'이라는 포도주가 있는데 이 포도주는 중국뿐만 아니라 포도주의 본고장인 프랑스까지 수출할 정도로 이름난 포도주이다. 그 원료가 모두 이곳 창리 포도밭에서 나온다. 창리의 그 뜨거운 태양과 부드러운 바닷바람이 오묘한 조화를 이루어 만들어낸 창리 포도는 그 맛이 가히 천하일품이다.

양펑더는 '깐홍' 포도주회사가 덩샤오핑의 개혁개방정책에 힘입어 세계 여러 나라로 수출되는 바람에 대량의 포도를 납품하고 거금을 번 사람이었다. 양카이더는 실로 몇 년 만에 사촌형 양펑더 집에 찾아갔다. 비록 아주 오랜만에 찾아간 사촌형의 집이지만 사실 사촌형도 양카이더가 리첸밍 비서로 있다는 것을 시간 날 때마다 동네 사람들에게 자랑을 하고 있던 터라 불쑥 찾아온 그를 과분할 정도로 반갑게 맞이했다. 양카이더는 사촌형과 뜨겁게 포옹을 하면서 오랜만에 재회의 기쁨을 나눴다. 하지만 그가 자기보다 스물 살 가까이 많은 사촌형을 찾아간 데는 목적이 있었기에, 괜히 뜸들이며 시간 낭비할 필요가 없었다.

"형님, 저 2만 위안만 빌려 줘요."

"뭐? 2만 위안이면 북경에서 집 한 채는 사겠다. 왜? 집 사려고 그러냐?"

"어디다 쓸 것인지는 묻지 마시고요, 딱 2만 위안만 빌려 주세요."

양평더는 양카이더의 눈을 똑바로 쳐다보았다. 이글이글 불타는 눈빛이 너무나도 야심만만해 보였다.

"카이더, 그 눈빛 좀 죽여라. 누가 보면 금방 알아차리겠다."

"네?"

"너 누구에게 갖다 주려고 그러냐?"

"그걸…… 어떻게 아셨어요?"

"네 눈에 쓰여 있어. 누구냐?"

"있어요. 대외경제무역부장."

"뭐? 대외경제무역부장? 양청? 하하."

양평더는 대외경제무역부장이라는 말에 집이 떠나갈 듯 크게 웃었다.

"왜 그러세요? 아세요?"

양평더는 대답 대신 작은 방으로 들어가 무엇인가 열심히 찾았다. 그는 한참 만에 무엇인가를 들고 나왔는데 그것은 빛바랜 사진이었다.

"양청하고 나하고는 어렸을 때 아주 친한 사이였지. 내가 그 사람보다 두 살이 많은데 양청은 나를 친형처럼 잘 따랐어. 그 사진 뒷줄 맨 오른쪽에 있는 사람이 나고 그 옆이 양청이야."

양카이더는 흥분된 얼굴로 말없이 사진을 들여다보았다. 그리고는 서서히 고개를 들면서 떨리는 목소리로 이야기했다.

"형님, 나 이번에 진짜 뭔가 될 것 같으니 한 번만 밀어 주세요."

"이 친구 아직 날 기억할는지 모르겠는데. 너와 이 사람이 만나게 되다니 참 묘한 인연이군."

양펑더는 지체 없이 집 밖으로 나가 으스름한 달빛 아래 사람 형체만 보일 듯 말듯 한 마당에서 땅을 파더니 무엇인가 끄집어내어 표면에 묻은 흙을 닦아냈다. 어렴풋하게 보이는 것이 오래된 항아리 같았다. 양펑더는 그것을 냅다 바닥에 집어 던지는 것이었다.

쨍그랑.

강한 파열음과 함께 항아리는 박살이 났고 양펑더는 허리를 굽혀 푸르스름하게 빛나는 무엇인가를 주섬주섬 주워 집으로 들어와 양카이더 앞에 내려놓았다. 양카이더는 밝은 불빛 아래 사촌형이 내려놓은 것을 그제야 알아보고 깜짝 놀랐다. 전부 현금 뭉치였다.

"전부 4만 위안이다."

"형님……."

"양청이라고 하니 뭔가 길이 보이는 것 같아 흔쾌히 빌려준다. 나중에 원금은 원금대로 갚고 이자는 따로 있다. 이제부터 내가 하는 말 잘 들어라."

"……."

"너 양청 부장에게 이야기해서 어떡해서든 이곳 창리현 관리로 나오너라. 아마 그 정도 돈으로 창리현 관리 자리라고 하면 양청도 바로 들어줄 게야. 그것이 너도 출세하고 나도 돈 버는 길이야. 그리고 이 사진도 같이 가지고 가면 도움이 될 거야. 허허, 사진은 내가 찍고 복은 네 놈이 다 받는구나."

그날 사촌형을 찾아가 돈 4만 위안과 뜻밖의 사진을 챙겨서 북경으로 돌아온 양카이더는 자기가 생각해도 자신의 운명이 너무나도 술술 풀리는 것에 신기할 따름이었다.

'그래. 이 기회를 절대 놓쳐서는 안 돼.'

양카이더는 사촌형 덕택에 더욱 자신감을 얻어 리첸밍의 중절모 사건 때보다도 더 강렬한 야망이 가슴속에서 불타고 있었다. 성질이 급한 양카이더는 시간을 끌 겨를도 없이 이틀 후에 양칭 부장의 집을 찾아갔다.

"그래, 샤오양(小楊) 오랜만이야. 그동안 고향에는 한번 가본 적이 있는가?"

"네, 부장님. 혹시 양펑더라고 아시는지요?"

"양펑더? 글쎄다, 누구지?"

"네, 제 사촌형님이신데 창리에서 포도농장을 하고 있어요."

"그래?"

"그럼, 이 사진."

양카이더는 품 안에서 빛바랜 사진 한 장을 꺼냈다.

"어? 이거 나잖아. 이 사람은 라오양(老楊)°이네? 그럼 이 사람이 네 사촌형이란 말이냐?"

양칭은 양카이더가 건네준 사진을 보더니 어린애처럼 기뻐했다. 그러면서 자기가 어린 시절 양펑더와 얼마나 재밌게 놀았는지 이야기보따리를 풀어놓기 시작했다. 양칭은 이미 양카이더가 자기 사람이라고 생각했는지 어렸을 적 고향에서 있었던 일들을 스스럼없이 늘어놓으며 즐거워했다. 양칭이 한참 이야기의 꽃을 피우고 있을 때 양카이더가 불쑥

• 老(라오)는 오래됐다는 뜻뿐만 아니라 중국인들이 가까운 사람들끼리 친근함과 존경의 뜻을 나타내기 위해 성씨 앞에 붙여 사용하는 접두사이다. 예컨대 '라오펑요우(老朋友)'라 하면 오래된 친구라는 뜻도 있지만 친근하고 존경하는 친구라는 뜻도 된다.

말을 꺼냈다.

"제가 형님 농장에 가서 우리 창리 포도를 가지고 왔는데 한번 드셔 보시죠. 차에 가서 가지고 오겠습니다."

양카이더는 밑에다 4만 위안이라는 당시로서는 상당한 거금을 깔고 그 위에 포도송이를 올려놓은 바구니를 양청 앞으로 가지고 왔다.

"이게 우리 고향 창리 포도군. 어디 한번 먹어볼까."

양청은 포도 한 알을 떼어 바지에 쓱쓱 닦더니 입안에 쏙 넣었다. 그러더니 엄지손가락을 쭉 펴는 것이었다.

"역시 최고야, 최고."

"가족 분들과 같이 드십시오."

그리고는 진지한 얼굴을 하고 양청에게 정중하게 이야기했다.

"제가 고향 창리에서 일을 할 수 있다면 매년 최고 품질의 포도를 진상하겠습니다."

"고향에서 일하고 싶냐?"

"네, 하루라도 빨리 내려가 낙후된 고향을 번듯한 도시로 발전시키고 싶습니다."

"음, 훌륭해. 역시 창리 사람이야."

양청은 포도를 우물거리며 칭찬을 아끼지 않았다.

그로부터 한 달 후, 양카이더는 3여 년 동안 근무하던 정든 공산당 중앙선전부 비서실을 떠나 하북성 창리현 여행국 국장으로 떠나게 되었다. 아무도 예견하지 못한 갑작스런 인사에 비서실장을 비롯한 많은 사람들이 놀랐으나 당사자인 양카이더는 이들에게 코웃음을 치고 있었다. 왜냐하면 자신이 이 일을 위하여 얼마나 많은 공을 들였는지 아무도 모르기 때문이었다. 사실 여행국이라면 다른 행정기관에 비하여 보잘것없는 곳이지만 양카이더에게 있어서 처음에 어느 부서로 발령 받았느냐는 그다지 중요한 문제가 아니었다. 돈을 긁어내거나 권력층에 줄을 대는 데는 타고난 소질을 지니고 있던 그에게 여행국 국장은 분명 쓸 만한 자리임에 틀림없었다.

양카이더가 사촌형의 사주대로 고향의 지방 관리로 내려가 첫 번째 한 일은 다른 관계 부처를 설득하여 누구도 상상하지 못할 기막힌 사업을 시작하는 것이었다. 그것은 다름 아닌 관광용 비행 사업이었다.

창리현에서 북동쪽으로 조금 떨어진 곳에는 중국에서 가장 유명한 북대하(北戴河)라는 해수욕장이 있다. 북대하는 여름만 되면 전국 각지에서 몰려드는 관광객으로 인산인해를 이룬다. 특히 북경에 있는 정부 행정조직 자체가 그곳으로 대거 옮겨와 한여름을 보내고 간다. 그래서 중국인들은 북대하를 하계수도(夏季首都)라고 일컫는다. 여름휴가를 쩨쩨하게 하루, 이틀로 끝내는 것이 아니라 아예 집무실을 해수욕장으로 옮겨 한 달씩 보내니 가히 대륙적 기질의 중국인이라 하지 않을 수 없다.

양카이더는 바로 이런 점을 이용하여 북대하에서 자동차로 15분이면 도착하는 창리현에 비행장을 만들었다. 비행장이라고 해봤자 거창할 것이 없었다. 해변을 끼고 펼쳐져 있는 모래 해변 그 자체가 잘 닦인 활주로였다. 소금으로 단단히 다져진 그 땅은 천혜의 자연 비행장이었다. 양카이더는 어린 시절 수많은 프로펠러 군용비행기들이 그곳에 이착륙한 것을 기억하고 그 점에 착안하여 양펑더와 그가 잘 아는 인근 군부대장에게 이야기하여 관광용 경비행기 사업을 시작한 것이다.

중국의 군부대는 특이한 점이 있다. 해방군 그러니까 중국 국군은 그 수가 어마어마하기 때문에 중앙정부에서 전국에 산재해 있는 수많은 군부대를 풍요롭게 먹여 살린다는 것은 사실상 불가능한 일이다. 그러다 보니 군부대는 주둔하고 있는 지역에서 부대 운영비용의 일정부분을 자체적으로 마련하여야 한다. 그러니까 무엇인가 건전한 수익사업을 해야 하는데 양카이더는 바로 이런 점에 착안하여 인근 군부대에서 오래된 경비행기 두 대를 마련토록 하고 관광비행기 사업으로 생긴 수익은 모두 군부대가 갖는 것으로 해주었다.

양카이더에게는 별다른 이익 배분은 없었다. 다만 그가 북대하에서 직접 모시고 오는 중국 정부의 고위직 손님들은 공짜로 태워 주기로 약속했다. 양카이더는 북대하에 휴가 온 양청 부장을 비롯한 중국 공산당 중앙간부 등 손이 닿는 인사들에게 모두 관광용 경비행기를 태워줬다. 군사보호지역인 북대하를 제외한 그 일대 공중 관광은 얼마 안 있어 중앙정부 고위 간부들 사이에 큰 인기를 끌었고 나중에는 북대하에 온 웬만한 고위 간부들은 모두 관광용 경비행기를 한 번씩은 타보게 되었다.

양카이더는 관광용 경비행기 사업을 창리현 여행국의 공식적인 사업으로 성공시키고 또 이를 통하여 수많은 고위직 인사들과 새로운 꾸안시를 형성하게 되었다. 이즈음 양청 부장을 통하여 북대하에서 새롭게 소개받은 거물급 인사가 있었는데 그 사람은 다름 아닌 또 다른 창리현 출신인 청화대학교 왕인탕(王銀唐) 총장이었다. 이로써 양카이더 그가 알고 있던 창리현 출신의 중앙정부 거물급 인사들과 모두 연결고리가 생기게 되었고 결국 이들의 도움으로 겨우 몇 년 만에 일약 진황도경제기술개발구 주임이란 막강한 자리에 오를 수 있게 되었다.

그러나 굶주린 호랑이가 먹이를 노리듯이 정상을 차지하기 위하여 호시탐탐 그 기회만 엿보는 양카이더 역시 매사에 스트레스를 받기 마련이었다. 양카이더는 그 모든 스트레스를 매일 밤 술집에서 풀었다. 양카이더가 즐겨 찾던 술집은 창리현에서 제일 유명한 취선루(醉仙樓)라는 룸살롱이었는데 시골 술집치고는 가격이 매우 비싸 웬만한 시골 촌부들은 엄두도 못 내고 그 지역의 지방 관리나 유지 그리고 깡패 두목급 정도만 찾을 정도로 고급 술집이었다.

양카이더가 그곳을 자주 찾았던 이유는 거기서 시중을 들던 한 호스티스 때문인데 그 여자의 이름은 왕루몽(王如夢)이었다.

양카이더가 창리현 여행국 국장으로 있던 어느 여름 저녁.

북대하에 피서 온 중앙정부 고위관리들의 시중을 드느라 심신이 지친 양카이더는 천근같은 몸을 이끌고 취선루를 찾았다.

"양 국장님. 어서 오세요."

카운터에 있던 종업원이 인사를 꾸벅 했다.

"마담 있냐?"

"네, 잠시만요."

종업원은 재빨리 2층으로 뛰어 올라갔다. 잠시 후 2층 계단에서 키가 훤칠하게 큰 여자가 내려왔다. 그녀는 이목구비가 뚜렷했고 언뜻 보기에는 고급관료의 부인이라 생각될 정도로 당당한 풍채를 지녔다. 그녀가 바로 왕루몽, 취선루의 마담이자 양카이더의 애인이었다.

"양 국장님, 오늘은 혼자 오셨네요."

"며칠 동안 잠도 못 잤어. 북대하 호텔에서 밤새도록 마작 치는 간부들 뒤치다꺼리해 주느라, 아하…… 피곤하다."

양카이더는 늘어지게 하품을 했다.

"나 피곤한데 안마 좀 해줘."

"어서 위로 올라가시죠."

두 사람은 2층에 위치한 안마실로 들어갔고 양카이더는 들어가자마자 그녀의 무릎에 기대 깊은 잠에 빠졌다.

왕루몽은 양카이더보다 3살이 어렸다. 그녀는 창리현보다도 더 시골인 섬서성 부평현에서 태어나 초등학교 졸업이 학력의 전부인, 말 그대로 깡촌 출신 촌부(村婦)였다. 그녀는 고향을 떠난 후 처음에는 북경의 어느 술집에서 일하다가 단속을 피하여 다른 지역으로 거처를 옮겼는데 그곳이 바로 창리현의 취선루였다.

그녀가 북경에 있던 시절, 북경은 워낙 술집이 많아 찾아오는 손님도 적은 데다 수도라는 특성 때문에 단속도 심해 돈 벌기가 여간 힘든 것이 아니었다. 그때가 덩샤오핑이 개혁개방정책을 제창한 1978년 이래 미국을 비롯한 일본 자본이 대거 유입되던 시절이었다.

그즈음 농업으로 지역경제가 탄탄한 북경 인근 현에 있는 룸살롱으로 가면 북경보다 더 많은 돈을 벌 수 있다는 소문이 돌아 술집 아가씨들 사이에 시골 룸살롱으로 내려가는 붐이 일었다. 그때 왕루몽도 창리현 취선루로 가게 되었다. 원래 중국 시골에 있는 대형 술집들, 그러니까 4, 5층짜리 건물을 통째로 쓰는 그런 류의 술집은 아가씨가 손님과 같이 노래 부르는 것은 물론이고 안마실에서 안마도 해주는 풀코스 서비스를 제공했다. 한마디로 시골 술집이 도시 술집보다 서비스의 농도가 더 진했고 그만큼 술집 아가씨들은 돈도 많이 벌었다.

그런 시골 술집에서 일하던 왕루몽은 훤칠한 키에 이목구비가 뚜렷한 마스크로 취선루의 마담 역할을 하면서 그 지역의 유지와 고급 공무원들과 안면을 트게 되었고 그러다가 야심가 양카이더와 운명적인 만남을 갖게 된 것이었다.

양카이더는 창리현 여행국장 시절 취선루에서 많은 접대를 받았고 왕루몽을 알고 난 후에는 거의 매일 그곳을 들렀다. 그때 왕루몽이 외모도 출중한 데다 성격도 호탕한 것이 마음에 들어 그가 진황도경제기술개발구 주임이 된 후 그녀를 일약 진황도경제기술개발구 노동국장으로 임명했다. 역시 벼락출세한 인물은 자신과 비슷한 벼락출세형 스타를 만들어내는 특징이 있는데 양카이더는 그 정도가 가히 파격적이었다. 사실 노동국장은 각 회사 노동자들과 깊은 연대관계를 맺고 있어 주임이 노동국장과 대립하는 상황은 주임에게 불리하게 작용한다. 왜냐하면 중화인민공화국은 말 그대로 노동자, 농민 즉 프롤레타리아 계급을 위한 국가이기 때문에 노동자들에게 잘하지 못하는 영도는 그 자리에 앉아 있을 자격이 없기 때문이다. 그래서 양카이더는 미모는 뛰어나지만 머리는 텅 빈 왕루몽을 꼭두각시 노동국장으로 임명해 놓고 진황도개발구 소재 각 기업 노동자의 선발, 공회(工會, 노동조합) 조정을 완전 장악하게 되었다.

진황도봉봉전력유한공사

　양카이더가 그의 심복 주리용을 통하여 중일합작회사인 진황도조양 레미콘유한공사의 경영권을 완전 장악하고 난 후, 두 번째로 착수한 사업은 진황도시와 하북성 일대에 전력을 공급할 외국 합작발전소를 유치하는 것이었다. 발전소는 워낙 투자비 규모가 크고 기술적 전문성을 요하는 인프라 사업인지라, 양카이더는 일여 년에 걸친 신중을 기하여 세계 여러 나라의 대형 에너지회사에 러브콜을 보냈다. 그중 투자의향을 보였던 미국, 프랑스, 한국 등 몇몇 회사의 대표들과 협상을 했는데 양카이더는 여러 가지 호조건을 내세운 미국, 프랑스 기업보다는 왠지 같은 동양권인 한국 기업에 호감을 갖더니, 최종적으로 한국의 유명 에너지 전문 기업 ST에너지주식회사와 합작투자계약을 체결하게 되었다.

　ST에너지는 초대형 그룹사는 아니지만 한국에서 알아주는 에너지 전문 회사로 특히 발전사업 쪽으로는 많은 기술을 축적하고 있었다. 하지만 해외 발전소 투자 사업은 그동안 한 번도 해본 적이 없어, 해외발전사업 진출을 모색하다 당시 붐이 일었던 중국 진출의 물결을 타고 최초 해외사업으로 중국 진황도에서 양카이더 주임과 손을 잡게 된 것이었다. ST에너지 동방신(東方信) 회장은 매년 엄청난 경제성장을 거듭하고 있는 중국이야말로 대단한 잠재력을 지닌 전력시장이라 판단하고 중국 여러 곳을 조사하게 한 다음 최종적으로 양카이더와 의기투합한 것이었다. 아니 회장이 의기투합했다기보다는 ST에너지 중국사업부의 한종민(이라는 자와) 양카이더가 의기투합했다고 보는 것이 더 정확할 것이다.

ST에너지 중국사업부의 한종민(韓宗民) 부장과 민완주(閔完主) 대리는 회장의 명을 받고 몇 개월에 걸쳐 중국 전역을 누비며 합작투자 적격지를 찾아다녔다. 하지만 자기 입맛에 딱 맞는 중국 파트너가 그렇게 쉽게 나타나지 않았고, 성과 없는 중국 출장을 몇 번 왔다 갔다 하면서 많이 지쳐 있는 상태였다.

민완주 대리는 33살로 적은 월급을 가지고 내 집 마련을 위하여 열심히 살고 있던 젊은이였다. 요즘 젊은 사람들은 보통 맞벌이를 하는데 민완주의 아내는 전업주부인지라 자신의 월급만 가지고 생계를 꾸려야 했다. 그 와중에 알뜰하게 저금도 하고 있었다.

한종민 부장은 보통 체구의 유난히 가무잡잡한 피부를 지녔고 머리는 반 정도 벗겨진 곱슬머리에 술을 어지간히도 좋아했다. 그는 45살로 민완주보다 12살 많은 띠동갑이었고 민완주의 학교 선배였다. 한종민과 민완주는 참으로 여러 가지 면에서 인연이 많았다. 일단 고향이 같았다. 두 사람 다 경상남도 마산 출신이었다. 좀 더 정확히 말하자면 마산에서 창녕 쪽으로 좀 가다 보면 검단리라는 곳이 있는데 둘 다 그 시골 마을 출신이었다. 한종민은 민완주의 검단리 초등학교 선배였다. 고등학교도 둘 다 부산으로 나와 공교롭게도 같은 고등학교를 졸업하였고 대학교도 서울에 있는 대학교 중문학과 선후배 사이였다. 그러니까 중학교만 빼고는 한종민과 민완주는 전부 같은 학교를 졸업한 것이다. 서로가 알게 된 것은 회사에 들어와서부터였고 그런 사실을 알고 난 한종민은 민완주를 친동생처럼 늘 잘 대해 주었다.

이들은 ST에너지에서 몇 안 되는 중문과 출신이라는 이유로 회장에게 발탁되어 중국사업부에서 일하게 되었다. 회장의 명을 받아 한종민이 처음 접촉했던 지역은 중국 산동성 제남(濟南)시였으나 그 제남시 합작발전소 사업이 여러 가지 문제에 봉착하여 결국 포기하게 되면서 ST에너지 중국사업부 자체가 존폐의 위기에 놓이게 되었다.

그즈음 민완주는 매일같이 불안하였다. 중국사업부에서 일하다 중국에 파견근무를 나가 해외수당을 받으면 내 집 마련의 꿈이 하루라도 빨리 이루어질 텐데, 여기서 중단하면 그 꿈이 무산되고 마니 불안한 것이었다.

그러던 어느 날, 퇴근 후 한종민과 민완주는 회사 부근의 맥주집을 찾았다.

"한 부장님, 그럼 우리 중국 사업은 여기서 끝나는 건가요? 제남사업을 다시 한 번 타진해 보면 어떨지……."

"야, 제남 놈들 이야기도 꺼내지 마라. 치사한 놈들 같으니라고."

한종민은 맥주를 벌컥벌컥 들이켰다. 민완주도 속이 답답했는지 맥주를 쭉 들이켰다.

"민 대리, 이리 가까이 와봐."

"왜요?"

"너한테 처음 이야기하는 건데, 사실 우리에게 중국 다른 곳에서 사업제의가 들어왔거든."

"네?"

"내가 누구에게도 이야기하지 않았는데 제남보다 훨씬 좋은 지역에서 사업제의가 들어왔어. 조건도 좋고."

"거기가 어딘데요?"

"진황도."

"진황도?"

"왜, 거 있잖아, 예전에 중국을 최초로 통일시킨 진시황. 그 진시황이 만든 만리장성이 시작하는 곳이래. 거기가 바로 진황도야, 진황도."

"선배님, 대체 어떻게 된 건지 자세히 좀 이야기해 주세요. 어서요."

민완주는 한종민이 갑작스레 알려준 낭보에 안달이 났다. 그들이 산 동성 제남 사업을 포기하고 얼마 안 있어 한종민은 아무도 모르는 사이 한 중국인을 만났다. 양카이더였다.

양카이더가 먼저 한종민을 찾아왔던 것이다. 양카이더는 진황도시에 외국 합작 대형발전소를 유치시키기 위하여 여기에 걸맞은 외국 기업을 물색하다 한국 지인을 통하여 에너지 분야에 세계적 명성을 갖고 있는 ST에너지를 소개받았다. 게다가 이 회사가 중국 제남에 발전소를 건설하려다 포기한 상태라는 이야기를 듣고는 한종민에게 연락을 취했던 것이다

"아하, 그런 사업이 있었군요."

"이제 다음 주부터는 진황도 사업을 공식화하여 본격적으로 뛸 준비나 해."

"여부가 있겠습니까."

민완주는 쾌재를 불렀다.

진황도경제기술개발구 사업은 그렇게 연결이 되어 결국 ST에너지는 새로운 발전소 사업 협상을 시작하게 되었다. 시작하자마자 양카이더 주임의 초청으로 현지 시찰차 한종민과 민완주 두 사람은 진황도로 출장을 다녀오게 되었다.

민완주가 만난 양카이더라는 자는 보통 인물이 아니었다. 민완주가 그때까지 만나 본 여느 중국인과는 그 격이 달랐다. 소위 말해 양카이더는 통이 크고 화끈한 인물이었다. 40대 초반인 젊은 나이에 이미 주임이 된 것만 봐도 그가 보통 인물이 아님을 짐작할 수 있었다. 양카이더는 진황도에 투자하는 모든 해외자본 유치를 도맡고 있는 최고 책임자라서 그런지 협상을 할 때에도 모든 것을 자기가 그 자리에서 바로 결정해 주었다.

전기 판매가격만 해도 제남시 같은 경우, 겨우 0.1위안을 올리느냐 마느냐를 놓고 장장 몇 개월씩 질질 끌면서 실랑이를 벌였는데 양카이더는 한종민, 민완주와 협상을 시작하자마자 그 자리에서 원하는 전기 판매가격을 즉각 수락해 주었다. 그런 양카이더를 보고 한종민과 민완주는 탄복하지 않을 수 없었다.

양카이더와 이들 두 사람 간의 업무 추진은 대략 그러했고, 그 당시 한종민은 중국을 왔다 갔다 하면서 벌써 애인을 만들어 놓았다. 술과 여자를 좋아하는 한종민에게 소위 말하는 중국 현지처가 생긴 것이다.

한종민의 애인 이름은 리빙화(李炳花). 나이는 26살에 조선족이었다. ST에너지 중국사업부가 중국 사업을 시작한 초창기에는 한종민만 중국 출장을 다녔다. 중국사업부를 책임지고 있는 그로서 사업 성사도 불투명한 초기, 몇몇 직원들을 데리고 우르르 몰려다니면 "저것들은 실적은 못 올리고 중국 관광이나 다닌다"는 뒷말이 나올 것 같아 혼자서 뻔질

나게 출장을 다녔고 그러다 리빙화를 알게 된 것이었다.

한종민과 민완주가 진황도 출장을 갔다가 귀국을 위하여 북경에서 하루 머문 날이었다. 북경 국제호텔에 도착하여 체크인을 한 후, 그들은 저녁을 먹으러 로비로 내려갔다.

"민 대리, 내가 오늘 소개해 줄 사람이 하나 있으니 잠깐 여기서 기다려봐."

"네? 소개요? 누군데요?"

"보면 알아."

민완주가 궁금해 하고 있을 때 저만치서 누군가 그들에게로 다가왔다. 젊은 여자였다.

"어휴, 빨리도 나오셨네요."

그녀의 말투 때문에 민완주는 대번에 그녀가 조선족 여자라는 것을 알 수 있었다. 그녀는 북한 말투와 강원도 말투가 뒤섞인 조선족 특유의 말투를 쓰고 있었다.

"인사해. 이쪽은 나랑 같이 근무하는 민완주 대리야."

"안녕하세요, 말씀 많이 들었습니다. 리빙화라고 합니다."

리빙화는 민완주에게 악수를 청했다.

"예, 안녕하세요. 민완주라고 합니다."

민완주는 그녀를 바라보았다. 정말 미인이었다.

'와, 조선족 중에서도 저렇게 예쁜 여자가 있다니!'

민완주는 자신의 눈을 의심할 정도로 리빙화는 대단한 미인이었다.

"어때? 괜찮지?"

한종민은 자못 의기양양했다.

아미(蛾眉)라고 하였던가! 초승달처럼 가늘고 길게 굽은 눈썹은 진정한 미인의 상징이다. 역사상 아미로 유명한 여자가 있었으니 양귀비(楊貴妃)의 언니 괵국부인(虢國夫人)이다. 그녀는 얼굴 피부가 너무 고와 언제나 분 단장을 하지 않고 민낯으로 황제 현종(玄宗)을 대했다. 두보(杜甫)가 이를 일컬어 "연지곤지가 오히려 얼굴을 더럽힐까봐, 아미를 씻고서 지존을 대하는구나"라고 할 정도였다. 만약 괵국부인이 살아 있다면 리빙화의 얼굴이 아닐까 싶을 정도로 그녀의 멋진 눈매와 하얀 피부 그리고 가냘 픈 몸매는 뭇 남성들의 마음을 사로잡고도 남았다.

한종민의 말에 의하면 그녀는 매우 부유한 집안의 무남독녀로 성장 하였다고 했다. 그녀의 아버지는 흑룡강성 해림이라는 곳에서 목장을 운영하는데 거기서 사육하는 것이 흔한 소, 돼지 따위가 아니라 그 비 싼 곰과 사슴이라고 하였는데 그놈들을 잘 키워 웅담과 녹용을 얻어 한약재로 팔아 크게 성공하였다고 했다. 또한 웅담으로는 웅담 술을 개 발하여 큰돈을 벌었고 리빙화도 천진에 아버지 상품을 판매하는 가게 를 운영하다가 사업에 별 취미가 없어 얼마 전에 그만두었다고 하였다.

"그럼 지금은 뭐 하시나요?"

민완주가 물었다.

"북경에 있는 여행사에서 일하지. 일본말 잘해. 그렇지?"

한종민은 마치 그녀의 대변인인 양 신이 나서 대답했다.

"아이, 뭘 또……"

둘은 궁합이 짝짝 맞아떨어졌다.

"직장은 뭣 하러 다니세요? 집에 돈도 많은데 그냥 놀러나 다니시지."

"그래도 사람이 직업이 있어야지요. 우리 흑룡강성에도 놀고먹는 남 자들은 많아도 여자들은 다 열심히들 일한답니다."

리빙화는 반듯하게 앉아 대답했다. 하지만 민완주는 그런 그녀가 한종민이 이야기하는 것처럼 그렇게 부잣집 무남독녀로 느껴지지 않았다. 왠지 자신의 안정된 삶과 돈벌이를 위하여 누군가 힘 있는 권력자를 꼭 붙잡고 놓지 않을 그런 타입의 여자로 보였다. 하지만 한종민의 눈에는 그런 면이 전혀 보이지 않는 모양이었다. 그저 아름다운 눈매와 호리호리한 몸매의 그녀에게 쏙 빠져 어쩔 줄을 몰랐다. 둘의 관계는 대단했다. 그 후 그렇게 일여 년을 같이 지냈으니 말이다. 사실 민완주는 한종민이 리빙화를 소개한 이후부터 한종민에 대해 적이 실망하기 시작했다. 왜냐하면 그의 중국에서의 사생활 때문이었다.

투자 유치를 위한 양카이더의 적극적인 자세 덕분에 제남에서 겪었던 여러 가지 어려움을 전혀 느끼지 않고 손쉽게 진황도경제기술개발구 합작발전소 건설사업에 합의를 보았다. 한종민과 민완주는 드디어 꿈에 그리던 중국으로 파견을 떠나게 되었다. 이것은 진황도시 사업을 추진한 지 불과 6개월 만의 일로 여느 중국 합작투자사업의 진척과는 비교도 안 될 만큼 빠른 속도였다.

1998년 겨울.

한종민과 민완주 그리고 자금관리를 맡게 될 ST에너지 경리부 양동관(楊東管), 이렇게 세 명은 한 팀이 되어 중국 진황도로 파견을 나갔다. 한종민은 ST에너지와 중국 진황도경제기술개발구가 각각 50%의 지분으로 공동 투자한 합작발전소 진황도봉봉(峰峰)전력유한공사의 총경리로 부임하게 되었고 민완주는 봉봉발전소 자재, 석탄 구매 및 건설관리를 담당하는 사업관리부장으로 임명되었다. '봉봉(峰峰)'이란 이름은 양카이더가 직접 작명한 것으로 한국과 중국 두 나라 최고봉(最高峰)끼리 만나 중국 최고의 발전소를 설립했다는 의미를 지니고 있었다.

한국 기업은 중국 시장에 진출할 때 낮은 직급의 직원도 부장 직급을 달고 나가는 것이 일반적이다. 그래야만 현지인들이 파견 나온 자를 깔보지 않기 때문이었다. 그래서 민완주는 대리에서 졸지에 부장이라는 명함을 받게 되었지만 중국 현지에서만 쓰이는 직책일 뿐 다시 한국으로 돌아가면 원래의 대리 직급을 받게 된다. 그것은 경리부장 양동관도 마찬가지였다.

초창기 이들은 모두 홀아비의 몸으로 나갔기 때문에 한편으로는 자유스러웠지만 다른 한편으로는 식구들이 많이 그리웠다. 특히 민완주의 경우는 거의 매일 집으로 전화를 걸어 국제 전화비가 만만치 않게 나왔지만 그래도 한국에 있을 때보다 더 많은 임금을 받는다는 일념 때문에 그리고 전공이면서도 학교 다닐 때 제대로 써보지도 못한 중국어 공부를 현지에서 다시 한다는 생각 때문에 그런 향수병쯤은 누를 수 있었다.

하지만 한종민은 민완주와 같이 중문과를 나왔음에도 불구하고 중국어를 다시 공부하고 싶은 생각이 전혀 없었다. 나이도 나이이지만 그는 생각이 다른 데 있었다. 90년대 초반까지만 하더라도, 보통 중문과를 졸업해도 일반 회사에 입사하면 중국 관련 업무가 없어 중국어 쓸 일이 극히 드물었다. 그래서 중문과 학생들은 재학 시절 중국어보다는 영어에 더욱 치중하는 편이었고, 졸업 즈음에는 영문학도보다도 영어를 잘하는 학생들이 솔찮게 많았다. 한종민이나 민완주도 사실 따지고 보면 영어실력 때문에 ST에너지에 입사하였고, 중국어는 사용한 지가 꽤 오래되어 영어만큼 능숙하지 못했다. 그런 면에서 한종민은 한중합작회사의 총경리로 혹시 발생할지 모를 의사소통의 오류를 피하기 위하여 자신의 비서 겸 통역 직원을 하나 채용했는데 그 사람이 바로 리빙화였다.

결국 리빙화는 민완주와 같은 회사 직원이 되었고 한종민 총경리의 비서가 되어 거의 하루 종일 한종민 곁을 떠나지 않았다.

발전소 착공을 하기 전 진황도봉봉전력유한공사에는 직원이 몇 명 없었다. 한국 측은 한종민 총경리, 민완주, 양동관 그렇게 조촐하게 3명이었고, 중국 측은 나이 많은 구펑(古彭) 부총경리, 마홍량(馬洪良) 총무부장, 운전기사 왕창 등 몇 명에 불과했다.

여기서 마홍량(馬洪良)이란 총무부장에 대하여 이야기를 안 할 수가 없다. 마홍량은 진황도봉봉전력유한공사로 오기 전에 진황도경제기술개발구에서 근무하던 공무원이었다. 그의 고향은 춘추시대 위나라 도읍지였던 유구한 역사를 자랑하는 하북성 한단(邯鄲)이다. 자고로 중국에는 한단 출신의 명사들이 많았는데 마홍량이 명사는 아니지만 큰 키에 약간 살이 붙은 몸매가 매우 품격 있어 보이는 중국인이었다. 성격 역시 사소한 일에 연연하지 않고 대의와 명분을 중히 할 줄 아는 사람이었다. 그래서 한국에서 온 3명의 파견자들은 마홍량을 무척이나 좋아했다.

한종민을 비롯한 한국인 파견자들이 막 중국에 정착하여 근무를 시작할 즈음, 마홍량은 봉봉발전소 출범을 위하여 직원 채용 업무에 여념이 없었다. 물론 훗날 주리용이 봉봉발전소의 부총경리로 부임할 때 500명의 직원을 정식으로 선발하지만 회사가 막 설립되었을 이 시점에서는 기본적인 업무만 추진할 수 있는 20명 정도의 직원만 필요했고 그 일은 마홍량이 맡아서 했다.

어느 날 아침, 마홍량은 한종민 총경리의 지시를 받고 몇 명의 경력사원 지원자들의 면담을 진행하고 있었다. 마홍량은 손목시계를 들여다보았다.

"벌써 8시 30분인데 왜 이렇게 안 와?"

중국의 회사들은 보통 8시까지 출근이고 봉봉발전소 역시 그러했다. 똑똑똑. 그때 노크 소리가 들렸다.

"들어오세요."

"저, 면접 보러 왔는데요."

"이름이 뭐죠?"

"네, 안더룽이라고 합니다."

"아, 안더룽 씨군요. 기다렸습니다. 이리 와서 앉으세요."

마훙량은 의자를 권했다. 그는 책상 위에 있는 파일을 집어 들고 이력서를 훑어보았다.

"안더룽(安德龍) 씨. 무단장티엔리(牡丹江天理)발전소 수처리과 과장으로 근무하셨네요?"

"네, 그렇습니다."

마훙량은 이력서를 한참 들여다보았다.

"먼저 회사도 좋은 회사인데 어떻게 우리 회사를 지원하게 되었죠?"

안더룽은 대답 대신 호주머니에서 담배를 꺼냈다.

"한 대 펴도 되겠지요?"

"뭐…… 피시면서 편하게 이야기하세요."

안더룽은 담배 두 개비를 꺼내어 하나는 맞은편에 앉아 있는 마훙량에게 권했고 다른 하나는 입에 물었다. 물론 중국인은 타인과의 대면에 있어서 지나친 형식이나 예의범절에 구애받지 않지만 면접 장소에서 담배를 핀다는 것은 그래도 좀 지나친 면이 있었다. 하지만 사려 깊은 마훙량은 안더룽이 그렇게 양해를 구할 때에는 뭔가 마음속에 있는 이야기를 하기 위한 것이라고 생각하고 흔쾌히 허락했다. 안더룽은 담배 연기를 길게 내쉬었다.

"내가 그곳에 한 20년 있었는데 추운 날씨가 체질적으로 안 맞아요. 저는 원래 고향이 이 진황도 근처거든요."

"아, 그랬군요."

"그리고 얼마 전에 마누라가 가스 폭발로 크게 화상을 입고 병원에 입원했다가…… 일주일 만에 사별을 했습니다."

"네? 그런 일이 있었군요."

"그 가스 폭발은 내가 다니던 회사에서 제공한 아파트의 배관이 오래 되어 발생한 사고인데 망할 놈의 회사가 남의 마누라 죽여 놓고 보상은 땡전 한 푼 안 해주고 도리어 나더러 사고의 책임을 지고 아파트 복구비를 내라는 것 아닙니까? 개놈의 새끼들."

"음…… 그런 일이. 안더롱 씨 조선족이시죠?"

"네."

"오늘 제가 면담할 조선족이 두 명이나 되네요."

"아, 그러세요?"

"자제 분은?"

"결혼한 딸이 하나 있는데 지금 캐나다에서 삽니다."

"그럼 중국에는 안더롱 씨 혼자시네요."

"그럼 셈이죠."

마홍량은 담배를 재떨이에 비벼 껐다. 그때 누군가 노크도 없이 방문을 활짝 열었다. 깜짝 놀란 그들은 문 쪽을 바라보았다.

"혹시 여기서 발전소 경력직원 면접 보나요?"

"네, 그렇습니다만…… 성함이 어떻게 되시죠?"

마홍량이 그의 무례한 태도에 조금은 화가 났지만 점잖게 물었다.

"찐따왕(金大旺)이라고 합니다."

"응? 당신 혹시…… 무단장발전소 찐따왕?"

찐따왕이라는 말에 안더롱은 벌떡 일어서더니 그에게 다가갔다.

"어? 이 사람이 누구야? 안더롱 아니야?"

"그래, 나 안더롱이야. 너는 무단장발전소 보일러과에서 일했던 찐따왕?"

"그래, 맞아."

"야, 여기서 만나게 되네."

두 사람은 힘차게 악수를 했다.

"서로 아는 사이입니까?"

마홍량이 물었다.

"네, 이 사람과 저는 무단장발전소에서 같이 일했어요. 아까 말씀하신 또 다른 조선족이 이 사람 아닌가요?"

안더롱이 묻자 마홍량은 얼른 서류를 뒤적였다.

"맞네요. 찐따왕 씨."

마홍량은 지원 서류의 사진과 찐따왕의 얼굴을 번갈아 보며 확인하였다.

안더롱과 찐따왕 두 사람은 이전에 흑룡강성 무단장시 무단장티엔리 발전소에서 같이 근무했었다. 둘은 비슷한 나이지만 안더롱은 수처리과 과장으로 일했었고, 찐따왕은 보일러 반에서 일반 직원으로 일했었다. 안더롱은 그 회사에서 20년 가까이 근무했지만 찐따왕은 이곳저곳 직장을 옮기다가 불과 몇 년 전에 무단장발전소로 이적하여 2, 3년 정도 함께 일을 했고 찐따왕은 안더롱보다 먼저 회사를 그만두고 나갔었다.

"찐따왕 씨, 거기 서 있지 말고 이리 와서 앉으세요."

마홍량이 의자를 권했다. 마홍량은 그 두 사람이 과연 경력사원으로 발전소에서 근무하기 적합한지, 약 1시간에 걸쳐 업무 및 여러 가지 사항에 관하여 질문하였다.

면담을 마친 마홍량은 만족스럽다는 표정을 지으며 책상 위의 서류를 정리하였다.

"좋습니다. 두 분 다 발전소 경험도 있으시고 안더룽 씨의 경우 발전소 수처리 경력이 20년이나 되시니 큰 문제가 없으실 것 같습니다. 쩐따왕 씨도 비록 발전소 경력은 짧지만 무단장발전소의 보일러와 우리 발전소가 앞으로 설치할 보일러가 둘 다 똑같은 형식의 순환류화상(循環流火床) 보일러라는 점에서 그 경력을 살릴 수 있을 것 같습니다. 어쨌든 최종적으로 우리 회사 한국인 총경리님이 입사를 결정하실 겁니다. 결정되면 바로 연락드리겠습니다."

"아, 그래요? 그럼 연락 기다리겠습니다."

둘은 마홍량에게 인사하고 사무실을 나왔다. 밖으로 나온 두 사람은 이런 타지에서 만났다는 것이 반가워 이런저런 이야기를 나눴다.

"너, 한국 간다면서?"

안더룽이 물었다.

"한국? 이봐, 한국 가려면 7만 위안이 있어야 하는데 내가 7만 위안이 어디 있어? 거, 공짜 배 한번 타보려다…… 너 이거 볼래?"

쩐따왕은 바지자락을 올려 보였다. 두 다리가 시퍼렇게 멍들어 있다.

"아니, 어떻게 된 거야?"

"며칠 전에 한국으로 밀입국하는 배에 공짜로 타고 가려다 발각되어 브로커 새끼들한테 죽도록 얻어터진 거야."

"허 참. 목숨 건진 것만도 다행이군."

"이봐, 안더룽. 우리도 이제 오십 줄에 들었는데 인생 종친 것 아니겠어? 마지막으로 이 회사에서 한번 멋지게 잘해 보자고. 나 이곳에 만날 사람이 있어 먼저 가야겠어. 아까 그 부장 표정 보니까 우리 둘 다 합격할 것 같은데 연락 오면 잘해 보자고."

찐따왕이 덜렁거리면서 말했다. 그는 나이는 들었지만 좀 진득한 면이 없고 자주 사고를 치는 그런 타입이었다.

"그래, 그럼 조만간 같이 출근하자고."

안더룽은 빠른 걸음으로 복도를 빠져나가는 찐따왕에게 손을 흔들며 말했다. 복도 끝으로 그의 모습이 사라지자 안더룽은 고개를 흔들며 중얼거렸다.

"하필이면 여기서 저 친구를 만날 것은 뭐야? 쯧쯧."

사실 찐따왕은 무단장발전소 시절부터 평판이 좋지 않았다. 그는 그곳에서 남의 돈을 떼어먹는 등 여러 직원들에게 미움을 산 과거가 있었다. 찐따왕이 조선족인지라 당시 무단장발전소를 다니던 다른 조선족 직원들도 그의 못된 행실 덕분에 한동안 싸잡아 한족 직원들로부터 푸대접을 받은 적이 있었다. 안더룽은 그런 찐따왕과 같이 봉봉발전소 경력사원 면접시험을 봤다는 것이 왠지 찜찜했다.

며칠 후 안더룽, 찐따왕 두 사람 다 마흥량으로부터 합격통보를 받고 정식으로 진황도봉봉전력유한공사에 출근하기 시작했다. 두 사람은 출근하자마자 첫날부터 바쁜 나날을 보냈다. 안더룽은 앞으로 착공하게 될 봉봉발전소의 수처리 계통을 파악하기 위하여 업무적으로 눈코 뜰 새 없이 바빴지만, 찐따왕은 또 무슨 꿍꿍이를 꾸미려고 그러는지 모든 사무실을 바쁘게 휘젓고 다녔다.

하루는 쩐따왕이 민완주의 사무실을 찾아왔다.

"앉으세요. 무슨 일 때문에……."

"굉장히 중요한 사실을 알려 드리려고요."

"잠, 잠깐. 한국말로 하세요, 한국말로."

민완주는 쩐따왕의 말을 막더니 사무실에서 일하고 있는 중국 직원들을 손가락으로 가리켰다.

"아, 중국어로 하면 저 사람들이 알아듣겠네. 역시 똑똑하십니다. 하하."

"조금 있다가 회의를 들어가야 하니 요점만 이야기하세요."

쩐따왕은 전날부터 민완주에게 전화를 하여 긴히 할 말이 있다고 하였으나 민완주는 그를 만나는 것이 썩 내키지 않았다. 그의 행동거지가 같이 입사한 안더롱과는 전혀 딴판이기 때문이었다. 게다가 그가 조선족이기 때문에 다른 한족 직원들이 한국인들이 자기 민족만 챙긴다고 할까 봐 일부러 거리를 두고 있었는데 그는 그럴수록 민완주에게 더 달라붙었고 성실하게 근무하려기보다는 어떻게 하면 윗사람에게 아부하여 자신의 이익을 챙길까 하는 태도가 역력했다.

"내가 리빙화에 대하여 말씀드릴 게 좀 있습니다."

"네? 리빙화요? 갑자기 총경리님 비서는 왜요?"

"저와 리빙화는 흑룡강성 동향 사람 아닙니까? 그 사람에 대하여 내가 좀 아는 것이 있어서요."

"뭔데요?"

"리빙화가 흑룡강성 해림 자기 집에서 곰과 사슴을 키워 거기서 나오는 웅담과 녹용을 판매하는 큰 부자라고 했다면서요?"

"그런데요?"

"그거 말짱 거짓말이래요."

"네?"

민완주가 놀라며 의아해하자 쩐따왕은 옳거니 하며 민완주에게 바짝 다가갔다.

"제 고향이 흑룡강성 무단장 아닙니까? 해림에 내 동무가 있어 잘 알지요. 리빙화의 집에는 곰이나 사슴은커녕 개, 돼지 한 마리도 없는 아주 찢어지게 가난한 집이래요. 무슨 얼어 죽을 곰이고 사슴입니까? 리빙화의 부모는 벌써 세상 하직하고 해림에는 친언니 하나밖에 없어요. 그 친언니가 누구를 데리고 있는지 아십니까?"

"누군데요?"

"하하…… 들으시면 놀랄 걸요? 아들이래요, 아들."

"아들이요?"

"리빙화는 미혼이 아닙니다. 이혼녀예요, 이혼녀! 몇 년 전에 결혼하여 아들 하나를 낳았대요. 남편은 같은 흑룡강 사람인데 둘이 결혼 후 북경에서 살다가 남자가 다른 여자하고 눈이 맞아 둘이 브라질로 도망갔대요. 그래서 리빙화는 아들을 고향으로 보내고 자신은 북경에 남아 여행사에 취직하여 돈벌이를 하고 있었어요. 리빙화는 그동안 총경리님에게 거짓말을 한 것입니다. 그 사람이 바라는 것은 아마도 우리 발전소가 합작회사니까 우리 회사를 통하여 진황도 호구(戶口)를 받으려는 것일 겁니다. 내가 조선족이기 때문에 조선족의 심리는 누구보다도 잘 압니다."

"호구? 호구가 뭡니까?"

"호구는 일종이 주민거주등록증이에요. 중국은 사회주의 국가이기 때문에 자기 마음대로 호구를 옮길 수 없어요. 설령 옮긴다 하더라도 해림 같은 시골에서 진황도 같은 북경 근처 도시로 호구를 옮기려면 족히 3, 4만 위안은 필요할 겁니다. 그런데 이런 외국합작회사에 근무하면 그것을 공짜로 해결해 주거든요."

"……."

"또 다른 이유도 있는데……."

찐따왕은 말을 이었다.

"또 다른 이유? 그건 또 뭡니까?"

민완주는 짜증 섞인 목소리로 물었다.

"아마 한국인 총경리를 통해서 기업연수 형식으로 한국으로 들어가려고 할 겁니다. 그 여자 생각하는 것이 뻔해요."

민완주는 그 말의 사실 여부를 떠나서 그런 고자질에 짜증이 나기 시작했다.

"찐따왕 씨, 그럼 찐따왕 씨도 같은 조선족으로서 똑같은 생각을 하고 있겠네요? 대체 연세도 지긋하신 분이 무엇 때문에 남의 안 좋은 비밀을 그렇게 늘어놓는 것입니까?"

"저, 저는 단지 총경리님이 염려스러워서 그랬을 뿐입니다. 오해하지 마십시오."

"혹시 찐따왕 씨야말로 달리 바라시는 것이 있으십니까?"

"제가 이 나이에 바라는 것이 뭐 있겠습니까? 없어요. 다만 바라는 것을 굳이 찾아보라면…… 그저 우리 회사 잘되는 것하고…… 제가 나이도 있고 경력도 좀 되니 그저 나중에 때가 되면 보일러반 반장이나 했으면 하는데…… 지금은 뭐 열심히 일해야죠."

"알겠습니다. 무슨 말씀인지 알겠으니 가 계십시오. 회의에 참석할 시간이 되어 가봐야겠습니다."

"오늘 한 이야기는 아무에게도 하지 마십시오. 자, 그럼 가보겠습니다."

찐따왕은 빠른 걸음으로 사무실을 나갔다.

민완주는 매우 불쾌했다. 지금까지 리빙화가 한종민과 자신을 속였다는 것도 그랬지만 찐따왕이라는 작자가 남의 비밀이나 캐서 자신의 출세를 위하여 팔아먹고 다닌다는 것이 아주 불쾌한 일이었다. 민완주는 찐따왕이 말한 리빙화에 대한 이야기를 한종민에게 해주어야 할지 말지 고민하다가 이틀 만에 들은 이야기를 사실대로 보고하였다.

리빙화의 배경을 알게 된 한종민은 그녀를 괘씸하게 생각하고 피하기 시작했다. 그간 리빙화는 한종민의 비서로 있으면서 사실 그의 현지처와 다름없는 생활을 했었다. 단신 부임한 한종민은 퇴근 후 거의 매일 리빙화의 숙소를 찾을 정도였는데, 그 이후 한종민은 웬만한 일이 아니면 그녀를 총경리실로 부르지도 않았다. 또한 평소 퇴근도 두 사람이 같이하였는데 그 이후로는 리빙화가 무엇을 하든 한종민은 그녀에 대해 신경도 안 쓰고 혼자 퇴근하여 매일 술집을 찾았다.

하지만 이것도 오래가지 못했다. 차버리기에 그녀는 너무 아름다운 미모를 지녔고 한종민은 이미 거기에 푹 빠져 있어 그렇게 한 달을 못 버티고 다시 리빙화를 옆에 끼고 살았다.

"홍, 가난하면 어떻고 자식이 있으면 어때. 나만 좋으면 그만이지."

그즈음 한종민은 봉봉발전소의 총경리로서 매우 은밀한 일을 처리하고 있었다. 어쩌면 그런 일을 처리하고 있었기 때문에 중국 측 투자자 대표인 양카이더 진황도경제기술개발구 주임이 한종민과 리빙화의 부도덕한 관계를 정보망을 통하여 알고 있으면서도 눈감아주고 있었는지도 모른다. 양카이더는 운전기사 왕창을 통하여 한종민의 모든 사생활을 보고받고 있었다.

　진황도봉봉전력유한공사 현장착공식을 거행하고 며칠 후, 한종민은 양카이더를 찾았다. 진황도개발구 청사는 새롭게 완공한 20층짜리 건물이었는데 양카이더의 집무실은 최고 로열층인 18층에 자리 잡고 있었다. 거기서 창밖을 내다보면 진황도 평원이 한눈에 들어오고 멀리에는 햇빛에 반사된 발해만이 눈밭처럼 눈부시게 반짝였다. 발해만 한 자락으로부터 시작하는 '노룡두(老龍頭)'라는 곳에서 만리장성이 시작하여 산해관 천하제일관(天下第一關)을 지나 연산산맥을 타고 장장 2만 리를 뻗쳐 나간다.

　참으로 그 어떤 고가의 그림보다도 아름다운 풍경이 아닐 수 없었다. 멀리 내다보이는 지평선 위에서 붉게 타오르는 찬란한 햇빛이 양카이더의 집무실을 비추고 있을 때 한종민은 비서의 안내를 받으며 그의 집무실로 들어섰다. 녹차를 대접하려고 따라 들어온 비서는 따뜻한 녹차 한 잔을 한종민 앞에 놓고 나갔다.

　"여! 한 총경리 오랜만이오. 얼굴 좋습니다."

　양카이더는 평소와 다름없이 얼굴 가득 환한 미소를 지으며 한종민을 맞았다. 때와 장소를 가리지 않고 리빙화를 대동하고 다니는 한종민이지만 유독 양카이더를 만날 때는 비서 리빙화를 회사에 남겨두고 혼자 만나러 갔다. 그것은 지금 한종민이 하고 있는 일이 리빙화에게도 말할 수 없는 비밀스런 일이기 때문이었다. 한종민은 양카이더의 책상 앞에 놓여 있는 기다란 고급소파에 털썩 앉으며 경상도식 억센 악센트가 들어간 중국어로 말했다.

"양 주임님, 주임실 전경 한번 좋습니다. 야! 저 평원과 바다 봐라."

양카이더는 찻잔을 들고 소파 쪽으로 걸어왔다.

"멋있어요? 그럼 한 총경리 당신이 이 사무실 쓰시오."

"네? 하하하, 무슨 말씀을."

"요즘 회사는 잘 돌아갑니까?"

"우리 회사야 동사장이신 양 주임님이 항상 걱정을 해주는 덕택에 잘 되어 가고 있습니다."

한종민은 양카이더의 상투적인 물음에 밝은 목소리로 대답했다. 일반적으로 중외합작·합자회사의 경영권 구조는 이렇다. 회사 경영관리기구의 총책임자는 총경리이고, 회사의 법정대표는 동사장(董社長), 즉 이사장이다. 동사장은 회사에 출근하거나 월급을 받지는 않지만 동사회(이사회)의 대표이고 동사회는 총경리를 선임하는 등 회사의 중요사항을 결정하는 최고권력기구이니 동사장이 회사에서는 가장 높은 직위이고, 둘째가 총경리라고 할 수 있겠다. 양카이더는 봉봉발전소 이외에도 이런 식으로 진황도경제기술개발구에 투자한 많은 외국합작기업에 동사장이란 직함을 걸어놓고 있었다.

한종민의 덕담에 양카이더는 짐짓 그를 걱정해 주는 척했다.

"그래도 이제부터는 건설비가 점점 많이 들어갈 텐데……."

"하하, 내가 누굽니까? 한국 최고의 에너지회사에서 온 한종민입니다. 전혀 문제없습니다."

한종민은 자신 있게 대답했다.

"역시 한 총경리 자신감이 대단해. 당신이 진황도개발구 주임도 같이 해보시죠. 나 골치 아파서 이 자리에 못 앉아 있겠어. 하하하."

둘은 마치 친형제처럼 의기투합했다. 한종민은 들고 온 가방을 양카이더 앞으로 내밀었다.

"심양밸브회사 몫입니다."

"아, 이번에 계약한 회사던가? 얼마지?"

"50만 위안."

양카이더는 흠칫 놀라며 가방을 열어 보았다.

"역시 한 총경리 대단해."

평소에 차를 잘 마시지 않는 한종민은 앞에 있는 찻잔을 살며시 들고는 후후 불면서 한 모금을 마셨다.

"이번에는 좀 힘들었어요. 설비금액이 200만 위안인데 70만 위안을 요구하니 처음에는 난색을 표명하더군요."

"그래도 한 총경리가 뛰어난 능력이 있으니 이렇게 받아내지. 역시 대단해. 당신은 한국 사람인데 어떻게 나보다 더 중국인을 잘 주무르지? 대단한 사람이야."

양카이더는 돈 가방에서 100위안짜리 한 다발을 끄집어내더니 삼분의 일 정도를 뽑아 한종민에게 건네주었다.

"수고했소."

"조금 더 내놔요."

한종민이 농담조로 쏘아붙였다. 그 말에 양카이더는 깜짝 놀란 표정을 짓더니 이내 큰 소리로 웃었다. 그는 손가락으로 위를 가리켰다.

"이거 내 것이 아니라 상전들 것이잖아. 만약 이거 안 가져다주면 난 모가지야. 그 대신 내가 당신 총경리 자리는 최소 10년은 보장해 줄 테니 염려 마시오. 한 총경리도 10년 정도 중국 근무 하면 해외수당도 받고 중국 물가도 저렴하니 돈 좀 모을 거야."

양카이더의 격려에 한종민은 씁쓸한 미소를 지었다.

햇살이 가득한 양카이더의 집무실을 뒤로한 채 한종민은 복도로 나왔다.

"짠돌이 새끼. 내가 매번 얼마를 챙겨주는데 겨우 3,000위안이 뭐야, 3,000위안이."

한종민은 착잡했다. 물론 수고비로 받은 돈 3,000위안이 적어서 그런 것은 아니었다.

"참 나, 이거 언제까지 저 친구의 요구를 들어줘야 하는 거지?"

한종민은 막 시작한 발전소 건설에 투입될 수많은 설비를 하나씩 구매 계약을 하고 있었는데 계약을 할 때마다 업자들에게 물건을 사주는 대가로 커미션을 요구하였다. 하지만 그것은 양카이더의 부탁에 의한 것이며 그렇게 모은 돈은 전부 양카이더의 주머니로 들어갔다. 대신 양카이더는 봉봉발전소의 동사장으로서 한종민의 총경리직을 장기간 보장해 주겠다고 약속했고, 그가 진황도 안에서 무엇을 하든 뒤를 든든하게 봐줄 것도 약속했다.

결국 한종민의 은밀한 일이란 바로 양카이더의 비자금을 챙겨주는 일이었다. 비자금의 출처는 바로 양카이더가 주임으로 있는 진황도경제기술개발구가 발전소에 투자한 3억 위안과 한국의 ST에너지에서 투자한 3억 위안, 그러니까 총 6억 위안이라는 투자금에서 만들어내는 것이었다.

한종민은 봉봉발전소를 건설할 자금으로 양카이더 호주머니나 챙겨주고 있었으니 참으로 한심한 노릇이었다. 한종민은 진황도봉봉전력유한공사의 총경리로서 봉봉발전소를 완벽하게 완공하고 화북(華北)전력 네트워크에 안정적인 전력을 송전해야 할 막중한 책임을 지고 있었다.

사실 양카이더가 한국에 와서 ST에너지를 투자유치 대상으로 점찍었을 때에는 이미 그는 누가 총경리로 나올 것인가까지 염두에 두고 결정한 것이었다. 그가 선호하는 총경리 스타일은 이렇다. 첫째, 사나이의 의리를 중요시 여기는 사람, 둘째 술을 좋아하는 사람 그리고 여자를 밝히는 사람이었다. 의리를 중히 여기는 사람이라면 자기의 지시로 양국이 투자한 투자비에서 비자금을 만들어내도 그 비밀을 지킬 것이고, 술을 좋아하는 사람이라면 좀 기분 나쁜 일이 발생하더라도 같이 술 한잔 진하게 하면 풀릴 것이고, 여자를 밝히는 사람이라면 자신의 비자금을 형성하다가 위험한 사태가 발생하거나 사태가 불리해질 경우 여자관계를 약점으로 잡아버리면 되기 때문이었다.

한종민은 바로 양카이더가 물색하던 한국인 총경리의 조건을 모두 갖춘 최고 적격자였다. 그러다 보니 양카이더는 협상 테이블에서 한국 대표로 나오는 한종민의 모든 요구를 그 자리에서 무조건 다 받아 주었다. 전기, 난방 판매가격이며 한국에서 파견 나올 파견자들의 급여, 주택, 자가용 지급 등 하나에서 열까지 한종민이 요구하는 내용을 거의 다 들어주니 진황도 사업은 제남 사업과는 달리 한종민이 양카이더를 만난 지 불과 몇 개월 만에 계약서에 서명을 하게 되었고 한종민과 민완주 그리고 양동관은 한국에 있는 사무실을 정리할 틈도 없이 부랴부랴 중국으로 파견 가게 된 것이다.

한종민은 그날 아침 심양밸브회사에서 뜯어낸 50만 위안을 양카이더에게 전해 주고 나오면서 심각한 고민에 빠졌다. 한종민은 양복 주머니에 쑤셔 넣은 인민폐 다발을 주물럭거렸다.

"내가 왜 중국인을 위하여 목숨 걸고 이따위 짓을 해야 하는 거지?"

그는 한숨을 내쉬었다.

"만약 6억 위안으로 발전소를 다 못 지을 경우 나는 끝장이야. 그래 이것은 나답지 않은 짓이야."

한종민은 혼자 중얼거리며 개발구 청사를 빠져나와 발전소로 향했다.

며칠 후, 양카이더가 황급히 한종민을 호출하였다. 한종민은 양카이더가 왜 자신을 찾는지 잘 알고 있었다. 며칠 전 건설회사가 토목공사 건설비 기성을 요구하였지만 한종민은 딱 잘라 거절했다. 왜냐하면 그 회사가 주장하는 건설 내역이 부당했기 때문이었다. 건설회사는 자기들이 시공한 초대형 물탱크 기초 터파기를 40센티미터 더 팠다고 추가비용을 요구한 것이었다. 하지만 이것을 의심한 한종민은 민완주에게 지시하여 실측한 결과, 터파기는 원래 설계도면대로 되어 있었고 40센티미터를 더 판 흔적은 어디에도 없었다. 워낙 큰 물탱크 기초이기 때문에 그들이 요구하는 추가비용은 대단한 금액이었다. 한종민은 이들의 근거 없는 허위 요구를 일언지하에 거절하였다.

"한 총경리님, 여기 중국인데 마음대로 안 되실걸요."

건설회사 멍양(孟陽) 감독이 가소롭다는 듯이 말했다.

"뭐라고? 당신 나한테 지금 협박하는 거야? 왜 하지도 않은 일을 했다는 거야?"

"이봐요, 당신들 우리 총경리님이 한국인이라고 깔보는 거예요? 이분 뒤에 누가 있는지 알고나 그러는 거요? 당장 여기서 나가세요!"

멍양의 버릇없는 태도에 비서 리빙화가 화난 목소리로 소리쳤다. 비록 한종민이 중문과를 졸업하여 웬만한 중국어 회화에는 문제가 없지만 이런 자금이 왔다 갔다 하는 첨예한 문제에 있어서는 리빙화를 대동하여 반드시 정식 통역을 했기 때문에 업자들이 그의 방을 찾을 때에는 리빙화가 늘 한종민 옆에 있었다. 앙칼진 그녀의 목소리에 기가 눌렸는지 멍양은 아무 말도 못하고 일어섰다.

"어디 누구 뒤에 누가 있는지 나중에 보면 알겠죠."

멍양은 묘한 말을 남기고 총경리 방을 나갔다.

그날 오후, 멍양의 시건방진 태도 때문에 화가 단단히 난 한종민에게 양카이더로부터 전화가 걸려 왔다. 양카이더는 어떻게 건설업자 멍양과의 일을 알았는지 단도직입적으로 한종민에게 따졌다.

"그거 돈 몇 푼 된다고 그래. 시끄러우니까 멍 감독이 요구하는 돈 다 줘."

"뭐, 뭐라고요? 양 주임님. 지금 누구 편을……."

한종민은 기가 막혔다.

그는 너무 흥분하여 중국어가 되질 않았다. 옆에 있던 리빙화를 통하여 그들의 부당한 요구에 대하여 양카이더에게 설명하게 하였다. 하지만 양카이더는 리빙화의 통역에는 콧방귀도 끼지 않았다.

"한 총경리에게 당장 지급하라 그래!"

그는 신경질적으로 전화를 끊어 버렸다. 한종민은 자존심이 상하여 3일이 지나도록 멍양에게 단 한 푼의 돈도 지급하지 않았다. 그리고 양카이더로부터 다시 호출을 받았다.

"양카이더 이 개자식, 이번에는 건설업자에게 얼마를 뜯어내려고 총경리인 나에게까지 협박을 하는 거야? 아주 이래저래 다 뜯어먹고 나중에 이 발전소에서 전기가 나오는지 똥이 나오는지 한번 두고 보자. 나쁜 새끼들."

한종민은 씩씩거리며 차에 올라 개발구 청사로 향했다.

한종민의 운전기사 왕창은 봄비에 촉촉이 젖은 개발구청사 광장을 큰 원을 그리며 한 바퀴 돌더니 차를 청사 건물 현관 앞에 세웠다. 왕창은 한종민 총경리가 비에 맞지 않도록 양카이더 주임도 내리지 않는 청사 현관 앞까지 차를 댄 것이다. 왕창은 한종민 총경리에게 아주 잘하였다. 그러다 보니 한종민은 그를 리빙화 다음으로 믿었고 왕창은 한종민의 모든 사생활을 다 알고 있지만 언제나 한종민 옆에서 말없이 그를 지켜주었다. 한종민은 자연스럽게 왕창을 친동생처럼 대하며 잘해 주었다.

한종민이 양카이더 집무실에 들어온 지 벌써 5분이 지났는데도 양카이더는 계속 서류를 보면서 차만 마시고 있었다. 그는 롱징차(龍井茶)만 마셨다. 그가 마시는 롱징차는 중국 차 중에서 최고 품질인 절강성 항주 서호(西湖) 롱징차였다. 차를 아는 중국인이라면 그 이름만 들어도 감탄사를 자아내는 매우 비싼 차였다. 어른 한 주먹만큼이 족히 6,000위안에서 7,000위안을 호가하는 극상품이다.

"한 총경리."

양카이더가 오랜 침묵을 깨고 입을 열었다.

"말씀하십시오."

"한 총경리가 발전소를 건설하는 데 고생하고 있다는 거, 내가 다 알아. 하지만 이번 건설회사 건은 한 총경리가 한 번 지는 척하고 기성 지불하는 게 좋겠어."

"난, 그렇게 못합니다."

"허, 한 총경리가 고집을 부릴 때가 다 있네. 그러지 말고 이번만 그냥 눈감고 지불하라니까."

"양 주임님, 제가 분명히 말씀드리죠. 전 제 자존심이 상해서라도 그렇게 못합니다. 어떻게 건설업자가 발주처 총경리에게 협박을 할 수 있는 것입니까? 중국은 그렇습니까? 그리고 한 가지 더 말씀드릴 것이 있습니다. 이제 더 이상은 양 주임님의 부탁을 들어줄 수가 없습니다. 제가 이미 양 주임에게 챙겨준 돈이 무려 700만 위안에 육박합니다. 나요, 6억 위안 가지고 이 큰 발전소를 완공해야 하는데 내 아무리 계산을 해도 이래 가지고는 예산에 문제가 생겨 도저히 완공하지 못할 것 같다는 결론을 내렸습니다. 저도 양 주임님이 상부를 위하여 그런 비자금을 조성해야 한다는 고통을 잘 알고 있지만 이것은 엄연히 한국에서도 3억 위안을 내고 발전소를 짓는 데 쓰이는 돈입니다. 나는 한국에서 파견 나온 한국인이며 발전소를 책임지는 총경리로서 이제 더 이상 양 주임님의 요구를 들어줄 수가 없음을 오늘 이 자리에서 확실하게 말씀드립니다."

한종민은 분명하게 말했다. 그는 가슴에 담고 있던 말들을 모조리 뱉어냈다. 양카이더는 잠시 아무 말도 없이 앉아 있다가 입을 열었다.

"당신…… 왜 이래? 발전소는 내가 다 짓게끔 해줄 테니 딴소리하지 말고 그 건설회사에게 돈이나 빨리 줘. 안 그러면 재미없을 줄 알아."

"나에게 이런 식으로 계속 비자금 확보를 요구한다면 나 한국 본사에 있는 우리 회장에게 모든 사실을 다 알려 주고 난 한국으로 돌아갈 겁니다."

"뭐라고?"

양카이더는 손에 들고 있던 찻잔을 책상 위에 내려놓고는 담배 한 대를 입에 물고 불을 댕겼다.

"알았어. 돌아가 보시오."

양카이더가 퉁명하게 내뱉자 한종민도 미련 없이 자리에서 일어나 문을 향해 걸어갔다. 그때 양카이더가 한종민의 등 뒤에 대고 나지막한 목소리로 말했다.

"요즘 리빙화 비서는 잘 있나?"

"……?"

양카이더는 뜬금없이 리빙화에 대하여 물어보았다. 한종민은 아무 대꾸도 없이 양카이더의 집무실을 나와 버렸다. 그는 착잡한 마음으로 개발구청사를 빠져나왔다. 왠지 모를 불안감이 그를 엄습하였다. 방금 전 한종민은 분명 양카이더에게 정당한 것을 주장했지만 그것으로 인해 혹시 양카이더가 자기에게 모종의 보복을 하지 않을까 하는 막연한 두려움이 밀려왔다.

그는 사무실로 돌아와서 민완주를 찾았다.

"민 부장, 오늘부터 시간 날 때마다 지금까지 토목건설업체가 해왔던 업무문서를 모두 정리하고 관련 증빙서류를 모아둬. 알았지?"

"그건 무엇 때문에?"

"준비나 해둬."

"알겠습니다."

그 이후 한종민은 미친 듯이 업무에 열중하였다. 업자들의 술 한잔 하자는 권유도 다 뿌리치고 매일 밤늦게까지 야근을 하였다. 이것저것 데이터를 만들라는 한종민의 지시에 민완주의 업무량은 배로 늘었다. 하지만 민완주는 기뻤다. 한종민이 술 마시는 데 신경 안 쓰고 한국에서처럼 열심히 업무에 몰두한다는 것이 상당히 고무적인 일이었기 때문이다.

그렇게 계속하여 야간작업을 하고 있던 어느 날, 정말 오랜만에 한종민, 민완주, 리빙화 그리고 왕창은 술자리를 같이하게 되었다. 1차로 양고기와 야채를 데쳐먹는 훠궈(火鍋) 식당에서 야들야들한 양고기에 52도 짜리 이과두주(二鍋斗酒)로 거나하게 취한 상태에서 2차로 맥주를 마시러 갔다. 한국 사람이 중국에서 오랫동안 중국 바이주(白酒)를 마시다 보면 여러 술을 전전하다 결국 이과두주에 귀착하게 된다. 그 이유는 물론 가격이 저렴해서 그렇기도 하겠지만, 이과두주는 별도의 향을 첨가하지 않고 두 개의 보일러를 통하여 증류시킨 깨끗하고 담백한 술이기 때문에 소주에 길들여진 한국인에게 딱 맞는 술이다. 그래서 이름도 '두 개(二)의 보일러(鍋)를 통과하였다' 해서 이과두주이다.

이들은 남방불야성(南方不夜城)이라는 가라오케를 찾았다. 그곳에는 한국 노래가 많아 한종민이 즐겨 찾던 가라오케 중의 하나였다. 민완주는 술은 많이 마셨어도 정신은 바짝 차리려고 노력했다. 왜냐하면 한종민이 중국에 오고 난 후 주사가 심해져 혹시 모를 그의 돌발적인 행동에 대비해야 하기 때문이었다. 이럴 때 경리부장 양동관도 같이 왔으면 좋았으련만 야근 때문에 같이 올 수가 없었다.

한종민은 기분이 좋아 그의 애창곡인 〈사랑은 얄미운 나비인가 봐〉를 불렀다. 그가 노래를 끝내고 박수를 받으며 자리로 돌아와 테이블에 앉자 왕창이 건배를 제의해 다 같이 잔을 높이 들었다.

"자, 우리 총경리님을 위하여 건배합시다. 위하여!"

"위하여."

왕창은 한종민이 가르쳐 준 '위하여'라는 한국말을 마치 한국 사람처럼 잘하였다.

왕창은 진황도 토박이며 중학교밖에 나오지 않았다. 어떤 이는 그가 초등학교밖에 나오지 않았다고 하였는데 그의 학력이 어떻든 왕창은 머리 회전 하나는 정말 빠른 친구였다. 그는 한종민 총경리 운전기사로 있으면서 밤에는 거의 가라오케에서 살다시피 하였다. 그때까지 민완주는 한 달 월급 600위안을 받는 왕창이 어떻게 하루 저녁 술값이 이삼백 위안하는 가라오케를 매일같이 갈 수 있는지 큰 미스터리였다.

한종민이 노래를 부르고 들어오자 스테이지에서 조금 전 그가 불렀던 〈사랑은 얄미운 나비인가 봐〉라는 노래가 또다시 나오는 것이 아닌가. 이 당시 중국에 있는 가라오케는 작은 방이 없고 큰 홀에서 다 함께 노래 부르는 형태가 유행이었다.

"어? 저 노래가 왜 또 나와?"

한종민은 앞으로 다시 나가 마이크를 붙잡았다.

그때 다른 테이블에서도 한 여자가 무대로 나가다가 한종민이 마이크를 잡는 것을 보더니 머뭇거리다가 다시 자리로 돌아갔다. 한종민은 그 여자에 대하여 별로 신경을 쓰지도 않고 술에 취해 신나게 노래를 불렀다. 그런데 민완주가 보기에는 아무래도 그 노래는 방금 전에 나온 그 여자가 신청한 노래인 것으로 보였다. 한종민이 노래를 마치고 테이블로 들어오는데 〈사랑은 얄미운 나비인가 봐〉가 또다시 나오는 것이었다.

"이런 씨…… 누구 약 올리나?"

한종민은 다시 무대로 돌아가려 했는데 어느새 방금 전 그 여자가 먼저 마이크를 잡고 노래를 부르려고 하고 있었다. 한종민은 잠시 멈춰 섰다가 그 여자가 있든 말든 또 다른 마이크를 잡고 노래를 부르려 했다. 그 여자는 그런 한종민을 한 번 쳐다보고 그냥 들어가 버렸다.

"어? 저거 분명히 저 여자 노래인데……."

민완주는 걱정스럽게 중얼거렸다.

"빙화 씨, 아무래도 총경리님 모시고 들어와야겠어."

민완주는 리빙화를 시켜 한종민 총경리를 자리로 들어오게 했다.

"알았어요, 내가 나갔다 올게요."

리빙화는 스테이지로 나가 한종민을 테이블로 데리고 오려 했으나 그는 막무가내로 계속 노래를 불렀다. 결국 한종민은 〈사랑은 얄미운 나비인가 봐〉를 무려 3번이나 연거푸 불러 젖히고 자리로 들어왔다.

"휴, 이제 지쳐서 더는 못 부르겠다."

한종민은 어깨를 축 늘어뜨리고 비틀거리는 제스처를 취했다. 그런데 그때 또다시 그 곡의 전주가 들리는 것이었다. 민완주, 리빙화 그리고 왕창은 일제히 일어나 다시 나가려는 한종민을 억지로 붙잡았다. 그러나 한종민은 기어이 앞으로 나갔고 그 여자는 나오다 말고 또다시 자리로 돌아갔다.

"얄미운 나비는 내 노래란 말이야!"

한종민은 버럭 소리를 지르고는 끝까지 노래를 불렀다.

"사랑은…… 얄미운 나비인가 봐……. 감사합니다, 감사합니다."

홀에 있던 많은 손님 중에 유일하게 신난 사람은 한종민 혼자였다. 그는 흥에 겨워 마이크가 찢어져라 소리쳤지만 다른 테이블에 있던 중국인들은 냉랭한 표정으로 한종민을 바라보았고 민완주 일행도 박수를 치는 둥 마는 둥 그가 빨리 들어오기만을 기다렸다. 한종민은 자리로 돌아와 소파가 꺼져라 털썩 주저앉았다.

"야, 무슨 내 노래가 4번씩이나 나오냐? 목 다 쉬겠다."

"총경리님, 그거 다른 여자가 시킨 노래란 말이에요."

리빙화가 답답해하며 말했더니 한종민은 되레 성을 버럭 냈다.

"지랄하고 자빠졌네. 얄미운 나비는 내 노래란 말이야! 무슨 쓸데없는 소리하고 있어!"

그때였다. 덩치가 산만 한 사나이가 한종민 일행이 있는 테이블로 다가와 불쑥 자리에 앉는 것이 아닌가. 분위기가 심상치 않았다. 그는 이내 테이블 위에 있는 맥주병을 거머쥐더니 한종민을 노려보았다.

"야, 이 새끼야. 너 왜 자꾸 남의 노래 불러?"

그 사나이는 지독한 동북 사투리를 쓰는 중국인이었다. 아마도 방금 전 노래를 부르러 나온 여자의 애인인 듯싶었다. 병을 들고 위협하던 그 사나이를 보고 한종민은 순간 겁을 먹었지만 자기 옆에는 진황도 토박이 왕창과 민완주가 있다는 사실을 깨닫고 짐짓 태연한 척했다.

"너 뭐야? 뭔데 남의 자리에 와서 맥주병을 쥐고 난리야? 꺼져, 인마."

한종민이 소리쳤다.

"이 새끼가……."

사나이는 한종민의 말이 채 끝나기도 전에 들고 있던 한종민 머리를 향하여 맥주병을 세차게 휘둘렀다. 순간 몸집은 작지만 민첩하기로 소문난 왕창이 번개처럼 몸을 날려 한종민을 막아냈고 날아오던 맥주병은 왕창의 머리에 정통으로 맞았다. 그러나 맥주병은 깨지지 않고 둔탁한 소리만 났다.

"아이고……."

맥주병에 맞은 왕창은 머리를 부여쥐고 그 자리에 쓰러졌다. 맥주병이 깨지지 않았으니 얼마나 아팠으랴.

"이 새끼들 내가 누군지 알고 까불어?"

사나이는 쓰러진 왕창을 발로 걷어찼다. 사나이의 행패에 놀란 아가씨들의 비명 소리가 가라오케 이쪽저쪽에서 터져 나왔다. 그때 가라오케에 있던 지배인과 남자 종업원 네다섯 명이 그들의 싸움을 말리기 위해 뛰어들어 사나이의 양팔을 붙들었다. 사나이는 씩씩거리며 왕창을 죽일 것 같은 기세로 자신을 붙들고 있던 종업원들에게 소리쳤다.

"이거 안 놔? 내가 오늘 저 새끼하고 저 한국 놈 완전히 죽여 버리겠어!"

왕창은 아픈 머리를 만지며 천천히 일어서다가 종업원들에게 붙들려 꼼짝 못하고 있는 사나이를 한 번 올려다보았다.

"아…… 아파 죽겠네."

왕창은 테이블 위에 있는 맥주병을 짚더니 그의 얼굴을 번개처럼 내리쳤다. 파악.

"으악."

강렬한 파열음과 함께 맥주병은 박살이 났고 사나이는 눈 옆이 찢어져 피가 줄줄 흘렀다.

"야, 너희들은 꼭 이 형님이 맞고 난 다음에 나타나냐? 야, 저 새끼 좀 밟아라."

왕창은 머리를 만지며 종업원들에게 말했다. 왕창의 말이 떨어지기가 무섭게 종업원들은 이번에는 사나이를 두들겨 패기 시작했다.

"죽여라."

"자식이 여기가 어딘 줄 알고."

그는 일순간 여러 명의 건장한 종업원들로부터 뭇매가 날아오자 몸을 숙인 채 방어 자세를 취했으나 어찌할 도리도 없이 무수한 발길질과 주먹을 맞고 그 자리에 쓰러지고 말았다.

"아니 이거 갑자기 어떻게 된 거지?"

민완주는 어리둥절했다. 그는 싸움을 말리다가 갑자기 돌변한 종업원들의 태도에 뒤로 물러서서 그 광경을 바라보았다.

"저 새끼, 꿇어 앉혀."

왕창은 기세가 등등하여 종업원들에게 소리쳤다. 종업원에게 양팔과

어깻죽지가 붙들린 사나이는 몸을 반쯤 일으키며 소리쳤다.

"너, 우리 형님이 누군지 알아? 티에시(鐵西)파의 창티에청이다. 넌 자식아, 이제 죽었어."

"뭐? 창티에 뭐? 푸하하…… 미친 새끼."

왕창은 어이없다는 듯 파안대소했다. 그때 가라오케 지배인이 손님들 속에서 튀어나오더니 무릎 꿇은 사나이에게 왕창을 가리키며 말했다.

"이 자식, 너 이분이 누군지 알아? 베이하이(北海)파 라오싼(老三, 중간 두목)이야. 그럼 이분 형님이 누군지 말 안 해도 알 거 아니야?"

"네? 그럼, 양카이더가 있는……. 형님! 이거 몰라봐서 정말 죄, 죄송합니다."

사나이는 사람을 잘못 건드려도 된통 잘못 건드렸구나 하는 생각에 애걸하기 시작했다. 그들의 이야기를 듣고 있던 민완주는 흠칫 놀랐다. 양카이더가 베이하이파의 두목이라니?

베이하이파라면 진황도를 주름잡는 무시무시한 조폭(黑社會)인데 어떻게 진황도경제기술개발구 주임인 양카이더가 베이하이파의 두목이란 말인가? 민완주는 싸움이 끝나고 난 뒤 평소 안면이 있던 지배인에게 자세한 내용을 물어보았다.

양카이더가 진황도개발구 주임이 되기 훨씬 전, 그러니까 창리현 여행국 부국장 시절부터 진황도와 창리 일대의 주먹깨나 쓰는 놈들에게 돈과 약간의 이권을 주어 자기를 위하여 충성하도록 만든 것이 오늘날 베이하이파의 효시가 되었다고 한다. 양카이더에게 매수된 그들은 주로 양카이더가 법으로 해결할 수 없는 일들을 해결해 주었다. 예컨대 보복할 대상이 생기면 이들에게 칠팔백 위안을 주고 죽기 전까지 흠씬 패게 하거나 칼침을 놓았고 나중에는 양카이더가 파친코와 가라오케를 운영하여 별도의 비자금을 챙기는 데에도 이들을 이용했다. 알고 보니 그곳 남방불야성 역시 양카이더가 뒤를 봐주고 돈을 받는 곳이었다. 그러니 싸움을 말리던 종업원들이 갑자기 돌변하여 그 사나이에게 뭇매를 놓았던 것이다.

이런 양카이더의 하수인들은 그가 진황도개발구 주임이 되자 인원도 늘어나고 더욱 강한 세력을 갖게 되었다. 남방불야성 지배인의 이야기에 의하면 왕창은 40여 명의 조직원 중에 서열 3위 정도의 매우 높은 지위의 보스라고 하였다. 민완주는 그의 이야기를 듣고 난 후 양카이더의 이중성에 혀를 내둘렀고 변변치 못하고 무식한 운전수로만 여겼던 왕창이 두려웠다.

한종민은 이날 술이 많이 취했다. 그도 그럴 것이 한동안 술을 마시지 않다가 오랜만에 측근들만 데리고 술을 마셨으니 긴장이 풀어질 수밖에 없었다. 술자리가 끝난 후 민완주는 집으로 향했지만 한종민은 리빙화의 아파트로 가기 위해 그녀와 함께 왕창이 운전하는 차에 올랐다.

"아휴, 술 좀 적당히 마시지, 이게 뭐예요."

"야, 리빙화. 나…… 너 정말 좋아한다."

한종민이 리빙화의 품에 기대 중얼거렸다.

"어서 일어나요. 집에 다 왔어요."

"한 총경리님, 괜찮겠어요?"

왕창이 백미러를 통해 졸고 있던 한종민에게 물었다.

"왕창, 나 너 좋아한다. 너 최고다. 중국 사람 중에서 믿을 사람은 너밖에 없다."

자동차는 어느새 리빙화의 아파트에 도착했다.

"리 비서, 먼저 올라가서 자리를 좀 봐. 총경리님은 내가 업고 올라 갈 테니까."

"이기지도 못할 술을 왜 자꾸 이렇게 마신담."

그녀는 아파트 3층에 있는 자기 집으로 올라가고 차 안에는 한종민과 왕창만 남았다.

"한 총경리님, 모처럼 한국에서 아드님이 와서 기다리는데 집으로 가시죠. 매일 저녁 리빙화 집에 오면 아드님뿐만 아니라 다른 사람들도 알면 안 좋게 생각할 텐데요."

"야! 왕창, 너 지금 무슨 소리하는 거냐? 내가 리빙화 집에서 자든지 말든지 다른 사람이 무슨 상관이냐? 새벽에 집에 들어가면 되지, 뭐……. 끄윽."

"만약에 한국 본사나 양카이더가 리빙화와의 관계를 아시면 어쩌려고 그러세요?"

"뭐? 본사? 양카이더? 이게 운전수 주제에 못하는 말이 없어. 야, 인마. 내가 발전소만 잘 지으면 됐지, 리빙화이가 내 얼나이(二奶, 첩)라도 지네들이 나한테 무슨 소리를 할 거야?"

한종민은 소리를 버럭 질렀다. 왕창은 비틀거리는 한종민을 리빙화의 아파트까지 데려다 주고 다시 자동차로 내려왔다. 왕창은 양복 윗도리 안주머니에서 무엇인가 끄집어내어 만지작거렸다. 그러더니 그 조그만 기계에서 소리가 나기 시작했다.

"야! 왕창, 너 지금 무슨 소리하는 거냐? 내가 리빙화 집에서 자든지 말든지……."

왕창은 보이스펜으로 방금 전 한종민이 말한 내용을 죄다 녹음한 것이었다. 녹음한 것을 듣더니 만족한 표정으로 리빙화의 아파트를 올려다보았다. 그는 조수석 서랍에서 소형 라디오 같은 것을 꺼내더니 이내 이어폰을 귀에 꽂았다. 그리고는 운전석 옆에 있던 껌을 꺼내 질겅질겅 씹기 시작했다. 그것은 리빙화 방에 설치된 도청장치였다. 왕창은 리빙화의 방에서 그들이 나누는 대화를 모조리 도청하면서 녹음하기 시작했다. 그는 담배를 물고 시가라이터로 불을 붙였다. 그리고 자동차 창문을 조금 열고 담배 연기를 길게 내뿜으며 계속 이어폰을 귀에 꽂고 흘러나오는 소리를 듣고 있었다. 그러다가 피식 웃었다. 그는 요란하게 껌을 씹으며 리빙화의 아파트를 올려다보았다.

며칠 후, 한종민은 회사에 출근하자마자 바로 북경 한국대사관에 갈 준비를 했다. 그리고 민완주와 왕창을 불렀다.

"왕창, 북경 진입증은 준비됐겠지?"

"네, 어제 교통공안국에 가서 만들어 놨습니다."

왕창은 호주머니에서 북경 진입증을 꺼냈다. 중국 중앙정부에서는 북경으로 들어오는 외지 차량에 대하여 엄격하게 통제한다. 북경 번호판이 없는 타 지역 차량은 반드시 북경 진입증이라는 차량 운행증을 부착해야만 북경 시내에서의 운행이 가능하다. 이것은 수도 북경으로 유입되는 지방 차량을 통제하고자 하는 중앙정부의 조치로, 외지 차량이 불법운행을 하다 적발되는 경우 적잖은 벌금을 물게 된다.

"그런데 대사관은 무슨 일 때문에……."

민완주가 물었다.

"그동안 건설업체 관련하여 준비한 서류 있지? 그거나 갖다 줘."

"네, 여기 가지고 왔습니다."

"왕창, 자동차 열쇠 나한테 줘. 내가 직접 운전해서 갈 테니. 그리고 한 사나흘 걸릴 테니 민 부장하고 이 비서는 회사 잘 지키고 있어. 알았지?"

한종민은 서류봉투를 가방에 집어넣으며 말했다. 그리고 시계를 한 번 들여다보더니 서둘러 밖으로 나갔다.

그날 저녁 불 꺼진 리빙화의 아파트. 육중한 현관 철문이 열리는 소리가 나더니 안쪽 문이 열리면서 리빙화가 들어왔다. 중국 아파트들은 대부분 방범을 위하여 현관이 이중문으로 되어 있다. 리빙화는 불을 켰다.

"어마, 깜짝이야."

누군가 소파에 누워 있었다. 왕창이다.

"왕창? 나 간 떨어지는 줄 알았잖아. 아휴, 가슴이야."

"오, 나의 사랑 리빙화."

왕창은 기분 좋은 목소리로 술 냄새를 풍기며 그녀를 껴안았다.

"야, 한종민도 없는데 왜 이렇게 늦게 다녀?"

"네가 내 남편이라도 되니?"

그녀는 핸드백을 집어던지고 머리핀을 뽑았다.

"너나 나나 똑같은 입장이야. 둘 다 한종민의 종이라고."

왕창이 말했다.

"오늘은 우리 둘뿐이네."

리빙화는 왕창의 어깨에 손을 얹었다. 신발을 벗고 나란히 서니 리빙화가 왕창보다 조금 더 컸다. 여자를 밝히는 왕창은 언제부터인가 리빙화와 자주 이런 관계를 가져 왔다. 리빙화는 한종민의 여비서로 있으면서 왕창과 같이 한종민 총경리를 보필하였고 그러면서 둘은 자연스럽게 가까워 졌다.

리빙화도 자기보다 연하의 중국 국적을 가진 젊은 왕창에게 마음이 안 갈 수가 없었다. 한종민이 술에 곯아떨어져 혼자 자기 집에서 자는 날이면 왕창은 어김없이 리빙화의 집에 찾아가 그녀와 뜨거운 밤을 보냈다.

그러나 리빙화가 한종민을 좋아하는 것과 왕창을 좋아하는 것은 엄연히 구분이 되었다. 한종민은 자신의 호구 문제나 한국행을 해결해 줄 수 있는 능력 있는 남자로서 그녀가 자신의 장래를 맡길 사람으로 생각하고 만나는 것이었지만, 왕창은 이 동네에서 주먹깨나 쓰는 자라 알아두면 자신에게 든든한 보디가드가 되어줄 것이고, 또한 젊고 앳되게 생긴 외모에 왠지 매력을 느꼈기 때문이었다. 어쨌든 리빙화는 생긴 것만큼 바람기가 다분한 여자임에는 틀림없었다.

한종민이 남방불야성에서 〈사랑은 얄미운 나비인가 봐〉를 부르던 그날이 민완주가 그와 함께한 마지막 술자리가 되었다. 한종민은 정확히 그로부터 보름 후 ST에너지 동방신 회장의 엄명을 받고 급히 진황도로 출장 온 본사 인사부장과 직원 손에 이끌려 한국으로 소환된 후로 다시는 중국으로 돌아오지 못했다.

"더 이상은 당신을 위하여 비자금을 만들어 줄 수 없소."

한종민이 양카이더에게 이렇게 선언하고 난 후 양카이더는 왕창을 시켜 한종민을 본격적으로 미행하여 증거를 남기게 하였다. 한종민을 그렇게 잘 모시던 왕창은 사실 양카이더가 한종민을 감시하기 위하여 처음부터 계획적으로 파견을 보낸 운전기사였다. 한종민은 그런 사실을 전혀 눈치 채지 못했고 모든 사생활을 그에게 적나라하게 보여주고 다

넸다.

왕창은 한종민이 발전소 총경리로 부임한 첫날부터 그의 모든 사생활을 기록하여 양카이더에게 보고하였고, 보이스펜과 도청기를 지니고 다니면서 녹취하여 이것 또한 전달하였다.

왕창이 보고한 내용은 '몇 월 몇 일 몇 시에 총경리가 리빙화와 같이 어디를 갔고……' 등등 그의 모든 것을 빠짐없이 자세히 기록한 것이었다. 분명히 한국에 가정이 있다는 것을 알고 있는 양카이더는 한종민을 사생활이 문란하고 부도덕한 사람으로 몰기 위해 여자 문제를 캐냈다. 그리고 이 사실을 정식문서로 작성하여 한국 ST에너지 회장실로 띄웠다.

친애하는 ST에너지 동방신 회장님께.

항상 합작발전소에 관심을 보여주시어 감사드립니다.

이렇게 편지를 띄우는 이유는 다름이 아니오라 귀사에서 파견한 합작회사 총경리 한종민은 한중 간의 명예를 걸고 진황도봉봉발전소를 건설하여야 한다는 막중한 책임을 지고 있음에도 불구하고, 회사 업무는 뒷전이고 조사 결과 자신의 여비서와 불미스러운 관계를 맺고 있음을 확인하였으니…(중략)… 이러한 사람이 어떻게 중요한 한중합작사업을 수행할 수 있겠습니까?

저는 중국의 한 지방 정부를 대표하는 사람으로 안타까운 마음을 금할 길이 없으며 지속적인 한중 간의 우호와 상호신뢰를 위하여 한국 본사 회장님께 이러한 심각한 상황을 알려드리는 바입니다.

참고로 이를 증명할 녹음테이프를 동봉합니다. 안녕히 계십시오.

−중국 하북성 진황도경제기술개발구 주임 양카이더

이 편지를 받아 본 본사 동방신 회장은 기분이 좋을 리가 없었다. 안 그래도 중국에서 근무하면 직접적인 관리가 안 되기 때문에 잘하고 있는지 걱정이 되기 마련인데 봉봉발전소에 공동 투자한 진황도경제기술개발구 대표인 양카이더 주임으로부터 그런 편지를 받고 나니 그게 사실이든 아니든 국가 체면을 생각해서라도 불쾌한 일임에 틀림없었다.

회장은 바로 인사부장 등 조사팀을 보내 사실 여부를 파악하였다. 하지만 중국 측에서 추적한 상세한 기록과 육성 테이프는 명백한 증거이기 때문에 어쩔 수 없이 한종민을 소환해야만 했다. 그러지 않았다가 향후 중국 측이 어떻게 나올지 몰랐기 때문이었다.

한종민이 양카이더의 비위를 거슬렀다가 결국 그의 덫에 걸려 한국으로 돌아가게 되었다. 그는 ST에너지 어느 지방지사로 발령을 받았으나 스스로 사표를 내고 시골 어디론가 자취를 감춰버렸다. 그의 뒤를 이어 봉봉발전소 총경리로 부임한 이는 송신양(宋信養)이라는 자였다. 그는 나이 오십의 ST에너지 선임 부장으로 발전소 건설 경험이 매우 풍부한 사람이었다. 국내 대형 발전소에서 근무도 했었고 중동에 나가 그곳의 화력발전소 건설 경험도 있을 정도로 대단한 실력자였다.

하지만 민완주가 보기에 나이가 비교적 많았고 결정적으로 중국어를 전혀 할 줄 모른다는 큰 단점이 있었다. 사실 중국 사업을 하는 데 있어서 어느 한 분야의 전문지식을 많이 아는 것보다도 중국어를 단 한마디라도 할 줄 아는 것이 성공에 결정적인 영향을 끼친다.

송신양은 전공인 전기 분야를 비롯하여 발전소의 건설, 운영, 기술적인 측면에서 많은 노하우를 지니고 있어 다른 사람을 무시하는 경향이 매우 강했다. 게다가 그는 중국이라는 나라에 대하여 미개하고 지저분한 데다 또한 전력(電力) 분야에 있어서는 한국보다 몇 십 년은 뒤처져 있는 나라로 여기고 있었다.

그가 본사 인사부장의 안내를 받으며 북경수도공항에 내리는 순간, 민완주는 듣던 바대로 그가 매우 오만하고 도도한 사람이라는 느낌을 받았다. 작은 키에 통통한 몸매, 약간은 뒤로 젖혀진 허리 그리고 꽉 다문 입에서 그의 오만함을 엿볼 수 있었다. 하지만 커다란 그의 눈매에는 어딘가 모르게 정감이 흘렀다. 얼굴색은 약간 검은 편이어서 민완주는 그가 필시 담배를 많이 필 것이라고 짐작했다.

그는 공항에서 수속을 마치고 나오면서부터 진황도봉봉전력유한공사에서 마중하러 나갔던 민완주와 중국인 간부들을 거들떠보지도 않았다. 민완주는 과거에 그와 같이 근무해 본 적이 단 한 번도 없어 내심 걱정하고 있던 터였는데 그의 그런 태도에 기분이 몹시 상했다. 하지만 그에게 잘못 보였다가는 한종민 선배의 뒤를 이어 민완주 역시 한국행 비행기를 탈지 모르기에 겉으로 그런 표시를 안 하려고 노력했다.

나중에 안 사실이지만 송신양은 당시 진황도봉봉전력유한공사로 부임하면 경리부장 양동관은 계속 잔류시키는 대신 민완주를 한국으로 복귀시키고 다른 사람을 한국에서 데려오려고 했었다. 그는 자기가 오랫동안 데리고 있던 심복을 중국으로 불러들여 같이 근무하려 했으나, 부임하자마자 며칠 일해 보면서 새로운 사실을 깨달았다. 그것은 본인이 어느 정도 중국어를 할 줄 알아야 하고 그렇지 않으면 자기 측근 중에 중국어를 잘하는 사람을 반드시 두어야 한다는 것이었다.

"내가 아랍에미리트에서 해외 근무할 때는 영어를 썼는데 여기는 분명히 외국합작회사인 데도 불구하고 무식하게 영어를 안 쓰고 어떻게 중국어를 쓰나?"

그는 발전소에서 자기가 할 줄 모르는 중국어를 쓴다는 것이 영 못마땅했다.

"중국에 있는 대부분의 외국 회사들도 중국어를 공용어로 사용합니다. 중국인들은 자기 문화에 대한 자긍심이 강하죠. 그러니 영어를 알면서도 안 쓰는 경우가 많습니다."

민완주는 송신양에게 중국인들의 특성에 대하여 간단하게 설명해 주었다. 매우 도도한 태도의 송신양은 민완주의 이러한 설명을 듣고도 이만저만 불평을 늘어놓는 것이 아니었으나 달리 방법이 없었다.

당시 리빙화는 한종민이 한국으로 급작스럽게 돌아가는 바람에 모든 계획이 수포로 돌아가, 자신도 고향으로 가려고 사표를 준비했다. 송신양도 리빙화가 한종민과 보통 관계가 아니었다는 소문을 들었던 터라 적당한 기회를 봐서 그녀를 내보내려고 마음먹고 있었다.

어느 날, 송신양은 사무실 책상에 앉아 책을 읽고 있었다.

"니하오(你好)! 워쓰한궈런(我是韩国人)."

그는 혼자서 중국어 공부를 하고 있었다.

"제길, 뭔 놈의 발음이 이렇게 어려워?"

송신양은 투덜거리며 책을 뒤적거렸다.

그때 누군가 총경리실의 방문을 세차게 열고 들어왔다. 그는 발전소의 남자 직원 리야오칭이었다. 리야오칭(李耀晴)은 담배를 꼬나물고 들어와 송신양 책상 위로 서류 한 장을 냅다 집어 던졌다.

"이 자식이…… 어디 건방지게 총경리 앞에서 담배를 꼬나물고 서류를 집어 던져? 얼씨구, 손은 또 호주머니에 집어넣고. 잘한다."

송신양은 어이가 없다는 표정을 지으며 한국말로 중얼거렸다.

"가이장이샤, 쩌스리훈원젠(도장 찍어주세요, 이거 이혼증명서류예요)."

리야오칭은 바람난 마누라와 이혼을 하게 되어 이혼 서류에 회사직인을 찍어 법원에 제출해야 했다. 중국에서는 이혼을 하려면 몇 가지 서류가 필요한데 그중 하나가 자기가 근무하는 회사의 직인을 받아 법원에 제출하여 심사가 통과되면 이혼증을 발급받게 되어 있었다.

"아이 씨, 뭐라고 하는 거야? 이봐, 담배 안 꺼?"

"선머? (뭐라구요?)"

리야오칭이 신경질적으로 대답했다.

"야, 담배, 담배 끄라고. 아, 자식이……."

송신양은 담배 끄는 흉내를 냈다. 그제야 리야오칭은 물고 있던 담배를 바닥에 버리고 구둣발로 비볐다.

"허, 얼씨구……."

송신양은 예의라고는 눈곱만큼도 없는 중국 직원의 태도에 혀를 찼다.

"쫑징리, 워리훈러. 가이장이샤, 쩌스리훈원젠. 니칸 니칸(총경리님, 나 이혼해야 돼요. 도장 찍어주세요, 이것은 이혼서류예요. 보세요, 보시라니까요)."

리야오칭은 서류를 들고 송신양의 코 앞에 바짝 디밀었다. 송신양은 그제야 서류를 들여다보았다. 들여다본들 알 길이 없었다.

"내 원, 도대체 이게 무슨 내용이야? 죽이라는 건지 살리라는 건지, 대체 뭐라고 쓴 거야?"

송신양은 짜증을 내면서 서류를 냅다 책상 위로 집어 던졌다. 그랬더니 이번에는 리야오칭이 깜짝 놀라는 것이었다. 그는 송신양 책상을 주먹으로 내리쳤다.

"니간마? 웨이선머부가이장? 니한궈런젼머쯔다워통쿠더스칭(지금 뭐 하는 거요? 왜 도장 안 찍어주는 거야? 이봐 당신 한국인이 내 사정을 어떻게 알아?"

리야오칭은 고래고래 소리쳤다. 송신양은 잡아먹을 듯한 리야오칭의 기세에 놀라 벌떡 일어나 도망치듯 사무실을 뛰쳐나왔다.

"비에조우, 니 비에조우(가지 마, 당신 가지 말라니까)."

리야오칭이 소리치며 쫓아왔다. 송신양은 더 빨리 달아나며 소리쳤다.

"민완주! 리빙화! 양동관! 아무나 나와서 나 좀 도와줘, 어서!"

그때 옆 사무실에 있던 리빙화가 그 소리를 듣고 복도로 뛰어나왔다.

"총경리님, 무슨 일이세요?"

"미스 리, 저 자식이 뭘 해달라고 하는 건지 소리 지르고 난리가 났어. 야, 저놈하고 이야기 좀 해봐라. 나 뭔 말인지 하나도 모르겠다."

"니요우선머쓰(무슨 일이에요)?"

리빙화가 리야오칭에게 물었다.

그제야 둘은 정상적으로 대화가 되어, 결국 리야오칭의 이혼 서류에 도장을 찍어주게 되었다.

"미스 리, 사실 내가 널 내보내려고 했는데 내가 아쉬워서 널 못 보내겠다. 계속 내 비서로 일해, 알았지?"

"총경리님, 통역은 또 구하셔도 되고…… 전 그냥 고향으로 돌아갈래요."

"왜 내가 싫어?"

"아뇨, 그건 아니고요……."

"아니면 다녀, 알았지? 그리고 딱 한 가지만 물어보겠는데……."

"……?"

"미스 리, 너 내가 한국에서 소문 들었는데 한종민 총경리하고……."

"네에? 총경리님, 저 정말 억울해요. 중국인들이 저를 조선족이라고 우습게 생각해서 그런 헛소문을 퍼트리고……"

리빙화는 그 자리에 주저앉아 펑펑 울음을 터뜨렸다. 서글퍼 울고 있는 리빙화의 모습을 본 송신양을 어찌할 바를 몰라 그녀에게 다가가 다독거렸다.

"아냐, 아냐. 나도 긴가민가했는데 막상 중국에 와서 리빙화를 보니 너무 예뻐서 잠시 의심을 한 것뿐이야. 내 말 취소다, 취소!"

송신양의 통사정에 그제야 리빙화는 울먹이던 가슴을 진정시켰다.

"미스 리, 그냥 회사 다니는 거야. 대신 내 옆에서 중국어 통역 잘해줘야 돼. 알았지?"

"총경리님이 정 그러시다면…… 고향으로 안 돌아가고 총경리님을 모실게요."

"암 그래야지. 예쁜 통역 한 명 놓칠 뻔했네."

리빙화는 한종민이 중국으로 떠나고 자신도 고향으로 돌아가려 마음먹었으나 사실 고향이나 다른 한국 기업을 찾아가 봤자 진황도 호구를 받아내거나 한국행 연수 기회를 얻는다는 것은 매우 어려운 일이었다. 뭐니뭐니해도 진황도봉봉전력유한공사가 이런 그녀의 목표를 이루는 가장 좋은 여건을 갖추고 있었기 때문에 송신양이 넌지시 그녀의 근무 의사를 물어볼 때 잽싸게 낚아채는 것이 최선의 방법이었다. 송신양도 역시 남자인지라 매력이 넘치는 리빙화에게 안 넘어갈 수가 없었다. 게다가 송신양은 다정다감한 성격인 데다 한종민처럼 술 마시고 괴팍한 주사도 없어 송신양과 리빙화는 금방 가까워졌다.

어느 초여름 오후 리빙화 혼자 총경리실을 지키면서 송신양 책상을 정성껏 닦고 있었다. 그때 송신양이 손에 두툼한 비닐봉지를 들고 들어왔다.

"와, 진짜 덥네. 아직 6월밖에 안됐는데 완전히 삼복더위야. 중국은 원래 이런가?"

"어머, 총경리님 오셨어요?"

리빙화는 걸레를 놓고 비닐봉투를 받아들었다.

"미스 리, 나 냉장고에서 시원한 콜라 하나만 꺼내줘."

"그런데 총경리님, 이게 뭐예요?"

"아, 그거? 보약이야, 개소주라는 거야. 우리 마누라가 한국에서 보내왔어. 나 혼자 중국에 있으면 몸 축난다고 그거 먹으래."

"총경리님은 참 좋으시겠다. 그렇게 챙겨 주시는 사모님도 계시고."

리빙화는 냉장고에 보관한 시원한 캔 콜라를 송신양 앞에 놓았다.

"이 개소주 반은 내가 먹고 반은 미스 리가 먹어."

"무슨 말씀이세요? 사모님이 총경리님 다 드시라고 보내준 건데……."

"집에 가지고 가서 냉장고에 넣어두고 하루에 하나씩 꺼내 먹어봐. 끝내준다."

그는 엄지손가락을 내밀었다.

"저…… 집에 냉장고가 없으니까 그냥 총경리님 가지고 가세요."

"뭐야? 집에 냉장고도 없어? 아니, 회사에서 그동안 그렇게 부려먹고 냉장고도 하나 안 사줬어? 에잉, 무심한 사람들 같으니라고."

송신양은 신경질적으로 부채질을 했다.

"호호, 총경리님, 신경 써주셔서 너무 고마워요."

리빙화는 행복해 했다.

며칠 후, 리빙화는 퇴근 후 저녁 준비를 하고 있었다. 리빙화는 봉봉발전소에서 숙소로 제공하는 아파트에 살고 있었는데 아주 작은 평수의 낡은 아파트였다. 그녀가 파를 썰어 찌개에 넣으려고 할 때 누군가 현관문을 세차게 두드리는 소리가 들렸다.

"누구지?"

리빙화는 가스 불을 끄고 현관으로 갔다.

"누구세요?"

"회사에서 왔어요."

"회사요?"

리빙화는 고개를 갸우뚱하면서 문을 살짝 열어 보았다.

"어후, 나야. 무거워 죽겠으니까 빨리 문 열어."

밖에는 같은 고향 사람인 찐따왕이 다른 회사 직원과 같이 냉장고를 짊어지고 올라왔다. 리빙화는 얼른 문을 열었다.

"이게 뭐예요?"

"보면 몰라? 냉장고지 뭐야. 송 총경리가 보내줬어."

"송 총경리님이……."

리빙화가 우두커니 서 있자 찐따왕이 소리쳤다.

"야, 무거우니 어디다 놓을지 빨리 말해."

"저, 저쪽이요."

리빙화는 재빨리 응접실 한쪽에 자리를 마련하고 바닥을 걸레로 닦았다. 찐따왕은 다른 직원과 함께 박스를 뜯고 냉장고를 설치했다.

"후빈(胡斌), 너 먼저 가라."

찐따왕이 같이 온 젊은 직원 후빈에게 이야기하자 그는 박스 쓰레기를 주워 먼저 자리를 떴다.

"찐(金) 선생님도 가셔야죠?"

리빙화가 물었다.

"나?"

찐따왕은 갈 생각은 안 하고 소파에 털썩 주저앉았다.

"야, 이 고향 아저씨가 낑낑거리며 냉장고 가지고 왔는데 뭐 시원한 것 한 잔 줘야 될 것 아니야?"

"아, 네."

리빙화는 부엌에서 물 한 잔을 가지고 왔다.

"겨우 물이야?"

"냉장고가 없어서 그것밖에 없어요."

찐따왕은 가져온 물을 벌컥벌컥 마셨다.

"에이, 별로 시원하지도 않다."

찐따왕은 구두를 벗고 발을 탁자 위에 올려놓았다.

"뭐, 뭐 하시는 거예요? 안 가세요?"

리빙화는 덜컥 겁이 났다. 비록 찐따왕이 같은 고향 사람이라고 하지만 그는 회사 내에서 평판이 안 좋은 데다 지난번에 민완주에게 자신의 과거를 고자질해 한동안 곤욕을 치른 적이 있기 때문이었다.

"너, 한종민이 한국으로 떠났는데도 용케 잘 버티고 있네. 송 총경리가 멍청한 거냐, 아니면 네가 송 총경리를 홀린 거냐?"

"네? 지금 무슨 말씀하시는 거예요? 찐 선생님이 저의 고향 분이시기는 하지만 말씀이 너무 지나치신 것 아니에요? 죄송하지만 어서 이 집에서 나가주세요."

"나가? 어딜? 나도 너에게 할 말이 있어 그런다."

"할 말이 있으시면 어서 해보세요."

"너, 송신양 밑에서 오래 붙어 있으려면 내 말을 잘 들어야 할 텐데······."

쩐따왕은 천천히 말을 이었다.

"내가 할 말은 뭐냐면······ 네가 내 청 하나를 들어줘야겠어. 네가 송신양한테 이야기해서 내가 나이도 있고 경험도 많고 하니 보일러반 반장 좀 시켜주라고 해. 너 만약 안 하면 너와 한종민의 그렇고 그런 사이······."

"당, 당장 나가요!"

리빙화는 단호하게 이야기했다.

"송신양이 네가 왕창하고 놀아난다는 사실을 알면 그때에도 널 계속 비서로 쓸까? 흐흐······. 빙화야, 이리 와봐, 나도 한번 안아보자."

그는 벌떡 일어나 리빙화에게로 다가가 그녀를 강제로 껴안았다. 그때 누군가 현관문을 두드렸다. 쩐따왕이 힘을 빼는 순간 리빙화는 재빨리 빠져나와 허겁지겁 문을 열었다.

"빙화, 냉장고 잘 왔지?"

다름 아닌 송신양 총경리이었다.

"총경리님."

리빙화는 송신양을 와락 껴안았다.

"왜, 왜 그래? 허허, 냉장고가 그렇게 좋아?"

그때 집 안에서 쩐따왕이 튀어나와 송신양에게 90도로 깍듯이 인사를 했다.

"초, 총경리님 오셨습니까? 지금 막 설치를 끝냈습니다. 이쪽입니다."

"어이, 쩐따왕. 무거운 것 들고 오느라 고생했어. 젊은 사람 시켜도 된다니까 군이 동향 사람이라고 직접 들고 오고. 당신, 역시 괜찮은 사람이야. 앞으로 열심히 일하고······ 자, 이거 받아. 수고했어."

송신양은 지갑에서 200위안을 꺼내 쩐따왕에게 주었다.

"총경리님. 이렇게 많이……."

쩐따왕은 만면에 미소를 지었다.

"어서 집에 가서 쉬어. 100위안은 아까 같이 온 젊은 친구 있지? 그 애 주고."

"네? 알겠습니다. 그럼 가보겠습니다."

쩐따왕은 꾸벅 인사를 하고 허겁지겁 집을 나갔다.

"어때? 마음에 들지?"

송신양이 흐뭇한 눈으로 냉장고를 바라보며 말했다. 리빙화는 방금 전 쩐따왕의 행동 때문에 그때까지도 심장이 두근거리고 있었다.

"총경리님, 왜 저 같은 것한테 이렇게까지……."

"무슨 소리야, 당연히 있어야 할 것이 없으니까 사주는 거지. 안 그래? 내가 사준 보약 상하기 전에 어서 냉장고에 집어넣고 매일 하나씩 먹어."

송신양의 말에 리빙화는 눈물을 흘렸다.

"어, 울어? 왜 울어?"

송신양은 리빙화에게 다가가 그녀의 얼굴을 살며시 들어보았다. 눈에 눈물이 가득 고였으나 그녀는 송신양과 서로 눈빛이 마주치자 환하게 웃었다.

"총경리님."

리빙화는 송신양의 품에 와락 안겼다.

현대판 홍위병

진황도봉봉전력유한공사의 총경리는 한국 측에서 파견하고 부총경리는 중국 측에서 파견하였다. 한종민 총경리의 시대가 끝나고 그 뒤를 이어 송신양이 오는 동안 발전소의 부총경리는 구펑(古彭)이라는 나이 많은 중국인이 계속해서 맡고 있었다.

사실 한국인 파견자들은 발전소에 두 번째 중국인 부총경리가 오기 전까지 첫 번째 부총경리였던 구펑을 언제나 복지부동하고 아무 일도 안 하는 정말 무책임한 자라고 여겼는데, 두 번째 중국인 부총경리가 부임하고 나서야 구펑은 정말 선량하고 점잖은 중국인이었다는 것을 깨달았다.

그가 봉봉발전소에서 근무하는 동안 비록 봉봉발전소보다는 원래 자기가 오랫동안 몸담고 있었던 화북전력국 진황도분국(華北電力局 秦皇島分局)*의 이익을 위하여 더욱 열심히 뛰었던 사람이기는 하지만 봉봉발전소에 있는 한국인에게 대놓고 욕을 하거나 정면에서 삿대질하며 싸우진 않았다. 사실 따지고 보면 구펑은 봉봉발전소 한국인에게 신사적으로 대해 준 반면 두 번째로 나타난 부총경리는 세 명뿐인 한국인에게 온갖 횡포를 다 부렸다. 바로 주리용이었다.

"한국 측 ST에너지에서 투자비 3억 위안을 다 내기 전까지는 무슨 일이 있어도 한국인 파견자들의 비위를 잘 맞추어 줘야 한다. 그렇지 않고서 그 많은 돈을 다 받아낼 수 있겠어?"

양카이더는 구펑이 부총경리로 있던 시절 그를 불러 심심치 않게 이런 이야기를 했다. 그 후, 두 번째 부총경리 주리용은 양카이더의 치밀한 계획하에 나타났다. 한종민이 한국으로 돌아가고 송신양 총경리가 막 부임하여 봉봉발전소의 착공에서부터 그때까지의 건설 전 과정을 파악하느라 정신이 없을 때 양카이더는 구펑을 기술총책임자라는 자리로 강등시키고 후임으로 주리용을 부총경리로 파견하였다.

그가 봉봉발전소에 출근하기 며칠 전에 민완주는 우연히 그의 이력서를 보게 되었다.

"이름 주리용, 학교는 청화대학교 졸업? 굉장히 똑똑하겠는데."

민완주는 주리용의 이력서를 계속 훑어보았다. 주리용은 졸업 후 중앙정부 수리전력부에서 근무하였으며 흑룡강성 장춘시의 중국 최대 규모 발전소 건설에 참여하였고 마지막으로는 중일합작 레미콘유한공사의 총경리로 있다가 봉봉발전소로 오게 되었다. 한마디로 그는 중국 기술계통의 엘리트 코스만 밟고 있었다.

"아니, 중일합작회사 총경리 하던 양반이 무엇 하러 우리 회사에 부총

• 우리나라 한전(韓電)에 해당함. 중국은 우리나라처럼 전력 거래 및 관리 감독을 국영기업에서 관장하고 있으며, 이를 책임진 국영기업으로 화북전력국 등 전국에 16개 전력국이 있다. 화북전력국은 북경시, 하북성, 하남성 일대의 전력 관련 업무를 총책임지고 있다.

경리로 오지? 먼젓번 회사도 꽤 유명한 회사 같은데……."

민완주는 그의 한 단계 낮춘 인사이동을 의아하게 생각했다. 그때 총무부장 마홍량이 민완주 옆에 오더니 씩 웃었다.

"주리용 부총경리? 그 사람, 양카이더 주임이 대단히 신임하는 사람이야. 양 주임이 팍팍 밀어주고 있지. 아마 그 사람 우리 회사에 와서 한몫 단단히 할걸."

"무슨 의미야?"

민완주는 마홍량이 좋은 뜻으로 이야기하는 것인지 나쁜 뜻으로 이야기하는 것인지 알 수가 없었다. 마홍량은 민완주와 동갑이었다. 민완주가 봉봉발전소 내에서 가장 먼저 알게 된 중국인이 바로 마홍량이고 또한 가장 친한 중국인이기도 하다.

마홍량은 성격이 소탈하여 웬만한 작은 일에는 별로 신경을 안 쓰는 전형적인 대륙적 기질을 지닌 중국인이다. 하지만 워낙 털털한 성격에 윗사람들에게는 치밀하지 못하다는 이야기를 종종 들었고 특히 여직원들에게는 너무 털털하여 단정치 못하다는 핀잔을 가끔씩 듣는 인물이었다. 하지만 한국인 파견자들은 그런 솔직담백하고 관대한 마홍량을 좋아했다.

며칠 후, 하늘에 구름이 잔뜩 끼어 비라도 퍼부을 것 같던 어느 날, 드디어 주리용이 봉봉발전소에 첫 출근을 하였다. 송신양은 주리용을 환영하기 위하여 신임 부총경리 취임식 행사를 거행하기로 하였다. 그동안 봉봉발전소의 식구도 꽤 늘어 어느새 직원은 100여 명이 되었는데, 그때까지 전 직원이 한꺼번에 모인 적은 한 번도 없었다. 그 많은 직원이 모일 만한 강당도 아직 착공하지 않은 터라 가설건물 중 가장 큰 제

1창고에 취임식장을 만들었다.

송신양 총경리를 비롯한 몇몇 간부들은 단상에 마련한 의자에 앉았고 나머지 직원들은 대열을 맞춰 옆 사람끼리 잡담을 하며 주리용이 오기를 기다렸다. 10여 분을 기다렸을 때 차임벨 소리가 들렸다.

딩. 딩. 딩.

오후 3시를 알리는 차임벨 소리였다. 봉봉발전소 건설현장에서는 작업의 효율을 올리기 위하여 매시간마다 차임벨을 울려줬다. 그때였다. 주리용은 매우 빠른 발걸음으로 나타났다. 그가 취임식장으로 들어서는 순간 이곳저곳에서 떠들던 소리는 마치 전기코드 뽑힌 TV처럼 일시에 멎었다.

민완주는 주리용의 얼굴에서 눈길을 떼지 못했다. 민완주가 받은 그의 첫인상은 꼭 다문 입술과 날카로운 눈매가 매우 자신만만해 보였다는 것이다. 좋게 말하자면 냉철하고 나쁘게 말하자면 상당히 인정머리 없어 보이는 인상이었다. 사회자의 안내로 주리용은 임시로 마련한 강단에 올라 마이크를 잡았다.

"……."

그는 말을 않고 빽빽이 들어선 직원들을 눈에 힘을 주고 노려보았다. 안 그래도 조용한 분위기에 더욱 긴장감이 고조되었다. 직원들은 주리용의 눈빛에 완전히 압도당한 듯하였다. 그렇게 뭔가 터질 것만 같은 긴장감이 몇 십 초간 흘렀다.

"당신들 뭐 하는 인간들이야?"

주리용은 창고가 쩌렁쩌렁 울릴 정도로 고함을 질렀다. 그것이 주리용의 첫 인사말이었다.

"건설공사 착공한 지가 언제인데 아직도 발전소를 완공 못하고 뭣들

하고 있는 거냐고!"

그는 다시 한 번 소리쳤다. 제1창고는 찬물을 끼얹은 듯 조용했다. 그의 첫마디를 들은 송신양은 중국어 말뜻은 몰랐지만 그의 기백에 놀라 가슴이 철렁했다. 송신양은 리빙화가 귓속말로 해주는 통역을 듣고 그제야 심기가 불편한 듯 다리를 꼬고 앉았다.

민완주 또한 처음부터 그런 압도적이고 어처구니없는 주리용의 인사말에 놀라지 않을 수 없었다.

"허, 저 사람 뭐 하자는 거야?"

민완주는 중얼거렸다. 주리용은 처음 대면하는 직원들에게 공사 진행 속도가 늦다고 소리를 지르고 주먹으로 탁자를 치고 야단이었다. 마치 나치당원을 앞에 두고 연설하는 히틀러를 연상시키는 주리용이었다. 그는 지금까지 민완주가 보아 왔던 중국인 중에서 연설을 가장 잘하는 사람이었다. 취임사의 원고를 보지도 않고 술술 풀어 나가는데 내용은 별것 없었지만 말에는 힘이 있었다. 왕년에 발표깨나 해본 솜씨 같았다.

수많은 직원들은 그의 발악에 가까운 연설에 주눅이 들었는지 제대로 앞을 바라보지도 못하고 고개를 숙인 채 그저 묵묵히 듣고만 있었다. 그러나 단 한 사람 찐따왕만은 고개를 똑바로 든 채 눈을 크게 뜨고 그의 연설을 듣고 있었다.

"이 회사는 한마디로 관리가 하나도 안 되고 있어. 이래 가지고 무슨 하북성 최대의 발전소를 짓겠다는 것인가? 앞으로 이 모든 오류를 내가 하나씩 하나씩 정리해 나갈 것이다. 알겠나?"

주리용은 불끈 쥔 주먹을 흔들어 보였다. 그때 누군가 혼자서 열렬히 박수를 치며 소리쳤다.

"박수!"

찐따왕이었다. 하지만 그를 따라 박수를 치는 사람이 아무도 없었다. 그때 맨 앞줄에 서 있던 왕창이 실눈을 뜨고 찐따왕을 힐끗 뒤돌아보았다.

"박수!"

왕창이 외치자 그제야 직원들은 일제히 박수를 쳤다.

"중국 공산당 만세! 부총경리님 만세!"

찐따왕은 직원들이 동조하는 분위기에 흥분해 더 큰 소리로 외쳤다. 그의 선창에 전 직원들이 따라 만세를 외쳤다. 주리용은 이내 찐따왕을 바라보았다.

"자네 이름 뭔가?"

"네, 보일러 운전반에 근무하는 찐따왕이라고 합니다."

"찐(金)? 조선족인가?"

"네, 조선족입니다. 흑룡강성 무단장티엔리발전소에서 왔습니다."

"조선족이라…… 이중에 또 조선족 있나?"

주리용이 사방을 둘러보며 말했다. 리빙화가 움찔하며 송신양을 바라보았다. 그때 직원 중에 누군가 작은 목소리로 말했다.

"네, 저도 조선족입니다."

"이름이 뭐야?"

"안더룽입니다."

"이 회사는 총경리가 한국 사람인 중한합작회사이다. 그렇기 때문에 조선족들은 직원들 사이에 총경리가 한국 사람만 끼고 돈다는 소리가 안 나오도록 각별히 행동에 주의하도록 해라. 알겠나?"

"여부가 있겠습니까? 저희는 다 같이 마오 주석 사상으로 뭉친 중화인민공화국 인민입니다."

주리용의 명령에 찐따왕이 큰 소리로 대답했다.

"어이, 자네. 안 뭐라고?"

주리용은 안더롱에게 물었다.

"……."

"왜 대답이 없어? 내 말 안 들려?"

주리용은 소리쳤지만 안더롱은 계속 바닥을 내려다보고 입맛을 다시다가 고개를 들었다.

"거, 말끝마다 조선족, 조선족 하지 마십시오. 부총경리님이야말로 왜 회사를 한국, 중국으로 편 가르시는 겁니까?"

"뭐? 당신 이리 좀 나와 봐."

고분고분하지 않은 안더롱의 태도에 주리용은 화가 치밀었다.

"어서 나와!"

주리용은 마이크를 집어 던지고 맨 목소리로 소리쳤는데도 창고가 쩌렁쩌렁 울릴 정도였다. 그제야 안더롱이 천천히 앞으로 나갔다. 제1창고는 냉동창고로 변한 듯 싸늘한 냉기가 가득 흘렀다.

"당신은 내가 편을 가르는 것으로 보이나? 내가 취임 첫날이라 조용히 넘어가려 했는데 당신 이리 올라와 봐."

주리용은 팔소매를 걷어붙였고 안더롱은 단상 위로 올라가 고개를 숙인 채 주리용 옆에 섰다.

"나는 이곳에 오기 전에 일본에서 제일 큰 그룹인 일본 조양그룹과 합작으로 설립한 레미콘 회사 총경리로 일하던 사람이다. 그래서 나는 외국과의 합작회사를 어떻게 운영하는지 누구보다도 잘 알고 있다. 내가 그 회사를 운영할 때 회사에는 일본인도 없었고 중국인도 없었다. 오직 진황도조양레미콘인만 있을 뿐이었다. 여기도 마찬가지다. 이 회사에는 한국인도 없고 중국인도 없다. 오직 진황도봉봉전력유한공사 사람만 존재할 뿐이다. 그런데 나더러 편을 가르는 사람이라고? 총무부장! 총무부장 누구야?"

"전, 전데요."

마홍량이 엉거주춤 손을 들었다.

"당신, 오늘부로 이 사람 월급 3개월 감봉 처리해. 알았어?"

"네? 아, 네."

주리용은 단상 뒤에 앉아 있는 송신양 총경리를 완전히 무시하고 일방적으로 결정을 내렸다. 리빙화의 통역을 들은 송신양은 몹시 심기가 불편하였으나 갑작스럽게 벌어진 과격한 상황에서 아무런 대응도 못하고 있었다. 그때 민완주가 자리에서 벌떡 일어섰다.

"부총경리님, 회사의 모든 지시는 회사의 최고 영도(領導)인 총경리님이 내려야 하는데 어째서 부총경리님 마음대로 감봉을 하시는 겁니까? 이것은 있을 수 없는 일입니다."

"이봐, 한국 친구. 이 회사의 최고 영도가 한국인 총경리라고? 이 회사의 최고 영도는 동사장인 양카이더 주임이야. 중국 회사 직급체계부터 다시 공부해야겠군."

주리용의 대답에 이번엔 양동관이 발끈했다.

"직급체계? 그럼 부총경리님은 당연히 총경리님의 말씀을 먼저 들어야 되지 않겠습니까?"

"뭐? 무슨 말이야?"

중국어가 서툰 양동관의 발음을 제대로 못 알아들은 주리용이 양동관을 무시하는 소리를 하자, 의협심이 강한 양동관이 주리용을 단상에서 밀어칠 기세로 다가갔다.

"양 부장! 자리에 와서 앉아!"

분위기가 험악해지자 송신양이 소리쳤다. 그의 명령에 벌떡 일어섰던 민완주, 양동관은 다시 자리로 돌아왔고 주리용은 집어 던진 마이크를 주워 들고 직원들을 향하여 일갈하였다.

"이제부터 중국 직원들 명심하라. 앞으로 내가 하자는 일에 따라주지 않거나 이러쿵저러쿵 말하는 직원은 우리 중화인민공화국과 봉봉발전소를 망하게 하려고 작정한 자로 간주할 테니 알아서들 잘하시오. 지금까지 이 회사는 한마디로 관리가 엉망진창이었어. 그걸 이제부터 내가 하나씩 하나씩 고쳐 나갈 것이다. 알았나?"

"네!"

그의 벼락같은 호령에 일제히 한목소리로 대답했고 주리용은 연설을 끝마치자 인사도 없이 빠른 걸음으로 창고를 빠져나갔다.

"별 이상한 놈 다 보겠네."

송신양은 몹시 화난 목소리로 말했다.

"내일부터 총경리님이 먼저 확 잡아 버리세요."

리빙화도 분을 못 참고 거들었다.

'아니, 관리가 엉망이라니? 무슨 말도 안 되는 소리야?'

민완주은 몽둥이로 뒤통수를 한 대 얻어맞은 기분이었다. 그 누구도 예상하지 못했던 주리용의 돌발 취임사로 한국 파견자들은 어안이 벙벙했다.

오히려 그때까지 중국 측 투자자인 진황도경제기술개발구에서 1억 위안을 자본금으로 투자한 다음, 그 다음에 내야 할 차입금 2억 위안을 자금이 쪼들린다는 핑계로 차일피일 미루고 있어서 공사 속도가 늦어지고 있던 판국이었는데, 주리용은 그것을 한국인 총경리의 관리 잘못으로 몰아세우고 있으니 민완주는 화가 나지 않을 수가 없었다. 그리고 회사에 송신양이란 한국인 총경리가 있음에도 불구하고 어떻게 자기가 총경리를 제치고 회사를 다시 정리하겠다는 것인지 민완주는 그의 연설 내용을 도저히 이해할 수가 없었다.

주리용의 취임식이 끝나고 사무실로 돌아오는 길에 마홍량은 민완주에게 주리용에 대한 이야기를 해주었다.

"내가 지인을 통해 알아본즉 주리용은 과거 흑룡강성 장춘시에 있는 화력발전소를 건설할 때 자기 위의 총경리와 부총경리의 비리를 투서하여 다 철창 신세를 지게 한 아주 특이한 인물이더군. 우리 중국인 일억 명 중에 한 명 나올까 말까 하는 사람이야."

"그래? 그 사람 정신병자 아냐? 안더룽은 정말 월급 감봉할 거야?"

"그 사람이 뭘 잘못했다고 감봉조치를 해? 단지 조선족이란 이유 때문에?"

"그건 말도 안 돼."

"총경리는 송신양이고 주리용은 부총경리이야. 최종 결정은 총경리가 내리는 거야. 만약 그가 끝까지 안더룽의 월급을 감봉 조치시키려 한다면 내가 총무부장의 권한으로 한 달에 800위안 정도는 접대비 처리하고 안더룽에게 집어줄 수 있으니까 염려하지 마."

"마홍량, 넌 역시 멋진 중국 사나이야."

민완주는 마홍량의 어깨를 툭 쳤다. 민완주는 그의 의리 있는 행동이 마음에 들었다.

민완주는 자신의 사무실로 돌아와 곰곰이 생각해 보았다.

'주리용의 목표는 혹시 한국 사람 아닐까? 그것이 아니면 왜 잘나가던 중외레미콘회사 총경리 자리를 박차고 봉봉발전소 부총경리로 온 것일까? 한국의 ST에너지에서 이 봉봉발전소에 자금을 투자할 만큼 했으니 양카이더가 더 이상 한국인들로부터 빼앗아 먹을 것이 없다고 생각하고 저런 자를 발전소로 보내 한국인들을 강제로 내쫓으려는 계략 아닐까? 이제부터 주리용 부총경리가 한국인들의 티끌만 한 잘못이라도 발견한다면 가만있지 않을 테지……'

민완주는 착잡한 기분에 담배를 한 대 물고 성냥을 그었다.

이틀 후부터 주리용은 송신양 총경리가 주관하는 아침 간부회의에 참석하였는데 민완주는 그가 뭔가 좀 이상하다는 것을 발견하였다. 분명히 그의 이력서를 보거나 다른 사람의 이야기를 들어봐도 명문대 공학계열을 졸업하였고 발전소 경험이 풍부하다고 하였는데 회의 시간에 그의 이야기를 가만히 들어보면 설비라든지 도면이라든지 기술 분야에 관련된 것은 도대체 아는 것이 없었다.

그러던 그가 회의에 참석한 지 일주일 만에 드디어 발전소 설비에 관한 이야기를 꺼냈다. 발전소 터빈 하단에 윤활유를 돌려주는 밸브가 하나 있는데 원래 이것은 공중에 매달려 있어 밑에서 위를 보고 돌려주게 되어 있었다. 주리용은 그 밸브에 대해 한마디 했다.

"내가 오늘 현장을 돌아봤는데 그 밸브 손잡이 위치 누가 설계한 것이오? 밸브가 그런 식으로 공중에 달려 있으면 노동자들이 힘들어서 어떻게 돌리란 말이냐? 이것은 노동자의 입장을 전혀 배려하지 않은 반 노동자적 사상으로 설계한 것으로 관계자를 반드시 처벌할 사항이오."

"……?"

그 소리를 듣고 회의에 참석한 사람들이 전부 고개를 갸우뚱하며 주리용을 좀 이상하다는 듯 바라보았다. 왜냐하면 그 밸브는 원래 그렇게 달려 있어야 정상이기 때문이었다. 민완주도 전공은 중국어지만 서당 개 삼 년이면 풍월을 읊는다고 그 정도쯤은 어깨 너머로 배워 기본 상식으로 알고 있었다.

회의를 끝마치고 민완주는 마홍량을 통하여 주리용 부총경리의 또 다른 비밀을 알게 되었다. 그가 청화대학교 기계공학과를 졸업했음에도 불구하고 기술적으로 아무것도 모르는 것은 그가 명문 청화대학교를 문화대혁명 시기에 입학했기 때문이라는 사실이었다.

그는 고등학교 때 학과 성적이 우수하여 청화대를 입학한 것이 아니라 오로지 투철한 마오쩌둥 사상 선봉학생으로 선정되었기 때문에 당의 추천을 받아 입학할 수 있었다. 한마디로 그의 머릿속에는 오로지 중국 공산당과 마오쩌둥 사상밖에는 없었다. 그가 그렇게 앞에 나서서 악을 써가면서 열변을 토하는 능력을 지닌 것도 그런 철두철미한 마오쩌둥 사상 교육을 받는 과정에서 형성된 것이었다. 그러니까 그는 포장만 청화대학교 졸업이지, 실력으로 따지자면 직업고등학교를 졸업한 기능공만 못하였던 것이다.

하지만 주리용 역시 여타 종교 광신자나 맹목적 이데올로기 추종자들과의 공통점을 가지고 있었다. 사상 실천을 위해서는 어떠한 행동도 창피하게 여기지 않는다는 점이다. 그는 다른 사람이 자신을 어떻게 생각할 것인가에 대하여는 전혀 개의치 않았다.

오직 '중화인민공화국의 완벽한 사회주의 실현과 마오쩌둥 사상의 실천을 위하여!'라는 기치 아래 투쟁하는 주리용에게 있어 그까짓 발전소 밸브의 기술적인 문제 따위를 모른다고 해서 창피할 것은 하나도 없었다.

주리용은 봉봉발전소로 온 이후 기술적인 문제 해결에는 관여할 수준이 못 되었고, 대신 관리적인 측면에서 송신양 총경리가 가지고 있던 고유 권한을 '중국에서는 그런 식으로 안 한다'는 명분을 내세워 조금씩 침투하기 시작했다.

갓 중국에 온 송신양은 중국어에 대해서는 거의 까막눈이었고, 게다가 전체 업무를 제대로 파악하기도 전에 주리용이 모든 분야에서 폭풍처럼 몰아붙이니 민완주와 양동관이 중간에서 방파제 역할을 하는 데도 불구하고 성난 파도 같은 주리용에게 주눅이 들어 대부분 주리용 뜻에 따르고 말았다.

"우린 말이야…… 작은 것은 양보하고 발전소를 짓기 위한 자금과 건설 공기라는 큰 고기 두 마리만 잡으면 돼. 이게 다 내 경험에서 우러나온 거야. 알아?"

"그래도……."

민완주는 송신양에게 큰 고기 두 마리만 잡을 것이 아니라 총경리로서 모든 것을 장악해야 한다고 말했다가 된통 혼만 났다.

그때부터 민완주 역시 같은 한국 사람끼리 상처 줄 필요가 없다고 생각하고 총경리의 심기를 가능하면 건들지 않기로 작정했다.

'부장 둘이서 설친다고 이런 상황이 해결되겠어? 총경리 마음이 투쟁하기보다는 좋은 게 좋은 거야 하는 식으로 웬만하면 부총경리 말을 따르려고 하니…….'

송신양의 그런 성격 탓에 민완주와 양동관도 은연중에 그런 상황에 순종하는 태도가 생기기 시작하여 주리용의 그런 행동에 대하여 따지는 빈도가 갈수록 줄어들었다. 다만 송신양 말대로 큰 고기 두 마리, 자금과 공기(工期)만 잡자고 마음먹었다.

그런데 바로 이 점을 양카이더가 노렸다. 양카이더는 주리용을 통하여 결정적 KO 펀치 한 방으로 한국인들을 날려버리고 봉봉발전소를 독차지하려고 했던 것이 아니라 아주 사소한 일부터 시작하여 한국인 총경리를 괴롭혀 그를 귀찮게 만든 다음, 회사의 경영권을 아주 조금씩 조금씩 차지해 나가겠다는 계산이 있었다. 주리용이 진황도조양레미콘유한공사의 총경리 자리를 내팽개치고 봉봉발전소의 부총경리 자리로 부임할 때, 양카이더는 그에게 약속했다.

"당신은 나중에 이 회사의 총경리를 맡아야 할 사람이오. 그렇게 될 때까지 책임지고 현재 한국인이 가지고 있는 모든 경영권을 빼앗아 오시오. 그들에게 경영권을 준 것은 투자비를 한 푼이라도 더 받아내기 위한 작전에 불과한 것이고 실질적인 권한은 중국인이 쥐고 있어야 마땅하오. 그것은 역사를 통해서도 알 수 있소. 영국이 제아무리 홍콩을 지배한다 해도 홍콩의 회사를 운영하는 것은 중국인이었소."

"양 주임님, 여부가 있겠습니까? 저는 조국의 발전을 위해 이미 목숨을 내놓은 사람입니다."

"바로 그것 때문에 내가 당신을 신뢰하는 것 아니겠소? 이 봉봉발전소 일만 잘되면 내가 당신을 당 중앙위로 천거하겠소."

"감사합니다. 양카이더 주임님."

양카이더는 주리용의 어깨에 손을 올렸다. 비록 주리용은 양카이더보다 나이는 두 살 더 많았지만 그에게 충성을 다하였다.

"어쨌든 주리용 부총경리, 당신 말대로 이것은 우리 조국을 위한 일이오. 비록 우리가 자금이 모자라 외국과 합작으로 시작하였지만 수많은 인민들에게 직접 영향을 미치는 발전소와 같이 중요한 국가시설을 외국인과 공동 운영한다는 것은 있을 수 없는 일이오. 조양레미콘회사도 결국 다 우리 것이 되었잖소. 이번의 목표는 바로 봉봉발전소요. 그러니 이제 당신이 발전소에 들어가 무엇인가를 보여주길 바라오."

"걱정하지 마십시오. 제가 레미콘회사에서 한 것처럼 이번에도 실력을 보여주겠습니다."

주리용은 양카이더라는 맹주의 명령을 지상 최대의 과제로 받아들이고 말 끝마다 '조국과 당을 위하여'라는 미명하에 봉봉발전소 안에서 활개를 치기 시작했다. 그의 영향력은 비록 한국인들에게뿐 아니라 100여 명에 달하는 중국 직원 하나하나에게 미치게 되었다. 한마디로 그에게 잘 보이면 하루아침에 벼락 승진하는 것이요, 잘못 보이면 그 다음날로 해고가 되든지 아니면 가장 힘든 막노동 부서로 배치를 받든지 둘 중 하나였다.

하지만 그런 주리용에게도 말 못할 고민이 하나 있었다. 그것은 레미콘회사 시절에도 그랬듯이 양카이더 주임의 비자금을 만들어 주어야 한다는 것이었다. 이것은 주리용이 가장 싫어하는 일이었다. 그는 고등학교 시절 비리를 일삼는 큰아버지를 고발하여 청화대학교를 입학하였지만 그 일로 큰아버지는 사형당하고 아버지도 병을 얻어 죽었다. 그 뒤, 주리용은 인민의 피를 빨아먹고 비리를 일삼는 공무원에 대하여 극도의 혐오감을 갖고 있었다.

그가 중화인민공화국과 인민을 위하여 외국인들에게 못된 짓을 하는 것에 대하여는 추호의 양심의 가책도 받지 않았지만 양카이더의 비자금을 챙겨주는 것에 대하여는 레미콘회사 시절에도 그랬고 적지 않은 갈등을 갖고 있었다. 공금으로 사욕을 채우는 행위에 대해서는 자기 스스로를 설득할 어떠한 명분도 없었기 때문이다.

주리용은 언제부터인가 이상한 버릇이 하나 생겼다. 송신양이 무슨 이야기를 하려고 하면 '크악' 하는 괴성과 함께 사무실 바닥에 냅다 침을 뱉는 것이었다.

중국에서는 길을 걷다 보면 요즘도 심심찮게 볼 수 있는 광경인데 정부 당국이 벌금을 부과하는 등 적극적인 단속으로 거리에서 침을 뱉거나 담배꽁초를 버리는 행위는 눈에 띄게 줄어들었다. 하물며 거리에서도 그런데 사무실에서 침 뱉기란 제아무리 못 배운 자라 할지라도 고의성을 띠지 않고서는 도저히 있을 수 없는 행동이다.

처음 그가 회의 시간에 사무실 바닥에 침을 뱉는 것을 본 민완주는 얼마나 충격을 받았는지 주리용에게 그러지 말라는 말도 못할 지경이었다. 그런데 주리용은 정말 가래가 많이 끓어서 그런 것인지 나중에는 그 횟수가 점점 더 많아졌다. 중국인들이 싫어하는 것 중 하나가 그들의 위생관념에 대하여 외국인들이 이러쿵저러쿵 지적하는 것이다. 그래서 한국인들은 그가 언젠가는 그런 비위생적이고 무례한 행동을 그만두겠지 하며 인내심을 갖고 기다렸고 다른 중국인 간부들은 겁이 나서 아예 말도 꺼내지 못했다.

그러던 어느 날. 이날도 여느 때와 마찬가지로 아침회의를 진행했다. 송신양은 발전소 건설에 관한 매우 중요한 이야기를 하고 있었다. 그때였다.

"크아악…… 퉤."

주리용이 괴성을 내더니 또다시 바닥에 침을 뱉었다. 그 소리에 송신양은 기분이 완전히 상했다. 송신양뿐만 아니라 다른 사람들도 모두 마찬가지였다. 발전소에 정말 중요한 보일러 부품 납기에 관한 문제여서 다들 송신양의 이야기에 귀를 기울이고 있었는데 갑자기 들려온 가래침 뱉는 소리였으니 그 불쾌감이란 이루 말로 표현하기 어려울 정도였다.

양동관이 주리용을 흘겨보았다. 그는 며칠 전 민완주에게 이렇게 말한 적이 있다.

"주리용 부총경리, 그 사람 정말 기본 매너가 없는 사람이야. 어떻게 총경리 사무실에 침을 뱉을 수 있어? 한 번만 더 그러면 내가 따끔하게 뭐라고 그럴 거야. 두고 봐."

양동관은 벌떡 일어서더니 건너편 테이블 위에 놓여 있던 티슈를 가지고 와 그의 앞에 놓았다.

"주 부총경리님, 가래침 뱉으려면 제발 사무실 바닥에 뱉지 말고 이 휴지에다 뱉어 주세요. 청소하는 아줌마가 힘듭니다."

양동관이 용기를 내어 말했다. 순간 모두들 조용했다. 이것은 주리용에 대한 정면 도전이기 때문이었다.

"뭐? 너 지금 나한테 뭐라고 했어?"

주리용은 양동관을 무섭게 노려보았다.

"양동관, 당신 부장 주제에 어디 건방지게 나한테 그런 말을 해? 내가 목이 아파서 그러는데 나더러 침 뱉지 말라고? 당신 한국인, 중국인 편 가르는 거야?"

"여기 한국인, 중국인이 어디 있습니까? 부총경리님 말씀대로 전부 진황도봉봉인만 있지요."

"뭐?"

주리용은 더욱 화가 치밀었다. 양동관이 취임식 때 자신이 한 말을 그대로 인용하며 빈정대고 있었기 때문이었다.

"으흠."

그런 상황에서 송신양은 헛기침만 했다. 하지만 얼굴에는 흡족해 하는 표정이 역력했다. 양동관이 자신의 할 말을 대신해 줘서 속이 시원했기 때문이었다. 주리용은 갑자기 양동관이 갖다 놓은 티슈 상자를 번쩍 들어 올렸다.

"우리 직원들은 회사 발전을 위하여 화장실에서 신문지를 사용하고 사무실에서는 두루마리 화장지를 쓰는데 한국인 총경리는 어떻게 회사 비용으로 이렇게 비싼 휴지를 사용하는 거요?"

모두들 아무런 대꾸도 없이 쥐 죽은 듯 조용히 주리용이 하는 말만 들었다.

"우리들은 단 한 푼이라도 아껴 이 발전소를 잘 건설하여 어떡하면 인민들에게 풍부한 전력과 난방을 공급할까 노심초사하고 있는데 한국인은 나도 평생 써보지 않은 이런 고급 휴지에다가 침을 뱉는 모양이군."

그때 민완주는 들고 있던 볼펜을 신경질적으로 내려놓았다. 그리고는 총경리실 밖으로 나가 화장실에서 두루마리 휴지를 가지고 왔다.

"주 부총경리님, 여기 두루마리 휴지 있으니까요 그럼 여기다 뱉으세요, 됐죠?"

주리용은 민완주의 이런 행동에 떫은 표정을 짓더니 총무부장 마홍량을 바라보았다.

"마홍량, 내일부터 총경리 방에도 두루마리 휴지로 공급하도록 하시오. 중국에서는 모든 사람들이 평등하오. 총경리라고 직원들보다 더 좋은 것을 쓸 수는 없소. 휴지도 마찬가지야. 여기는 중국이기 때문에 한국 사람들도 중국 법을 따라야 하오. 알아듣겠소? 만약 송 총경리가 이것에 동의하지 않는다면 회의 끝나고 당장 양카이더 주임을 만나 누가 옳은지 물어보도록 합시다. 마홍량, 당장 휴지 바꿔 놓도록 하시오."

"……네."

마홍량은 마지못해 대답했다.

마홍량은 총무부장으로서 주리용 사무실에는 그런 고급 휴지가 없다는 것을 잘 알고 있었다. 대신 주리용 호주머니 속에는 언제나 화장실에서 떼어 온 두루마리 화장지가 있었다. 그러한 사실을 잘 알고 있는 마홍량으로서는 반대할 수는 없는 노릇이었다.

"저 사람들 지금 뭐라고 그러는 거야?"

송신양은 옆에 있는 리빙화에게 넌지시 물었다.

"총경리님, 이제부터 저런 고급 휴지 쓰지 말고 두루마리 휴지 쓰시래요."

"뭐야? 허, 별 희한한 사람 다 보겠군."

순간 주리용이 날카롭게 송신양을 노려보았다.

"송 총경리님, 지금 한국어로 뭐라고 했소? 뭐라고 했냐고요?"

주리용은 송신양이 혼자 피식 웃고 한국어로 중얼거리는 것이 마치 자기한테 욕을 한 것 같은 느낌을 받았기 때문에 이내 성질을 부렸다.

"여기는 중국입니다. 중국에서는 중국어를 써야 합니다. 그리고 이런 중요한 회의 시간에 발전소 최고의 영도가 어떻게 외국어를 쓰는 겁니까? 이제 앞으로 계속 한국어를 쓸 것 같으면…… 통역! 미안하지만 당신 집에 가. 필요 없으니까!"

주리용이 눈을 부릅뜨고 리빙화를 노려보았다.

"어머머, 저 사람 미친 거 아니에요? 총경리님, 한국말 계속 하면 나 집에 가래요. 어머, 정말 기가 막혀서……."

리빙화는 화가 나는 감정을 억제해 가며 마치 통역을 하는 것처럼 부드럽게 송신양에게 이야기했다. 송신양은 더 이상 주리용에게 침 뱉은 것을 가지고 뭐라고 했다가는 큰 싸움이 될 것 같아 회의 분위기를 진정시켰다.

"자, 다들 됐으니 회의 계속 진행합시다. 아까 보일러까지 했고…… 누가 발표할 차례지?"

"접니다."

민완주는 어제 있었던 사항을 발표하기 위해 노트를 폈다. 그런데 어디선가 또 이상한 소리가 들리는 것이 아닌가!

딱, 딱. 모두들 소리 나는 쪽을 바라보았다.

주리용이 이번에는 의자 등받이에 몸을 뒤로 젖힌 채 책상다리를 하고 손톱을 깎고 있었다. 모두들 아무 말도 못하고 서로의 얼굴만 쳐다보았다. 마홍량, 구평도 같은 중국인으로서 미안한 듯 겸연쩍은 표정으로 송신양의 얼굴을 바라보았다. 송신양이라고 주리용에게 뭐라고 할 수가 없었다.

"원래 중국 사람들은 회의 시간에 손톱 잘 깎아요."

이번에는 리빙화가 체념한 듯 송신양에게 말했다. 그 말에 모두들 못 말리는 주리용이라고 생각하고 때깍거리는 손톱 깎는 소리를 들으며 회의를 진행했다.

회의가 끝나고 사무실로 돌아가는 복도에서 마홍량은 민완주에게 말했다.

"주리용 그 사람, 같은 중국인으로서 내가 봐도 정말 특이한 사람이야. 어떻게 저런 사람이 우리 발전소에 왔는지……."

민완주 역시 그랬다. 방금 전에 있었던 일을 보면 주리용은 매우 못되고 악질적인 사람 같기도 하고, 점심때 식당에서 직원들과 똑같이 줄을 서서 배식을 받고 식사 후에는 직접 식기를 닦는 것을 보면 기꺼이 노동자들과 동고동락하려는 마오쩌둥 사상에 투철한 정통 사회주의 지도자 같기도 했다. 민완주로서도 주리용은 정말 이해하기 힘든 인물이었다.

그는 분명 보통 중국인들과는 많은 차이가 있었다. 하지만 그동안 송신양 총경리가 수없이 지시를 하거나, 마홍량과 같은 중국인 간부가 명령을 해도 듣는 둥 마는 둥 하던 중국 직원들이 주리용의 한마디에 모두들 일사불란하게 움직이는 것을 보면 주리용에게는 확실히 뭔가가 있었다. 한국인 파견자들은 시간이 흐를수록 주리용에게 중국 직원을 이끌어 가는 무언가 특이한 힘이 있다는 것을 인정할 수밖에 없었다.

주리용의 총경리실 바닥에 침 뱉기는 권투로 말하자면 제1라운드 탐색전이었다. 가벼운 잽을 계속 퍼부어 상대방을 귀찮게 하고 그가 어느 정도 세기를 지니고 있는지 가늠하는 정도였다. 하지만 그런 공격에 상대방이 강하게 맞받아치든 그저 얻어맞고만 있든 그것은 주리용에게 중요한 문제가 아니었다. 주리용은 애초부터 이 경기를 KO 펀치 한 방으로 끝낼 생각이 전혀 없었으며 치밀한 점수 위주의 경기로 최후의 판정승을 노리고 있었다.

며칠 후 주리용은 두툼한 명단을 들고 송신양을 찾아왔다. 그것은 그때까지 100명밖에 안 되었던 발전소 직원을 더 충원하기 위한 신입, 경력직원 후보자 명단이었다. 봉봉발전소는 하북성에서는 몇 손가락 안에 드는 대규모 발전소였기 때문에 정상적인 운영에 들어가면 족히 500명의 인원이 필요했다. 물론 시설 규모에 비교하면 정원이 다소 많은 편이지만 이것 또한 중국의 고용정책에 의해 진황도개발구 노동국에서 정해준 숫자였다.

중국도 공개채용이 없는 것은 아니지만 이것은 꾸안시(關係)를 통하여 입사하는 경우에 비하면 아주 미미한 편이다. 아직까지도 중앙정부 고위관리 중 개국공신 자제들의 모임인 태자당(太子黨) 출신 비율은 70%가 넘으며, 지방정부 공무원도 부모의 대를 이어 국가의 녹을 먹는 경우가 대부분이다.

진황도봉봉전력유한공사의 경우도 그때까지 있던 전체 직원 100여 명 중 약 10여 명만 시험을 치른 공채였고 나머지는 전부 소개로 들어온 특채였다. 단순 기능을 필요로 하는 저임금 제조업체 같은 경우, 관할 노동국을 통하여 입사할 수도 있지만 발전소의 경우 높은 임금의 좋은 직장에 속하기 때문에 노동국을 통하여 직원 모집을 하는 것을 봉봉발전소 동사장인 양카이더가 반대하였다.

어쨌든 주리용이 가지고 온 명단에는 수많은 입사 대상자들의 이름이 올라와 있었다.

"발전소 경험이 있는 경력 사원들과 이제 대학을 졸업하였거나 올해 졸업 예정자들 중 정말 유능한 인재들로만 엄선한 명단입니다. 나중에 이 중에서 선발하여 뽑을 것이니 참고로 하십시오."

주리용은 명단을 송신양 총경리에게 건네주었다.

송신양은 명단을 자세히 살펴보았다. 송신양도 중국에 온 지 어느 정도 시간이 흘러 이제 일상회화는 어느 정도 구사할 수 있었고, 한자는 원래 좀 알고 있던 터라 중국 본토에서 사용하는 간자체 글씨를 쉽게 배울 수 있었다. 하지만 그 수준이 대충 뜻만 파악하는 정도여서 자세한 것은 리빙화를 불러 물어봐야 했다.

"많기도 많구먼. 이렇게 봐서 이거 누가 실력 있는 놈인지 알 수가 있나?"

송신양은 혼자 중얼거리며 명단을 한 장 한 장 넘겨 그들의 경력 사항을 훑어보았다.

"참고 자료니까 자세한 검토는 나중에 하고 이 밑에 서류를 받았다는 사인이나 해주십시오."

주리용은 서류 하단에 있는 서명란을 손가락으로 가리켰다. 송신양은 사인을 해주었다. 송신양은 아무리 명단을 뒤적거려 봐도 마음에 드는 사람이 별로 없었다. 왜냐하면 명단에는 발전소 경험이 있는 자들은 얼마 없었을 뿐 아니라 주리용이 유경험자라고 한 사람들도 자세히 보니 죄다 단순 기능공밖에 없어 송신양은 후보자 명단에서 일부를 뽑고 나머지는 시험을 통해 공개채용하기로 마음먹었다. 그리고 봉봉발전소 동사장 양카이더에게 전화를 해서 이 사실을 알렸다.

"송 총경리가 잘 몰라서 그러시나 본데, 원래 중국이란 나라는 공개채용이라는 걸 하기 어려운 나라요."

"왜죠?"

"신문 광고를 하여 직원을 뽑는다고 하면 이 진황도란 작은 도시에서 그 광고 보고 몇 명이나 발전소에 걸맞은 사람들을 뽑을 수 있을 것 같소? 아마 그렇게 하면 광고비만 날리고 말 것이오."

양카이더의 말에 송신양은 할 말이 없었다. 사실 양카이더의 말이 아주 틀린 것은 아니었다.

중국이란 나라는 워낙 땅덩이가 크기 때문에 전국적으로 광고를 낼 수도 없는 형편이고 남방이나 동북에 있는 인재들이 멀리 떨어진 하북성까지 찾아올 리 만무하기 때문이다. 설령 찾아온다고 하더라도 그들의 호구를 진황도로 옮겨 주어야 하는 번거로움이 있다. 중국은 원래 각 지방마다 '지방보호주의'가 강하기 때문에 호구 하나 이적하는 것도 하늘의 별따기이다. 봉봉발전소가 있는 진황도 역시 중국에서는 꽤 괜찮은 중소도시에 속하기 때문에 타지방 사람이 이곳 호구를 취득하려면 수백 대 일의 경쟁을 뚫어야 할 뿐 아니라 돈도 몇 만 위안씩 들어간다.

송신양은 어쨌든 직원 채용에 대한 인사권은 총경리인 자기에게 있기 때문에 자신이 직접 나서 직원들을 뽑아보겠다고 마음먹었다. 그리고 며칠 후 송신양은 중국사업 현황보고차 한국으로 출장을 떠났다.

송신양이 한국으로 떠난 그 다음 날, 민완주는 발전소 건설 현장을 왔다 갔다 하면서 분주하게 일하고 있는데 수많은 젊은이들이 회사로 들어오는 것을 발견했다.

"누구야? 웬 학생들이 저렇게 많이 발전소에 왔지? 견학 왔나?"

민완주는 다른 중국인 직원들에게 물어보았으나 그들이 무엇 하러 발전소에 왔는지 아는 이가 아무도 없었다. 하지만 민완주는 뭔가 낌새가 이상한 것 같아 주리용의 비서를 찾아가 물어보았다.

"뭐하는 학생들인데 이렇게 줄줄이 회사로 들어오는 거죠?"

"주리용 부총경리님이 오늘 신입사원을 뽑는데, 면접 보러 오는 사람들이에요. 총경리님이 직원 뽑으라고 사인까지 했다는 것 같은데요?"

"뭐라고요? 난 처음 듣는 이야기인데?"

"정말이에요."

비서의 대답에 민완주는 대체 무슨 영문인지 알 수가 없었다. 직원 채용 등의 모든 인사권은 분명히 발전소의 경영관리를 책임지고 있는 한국인 총경리 송신양에게 있었기 때문이다. 민완주는 얼른 한국으로 전화를 해 송신양 총경리에게 이 사실을 알렸다. 총경리는 몹시 화가 났고 일정을 당겨 부랴부랴 중국으로 돌아와 짐도 풀기 전에 주리용을 호출하였다.

"당신 왜 내 허락 없이 마음대로 입사면접을 본 거요?"

"허락을 안 하다니요? 엄연히 이렇게 서명을 해주시고 무슨 말씀입니까? 자, 보세요."

주리용은 출장 가기 전 송신양에게 참고용으로 주었던 입사후보자 명단을 내보였다. 서류 밑에는 조그맣게 이렇게 쓰여 있었다.

'입사 후보자들의 면접을 총경리 서명 후 즉각 실시한다.'

주리용은 그제야 그 항목을 송신양에게 지적해 주었다.

"이런 문구가 있었고 또 총경리가 서명을 해주었기 때문에 제가 피곤함도 무릅쓰고 수많은 인원들을 직접 한 사람씩 면접한 것 아닙니까?"

주리용은 너무나도 태연스럽게 대답했다.

"안 돼, 이것은 인정할 수 없어. 어떻게 총경리도 없는데 마음대로 직원 채용을 한단 말이오?"

송신양은 버럭 화를 냈다.

민완주는 마홍량을 찾았다. 그의 이야기로는 이번에 면접을 본 사람들의 대다수가 양카이더 지인들의 자제라고 하였다. 그리고 그 사람들은 일인당 적어도 1만 위안 많게는 2만 위안을 상납하고 들어오는 직원들이라고 했다. 한마디로 기부입사인 셈이었다. 민완주는 이들이 돈을 내고 회사에 들어온다는 이야기에 왜 주리용이 직원 채용에 혈안이 되어 그런 짓을 했는지 그제야 이해가 갔다.

"한 사람당 1만 위안만 낸다고 하더라도 400명이면 대체 얼마야? 400만 위안?"

"그래. 그러니까 주리용이 발 벗고 나서는 것 아니겠어? 영수증도 필요 없어."

민완주는 놀라지 않을 수가 없었다. 그것은 엄청난 액수이기 때문이었다. 이것이 다 양카이더의 호주머니로 들어가는 돈이니 이 좋은 돈벌이를, 아무리 인사권을 한국인 총경리가 갖고 있다 하더라도 그냥 순순히 넘겨줄 리가 만무했다. 그러니 양카이더에게 있어 시험을 치르고 입사하는 공개채용이란 전혀 돈벌이가 안 되는 백해무익한 제도였고 그의 눈으로 봤을 때 송신양의 생각은 한마디로 순진한 애들 장난이나 다름없었다.

이렇게 함으로써 양카이더는 돈도 벌고 봉봉발전소 직원의 대다수를 자기 사람으로 만드는 데 성공하였다. 인맥관계를 목숨보다도 중히 여기는 중국 사람들인지라 500여 명에 가까운 경력, 신입 직원들이 양카이더 주임의 소개로 들어왔다는 것은 다시 말해, 이제 봉봉발전소는 완전 중국 체제로 돌입했다고 보면 된다. 이제부터는 회사 어디를 가나 말조심을 해야 했다. 초창기부터 회사를 다니던 100여 명의 직원 중에도 양카이더의 사람이 아닌 소수를 빼놓고는 모두들 양카이더의 정보 수집을 위한 안테나라 보면 틀림없었다. 아침에 무슨 말을 하면, 그날 점심이 되기 전에 그 말이 그대로 양카이더 주임과 주리용의 귀에 들어가게 되어 있었다.

이제 주리용이나 양카이더에게 있어서 눈엣가시란 바로 봉봉발전소 중국인 직원 중에서 자기 사람이 아닌, 한국인 총경리가 뽑은 몇 명의 직원들이었다. 주리용은 이런 것도 절대로 용납하지 않았다.

애초 한종민이 총경리로 있을 때 그가 직접 몇 십 명의 직원을 선발한 적이 있었다. 여자 통역 리빙화를 포함하여 10여 명 정도 되는데 한종민이 한국으로 소환되자마자 주리용은 새로 온 한국인 총경리 송신양을 찾아가 한종민이 뽑았던 직원들에 대하여 이야기한 적이 있었다.

"송 총경리님, 한종민 총경리가 채용한 직원들은 정말 형편없는 사람들이오."

"왜요? 내가 봤을 때 열심히들 일하고 있는데."

"흥, 그자들이 업자들과 짜고 회사 돈을 떼어먹고 있다는 사실을 아십니까?"

"그래요?"

주리용은 총경리가 가지고 있는 인사권 중 직원들을 해고시킬 수 있는 권한도 있다는 사실을 알고 송신양에게 이런 식으로 계속 압력을 넣어 결국 그들을 하나씩 내쫓아 버렸다.

사실 마음만 먹는다면 주리용도 부총경리로서 그들을 직접 해고시킬 수 있지만, 주리용은 머리를 한 번 더 쓴 셈이다. 사람을 잘라 나중에 후환을 살 일은 자신이 직접 하지 않는 것이었다. 어쨌든 한종민이 뽑은 사람 중 남은 직원은 리빙화를 비롯하여 몇 명밖에는 없었다.

리빙화는 자기가 바라고 바라던 진황도 호구를 얻는 것과 송신양 총경리를 통하여 기업연수 목적으로 한국 땅에 발을 들여놓는 것이 인생 최대의 목표이기 때문에 주리용의 어떠한 압력에도 버텨야만 했다.

한종민이 뽑은 직원 중에 왕삥쏭(王丙宋)이라는 자가 있었는데 이 친구도 주리용의 압력을 끈질기게 버텼다. 왕삥쏭은 민완주 밑에서 자재설비 담당을 하고 있었는데 개인적으로 집에서 가라오케를 경영하고 있었다. 집에서 가라오케를 하든 식당을 하든 회사 일만 잘한다면 누가 뭐라 하겠느냐마는 중국은 그렇지가 않았다. 주리용은 눈엣가시인 왕삥쏭을 제거하기 위하여 동네방네 돌아다니면서 한종민의 험담을 늘어놓고 다녔다.

"한국인 한종민 총경리가 뽑아놓은 직원이라는 게 다 저 모양이다. 어떻게 가라오케 하는 사람을 직원으로 쓸 수 있단 말인가?"

이런 말을 들은 사람들은 민완주까지 덩달아 험담을 하고 있었다. 왕뼁쏭을 뽑기는 한종민이 했지만 민완주가 아직까지 그런 풍기문란한 자를 감싸고 부하로 데리고 있다는 것이었다. 하지만 민완주의 생각은 그렇지가 않았다. 왕뼁쏭은 맡은 업무를 아주 열심히 하였으며 오히려 주리용이 채용한 꾸안시와 배경만 믿고 설치는 직원들보다는 백 배는 나았기 때문에 민완주까지 덩달아 그에게 뭐라고 할 필요는 없었다.

하지만 주리용의 태도는 너무나도 집요했다. 결국 어느 날 진황도개발구 노동국에서 정식 공문이 봉봉발전소로 날아왔다. 그것은 왕뼁쏭이라는 직원을 해고시키라는 공문이었다. 이유는 가라오케를 경영하는 사람으로 봉봉발전소 내에서 풍기문란을 일으킬 소지가 다분하기 때문에 사전에 회사의 기강을 잡기 위해서라는 것이었다. 진황도개발구 노동국장은 바로 왕루몽이다. 그녀는 양카이더의 지시를 받고 일을 처리하는 그의 꼭두각시였으니 이런 작은 일 하나에도 아주 조직적으로 움직였던 것이다.

"허, 정말 미치겠구나."

민완주는 노동국의 공문을 받아들고 어이가 없어 웃음이 터져 나왔다. 그들에게 있어서 왕뼁쏭이라는 친구가 얼마나 중요한 인물이었기에 정부기관인 노동국에서 공문까지 발송한단 말인가! 그리고 회사 내에서는 주리용이 왕뼁쏭과 같이 일했던 직원들을 시켜 그의 잘못을 일일이 고해 바치도록 하였다.

한종민이 고작 10명을 뽑았는데도 이 정도인데 만약 한종민이나 송신양이 500명이라는 중국 직원을 자기 손으로 직접 다 뽑았다면 그 후과는 상상만 해도 끔찍하다. 만약 그렇게 되었더라면 양카이더나 주리용은 봉봉발전소의 완공은 안중에도 없고 어떻게든 발전소 건설을 실패로 몰고 가 나중에 분명 이렇게 이야기하였을 것이다.

"거 봐라, 한국인 총경리가 뽑아 놓은 직원들이 발전소를 이 모양 이 꼴로 만들어 놨다. 우리가 투자한 모든 투자비에 대하여 한국에서 손해 배상해라. 우리는 이 사건을 관할 법원에 기소할 것이다."

이런 식으로 나올 것임이 불을 보듯 뻔했다. 결국 노동국의 공문으로 왕삥쏭 내보내기 작전은 성공적으로 처리됐다.

"왕삥쏭, 나도 이제 더 이상 당신을 봐줄 수가 없네. 주리용의 집요한 작전에 정말이지 나도 두 손 들었어. 미안하게 됐네. 내 능력이 그것밖에 안 돼서."

"민 부장님, 무슨 말씀을. 같은 중국인도 아닌데 저 때문에 욕 많이 먹었지요? 그동안 고마웠습니다."

"왕삥쏭. 고생 많았다."

"민 부장님. 우리 회사에서는 마홍량과 안더롱 선생이 괜찮은 사람들이니 앞으로 그 사람들과 친하게 지내세요. 그리고 조선족 찐따왕은 특히 조심할 사람입니다. 주리용의 하수인이 되어 무슨 일이라도 할 사람이니까요. 그럼 가보겠습니다."

"참, 오늘 저녁은 시간 비워 두도록 해. 아마 저녁때 자네 가라오케에 나하고 양동관, 마홍량이 놀러갈 거야. 마홍량이 그냥 보내기 아쉽다고 한잔 산대."

"그래요? 역시 마형이군요. 꼭 오세요. 제가 공짜로 맥주 많이 줄 테니까요. 그리고 안더롱도 같이 오세요."

"알았어. 저녁때 보자고."

왕삥쏭은 그렇게 회사를 떠났다. 민완주는 왕삥쏭이 한 말 중에 찐따왕을 조심하라는 말이 계속 마음에 걸렸다. 그는 같은 조선족인데도 안더룽하고는 너무나도 대조적인 인물이었기 때문이다. 그런 식으로 주리용은 한국인이 뽑은 직원들을 하나씩 제거해 갔다. 그러나 그런 와중에도 살아남은 자가 있었으니 그는 운전기사 쉬캉(許康)이었다.

그해 겨울은 유난히도 춥고 눈도 많이 왔다. 몇 개월 사이 주리용은 봉봉발전소 내에서 점점 늘어나는 추종자를 거느리고 최고경영자 송신양 총경리와 계속적인 신경전과 크고 작은 언쟁을 벌였다. 그 와중에도 발전소 건설은 그럭저럭 진행되고 있었다.

겨울 어느 날 아침. 그날따라 햇살은 유난히도 맑고 청명해 며칠째 온 누리를 뒤덮은 새하얀 눈들은 아침 햇살에 더욱 밝게 빛났다. 출근길 도로는 이만저만 미끄러운 것이 아니었다. 민완주는 중국 상해대중자동차(上海大衆汽車)와 독일 폭스바겐이 합작으로 생산한 산타나라는 승용차를 직접 운전하고 다녔다. 조심스럽게 운전하여 회사에 다다르니 많은 직원들이 회사 앞에 나와 있었다. 그들은 시내에서 열리는 무슨 행사에 참가하려고 버스를 기다리고 있는 중이었다.

"아, 오늘 무슨 동원대회가 있다고 했지."

민완주는 모여 있는 직원들을 보고 중얼거렸다. 그는 갑자기 중국 직원들 그러니까 대다수가 양카이더와 주리용과의 꾸안시를 통하여 들어온 그들을 보는 순간 묘한 생각이 들었다. 그들 앞에서 그들이 못하는 뭔가를 보여주고 싶은 충동이 들었다.

"중국 촌에서 사는 놈들이 이런 걸 할 줄이나 알겠어? 그런데 너희들이 한국에서 온 우리를 누르려고 해?"

민완주는 자동차 묘기를 보여줄 작정이었다. 그는 예전에 영화계 스턴트맨으로 활동하던 후배로부터 눈밭에서 멋지게 자동차를 360도 드래프트하는 법을 배운 적이 있었다.

"핸들을 완전히 돌리면서…… 사이드 브레이크를 당기고…… 액셀을 콱 밟으면…… 좋아 한번 해보는 거야."

끼이익. 자동차는 눈길에서 멋지게 미끄러졌다. 민완주는 액션영화에서 나오는 것처럼 자동차를 완전 360도 회전하여 정지시켰다. 비록 민완주의 충동적인 만용이었지만 묘기에 가까운 회전이었다. 이것을 본 직원들은 전부 감탄하며 환호성을 질렀다. 그때 왕창과 또 다른 운전기사 쉬캉(許康)이 민완주에게 다가왔다.

"민 부장, 거 죽이는데. 그런데 그거 나도 할 줄 알아."

왕창이 열린 운전석 창문 너머로 고개를 디밀고 별것 아니라는 듯 이야기했다.

"그래?"

"내가 총경리 차 운전하니까 안 하는 거야."

"그래?"

"하지만 주리용 부총경리가 볼 때는 안 하는 게 좋을걸."

"……."

왕창은 민완주에게 한마디 던지고 송신양 총경리를 모시러 갔다.

"웃기는 녀석."

민완주가 왕창의 뒷모습을 보고 중얼거렸다. 그는 부장 체면에 괜한 짓을 했나 하는 후회감이 들었다. 하지만 또 다른 젊은 운전기사 쉬캉은 차 안에 앉아 있는 민완주에게 고개를 들이밀고는 흥분된 얼굴을 감추지 못했다.

"민 부장님, 그거 어떻게 하는 거예요? 나도 좀 가르쳐 줘요."

"안 돼. 조금 전에 왕창이 하는 소리 못 들었어?"

"괜찮아요. 내가 왕창하고 친하잖아요, 가르쳐 줘요."

"나 들어가야 돼."

"민 부장님, 내가 점심 살게요, 점심."

"그래? 그럼 점심 사는 거다."

"아휴, 점심 산다니까 가르쳐 준다는 것 봐. 역시 한국 사람이란……."

"뭐?"

"아, 아니에요. 만두 괜찮죠?"

"야, 야, 안 먹는다. 그냥 농담으로 한 말이야."

쉬캉이 너무나 조르기에 민완주는 그를 차에 태우고 간단하게 설명해 주었다.

며칠 후, 찐따왕은 회사일로 진황도 교외로 나갔다. 그곳에 있는 설비 공장을 방문하기 위해서였다. 쉬캉은 찐따왕을 태우고 아직도 눈이 쌓인 시골길로 천천히 달렸다.

"이봐, 쉬캉. 지난번에 민 부장 보니까 눈길에서 영화처럼 자동차 멋지게 돌리던데 넌 할 줄 모르지?"

"하, 이거 왜 이러십니까? 나도 할 줄 안다고요. 한 살이라도 젊은 내가 더 잘하지. 뭘 모르시네요."

"해봐."

"뭐 하라면 못할 줄 알고요? 자, 벨트나 꽉 묶으세요."

"인마, 자신 없으면 하지 마."

쉬캉은 찐따왕의 말에 화가 났다. 그리고는 그는 잠시 예전에 민완주가 가르쳐 준 걸 다시 생각하고 혼자 뭐라고 중얼거리더니 핸들을 꽉 잡고 소리쳤다.

"자, 꽉 잡아요. 그럼 들어갑니다."

부릉. 쉬캉이 핸들을 트는 순간 자동차는 눈길에서 너무 빨리 미끄러졌다.

"아, 안 돼. 쉬캉. 빨리 브레이크 밟아!"

쉬캉은 빠른 속도로 길 밖으로 나가는 차를 세우기 위하여 급브레이크를 밟았다.

"아악."

"으아악."

쿵. 자동차는 무서운 속도로 길을 벗어나더니 시골길 옆 커다란 도랑으로 완전히 처박혔다.

민완주는 회사에서 일을 하다가 사고 소식을 들었다. 근무시간에 시내 인민병원에서 회사로 전화가 왔는데 쉬캉이 병원에 입원했다는 것이다. 쉬캉은 일을 보고 회사로 운전해서 오는 길에 드래프트 회전을 시도하다가 그만 길과 밭 사이에 있는 커다란 도랑에 차를 그대로 처박았다고 하였다. 그 자동차는 가격이 12만 위안 하는 중국산 승용차였다. 결국 그 사고는 보험으로 처리했지만 수리비만 9만 위안이 들 정도로 큰 사고였다. 천만다행으로 쉬캉과 찐따왕은 가벼운 찰과상 이외에는 다친 곳이 없었다. 병원에서 퇴원하던 날 쉬캉은 원망 어린 눈빛으로 민완주를 바라보았다.

"이제 나는 죽었어요. 주리용이 알았으니 끝장이에요, 끝장."

"그래도 별로 안 다쳤으니 천만다행이다."

"아이 씨, 마누라도 집에서 놀고 있는데……."

"운전기사가 운전하다 보면 사고 날 수도 있지, 뭐."

"아휴, 민 부장님은 주리용을 아직도 모르시는군요?"

"쉬캉. 회사에서 수리비 지불하냐? 보험으로 다 처리하는데 뭘 그래?"

"주리용 부총경리는 그런 것 몰라요. 무조건 책임만 따져요."

쉬캉은 주리용이 사고의 책임으로 자기를 곧 해고시킬 것이라는 생각에 걱정이 태산 같았다. 쉬캉은 정말 그의 아내도 중국의 어느 여자들과는 달리 가정일만 돌보는 전업주부였다. 민완주 역시 그런 그에게 괜히 쓸데없는 걸 가르쳐 줘서 밥줄 끊기게 하는 것 아닌가 하는 죄책감이 들었다.

쉬캉은 주리용이 오고 나서 수처리과 안더롱 밑에서 정식직원으로 근무하고 있다가 임시직 운전기사로 전락한 직원이다. 그 이유는 단지 한종민이 추천하여 입사한 사람이라는 이유 때문이었다. 주리용은 그를 일단 임시직 직원으로 강등시키고 해고시킬 기회만 엿보고 있었다.

사고가 나고 며칠 후, 찐따왕은 주리용의 사무실을 찾았다.

찐따왕은 주리용이 취임하던 날부터 그에게 아부하기 급급한 자였다. 자신의 판단에 주리용같이 독재의 기질이 있는 중국인이라면, 분명 봉봉발전소의 한국인 총경리를 제치고 모든 권력을 장악할 것이라고 판단했기 때문이다. 그는 그렇게 밤낮으로 주리용을 따라다니더니 기어이 주리용의 충직한 부하가 되었다. 주리용 역시 처음에는 조선족인 찐따왕을 한국인과 중국인 사이에서 왔다 갔다 하는 박쥐가 아닐까 경계하였으나 일관된 그의 행동을 보고 마음을 고쳐먹었다.

찐따왕은 주리용에게 그 사고에 대하여 자세한 이야기를 해주러 온 것이었다.

"그래서 그때 제가 그랬습니다. 야, 이놈아. 눈도 왔는데 위험하게 그런 짓 하지 마라. 그런 것은 영화에서나 나오는 것이지 우리 같은 사람이 하면 다친다. 그랬는데도 막무가내였어요. 민완주 부장이 절대 사고 안 나니 해도 괜찮다고 그랬대요."

"뭐? 그럼 그 자식이 영화 흉내 내다가 그렇게 된 거야?"

"네. 제가 만류를 하는데도 그랬으니…… 전 그날 황천길 가고도 남았습니다."

"민완주 그 자식 안 되겠어. 흥청망청 썩어빠진 자본주의 정신을 가진 놈들이 순진한 우리 직원들에게 그따위 못된 수작이나 가르치고……."

"수처리과 안더롱 과장도 마찬가지입니다."

"안더롱은 왜?"

"쉬캉이 예전에 그 사람 밑에 있었잖아요. 그래서 그가 그랬대요. 너다시 우리 부서로 와서 일하고 싶으면 어떻게든 지금 하고 있는 운전을 개판으로 하라고요. 그래서 사고 낸 거 아닙니까?"

찐따왕은 있지도 않은 말을 지어냈다.

"안더롱이? 알았어. 여러 가지로 정보 줘서 고맙네. 자네 사고 후유증도 있고 하니 한 일주일은 푹 쉬어."

"아, 뭘 그렇게까지…… 헤헤, 감사합니다."

찐따왕은 주리용에게 인사를 몇 번이나 하고는 사무실을 나갔다.

다음 날 아침, 송신양 사무실에서 회의가 열렸다.

"송 총경리님, 쉬캉 교통사고는 어떻게 처리하시겠습니까?"

주리용이 단호한 목소리로 물었다.

"눈길에 미끄러진 과실이니 보험처리 하고 반성문이나 한 장 받고 끝냅시다."

"뭐요? 보험금은 뭐 그냥 지불됩니까? 그게 다 인민의 혈세로 나가는 겁니다."

"……."

"쉬캉은 개인의 실수로 국가적 차원에서 불필요한 보험금을 지출하게 하였으며 자동차를 고치는 동안 회사 업무에 막대한 지장을 끼쳤으므로 마땅히 책임을 지고 사표 처리 해야 합니다."

주리용은 송신양을 다그쳤다.

"미적미적한 결정은 회사의 불이익만 초래할 뿐입니다. 어떻게 하시겠습니까?"

"내 원 참……."

송신양은 할 말이 없었다.

"그럼 일단 1개월 급여 지급 중지를 해보죠."

송신양의 심경을 눈치 채고 민완주가 조심스럽게 말을 꺼냈다.

"뭐야? 이봐, 민완주 부장. 내가 경고하는데 당신 우리 순진한 중국 직원들에게 한국에서 배워 온 이상한 짓거리 가르치지 마시오. 당신이 눈길에서 미끄러지는 것을 그 친구에게 일러 주었다면서? 그래서 사고가 난 것 아니오. 알기나 해? 모든 책임의 근원은 한국인 민완주 부장 당신에게 있는 것이오."

주리용의 질타에 민완주의 얼굴은 벌게졌다.

"자자, 어찌되었든 이미 일어난 사고이니 신속하게 처리합시다. 마홍량 부장, 당신 의견은 어떤가?"

송신양이 물었다. 마홍량은 난감해 하며 주리용의 눈치를 보았다.

"차가…… 한 대 없으니…… 업무에 지장이 있긴 합니다만……."

마홍량의 머뭇거리는 태도에 신경질이 난 주리용은 자리에서 벌떡 일어나 그에게 삿대질을 했다.

"마 부장, 쉬캉 그 친구 이번 주말까지 집에 보내. 안 그러면 당신이 나갈 줄 알아."

주리용은 소리를 버럭 지르고 사무실을 나가버렸다.

그날 오후, 마훙량은 쉬캉을 사무실로 불러 아침에 있었던 회의 이야기를 해줬다. 쉬캉은 고개를 숙인 채 땅이 꺼져라 한숨만 내쉬었다.

"그래도 방법은 있다."

"네? 마 부장님, 방법이 있어요? 그게 대체 뭡니까? 네?"

"……."

"마 부장님, 제발 좀 알려 주세요. 이대로 가면 우리 식구들 전부 굶어 죽습니다. 제발 부탁입니다."

쉬캉이 마훙량에게 바짝 다가가 무릎을 꿇고 빌었다.

"돈을 준비해."

"네? 돈이요?"

"그래, 돈. 주리용이 옛날부터 너를 내쫓으려고 하는 이유가 뭐야? 그건 한종민이 너를 뽑았기 때문에 그 자리에 들어갈 한 사람 자리가 없어졌기 때문에 저러는 거야. 자기 손으로 직접 사람을 뽑으면 1만 위안이라는 돈이 굴러 떨어지는데 네가 있어서 그 돈을 놓쳤다고 생각하지. 이번에 네가 나가 주면 다시 1만 위안을 벌 기회가 생기기 때문에 너를 자르려고 하는 거야."

"그럼, 제가 안 잘리고 계속 다닐려면 주리용 부총경리에게 1만 위안을 갖다 주면……?"

"그래, 바로 그거야. 우리 회사 부총경리 자리는 원래 상부에다 이걸 많이 만들어 줘야 하는 자리야, 알아?"

마훙량이 손가락으로 돈 표시를 해보였다.

"주리용에게 돈을 갖다 줘. 그게 바로 적으로부터 살아남을 수 있는 유일한 방법이야."

"그런데 마 부장님, 제가 그 많은 돈이 어디 있나요? 입에 풀칠하기도 힘든데. 월급 많이 받는 민 부장님에게 돈 좀 빌려 달라고 이야기해 볼까요?"

"아니야. 중국에 있는 외국인들은 월급을 많이 받을수록 돈을 더 안 쓴다. 자기 나라에서 집 장만이나 큰 집으로 옮기려고 안간힘을 다해 저축하지. 민 부장에게 그런 부담 주지 마. 인민병원장 아들이 내 친구야. 내가 병원을 통해 보험회사로부터 4,000위안 정도 받아줄 테니 나머지는 네가 알아서 마련해. 음…… 너 안더롱 과장을 한번 찾아가 봐. 그 사람은 의리도 있고 아마 캐나다에서 딸이 매달 돈을 좀 부쳐 주는 것 같아. 한번 물어봐."

"마 부장님, 진짜 고맙습니다. 잘되면 술 한잔 단단히 사겠습니다."

"일단 이 일부터 해결하고 난 다음에 그런 소리 해. 그리고 넌 내일 인민병원 가서 MRI와 CT촬영 신청만 해놔."

마홍량은 자세히 일러 주었다.

그날 저녁 쉬캉은 안더롱을 찾았다. 그는 쉬캉이 그런 사고를 당했다는 이야기를 듣고는 과거 자신이 데리고 근무하던 정을 생각하고, 또 가스 폭발로 죽은 집사람도 생각나서 흔쾌히 돈을 빌려 주기로 했다.

며칠 후, 아침 회의에 참석한 주리용의 태도가 완전히 달라졌다.

"송 총경리님. 쉬캉 문제 말씀인데, 그 친구 그냥 다니게 합시다."

주리용의 한마디에 모두들 어리둥절했다.

"내 참, 저 인간 왜 또 저러는 거야?"

송신양이 너털웃음을 지으며 한국말로 리빙화에게 넌지시 물었다.

"정말 저도 이해 못하겠어요. 저런 중국인은 처음이에요."

리빙화 역시 주리용의 의외의 제안에 어리둥절했다. 그건 다른 한국인이나 중국인 간부들도 마찬가지였다. 다만 마홍량 한 사람만 그 내막을 알면서도 모른 척하고 침묵을 지키고 있었다. 그때 민완주가 의구심을 참지 못하고 주리용에게 물었다.

"뭣 때문에 쉬캉을 다시 다니게 한다는 거죠?"

"이제 자동차도 다행히 보험처리가 되어 잘 고쳐졌고 운전기사 쉬캉은 내가 여러모로 생각해 본 결과 일은 열심히 하는 사람이고 자기 부인도 직장이 없는 것으로 알고 있소. 그런 모든 것을 고려하여 근신하면서 계속 근무할 수 있도록 하는 것이 좋겠다고 판단했기 때문이오. 단, 운전은 실력이 없어 안 되겠으니 원래 있던 수처리반에서 일하게 하고 3개월간 월급은 지급 중지하는 것으로 결정합시다. 송 총경리님, 어떻습니까, 찬성하시죠?"

"진작 내가 그렇게 하자고 했잖소."

송신양과 민완주 그리고 양동관은 의외의 결정에 적잖게 놀랐다. 회의가 끝나고 민완주는 쉬캉을 만나 평소와 같이 장난스럽게 물어봤다.

"어? 아직 안 잘렸네?"

쉬캉이는 대답 대신 손가락으로 돈 표시를 하면서 주리용의 사무실이 있는 위층을 가리키는 것이다. 민완주는 잠시 그것이 무슨 뜻인가 어리둥절하다가 이내 눈치를 챘다.

"얼마나 줬는데?"

"한 일 년 치는 될 걸요."

"일 년 치? 네 월급이 얼마지?"

"800위안이요."

"그럼 만 위안? 그렇게 많이?"

"많긴요? 부총경리에게는 새 발의 피죠."

"너 돈이 있긴 있었냐?"

"아휴, 묻지 마세요. 지금 마누라하고 이혼할 판국인데 안 잘린 것만
해도 다행이죠. 다음에 봐요. 저 안더롱 과장한테 가봐야 해요. 내일부
터 거기서 근무하거든요."

쉬캉은 민완주에게 손을 내저으며 사라졌다. 민완주는 착잡한 마음
으로 사라지는 쉬캉의 뒷모습을 바라보았다.

주리용의 딸

주리용이 봉봉발전소에 오고 난 첫 번째 여름, 민완주는 바쁜 건설공사 일정이었지만 여름 내내 단 한 번도 바닷가에 놀러가지 못했다는 가족들의 불만을 덜기 위해 일요일 하루 짬을 내어 북대하(北戴河)로 향했다.

진황도는 중국의 중소도시에 속하지만 나름대로 낭만적인 면이 하나 있었다. 그것은 발해만과 접하고 있어서 도시의 해안선 전체가 해수욕장이라 여름을 보내기에는 정말 좋은 곳이라는 점이다. 특히 진황도개발구에서 남쪽으로 약 20여 킬로미터 떨어진 곳에는 중국에서 가장 유명한 해수욕장인 북대하가 있었다. 이곳은 양카이더가 예전에 창리현 여행국장으로 있으면서 경비행기 관광 사업을 히트시켜 일약 진황도개발구 주임으로 발탁되는 결정적인 역할을 한 장소이기도 하다. 북대하는 바닷물도 깨끗하고 송림이 우거져 여름에는 수도 북경의 정부요인들이 아예 집무실을 그곳으로 옮겨 한 달 정도를 보내고 가는 곳이어서 중국인들은 이곳을 하계수도(夏季首都)라 일컫는다. 민완주의 집에서 북대하까지는 자동차로 약 20분 정도 걸리는데 이런 좋은 해수욕장이 집 근처에 있다는 것은 진황도 사람으로서는 큰 행운이 아닐 수 없었다.

북대하에는 해안선을 따라 여러 군데의 해수욕장이 있는데 민완주 가족은 이쪽저쪽을 살펴보다가 눈에 확 띄게 깨끗하게 꾸며놓은 해수욕장을 발견하였다. 차를 타고 지나치면서 몇 번 보았던 해수욕장이었다. 그런데 그날따라 유난히 깨끗해 보이고 사람도 별로 없어 민완주 가족은 더 생각할 필요도 없이 그곳에 차를 세우고 짐을 풀기로 결정하였다. 짐을 가지고 모래사장으로 나가 밟아보니 모래가 정말 깨끗했다.

"야, 정말 곱다. 요화유리공사가 진황도에 있는 이유를 이제야 알겠군."

민완주는 모래를 밟으며 감탄사를 연발했다. 진황도에는 중국에서 가장 큰 유리 제조회사인 중국요화(耀華)유리집단공사가 있는데 이 회사에서 생산하는 유리는 세계적으로 인정받는 우수한 제품이다. 이 회사가 진황도에 자리 잡은 이유는 바로 북대하 해변에 무궁무진하게 깔려 있는 양질의 규사 때문이었다.

그런데 그 자그마한 해수욕장은 모래사장 양편으로 철조망을 쭉 쳐놓아 마치 개인이 운영하는 해수욕장이나 양식장 같은 느낌을 주었다. 민완주 가족은 짐을 풀고 물에 뛰어 들어갔는데 멀리서 보기와는 달리 물은 그렇게 깨끗한 편은 아니었고 바닥에 조개껍질이 많아 발바닥이 따끔따끔했다. 민완주는 그제야 왜 사람들이 그리 많지 않은지 알 것 같았다.

하지만 사람들이 없어 가족끼리의 오붓한 분위기는 마음껏 누릴 수 있어 좋았다. 양쪽으로 칸막이를 해놓은 것이 마치 영업을 하기 위해 만

들어 놓은 것 같았는데 이삼십 분이 지나도 누구 하나 돈 받으러 오는 사람이 없어 민완주는 좀 불안해지기 시작했다.

"왜 아무도 돈 받으러 올 생각을 안 하지? 이러다 나갈 때 바가지 씌우는 거 아니야?"

원래 북대하 해수욕장은 자릿세, 파라솔 대여, 잡상인들로 정신을 못 차리는 곳인데 그 해수욕장만은 그런 장사꾼들이 단 한 사람도 없어 오히려 마음이 불안했다. 차라리 누군가 와서 입장료를 얼마 내라고 하면 마음 편할 텐데 말이다.

"어쨌든 돈을 낼 때 내더라도 일단 쉬고 보자고."

민완주는 아내에게 이렇게 이야기하고 가지고 온 음식을 먹으면서 돗자리 위에 편하게 드러누워 녹음기에서 흘러나오는 음악을 들으며 밀짚모자로 얼굴을 가리고 눈을 감았다.

그때였다.

"어디서 오셨습니까?"

민완주는 깜짝 놀라 모자를 들추고 하늘을 올려다보았다. 작열하는 태양을 후광 삼은 어느 낯선 이의 얼굴이 마치 태양신처럼 하늘 한가운데서 민완주를 내려다보고 있었다. 민완주는 몸을 일으켜 다시 보니 그는 공안(公安, 경찰)이었다.

"진황도에서 왔는데요."

"진황도……?"

집사람과 아이들이 해변에서 놀다 말고 내 쪽으로 겁먹은 얼굴로 뛰어왔다.

"신분증 좀 봅시다."

"신분증 여기 없는데요. 차에 있는데요."

공안은 얼굴을 찌푸렸다. 어느새 가족은 민완주 옆으로 와 일렬횡대로 나란히 섰고 그는 민완주의 가족을 한 사람씩 훑어보았다.

"어디 다닙니까?"

"그건 왜요?"

"물으면 대답이나 하시오."

민완주는 슬슬 화가 나기 시작했다. 그는 놀러 나온 민완주 가족을 아주 고압적인 자세로 마치 범죄자 취조하듯 대하였다.

"진황도봉봉전력유한공사 사업관리부장입니다. 한국 사람입니다."

"그럼 북경에서 온 정부관계자 가족이 아니잖아요?"

"네?"

"당장 짐 싸서 저 선 밖으로 나가시오. 어서!"

그는 민완주가 아까부터 이상하게 생각하였던 양쪽의 울타리를 가리키는 것이었다. 민완주는 매우 불쾌했다. 그의 아내 또한 불쾌한 기분을 감추지 못했다. 뒤쪽 파라솔 그늘에 앉아 음료수를 마시던 다른 피서객들이 재미있는 구경거리 생겼다는 듯 빤히 쳐다보고 있다는 것이 민완주의 자존심을 더욱 상하게 했다.

"돈을 받으려면 받을 것이지, 뭣 때문에 다른 사람들에게는 아무 말 안 하고 우리만 나가랴고 합니까?"

민완주는 그 거만하기 이를 데 없는 고자세의 공안에게 따지지 않을 수가 없었다.

"이봐요, 당신 여기가 어딘 줄 알아요? 이곳은 국무원 고급간부 가족들만 수영하는 전용 해수욕장이란 말이오. 아무나 못 들어오는 곳이니 어서 나가쇼, 어서!"

"전용 해수욕장?"

민완주는 어이가 없었다.

"지금 빨리 물건을 챙겨서 저 선 밖으로 나가시오."

공안은 모래밭에 펼쳐져 있는 돗자리를 발로 찼다. 순간 민완주는 소리를 버럭 질렀다.

"이봐, 왜 발로 차는 거야? 나가면 될 거 아니야!"

"어서 나가시오, 어서!"

공안은 윗사람에게 꾸지람을 받을까봐 자기가 다급해서 짐을 직접 들고 선 밖으로 나가려고 했고 민완주는 그런 괘씸한 행동을 저지하며 서로 옥신각신했다. 즐거워야 할 해변에서의 시간이 그 작자 때문에 완전히 엉망이 되어 버렸다.

그때였다.

"저기…… 진황도봉봉전력유한공사에 다니신다고요?"

아까부터 뒤쪽 파라솔 그늘 밑에서 민완주 가족과 공안의 실랑이를 보고 있던 한 여자가 다가왔다.

한참 실랑이를 벌이던 민완주와 공안은 멈춰 서서 그 여자를 바라보았다. 눈이 확 뜨일 정도로 예쁘게 생긴 여자였다. 나이는 20대 초반으로 보였고 165센티미터 정도의 키에 어느 한군데도 군살이 없는 늘씬한 몸매, 어떤 남자라도 한눈에 반할 만한 매혹적인 쌍꺼풀을 가진 멋진 여자였다.

"네? 제가 다니는데……."

"공안 아저씨, 이분 저의 아빠랑 같은 회사에 다니시는 분이니까 그냥 여기 있게 해주세요. 네?"

"그래도 그건 규정에……."

"규정은 무슨 얼어 죽을 규정이야?"

그때 그녀 뒤에서 훤칠한 키에 시원스럽게 생긴 중년 여자가 나타나더니 공안에게 일갈했다. 그녀의 그런 당당한 태도는 전형적인 고위직 관리 같아 보였다.

"규정 그만 찾고 당신 자리로 돌아가 일이나 봐."

"네, 알겠습니다."

공안은 그 위풍당당한 여자의 말 한마디에 쏜살같이 어디론가 사라져 버렸다. 그들은 잠시 총총걸음으로 사라지는 공안의 뒷모습을 쳐다보았다.

키 큰 여자가 먼저 입을 열었다.

"한국인?"

"네, 한국인입니다."

"아들 귀엽게 생겼네."

그녀는 민완주의 막내아들 볼을 꼬집으며 말했다.

"아버님이 저희 회사에 다니신다고요?"

민완주는 그 아름다운 젊은 여자에게 말을 건넸다.

"네, 부총경리예요."

"네에? 그럼…… 주리용이 아버지?"

"네, 주리용 부총경리예요. 아세요?"

"알다마다요."

"저는 주리메이라고 해요."

'아, 세상에 이럴 수가! 해수욕장에서 주리용의 딸을 만나게 되다니!'

민완주는 그녀가 주리용의 딸이라는 것이 도저히 믿어지지가 않았다. 그녀의 눈빛을 보면 도무지 주리용 같은 공산주의 극좌파 아버지를 둔 여자 같아 보이지 않았기 때문이었다. 주리용과 그녀의 이미지는 달라도 너무 달랐다. 민완주는 다시 한 번 그녀의 얼굴을 들여다보았다. 가만히 보니 얼굴 생김은 아빠를 닮은 것 같은데 풍기는 이미지는 전혀 달랐다. 그것은 마치 악마와 천사를 비교하는 것과도 같았다.

"반갑습니다. 저는 민완주이고 여긴 우리 가족이에요."

"안녕하세요."

주리메이는 깍듯하게 인사를 했다.

"여기는 제가 아는 언니에요."

"안녕하세요. 왕루몽라고 합니다. 저도 진황도에서 왔어요."

훤칠하게 생긴 여자는 외모답게 목소리도 당당했다.

"언니는 진황도시 개발구 노동국장이에요."

"아, 네."

민완주는 그때까지 왕루몽이 누구인지 몰랐다. 그녀가 바로 양카이더의 애인이라는 것을 진황도에 돌아가서야 비로소 알게 되었고 왜 주리용의 딸 주리메이가 그녀와 같이 있는지도 그때까지는 알 턱이 없었다. 어쨌든 이것이 민완주와 주리용의 딸 주리메이의 첫 만남이었다. 왕루몽과 주리메이는 민완주의 가족에게 그곳에서 더 놀다 가라고 했지만 민완주는 그런 일을 당하고 더 이상 놀 기분이 아니라 얼른 짐을 싸서 해수욕장을 떠났다.

그리고 한 달여가 흘러 어느덧 추석이 되었다. 주리용은 휴식을 취하는 전선의 장군처럼 송신양과의 투쟁은 잠시 멈추고 추석 명절을 맞아 한국인에게 호의적인 식사 자리를 만들었다. 중국에서는 추석을 중추절(仲秋節)이라고 부른다. 중국에서는 구정은 보통 일주일 쉬고 중추절은 공식적으로 하루만 쉬게 되어 있다. 중추절에 고향을 찾는 것은 시간상 불가능하여 회사에서는 직원들에게 월병을 나누어 주고, 직원들은 식구나 지인들끼리 모여 저녁식사를 같이한다. 봉봉발전소 역시 주리용의 주선으로 한국인 가족들을 고급 식당에 초대하였다. 작건 크건 중국 측과 외국 측이 매일같이 협상과 투쟁을 해야 하는 중외(中外)합작회사는 마치 여야가 공존하는 정치판과 같다. 평소에는 서로 으르렁거리지만 어떤 때는 이처럼 속마음은 썩지만 겉으로는 웃으면서 식사를 해야 하는 정치적 쇼맨십도 필요하기 때문이다.

추석날 저녁, 민완주는 주리용의 딸을 다시 한 번 만나게 되었다.

"자기야, 오늘 꼭 나가야 돼?"

민완주의 아내 윤수정 투덜거렸다.

"주리용도 자기 와이프하고 딸 데려온다고 하잖아."

"중국에 있으니 추석 때 큰집에 제사지내러 안 가서 좋은데 이런 모임은 딱 질색이야."

주리용이 발전소로 온 이후, 그와 한국인 세 사람은 가끔 외부 손님이 회사를 찾아왔을 때 저녁을 같이하곤 하였지만 서로의 가족들을 동반하여 식사를 한 적은 한 번도 없었다.

더군다나 주리용이 한국 사람에게 회사 내에서 어떻게 한다는 것을 잘 알고 있는 윤수정은 정말로 그 만찬에 나가고 싶지 않았다. 그런 심정이야 그녀뿐만 아니라 한국 사람 모두가 동감하고 있는 것이었지만 말로는 주리용이 외롭게 추석을 보낼 한국 사람들을 생각하여 일부러 마련한 자리라고 하니 거절할 수가 없었다.

저녁 만찬은 진황도에서 가장 좋다는 진황도국제호텔 2층 중국식당 내에 있는 '진시황'이라는 방에서 갖게 되었다. 중국인들은 식당에서 모임을 가질 때 웬만하면 자기네들끼리만의 공간을 가질 수 있는 작은 방을 선호한다. 이들은 이런 방을 야지엔(雅間)이라고 부른다.

'진시황'은 그 중국식당 내에서도 가장 고급스러운 방이었다. 바닥은 이태리제 대리석으로 되어 있고 천장에는 전구가 한 100개는 달려 있을 것 같은 호화찬란한 샹들리에가 대형 원형 식탁 위에서 찬란한 불빛을 발하고 있었다.

"이거 주리용 부총경리가 내는 거야?"

윤수정은 처음 가본 진시황 방의 위용에 눌려 사방을 둘러보며 물었다.

"폼은 지가 잡고 돈은 회사 돈으로 내는 거지."

"식사 값이 무지 많이 나오겠는데…… 그냥 현금으로 우리에게 나눠 주면 안 되나."

윤수정은 사방을 두리번거리며 중얼거렸다.

대형 원형 식탁에 손님이 앉고 웨이터는 민첩한 동작으로 이름도 알 수 없는 수많은 요리를 대령했다. 그런데 손님 중에 아직 한 사람이 그때까지 오질 않았다. 바로 주리용의 딸 주리메이였다.

"자, 우리끼리 먼저 건배합시다. 딸아이는 아마 지금쯤 부리나케 뛰어 오고 있을 겁니다."

주리용은 옆의 빈자리를 한 번 힐끗 쳐다보고 모두에게 건배를 제의했다.

그 자리에는 주리용 내외, 송신양 총경리와 리빙화, 민완주의 가족 4명, 양동관의 가족 3명 이렇게 모두 11명의 손님이 모여 있었다. 양동관은 급하게 마감하여야 할 세금 관련 업무차 북경으로 출장을 갔기 때문에 양동관네는 가족들만 참석하게 되었다.

"중국과 한국 간의 우호 증진과 봉봉발전소의 무궁한 발전을 위하여 건배합시다. 건배!"

"건배."

송신양은 술잔을 꺾자 '카아' 소리가 절로 튀어나왔다. 그도 그럴 것이 바이주(白酒) 특유의 풀잎 향이 코를 톡 쏘면서 50도짜리 독주가 목구멍을 넘어가 몸이 저릿해 왔기 때문이다.

그때였다. 오크나무로 만든 육중한 문이 슬며시 열리면서 그렇게 비싸 보이진 않지만 깨끗한 흰색에 보라색 꽃무늬가 수놓아진 원피스를 입은 젊은 여자가 들어왔다. 주리메이였다. 아버지 주리용은 화난 표정을 지으며 자기 시계를 들여다보았다.

"십 분 지각이야. 또 친구들이냐?"

주리용은 손가락으로 시계를 톡톡 두드렸다.

"미안해요, 아빠. 친구들이 조금만 더 있다가 가라고 해서 그만……."

"리메이, 손님들 기다리는데 늦으면 어떡하니? 어서 이분들에게 인사드려라."

주리용의 부인 장멍이 점잖은 목소리로 주의를 줬다.

"아냐, 잠깐만. 인사하기 전에 리메이는 나하고 약속한 게 있어."

주리용의 말에 모두들 조용히 했다.

"해봐."

주리용은 딸을 바라보며 지시했다.

"손님들이 계시는데요?"

"상관없으니 그냥 해."

주리용은 식탁에 앉은 손님들은 아랑곳하지 않고 주리메이에게 무엇인가를 다그쳤다. 주리메이는 손님들에게 인사도 하기 전에 아버지와의 약속을 지키기 위해서 정자세를 하고 앉았다.

"아빠, 그 대신 손님들 계시니까 끝부분만 외울게요."

"좋아."

"동지 여러분, 19세기 중엽에서부터 20세기 중엽까지 100년 동안 중국 인민들은 계속 분투해 왔고, 이것은 모두 조국의 독립과 민족의 해방을 위한 것이었습니다. 이 역사적 위업을 우리는 이미 달성하였습니다. 20세기 중엽서부터 21세기 중엽까지 100년 동안 중국 인민은 계속 분투해야 하고 이것은 조국 부강의 실현과 인민을 부유하게 만들고 민족의 위대한 부흥을 위해서입니다. 어떠한 순간에도 어떠한 상황하에서도 공산당 동지들은 절대로 물러서지 않을 것이며 절대로 무릎 꿇지 않으며 전국 각 민족들은 하나로 단결하여 부강 민주 문명 사회주의 현대화 국가로의 위대한 조국 건설을 위하여 새로운 역사적 과업을 반드시 쟁취합시다. 위대한 조국 만세! 위대한 중국 인민 만세! 위대한 중국 공산당 만세!"

주리메이의 낭독이 끝나자 송신양과 민완주의 가족은 그것이 무슨 내용이고 왜 하는지도 모르면서 그저 무엇인가 길게 외운 것 같아 그녀의 암기력에 탄복하여 힘찬 박수를 보냈다. 다만 리빙화만은 경의의 눈으로 주리메이를 바라보며 옆에 있는 송신양에게 조용히 이야기했다.

"쟤 정말 대단한 애네요."

"왜? 저게 뭔데?"

"저것도 몰라요? 저건 장쩌민의 《3개 대표 사상(3個代表思想)》 전문이에요. 쟤가 저걸 다 외우고 있네요. 완전 공산당 골수분자인가 본데요."

"하하, 그 애비의 그 딸이구먼. 통역해 줘."

리빙화가 송신양 총경리가 한 말을 통역하자 주리용은 기분이 좋았는지 다 자기가 시켜서 한 것이라고 의기양양했다.

"그런데 마지막에 한 글자 틀렸어."

주리용은 딸 주리메이에게 핀잔을 줬다. 주리용은 늘 이런 식으로 딸에게 당에서 내려오는 주요 사상이나 최근에 발표한 중요한 문서들은 다 외우게 하였다. 참으로 주리용다운 발상이었다. 특히 무슨 약속을 어기거나 귀가시간이 늦거나 하면 그 벌칙으로 주리메이는 외운 것을 테스트 받곤 하였다.

민완주 옆자리에 앉은 주리메이는 민완주 가족과는 구면임에도 불구하고 아는 척을 하지 않아 민완주가 그녀에게 먼저 인사를 해야 할지 아니면 가만히 있어야 할지 잠시 망설이고 있는데 갑자기 민완주의 아들 녀석이 소리쳤다.

"저 누나 해수욕장에서 본 누나다. 그치?"

다섯 살 된 민완주의 아들은 주리메이를 향하여 손가락을 높이 쳐들었다. 민완주는 아들 녀석이 한국말로 하여 주리용이 못 알아들어 다행이라고 생각했는데 반대편에 앉아 있던 리빙화가 먼저 말을 꺼냈다.

"어? 알아요?"

"아…… 네. 지난여름 해수욕장에서 우연히 만났어요."

민완주는 그녀의 물음에 한국말로 대답했다.

"중국말로 하시오, 중국말로."

주리용이 아니나 다를까 못 알아듣는 한국말 써서 분위기 깨지 말고 중국말을 쓰라고 타일렀다.

"안녕하세요, 주리메이 양. 기억하시죠?"

"네, 기억하지요. 그동안 안녕하셨어요?"

"화장을 하니까 더 예쁘네요."

민완주는 어쩔 수 없이 주리메이에게 인사를 했다. 주리메이는 짙은 화장을 하여 더욱 성숙해 보였다.

"안녕하세요? 오랜만이네요."

연이어 민완주의 아내 윤수정도 주리메이에게 인사했다.

"노동국장님도 잘 있고요?"

"네? 아…… 네."

"아니, 서로 본 적이 있었나 보지? 그리고 노동국장은 또 뭐야?"

그들의 대화를 옆에서 가만히 듣고 있던 주리용이 갑자기 끼어들었다.

"아, 그게 아니고…… 이분이 잘못 알고 말했어요. 법대 다니는 선배를 우리들이 그냥 노동국장, 노동국장 하고 놀려 부르는데 이분은 그냥 노동국장으로 알고 있는 거예요. 그때 같이 놀러 갔거든요."

"언젠데?"

주리메이는 잠시 머뭇거리다 주리용에게 그날 해수욕장에서 민완주 가족을 만난 이야기를 간단하게 설명하였다. 그런데 왕루몽에 대한 이야기는 일체 꺼내지 않는 것이었다. 민완주는 주리용의 질문에 주리메이가 당황해 하고 있다는 것을 눈치 채고 그들의 대화에 끼어들어 화제를 바꿨다.

"대학에 다니시나요?"

"네."

"어느 대학이죠?"

"천진 남개대학이에요."

"남개대학교요?"

모두들 놀랐다. 남개대학교는 중국의 수많은 대학 중에서도 상위 10대 대학에 들어가는 명문대학이기 때문이었다. 연회에 모인 한국인들이 모두 탄복하자 주리용과 부인 장멍은 상당히 우쭐해 하는 모습이었다.

그때 웨이터가 연기가 모락모락 피어오르는 큰 그릇을 테이블 한가운데 놓았다.

"진황도의 특산물이자 우리 식당의 최고 요리인 자라탕입니다."

웨이터는 원형 테이블의 유리판을 돌려 자라탕이 주리용 앞으로 놓이게 하고 밖으로 나갔다. 주리용이 그 자리에서 가장 높은 사람이기 때문에 그가 먼저 그 요리에 젓가락을 대라는 의미이다. 송신양은 자기가 총경리라는 것을 못 알아본 웨이터 때문에 좀 언짢은 표정이었지만 이런 적이 한두 번이 아니라 그냥 넘어갔다.

"이게 그 유명한 자라탕입니다. 몸에 아주 좋습니다."

주리용은 국자로 자라탕을 뜨더니 그것을 자기 그릇에 붓는 것이 아니라 주리메이의 그릇에 먼저 따랐다.

"너도 이런 것 먹어둬야지, 공부하는 데 지치지 않는다."

"혼자 그냥 먹게 놔둬요."

옆에서 지켜보던 장멍이 핀잔을 줬다.

"자라탕 먹을 때는 마늘을 같이 먹어야 더 좋아."

주리용은 부인의 말에 아랑곳하지 않고 절인 마늘을 젓가락으로 집어 딸의 그릇 안에 넣어주었다.

거기에 모인 한국인들은 딸에 대한 주리용의 행동을 넋이 나간 듯 지켜보았다. 보통 자상한 것이 아니었다. 회사에서와는 전혀 딴판으로 딸에게는 너무나도 지극정성이었다. 무남독녀라서 그러는 것인가? 하기야 중국 가정치고 외아들, 무남독녀가 아닌 집이 어디 있겠는가! 어쨌든 주리용이라는 중국 공산당과 마오쩌둥 사상밖에 모르는 지독한 사람에게도 사랑을 베풀 대상이 있다는 것이 한국인 파견자들에게는 정말 놀라운 발견이었다.

"전공은 뭐예요?"

민완주가 물었다.

"기업관리과예요."

"아, 기업관리과. 우리나라의 경영학과와 같죠. 좋은 과네요. 나중에 좋은 데 취직하겠네요, 학교도 좋으니."

"전 기회가 닿으면 유학 가고 싶어요."

"아, 그래요?"

"유학?"

주리용이 끼어들었다. 유학이란 말에 주리용은 못마땅한 듯 우적우적 음식을 씹으면서 말을 계속 이었다.

"내가 예전에 말했잖니. 유학은 무슨 유학이야."

"……."

주리메이는 대꾸도 하지 않고 가만히 듣고 있었다.

"마오 주석이 유학 가서 중국 통일시켰냐? 그런 것 안 가도 훌륭한 당 간부가 될 수 있어."

"아빠는…… 요즘은 안 그렇단 말이에요. 우리 과에 벌써 미국과 영국에 유학 확정된 애들이 네 명이나 되는데……."

"걔들하고 너하고 무슨 상관이냐? 분명 국가와 당의 돈을 빼먹은 탐관오리의 자식들일 텐데."

"아빠 앞에서 유학 이야기를 또다시 꺼낸 내가 잘못이네요. 아빠는 돈이 없으니 유학 못 보내 주실 게 뻔한데요, 뭐."

"뭐야?"

돈 이야기를 꺼내자 갑자기 주리용은 언성을 높였다.

"너, 또 시작이냐? 그럼 나더러 나라 돈이나 빼먹는 그런 부정한 공산당 간부가 되라는 소리냐? 한 달에 월급 1,500위안 받는 사람이 유학가는 데 드는 비용 몇 십만 위안을 단 한 번에 마련한다는 것은 부정이외에는 할 방법이 없어. 너도 잘 알잖니? 아빠는 이날 이때까지 오직우리 조국과 인민 그리고 중국 공산당만을 위하여 목숨을 바친 사람이야. 넌 왜 이런 아빠의 마음을 모르는 거니?"

다혈질 주리용이 장소 안 가리고 또다시 화를 내기 시작했다. 한국인가족들이 듣기 민망할 정도로 분위기가 이상해졌다. 주리메이 역시 커다란 눈에서 막 눈물이 쏟아질 것만 같은 표정이었다.

"나 갈래요."

주리메이는 핸드백을 들고는 인사도 없이 방을 뛰쳐나갔다. 이것이 민완주가 주리메이를 두 번째 만난 날의 일이었다. 그런데 그날 민완주는주리용이 돈이 없다는 딸의 이야기가 쉽게 이해가 가질 않았다. 분명직원 채용이나 설비, 건설업자들을 통하여 자금을 모으는 것으로 짐작하고 있는데, 그럼 그 많은 돈은 대체 다 어디로 갔단 말인가?

민완주가 주리메이를 세 번째 만난 것은 또 다른 장소였다. 그곳은 전혀 생각지도 못한 황금성(黃金城)이라는 가라오케에서였다. 진황도시 외곽, 그러니까 동산공원을 조금 지나 항구가 있는 쪽에는 한국 사람들이 자주 들르는 가라오케가 있는데 주인도 조선족이고 한국 노래도 많아 봉봉발전소의 한국인들도 가끔씩 들르는 곳이었다. 이 집은 진황도거주 한국인을 비롯한 일본, 미국 등 외국 직원들의 성원에 힘입어 문을연이래 손님들의 발길이 끊이지 않는 아주 장사가 잘되는 가라오케였다. 손님의 대부분이 외국인이고 중국인들은 별로 오지 않는 곳이었다.

민완주는 그곳에서 주리메이를 만나게 되었다.

깊어가는 가을 어느 날, 민완주와 양동관 그리고 왕창은 황금성 가라오케를 찾았다.

그즈음 왕창은 가라오케나 안마시술소에서 돈을 뜯어내는 것이 어려웠던지 송신양에게 용돈을 뜯어내거나 돈이 좀 있는 설비업자들에게 달라붙어 술을 얻어먹는 재미로 살고 있었다. 발전소를 방문하는 수많은 설비업체 담당자들은 자기들의 제품 납품대금을 받기 위해 수시로 발전소를 들락날락하면서 주차장이나 총경리실에서 왕창과 자주 마주쳤다. 왕창은 그런 면에서 머리회전이 매우 빨랐다.

가만히 있어도 설비업자들을 많이 접촉한다는 사실을 이용해 평소 이들에게 아는 척을 해두면 제품을 계약하고 돈을 제때 받아가려고 조바심이 난 업자들이 송신양 총경리는 물론 총경리 운전수인 자신에게도 잘 보이려고 한다는 사실을 깨달았다. 그래서 왕창은 자기가 돈을 빨리 받을 수 있도록 해주겠다며 이들에게 저녁을 사라고 접근하는 것이었다.

외국인들은 중국의 자재대금 지급 관습에 대하여 이해하기 어려운 점이 있다. 대부분의 나라에서는 납품계약을 하고 자재를 적기에 납품하면 계약서에 의거하여 구매자는 반드시 정해진 날짜에 대금 지급을 하게 되어 있다. 만약 이를 어기는 경우, 형사 처분까지 받는 엄벌에 처해지는데 중국의 사정은 전혀 다르다. 계약서는 계약서이고 대금 지급은 자금 여유가 있을 때만 지급하는 경우가 허다하다. 그러다 보니 중국 기업 특히 외국과 합작이 아닌 중국 독자기업인 경우 장부상 장기 악성 부채가 즐비하다. 이러한 열악한 자금 환경에 익숙한 기자재 업체들은 자신들의 제품을 납품하고 단 하루라도 대금을 빨리 챙기는 것이 회사가 살아남는 길인지라 수금사원만 별도로 두고 일할 정도이다. 그런 수금사원들은 돈 받을 회사 앞에 아예 방까지 얻어 놓고 대금을 손에 넣을 때까지 몇 개월이고 죽치고 있는 것이 다반사이고 월급도 받은 대금에서 처리하니 돈을 못 받으면 월급도 없다.

이러다 보니 왕창 같은 총경리 운전수는 이들이 접근하기에 아주 좋은 위치에 있었다. 이날도 봉봉발전소에 개봉(開封)밸브회사 직원들이 민완주를 찾아왔는데 업자들이 먼저 이런 제의를 하는 것이었다.

"저녁 먹으러 갈 때 왕창도 같이 데리고 가지요?"

"네? 왕창을요? 뭐, 그렇게 하죠."

민완주는 내심 기사를 데리고 간다는 것이 껄끄러웠지만 간곡한 부탁에 동의하고 왕창도 같이 데리고 갔다. 저녁을 먹고 나서 업자들은 돌아가고 민완주, 양동관 그리고 왕창 이렇게 셋이 남게 되었다.

"두 한국 부장님들, 2차는 내가 쏠 테니 날 따라오세요. 남방불야성으로 갑시다."

"왕창, 네가 무슨 돈이 있다고 그래? 바이주(白酒)도 많이 마셨는데 그냥 집에 가자."

"뭐요? 이봐, 양동관 부장. 나 기사라고 우습게 보는 거요? 크악 퉤!"

왕창은 가래침을 뱉으면서 기분 나쁜 표시를 적나라하게 했다. 이것을 본 민완주는 괘씸한 왕창을 한 방 쏘아붙일 기세로 소리쳤다.

"야, 왕창 지금 뭐하는 짓이야? 우리는 너 걱정해서 그러는 거 아니야?"

"아이 씨, 나 진짜 돈 있다고요! 그럼 가봅시다. 내가 돈이 없으면 내 신장을 팔아서라도 술값을 낼 테니까!"

순간 깡패의 기질을 드러낸 독기 어린 그의 목소리에 민완주와 양동관은 하는 수 없이 그를 따라 남방불야성으로 갔다. 그곳에서 한두 잔씩 마신 뒤 얼큰히 취하여 집으로 돌아가려고 모두 자리에서 일어섰다. 그때 왕창이 만면에 미소를 띠고 주머니에서 봉투를 꺼냈다. 두툼한 것이 돈 봉투 같았다.

"이히! 이게 뭘까? 돈. 어디서 났을까? 당신들은 몰라도 돼."

왕창이 돈 봉투를 흔들며 카운터로 가는 순간, 민완주는 그 봉투에 개봉밸브회사 마크가 찍힌 것을 발견했다.

"저 자식, 저거."

왕창은 뻔뻔스럽게도 개봉밸브회사에게 말해 자기가 한국인 부장들 술 사준다고 돈을 챙겼던 것이다. 남방불야성을 빠져나와 양동관은 왕창을 먼저 택시에 태워 보냈다.

"민 부장, 우리끼리 어디 가서 한 잔 더하자."

"또?"

"저 새끼 때문에 기분 완전 잡쳐서 나 한 잔 더 마셔야겠어. 조금 전에 나 한 잔도 안 마셨어. 그 자식 아까 내가 말하니까 가래침 뱉는 것 봤지? 저런 놈이 어떻게 총경리 기사야?"

"그러자, 그럼. 어디로 가지?"

"황금성으로 가자고."

"저기 택시 오네."

중국 진황도 물가(物價)는 정말 저렴하다. 그렇게 택시를 타면 진황도 시내에서 아무리 멀어도 10위안 안팎이니 술 마시고 집에 갈 걱정은 전혀 없었다. 한국에서는 집이 좀 멀다 싶으면 택시비나 대리비 때문에 밤 늦게까지 술을 마시지 않고 지하철이 끊기기 전에 귀가했을 텐데 진황도에서는 그런 구차한 걱정은 필요 없으니 역시 중국이란 나라는 이래

저래 술 유혹에 빠지기 십상인 나라라고, 민완주는 생각했다.

민완주는 벌써 밤 10시가 다 되어 가는데 한 잔 더 하러 간다는 것이 별로 내키지는 않았지만 양동관의 마음도 달래줄 겸 택시를 잡아탔다. 평소 붙임성이 좋은 양동관은 '황금성' 가라오케에 갈 때마다 새로운 사람들을 만나면 중국인이건 한국인이건 넉살 좋게 잠시 동석하여 맥주 한 잔을 마시면서 사람을 사귀어, 당시 한국 사람치고 양동관만큼 진황도시에서 발이 넓은 사람도 없었다.

또한 그만큼 황금성 가라오케는 한국 사람들이 마음 놓고 술을 마시기에 안전하고 아늑한 장소였다. 하지만 양동관처럼 아무 테이블이나 불쑥 끼어드는 행동을 이해 못하는 사람도 있는 법이다. 이날 양동관은 건너편 테이블에 처음 보는 사람들이 앉아 있기에 평소와 다름없이 자기 캔맥주 한 통을 들고 그쪽 테이블로 다가갔다.

"안녕하세요? 실례가 안 된다면 잠시 자리에 앉아도 될까요?"

"……"

"마 앉아도 될까예?"

이번에는 애교스럽게 경상도 사투리를 써봤다.

"마걸러비, 군! (개새끼, 꺼져)"

중국인이었다. 그들은 양동관에게 다짜고짜 심한 욕을 한 것이었다.

"저 때문에 화가 나셨으면 화 푸십시오."

양동관이 정중하게 중국어로 이야기했다. 그러자 그들은 대꾸도 않고 안주로 먹고 있던 해바라기씨를 그릇째로 양동관에게 집어던졌다. 거무칙칙한 해바라기씨는 양동관 얼굴 이쪽저쪽에 아주 우스꽝스럽게 달라붙었다.

"뭐 이런 새끼들이 다 있어?"

양동관은 소리를 버럭 질렀다.

그러자 그 테이블에 있던 중국인 3명이 동시에 벌떡 일어나 양동관을 덮쳤다.

"자식이, 꺼지라면 꺼지지."

"자식이."

그들은 넘어진 양동관에게 막무가내로 발길질을 하였다. 때마침 다른 테이블에는 어느 한국 회사에서 생일잔치를 하러 와서 한국인들로 가득했는데 그중 누군가 그 광경을 목격하고 소리쳤다.

"저건 또 뭐야?"

"뭐야? 저건⋯⋯."

"저 사람, 발전소의 양동관 아니야?"

"양동관이를 살리자!"

순간 20명가량 되던 한국인들이 구름 떼처럼 그들에게 달려갔다. 인해전술로 밀어붙인 한국인들은 수적으로 열세인 3명의 중국인들을 번쩍 들어 출입문으로 향했다.

"이거 안 놔, 어서 놔."

"너희들 내가 누군지 알아?"

들려 나가는 중국인들은 허공에서 발버둥을 치면서 고래고래 소리를 질렀으나 20여 명의 한국인 손에 들려 보기 좋게 길바닥에 내동댕이쳐졌다.

"야, 빨리 문 닫아 버리자."

한국인들은 문을 세차게 닫아 버렸다.

"감히 저것들이 여기가 어디라고 행패야, 행패는."

"여기는 한국인들이 모이는 아지트란 말이야."

생일잔치에 참석하여 양동관을 위기에서 구해준 그 한국 회사 직원들은 전투에서 승리한 용사라도 된 듯 의기양양했다.

"양 형, 괜찮아요?"

"아, 나 저런 놈들은 머리털 나고 또 처음 보네."

양동관은 한 대 얻어맞은 입이 아직도 아픈지 터진 입술을 만지며 대답했다.

"이제 이 안에 중국인들은 없겠지?"

누군가가 홀을 향하여 크게 소리쳤다.

"……"

"대답이 없는 것을 보니 아무도 없는 모양이네."

"자, 다시 가서 술 마시자고."

"야, 오늘 오랜만에 몸 좀 풀었네."

한국인들은 다시 자리로 돌아가 왁자지껄 떠들면서 술을 마시기 시작했다.

"양 부장, 괜찮아?"

"오늘 일진 정말 더럽네."

"그래도 그만한 게 다행이야."

민완주는 양동관을 위로해 주면서 다시 자리로 돌아갔다. 그때 힐끗 보니 아까 그 문제의 중국인들이 앉아 있던 자리에 칸막이 너머로 아직도 사람이 앉아 있는 것 같았다.

"음? 아직 사람이 있네."

그곳은 조명이 어두워 사람 얼굴은 잘 안 보였는데 여자 3명이었다. 민완주는 그곳으로 다가갔다. 민완주는 황금성에서 근무하는 아가씨들이려니 생각하고 많이 놀랐을 그들에게 위로의 말이라도 한마디 해줄 겸 그곳으로 간 것이었다.

"많이 놀랐죠?"

"민 부장님."

민완주의 말이 채 떨어지기도 전에 어둠을 뚫고 누군가 반가운 목소리로 대답하였다. 민완주는 테이블 위의 촛불에 반사된 그 여자의 얼굴을 유심히 들여다보았다.

"어? 난 또 누구라고……."

황금성 조선족 여주인이 가장 바깥쪽에 앉아서 민완주를 금방 알아본 것이었다. 민완주는 칸막이에 두 손을 얹고 편한 자세로 섰다.

"아까 시끄럽게 해서…… 어? 당신은?"

민완주는 촛불에 윤곽이 드러난 여자의 얼굴을 또렷이 알아볼 수 있었다. 놀랍게도 주리용의 딸 주리메이였다.

"아니? 이게 어떻게 된 일이에요?"

민완주가 주리메이에게 물었다.

"두 분이 아는 사이세요?"

조선족 여주인이 말했다.

"안녕하세요, 저도 아실 텐데……."

주리메이의 반대편 소파에 앉아 있던 또 다른 한 명의 여자가 민완주에게 아는 척했다.

"누구……? 아, 노동국장님?"

노동국장 왕루몽이 주리메이와 같이 그 자리에 있었다.

"아니, 이게 어떻게 된 일이죠?"

"어머, 민 부장님 발도 넓으시네. 우리 왕 마담님도 다 아시고요."

"네? 왕 마담이요?"

황금성 여주인은 왕루몽 노동국장을 마담이라고 불렀다.

주리메이는 몇 달 전 추석 저녁식사 때 만난 모습보다 더 성숙하고 세련미가 넘치는 얼굴이었다. 민완주는 주리메이처럼 높은 직위의 공산주의 극좌파 아버지를 둔 여학생이 어떻게 그 야심한 시각에 이런 곳에 있는지 너무도 궁금했다.

그리고 왜 왕루몽이라는 미모의 노동국장을 늘 따라다니는지는 민완주의 호기심을 더욱 자극했다. 하지만 서로 잘 알지도 못하는 처지에 그런 것들을 일일이 묻는다는 것은 실례되는 일이라 민완주는 솟구쳐 오르는 호기심을 꾹 누를 수밖에 없었다. 간단히 인사만 남기고 민완주와 양동관은 바로 집으로 돌아갔다. 이것이 민완주가 주리메이를 세 번째 만난 일이었다.

사보타주

그해 겨울까지 주리용은 계속해서 크고 작은 일로 송신양 총경리와 대립해 왔다. 추석 때 주리용 가족과 저녁식사를 같이한 이후 한동안 별다른 대립이 없기에 송신양은 '이제 그가 중화사상을 버리고 국제적 룰에 적응하는구나'라고 생각했지만 이것은 순진한 착각에 불과했다. 그런 화해무드도 잠깐이었고, 주리용은 줄기차게 아주 자잘한 일부터 큰일에 이르기까지 다시 송신양과 대립하기 시작했다.

송신양은 발전소 건설 경험이 대단히 많은 사람이었다. 한국 발전소 역사의 산중인이라고 할 수 있을 정도로 오랜 경력을 지니고 있었는데 거의 30년을 이 분야에서 일했고 그중 5년은 아랍에미리트에서 근무한 베테랑이었다. 그런데 그런 송신양도 가끔 민완주나 양동관에게 봉봉발전소 건설의 어려움에 대한 푸념을 털어놓곤 하였다.

어느 날 아침, 민완주가 결재 서류를 들고 송신양 사무실로 들어갔더니 그는 자리에 앉아 먼 산을 바라보고 있었다.

"어, 민 부장."

"네."

"이리 와서 앉아."

민완주는 송신양 옆에 있는 의자에 앉았다.

"내가 지금까지 당인리발전소 3호기부터 시작해서 숱한 발전소를 건설해 봤고 사고로 기계가 폭발해서 사람이 죽은 경우도 있었지만 중국에서 사업하는 것만큼 힘들지는 않았다."

"왜 또 그런 말씀을……"

"주리용, 그 사람 전생에 나하고 무슨 인연이 있기에 이 나이에 날 이렇게 스트레스를 받게 하냐? 정말 죽겠다, 죽겠어."

"중국에 주리용 같은 인물이 어디 한둘이겠습니까? 총경리님이나 저나 자본주의와 타협할 줄 모르는 철두철미한 공산주의 극좌파 홍위병을 만난 셈이죠."

"정말 내 생애 최고의 해가 아니라 내 생애 최악의 해다, 최악의 해."

"이해가 갑니다."

민완주는 송신양의 심정을 십분 이해하였다. 송신양은 그만큼 주리용과 싸워야 할 일이 많았기 때문이다. 그는 처음 중국 땅에 발을 디뎠을 때와는 판이하게 달라졌다. 기술자들이 흔히 말하는 '기술자 곤조'의 그 오만함은 어느새 다 사라지고 이제는 너무나도 주눅이 들어 있는 모습이었다.

송신양은 상당히 조심성이 많은 사람이었다. 그런데도 주리용을 만나고 나서부터는 그에게 약점을 잡히지 않으려고 더욱 신중을 기하다 보니 이제 조심을 넘어 너무 소심해져 버렸다. 특히 주리용이 틈만 나면 첫 번째 총경리 한종민이 구매한 설비에 대하여 트집을 잡고 해당 업체에게 돈을 안 주거나 이미 구매한 것을 폐기처분시키고 새로운 설비로 구매하는 것을 보고는 설비 구매에는 일체 간섭하지 않았다.

그러나 오직 한 가지, 석탄재처리설비만은 어쩌다 송신양이 직접 주관하여 구매를 하게 되었다. 이 설비는 보일러의 연료로 쓰이는 석탄을 때고 난 후 그 재를 보일러 밑에서 뽑아내어 컨베이어 벨트에 실어 거대한 탱크로 옮겨 담는 설비이다.

송신양이 막 중국에 도착하였을 때 이미 한종민이 이것에 관한 구매 업무를 상당히 진행시켜 놓은 상태였기 때문에 그는 이 일을 계속 이어서 처리한 것뿐이었다. 송신양이 중국 무한(武漢)에 있는 설비 회사를 방문하여 확인해 본 결과 미국과 기술 제휴를 한 회사인 데다 중국 내에서 그 회사 제품을 설치한 공장들이 많아 그것을 구매하기로 결정했던 것이다.

그런데 같은 시기에 중국 간부 홍인탕(洪銀唐) 부장이 접촉하였던 또 다른 석탄재처리설비회사가 있었다. 그 제품은 상당히 저렴한 가격이었지만 재처리 방식 자체가 구식으로 이제는 거의 사양단계에 있던 제품이었다. 그래서 송신양은 석탄재처리설비는 '무한석탄재처리설비회사'로 결정했다. 이 설비가 현장에 도착하고 설치가 끝날 때까지 주리용은 아무 말도 없었다. 하기야 설비 품질이 매우 우수하였고 설치하는 데 전혀 문제가 없었기 때문에 누구도 이의를 제기할 수가 없었다.

민완주가 송신양의 푸념을 듣고 있을 때였다. 갑자기 사무실 문이 세차게 열리더니 주리용이 씩씩거리며 들어왔다. 송신양은 반사적으로 얼굴이 굳었다.

"송 총경리님, 어젯밤에 무슨 일이 일어난 줄 알고 있소?"

"……"

"이런! 어제 저녁 무한에서 구입한 석탄재처리설비에서 사고가 났단 말이오, 사고가!"

"뭐, 뭐라고?"

"지금 공장 전체가 그놈의 설비 때문에 모두 정지하게 생겼소."

주리용은 흥분을 감추지 못했다.

"그 설비가 그럴 리 없는데……."

송신양은 이해할 수 없다는 표정을 지으며 자리에서 일어났다. 그때 열린 문으로 홍인탕 부장이 유유히 걸어 들어왔다.

"홍 부장, 송 총경리에게 현장 설명 좀 해봐."

주리용은 홍인탕을 다그쳤다. 현장감독 홍인탕 부장은 어젯밤에 일어났던 일에 대하여 설명하기 시작했다.

"그럴 리가……."

송신양은 홍 부장의 설명을 듣고도 도저히 이해할 수 없다는 표정이었다.

"아니 그렇게 못 믿겠으면 현장에 가서 직접 두 눈으로 확인하시오, 확인!"

주리용은 입에 거품을 물고 떠들었다.

"그럼, 가봅시다."

송신양과 민완주는 안전모를 쓰고 현장으로 나갔다. 재처리설비 옆에는 벌써 많은 직원들이 모여 있었다. 송신양은 무한재처리설비회사에서 온 기술자 멍청(孟盛)을 불렀다.

"대체 어떻게 된 것이오?"

민완주의 물음에 차분한 성격의 멍청은 그 설비에 대하여 천천히 설명을 해주었다.

"저기 보이는 보일러 맨 밑에 있는 똥구멍 보이죠? 저 똥구멍으로 다 탄 시뻘건 석탄재가 술술술 쏟아져 나옵니다."

"그건 우리도 다 아니까 본론부터 이야기해요."

민완주는 멍청을 다그쳤다.

"그러면 그 뜨거운 석탄재는 저 컨베이어 벨트에 실려서…… 저기, 저 높은 곳에 있는 탱크로 실어 올립니다."

"그래서요?"

"그런데 말이죠, 어젯밤에 그놈의 컨베이어 벨트 무쇠 체인이 벌겋게 달구어져 끊어졌잖아요. 내 참."

"그게 끊어지는 경우도 있는가?"

송신양이 물었다.

"우리가 말이죠, 중국에 한 스무 군데 발전소에 이 설비를 설치하였는데 이런 경우는 처음이에요. 나도 도저히 이해를 못하겠어요."

"원인이 뭐요?"

민완주는 팔짱을 낀 채 시체처럼 죽어 있는 컨베이어 벨트를 바라보며 물었다.

"아, 글쎄 나도 그걸 모르겠다니까요. 지금 원인을 찾고 있는 중이에요."

그 순간 누군가 문제의 석탄 재처리 컨베이어 위에서 담벼락에 숨은 생쥐처럼 민첩하게 왔다 갔다 하는 모습이 보였다. 그곳은 무쇠로 된 석탄 컨베이어 벨트가 움직이는 통로로 컨베이어의 뚜껑이 열려 있기 때문에 자칫 잘못하여 다리를 헛디디면 큰 사고를 일으킬 수 있는 아주 위험한 곳이었다.

"어? 거기 누구요?"

멍청이 외쳤다. 콘크리트 기둥 뒤에 누군가 숨어 있는 것 같은데 아무런 기척이 없었다.

"거기 누가 있으면 빨리 내려와. 그곳은 위험지역이야."

이번에는 민완주가 소리쳤다. 그랬더니 누군가 그곳에서 얼굴을 슬쩍 내밀었다.

"아니, 찐따왕 씨 아니요?"

민완주가 말했다.

"아, 총경리님 나오셨어요? 제가 보일러과 아닙니까? 예전에 발전소에 있을 때 이 설비에 대해 다뤄 본 일이 있잖습니까. 그래서 주 부총경리님이 어떻게 된 것인지 원인을 파악하라고 해서…… 저 그만 가보겠습니다."

찐따왕은 말을 채 끝내기도 전에 컨베이어 위에서 뛰어내리려 했다.

"아, 안 돼. 위험해!"

멍청이 소리쳤다. 순간 찐따왕이 멈칫했다.

"거기서 뛰지 말아요. 잘못하면 미끄러져 컨베이어 속에 빠져 다리가 절단됩니다. 조심해서 설비를 붙잡고 아래까지 기어 내려오세요. 천천히!"

멍청의 이야기에 찐따왕은 조심스럽게 컨베이어에서 내려와 인사를 꾸벅하고 어디론가 쏜살같이 사라졌다.

"참, 이상한 사람 다 보겠네. 지가 보일러 담당이면 보일러 담당이지 거긴 뭐 하러 올라가?"

민완주가 중얼거렸다. 일반적으로 중국에서는 어떤 설비를 설치하게 되면 인건비가 저렴하기 때문에 그 설비회사 기술자들이 대거 파견 나와 현장에서 숙박을 하면서 장기간에 걸쳐 설비를 설치하고 점검해 준다.

멍청을 비롯한 무한에서 올라온 설비회사 사람들이 원인 분석을 하고 있을 때 주리용은 발전소 직원들을 불러 모아 회의를 열었다. 민완주는 회의에 들어가지 않았지만 참석하고 나온 중국 직원들의 이야기가, 주리용이 설비에 문제가 아주 많다고 일장 연설을 했다는 것이다. 민완주는 아직까지 그 원인도 찾아내지 못했는데 그런 이야기를 한다는 자체가 불쾌했다.

주리용은 그것이 한국인이 구매한 물건이니까 그런 식으로 몰아붙인 다음 그 설비대금 700만 위안을 안 주려는 속셈일 게 뻔하였다.

그날 퇴근 시간이 훨씬 지난 시간에 누군가 민완주의 사무실 문을 살며시 열고 들어왔다. 수처리과의 안더롱이었다.

"어, 안더롱 과장님. 이 늦은 시간에 무슨 일입니까?"

민완주는 안더롱 과장이 비록 자기보다 직책은 낮지만 나이도 많은 데다 같은 동포라 항상 존대해 주었다.

"뭐 들리는 말에 석탄재처리설비가 망가졌다고 해서……."

"네, 안 그래도 왜 고장 났는지 그 원인을 찾고 있는 중이었어요. 앉으세요."

민완주는 의자를 내밀었다. 안더롱은 방문을 잠그고 오더니 민완주에게 다가와 얼굴을 바짝 대고 조그맣게 이야기하기 시작했다.

"사실은 제가 우연찮게 그 원인을 찾아냈어요."

"네? 과장님이요? 어떻게……."

"일단 담배 하나 피면서 이야기합시다."

민완주는 책상 위에 있는 담배를 얼른 집어 안더롱에게 한 대를 권했다.

"어떻게 된 겁니까?"

"제가 우리 회사 수처리 과장 아닙니까? 그래서 이번에 사고 났다는 그 설비가 혹시 수처리 계통에 이상이 있나 해서 오늘 오후에 설비를 살펴보러 나갔어요. 만약에 수처리 계통에 문제가 있으면 주리용이 날 가만히 놔두겠어요? 당장 목이 날아갈 판이지요. 그런데 제가 그 원인을 찾아냈어요."

"그래요? 그게 무엇입니까?"

"그런데 그 원인이라는 것이…… 누군가 고의로 그런 것입니다."

"네? 고의로요?"

"네, 누가 일부러 그렇게 망가트린 거예요."

"대체 무슨 소리예요? 자세히 이야기 좀 해보세요."

"보일러 하단부로 숯불처럼 활활 타오르는 석탄재가 빠져나오잖아요? 그런데 이게 무지하게 높은 온도예요. 이것을 컨베이어 벨트에 그냥 싣는다면 아무리 무쇠로 만든 설비라도 그냥 다 녹아 버리고 맙니다."

"그건 저도 압니다."

"그래서 그것을 방지하기 위해 보일러 밑에 냉각탱크를 두어 뜨겁게 달구어진 석탄재가 그곳을 통과하도록 되어 있습니다. 그러면 식혀진 석탄재는 섭씨 70도 미만이 되어 순탄하게 컨베이어 벨트를 타고 큰 탱크로 올라가죠."

"그렇죠."

"그런데 문제는 말이죠……."

"문제는요?"

"누군가 이 냉각탱크에 계속 공급되는 냉수 밸브를 고의로 잠가 버린 겁니다."

민완주는 어이없다는 듯 웃으면서 몸을 뒤로 젖혔다.

"아이, 안더롱 과장님도. 지금 무슨 소리 하는 거예요? 어떻게 우리 회사 사람들이 그런 짓을 했단 말이에요? 그건 말도 안 돼요."

이번에는 안더롱이 흥분했다.

"아니, 민 부장님. 저를 못 믿는 겁니까? 그래도 한국 사람이라고 내가 솔직히 말씀드리는 것인데……."

안더롱은 진심을 못 알아주는 민완주의 태도에 흥분했다.

"내가 오늘 오후 내내 그 원인을 찾다가 혹시 해서 멀리 떨어져 있는 냉수 파이프 밸브로 가보았는데 그것이 잠겨 있는 것을 발견했어요. 그러니 찬물이 냉각탱크로 안 들어와 석탄재는 고온의 상태에서 컨베이어에 실리게 된 것이고…… 뜨거운 석탄재를 실은 컨베이어 벨트는 온도를 견디지 못해 쇠 체인이 벌겋게 달구어져 끊어지게 된 거예요."

안더롱은 격앙된 목소리로 말했다.

민완주는 제아무리 주리용이 송신양이 구매한 설비에 트집을 잡는다 해도 그렇게까지는 못할 것이라고 생각했기 때문에 안더롱의 말을 쉽사리 믿으려 하지 않았다.

"도저히 믿기지가 않네."

"아니에요, 이것은 심각한 문제예요. 누군가 보초를 서서 감시해야 합니다. 민 부장님, 왜 그런 일이 벌어졌는지 말씀드릴까요?"

"왜죠?"

"그것은 분명히 주리용이 무한재처리설비회사에 설비대금을 안 주려고 그러는 것일 겁니다. 제가 들은 바로는 한국인 송신양 총경리가 구매한 설비는 그 재처리 설비 하나밖에 없다면서요?"

"네, 그건 맞습니다."

"그럼 뻔합니다. 주리용은 분명히 그 재처리 설비에 하자가 있다고 해서 설비대금을 안주고 다른 회사에서 재처리 설비를 다시 구매하려고 할 겁니다. 왜 그런지 아세요?"

"글쎄?"

"후후…… 그래야지만 설비회사에서 이걸 떼어 먹을 수 있지요."

안더롱은 손가락으로 동그라미를 만들어 민완주 눈앞에 바짝 갖다 댔다.

"주리용이 누군데 돈을 챙길 수 있는 좋은 기회를 아무것도 모르는 외국인에게 넘겨주겠습니까? 안 그래도 재처리 설비는 가격이 매우 비싼 것이니 생기는 것도 짭짤하다고 생각하겠지요."

민완주는 잠시 생각에 잠겼다. 만약 그 짓을 정말 주리용이 하였다면 민완주는 그와 단 일 분도 같이 일하고 싶은 생각이 없었다. 어떻게 고의로 그런 짓을 할 수 있는지 민완주로서는 도저히 이해할 수가 없었다.

"안 과장님, 정보를 줘서 고맙습니다. 멍청하고 총경리님에게 이 사실을 알려 줘야겠어요."

"민 부장님, 절대로 제가 그 원인을 찾았다고 말씀하지 마세요. 만약 그게 주리용의 귀에 들어가면 그 사람이 날 어떻게 할지 모르니 그냥 설비회사에서 그 원인을 찾은 것으로 하세요. 아셨죠?"

"네, 잘 알겠습니다."

민완주는 바로 송신양을 찾아갔다.

어두운 복도를 지나서 그의 사무실에 들어가니 그는 책상에 앉아서 골똘히 무언가를 생각하는 듯 턱을 괴고 책상 정면의 어두운 창밖만 내다보고 있었다. 민완주는 송신양 총경리에게 방금 전 안더롱에게 들은 이야기를 소상하게 보고하였다. 민완주의 이야기를 다 들은 송신양은 아무 말도 없이 손바닥으로 팔을 문질렀다.

"아, 소름 끼친다. 소름 끼쳐."

그리고는 더 이상 말을 잇지 못했다. 그의 얼굴에는 주리용의 힘을 도저히 감당할 수 없다는 두려움의 그늘이 가득했다.

"어떻게 처리할까요?"

"자네는 지금 설비회사 멍청을 찾아서 이 이야기를 해주고 내일 나와 같이 현장을 가보세. 오늘은 그냥 집에 가고 싶네."

"그렇게 하시죠."

송신양은 책상 위를 주섬주섬 정리한 후 민완주와 같이 사무실을 나섰다.

다음 날 아침, 민완주와 송신양 그리고 멍청이 현장을 다시 찾았다.

누군가 냉수 밸브를 잠갔다는 경악할 만한 사실을 아는지 모르는지 현장에서 직원들은 아무 말이 없었다. 멍청을 비롯한 무한설비회사에서 올라온 기술자들은 끊어진 체인을 갈아 끼우고 냉수 파이프 밸브를 열어 석탄재처리설비를 다시 가동시켰다.

"이제야 제대로 돌아가는군."

민완주는 팔짱을 끼고 뜨거운 석탄재를 싣고 올라가는 컨베이어를 바라보았다.

"어젯밤에 우리 회사 사람들이 고치느라고 엄청 고생했습니다."

"정말 그랬겠군요."

"피곤해 죽겠어요. 나도 어제 한 시간밖에 못 잤어요. 어디 가서 잠 좀 자야지, 이거야 원. 어쨌든 민 부장님이 원인을 찾아줘서 다시 가동할 수 있게 되어 우리로서는 얼마나 다행인지 모르겠습니다. 하마터면 주리용 부총경리로부터 억울하게 설비대금 한 푼도 못 받을 뻔했거든요. 어떤 녀석이 냉수 물탱크 밸브를 잠갔는지 나한테 걸리기만 하면 그 놈 목을 비틀어 버리겠습니다."

"우리 냉수 물탱크 밸브 있는 곳으로 가보자고."

설비를 살펴보던 송신양이 말했다. 세 사람은 그곳에서 약 50미터쯤 떨어진 냉수 밸브가 있는 곳에 도착하였다. 그런데 그때 누군가 밸브 옆에서 어슬렁거리며 밸브를 살피고 있는 것을 발견했다.

"음? 저 사람 뭐 하는 거야?"

멍청은 반사적으로 뛰어갔다. 하지만 그곳은 별다른 조명이 없는 공장 실내라 문을 통하여 들어오는 바깥 햇빛으로 수상한 자의 모습이 실루엣으로 보일 뿐이었다. 멍청은 황급한 마음에 그곳으로 뛰어갔고 민완주 역시 그 뒤를 쫓아갔다.

"당신 여기서 뭐 하는 거야?"

멍청이 소리쳤다.

"이게 누구야?"

"아, 민 부장님. 접니다."

찐따왕이었다.

"찐따왕. 여기서 뭐하는 거요?"

"아, 그냥 소문 듣고…… 뭐 망가졌다고 하기에……."

"망가진 것은 이게 아니라 컨베이어 벨트인데요? 그리고 어제 보셨잖아요?"

멍청이 찐따왕에게 쏘아붙였다. 그때 송신양이 총총걸음으로 도착했다.

"찐따왕, 왜 여기 있는 거야? 안전 헬멧도 안 쓰고?"

"총경리님, 사람들이 물탱크 밸브가 망가졌다고 떠들어서 한번 와 봤는데 그게 도대체 어디에 있는지 알아야지요. 그럼 저는 부총경리님 방에서 회의가 있어 그만⋯⋯.”

찐따왕은 목례를 하고는 쏜살같이 현장을 빠져나갔다.

“바로 저자에요. 저놈이 찐 뭐라는 조선족 맞죠?”

멍청은 흥분하여 물었다.

“네, 맞아요. 그런데 왜? 무슨 일이 있었나요?”

“저자가 며칠 전에 나더러 자기한테 술 한잔 사주면 누가 우리 기계 망가트렸는지 알려주겠다고 한 작자예요. 난 그때 농담으로 들었는데⋯⋯.”

“찐따왕. 이 자식!”

민완주는 번개같이 찐따왕을 뒤쫓아갔다. 찐따왕은 그리 멀리 가지 못하였고 허겁지겁 관리동을 향하여 뛰어가고 있었다.

“찐따왕. 거기 안 서!”

순간 찐따왕은 놀란 얼굴로 뒤돌아보았다.

“이야!”

민완주는 인정사정 보지 않고 그대로 날아서 찐따왕에게 이단옆차기를 먹였다.

“헉!”

그는 그 자리에 벌러덩 넘어졌다. 민완주는 성난 얼굴로 그의 멱살을 잡고 거칠게 일으켜 세웠다. 민완주는 그의 얼굴에 바짝 대고 소리쳤다.

“찐따왕. 네놈이 밸브를 잠갔지?”

“누, 누가 그런 소릴 해요? 생사람 잡지 마세요!”

“누구긴 누구야! 멍청이 그랬는데.”

"멍청? 잠깐. 이거 좀 놓고 이야기해요. 내 참!"

쩐따왕의 차분한 목소리에 민완주는 일단 잡고 있던 멱살을 놓았다.

"민 부장님. 이거 좀 심한 것 아닙니까?"

"뭐가?"

"아니 같은 회사 그것도 같은 동포 직원의 말은 못 믿으면서 멍청이라는 일개 업자 말만 믿고 이렇게 폭력을 쓰셔도 되는 겁니까?"

"네가 멍청한테 술 한잔 사주면 누가 밸브를 잠갔는지 알려 준다고 했다며?"

"그건 농담이란 말이에요, 농담! 그저 내가 술 한잔 먹고 싶어서 한 농담이라고요! 난 농담도 못하냐고요."

쩐따왕은 억울하다는 듯 두 팔을 흔들며 고래고래 소리쳤다.

"내가 증거만 잡아봐라. 가만 안 있겠어."

"민 부장님. 부장님이면 직원들에게 폭력을 써도 되는 건가요? 아이고 아파라. 저 오늘 이 일을 노동국에 신고할 겁니다. 어디 두고 보세요."

쩐따왕은 민완주를 흘겨보더니 쩔뚝거리며 관리동 건물로 걸어갔다. 민완주는 잠시 사라지는 쩐따왕의 뒷모습을 노려보고는 다시 석탄재처리설비가 있는 곳으로 향했다.

아직도 그곳에는 송신양과 멍청이 설비를 살펴보고 있었다. 민완주는 송신양에게 나지막이 말을 건넸다.

"총경리님, 아무래도 주리용이 본격적으로 행동을 개시한 것 아닐까요?"

"행동? 무슨?"

"한국 사람을 내쫓고 봉봉발전소를 완전히 중국 것으로 접수하려는 것 말이에요."

"우리가 낸 돈이 얼만데 그게 쉽게 되겠나?"

"아무래도 뭔가가 조직적으로 움직이는 느낌이에요. 지난번에는 신입 직원들을 총경리님 허락도 없이 자기들 마음대로 뽑아서 회사를 자기네들 손아귀에 집어넣더니, 이번에는 한국인 총경리가 계약한 멀쩡한 설비를 망가트려 무슨 음모를 꾸미려 하지 않나……. 이것은 틀림없이 이 회사에서 강제적으로 한국인을 몰아내려는 작전일 겁니다."

민완주는 심각하게 말했다. 송신양은 잠시 침묵을 지키다가 멍청을 찾았다.

"이봐, 멍청."

"네. 송 총경리님."

"오늘 말이야, 당장 직원 시켜서 이 밸브 꼭지에 박스를 만들고 자물쇠로 채워 놓도록 해."

"알겠습니다."

찐따왕은 허겁지겁 주리용 사무실로 들어가 가쁜 숨을 내쉬었다.

"아무래도 송신양과 민완주가 냉수 밸브 잠가놓은 것을 발견한 것 같습니다."

"뭐야?"

"이놈들이 체인을 다시 연결해 놓은 것 같아, 오늘 저녁에 다시 끊어지게 만들려고 냉수 밸브가 잠가져 있나 확인하러 갔는데…… 아니 글쎄, 그게 열려 있더라고요."

"열려 있으면 어떻게 되지?"

"그야 다시 냉각수가 통하여 재처리 컨베이어가 정상적으로 작동하게 되지요."

"그럼 낭패인데."

"그래서 다시 잠그려고 하는데 그때 송신양하고 민완주가 현장에 나타나지 않았겠습니까."

"그럼 그들에게 발각됐다는 말이냐?"

"아, 아니에요. 그건 절대 아니고요. 얼른 도망 왔어요. 후유."

"만약에 저것들이 우리가 한 일에 대한 증거를 잡는다면…… 찐따왕 당신 알아서 책임져. 그리고 일이 꼬이기 전에 어서 무한재처리설비업자들에게 제품 결함 신청을 해서 설비대금을 주지 말아야겠어. 당신은 이 일이 새어나가지 않도록 입조심해. 알았지?"

"여부가 있겠습니까?"

주리용은 찐따왕을 가까이 불러 앞으로의 일에 대하여 대책을 논의하였다. 그 이후 석탄재 컨베이어 벨트는 더 이상 끊어지지는 않았지만 그 일을 빌미로 주리용은 송신양에게 그 설비회사에 대금 지불을 중지하라고 강력하게 주장했고 결국 무한재처리설비회사의 멍청은 큰 손해를 입고 현장을 떠났다.

멍청은 진황도를 떠나던 날 민완주을 찾아왔다.

"같은 중국 사람이지만 주리용 같은 자는 내 생전 처음입니다. 인민을 위하고 국가 발전을 위해서 형편없는 우리 제품은 뜯어버리고 더 좋은 설비를 설치해야 한다고요? 중국 땅에서 우리 것보다 더 좋은 설비가 있는지 어디 한번 찾아보라고 하세요. 호주머니 채우기에 바쁜 주리용 부총경리에게 전해 주시오. 제발 그 따위 일에 국가와 인민의 이름을 함부로 팔아먹지 말라고요. 그리고 민 부장님, 내가 한 가지 더 말해 줄까요?"

"뭐죠?"

"중국 사람들 이거 날로 먹으려는 짓거리에요."

"네?"

"제가 우리 제품 설치한다고 중국 전역을 돌아다녀 봤잖아요? 중국에 있는 많은 외국 합자·합작기업들이 처음에는 잘되는 것 같아 보이지만 건설 완공 시점이나 회사가 어느 정도 정상 궤도에 들어설 시점이 되면 중국 측은 여지없이 주리용과 같은 인물을 내세워 교묘하게 회사를 중국화 시키는 일이 심심찮게 일어나요. 내가 보기에 여기 봉봉발전소도 그런 거 아닌가 싶네요."

"……."

"중국인들은 강한 사람에게는 약하고 약한 사람에게는 강하니 끝까지 싸우셔야 해요. 그렇게 몇 년 싸우다 보면 정상화 되겠죠, 뭐. 어쨌든 다음에는 우리같이 설비대금 못 받아가는 억울한 업체가 안 나오도록 신경 바짝 쓰셔야 해요."

멍청은 그 한마디를 남기고 진황도를 떠났다. 그 후 주리용은 멍청이 말한 대로 한국인들이 숨 돌릴 틈도 주지 않고 계속 무엇인가로 몰아붙이기 시작했다.

그즈음 주리용에게 눈엣가시는 다름 아닌 리빙화였다. 그녀는 한종민의 애인으로서 봉봉발전소가 설립된 날부터 총경리 비서를 맡더니 송신양이 오고 난 후에도 해임되지 않고 계속 비서직을 맡고 있었다. 만약 그녀가 정말로 한종민을 좋아했다면 한종민이 회사를 떠났을 때 그녀도 같이 떠났어야 했다. 하지만 리빙화에게 있어서 사랑보다 더 중요한 것은 돈이었다. 리빙화는 돈을 벌기 위해 한국으로 나가야 했고 그러기 위해서는 어떡해서든지 한국인 총경리를 통하여 대한민국 초청장을 받아내야만 했다.

그 초청장을 받을 때까지 그녀는 한종민이 됐든 송신양이 됐든 한국인 총경리 옆에서 그들을 보필해 주는 것이 가장 빠른 길이라고 판단했다. 그리고 한 가지 이유가 더 있다면 만에 하나 한국에 못 가더라도 진황도시 호구는 받아낼 수 있기 때문이었다. 이것이 리빙화가 그때까지도 발전소를 떠나지 않고 송신양 옆에 있는 이유였다.

물론 송신양이 리빙화를 계속 통역으로 쓰려고 떠나지 못하게 한 이유도 있었지만 근본적으로 리빙화에게 그러한 절체절명의 목표가 있었기 때문에 총경리가 바뀌어도 끝까지 버티고 있던 것이었다.

그녀에게 있어 한종민보다는 오히려 단신 부임한 송신양과 같이 지내는 것이 더 자유스러웠다. 중국어를 전혀 모르던 송신양도 통역 겸 비서인 리빙화를 옆에 두는 것이 마음이 놓였던지 어딜 가든지 항상 그녀를 대동하고 다녔다. 하지만 봉봉발전소에서 유독 주리용만은 리빙화를 싫어했다. 그가 리빙화를 미워하는 데에는 세 가지 이유가 있었다.

첫째, 리빙화는 항상 송신양 옆에서 올바른 통역을 해줌으로써 송신양의 상황 판단에 큰 도움을 준다는 것이다. 이것은 주리용이 송신양 총경리를 제치고 회사를 장악하는 데 큰 걸림돌이 되었다. 둘째, 리빙화가 과거 한종민의 애인이고 지금은 송신양의 여자가 되었지만 자기에게는 콧방귀도 뀌지 않는다는 점이다. 주리용도 한종민이 떠난 이후 매력이 넘치는 리빙화를 자기 여자로 만들고 싶어 했다. 셋째, 결정적인 이유는 리빙화가 한국인도 아닌 그것도 자기 밑에 있는 왕창하고 놀아난다는 사실을 뒤늦게 알고서야 강한 질투심으로 리빙화를 가만 놔두려 하지 않았던 것이다.

그러던 어느 날, 주리용은 송신양을 찾아가 리빙화는 통역으로서 하는 일도 별로 없고 월급만 많이 받아 직원들로부터 원성을 사고 있으니 이를 당장 시정해야 한다고 주장하였다. 결국 리빙화는 총경리 비서라는 자리를 내놓고 민완주가 관장하는 사업관리부로 적을 옮겨 그 부서에서 건설비용을 검산하는 예산원 일을 맡게 되었다.

사실 이 일은 대학에서 건설예산관리라는 학과를 전공한 자가 해야 하는 전문 업무였다. 하지만 주리용이 하자는 대로 그냥 내버려두었다가는 리빙화는 바로 회사에서 내쫓길 판국이어서 송신양의 지시로 일단은 그런 보직을 내주고 당분간 민완주가 데리고 있기로 했다.

주리용의 입장에서는 송신양으로부터 리빙화를 떼어내어 그의 말문을 막는 것은 성공한 셈이지만, 그래도 그녀를 한번 차지해 보려는 마음은 충족되지 않았다. 그러나 리빙화는 주리용을 거들떠보지도 않았다. 결국 그녀에 대한 주리용의 증오심은 민완주에게까지 미치게 되었다.

봉봉발전소 건설공사는 주리용이 오고 난 다음부터 일이 상당히 많아졌다. 건설공사가 한창 바쁘게 진행되던 어느 날, 민완주가 관리하는 사업관리부에서 건설예산 업무를 맡고 있던 청리얀(成麗燕)이 갓 그 업무를 시작한 리빙화와 함께 민완주의 방으로 찾아왔다. 리빙화는 통역, 비서 일을 하다가 매일 계산이나 하는 따분한 업무를 시작하게 되었지만 전혀 싫은 내색을 하지 않았다.

"민 부장님, 조금 전에 뚱화춘(董華春)이 우릴 찾아와서 발전소 증기배관이 지나가는 자리에 수도국이 설치한 대형 밸브가 하나 있는데 그걸 옮기는 데 비용이 얼마가 드는지 계산해 내라고 하는 거여요. 그런데 자기가 뭔데, 우리더러 이거 해라 저거 해라 지시하는 거예요? 안 그래도 바빠 죽겠는데요."

원래부터 예산원 업무를 봐왔던 청리얀은 대단히 심통이 나 있었고 리빙화는 청리얀 옆에서 아무 말 없이 서 있었다. 리빙화는 예전보다 훨씬 얼굴에 생기가 없어 보였다.

"똥화춘이가? 도면은 있대?"

"도면도 없이 뽑으라는 거예요. 그리고 직접 현장에 가서 눈으로 보고 계산해 내라는 거예요."

"적어도 도면은 있어야 계산할 수 있는 거잖아?"

중국 건설 규정상 설비 이전 금액은 반드시 도면을 근거로 계산해야 한다. 그러니 밸브 하나 옮기는 것도 관련 도면이 있어야 시공비, 자재비, 인건비를 정확히 뽑아낼 수 있다.

"이 문제는 도면을 제공해 줘야 금액을 산출해 낼 수 있다고 문서를 만들어 정식으로 토목과 똥화춘에게 통보해 줘."

민완주의 지시에 청리얀과 리빙화는 즉시 공문을 작성하러 사무실을 나갔다.

그날 오후 갑자기 주리용이 발전소 건설 때문에 긴급회의를 개최할 것이니 경리부 및 몇몇 생산부서를 제외한 전 부서 직원은 반드시 회의에 참석하라고 통보하였다.

"뭣 때문에 갑자기 회의를 한다는 거야? 바빠 죽겠는데……"

민완주는 중얼거리며 강당으로 향했다. 강당에 들어서니 막 완공된 건물이라 아직도 인테리어 건축 자재 냄새가 물씬 풍겼다. 워낙 많은 인원이 회의에 참가하다 보니 강당은 앉아 있는 사람보다 서 있는 사람이 훨씬 많았다. 민완주는 주위를 둘러보았다. 가만 보니 회의에 참석한 사람 중에 민완주를 제외하고는 전부 중국 직원이었다.

회의를 주관한 주리용은 제일 늦게 도착했다. 그는 들어오자마자 정면에 단독으로 마련된 주석대(主席台)*에 노트를 던지고 자리에 앉아 매서운 눈매로 직원들을 노려보았다. 그 모습에 모두들 주눅이 들어 고개를 숙였다. 그는 직원들의 출석을 부르기 시작했다.

'아니, 회의를 한대 놓고 이 많은 직원들 출석은 왜 불러?'

민완주는 시간이 아까워 시계를 한 번 들여다보았다.

"마홍량."

"네."

"찐따왕."

"네."

"탕룽."

"네."

직원들은 모두들 고양이 앞에 생쥐처럼 바짝 긴장하여 호명하면 벌떡벌떡 일어나 대답하였다.

출석을 다 부른 주리용은 출석 명부를 또 탁자 위에 던졌다.

"당신들 요즘 현장관리 어떻게 하고 있는 거야?"

주리용의 일갈에 강당이 쩌렁쩌렁 울렸다.

"……."

"왜? 말들 좀 해보시지?"

"……."

강당은 찬물을 끼얹은 듯 정적만이 흘렀다. 주리용은 생트집을 잡기 시작했다. 왜냐하면 민완주가 봤을 때 발전소 건설현장은 여느 때와 마

• 중국과 같은 사회주의 국가에서 공식회의 거행 시 단에 마련된 주요 인사들의 좌석을 말한다. 좌석의 위치에 따라 그 인사의 서열과 직위를 알 수 있다.

찬가지로 아주 잘되고 있었기 때문이다.

"여러분들, 잘 들으시오. 한국 사람들이 회사 관리 체계를 완전히 엉망으로 만들고 있소."

"뭐……?"

민완주는 주리용의 뚱딴지같은 말에 정신이 번쩍 들었다.

"어떻게 상사가 시킨 업무를 뻔뻔스럽게 못하겠다고 거부한단 말인가?"

주리용이 직원들을 향해 일갈했다. 민완주는 그때까지 주리용이 무슨 말을 하는지 도무지 감을 잡을 수가 없었다. 주리용은 자기의 노트에서 서류 한 장을 꺼내 들고는 모든 직원이 들을 수 있도록 큰 목소리로 그것을 읽어 내려갔다.

《통지서》

발신 : 사업관리부 민완주 부장

수신 : 토목과 똥화춘 과장

귀 부서에서 요청한 대형 밸브 이동 시 발생 비용은 관련 도면을 제공하여야 정확한 산출이 가능하니, 도면을 저희 부서에 우선 제공하시기 바랍니다. 끝.

그것은 아침에 리빙화와 청리얀이 작성하여 토목과 똥화춘에게 전달한 통지서였다.

"어? 저걸 어떻게 주리용이 가지고 있지? 분명히 토목과 똥화춘에게 주었을 텐데……."

민완주는 중얼거렸다. 그는 통지서가 어떻게 주리용의 손에 들어갔는지 이유를 알 수가 없었다.

"내가 오늘 말이야, 토목과 똥화춘에게 수도국 대형 밸브를 옮기는 데드는 비용을 조사해 오라고 했는데 한국 사람이 부장으로 있는 사업관리부에서 도면이 없다는 핑계로 비용 계산도 않고 현장도 가보지 않고 이런 문서만 달랑 써서 나에게 가지고 왔다."

주리용은 직원들 앞에서 통지서를 흔들어 보였다.

"똥화춘, 이 나쁜 자식……."

그제야 민완주는 어째서 그 문서가 주리용 손에 들어갔는지 깨닫고는 똥화춘을 노려보았다. 똥화춘은 사전에 민완주에게 일언반구도 없이 그 문서를 들고 바로 주리용에게 달려가 고자질한 것이었고, 가만히 보아 하니 그 회의는 여러 중국인 직원을 배심원으로 삼아 민완주를 비판하는 인민재판을 하는 자리였다. 민완주는 정말 난감했다. 영문도 모르고 참석한 회의였는데 알고 보니 주리용이 이번에는 민완주와 그의 밑에서 일하는 예산원을 공격하기 위하여 사전에 계획한 회의임을 깨달은 것이다.

"리빙화, 청리얀, 일어나."

주리용은 예산원 둘을 호명했다. 두 여직원은 고개를 푹 숙인 채 일어났다. 특히 얼마 전까지 총경리 비서로 있었던 리빙화는 영문도 모르고 따라와 덩달아 비판을 받게 된 것이다.

"당신들은 어느 나라 사람이야?"

주리용이 두 사람에게 소리쳤다.

"……."

"중국에 이런 관습이 있소? 상사가 지시했으면 현장에 나가서 확인할 것이지 어떻게 문서로 못하겠다고 올릴 수 있단 말이오?"

"민 부장님이 그렇게 써서 토목과에 주라고 해서 만들었는데요."

청리얀이 한마디 했다.

"그래? 한국인 민 부장이 그랬다고?"

"리빙화, 당신은?"

"……."

"당신도 무슨 할 말이 있을 텐데……."

"……."

리빙화는 말없이 계속 고개만 숙이고 있었다.

"리빙화, 내가 왜 그랬냐고 묻는데 말이 말 같지 않나?"

주리용은 그녀에게 소리를 버럭 질렀다.

"총경리 비서를 하더니 아주 사람 보기를 우습게 보는구먼."

그는 몸을 돌려 강당에 모인 직원을 향해 앉았다.

"오늘 기왕 리빙화 이야기가 나왔으니 그동안 리빙화에 대하여 이 사람이 잘못한 것을 아는 사람들 기탄없이 이야기해 보도록 하겠소. 이것은 어느 한 개인을 비판하려는 것이 아니라 어떤 잘못된 점이 있으면 그 것을 시정함으로써 많은 사람들이 똑같은 과오를 범하지 않고 나아가서는 이 봉봉발전소 건설을 보다 빠르게 보다 안전하게 완성시키려 함이오."

주리용은 힘을 주어 이야기했다.

"자, 이것은 자유토론이니 직위 고하를 막론하고 자유스럽게 자신의 의견을 밝혀 보시오. 그리고 오늘 발표 성적은 다음번 승진 인사 시 새로 신설할 발표력 점수에 많은 부분을 차지하게 될 것이다."

주리용은 거침없이 말했다.

'발표력 점수?'

민완주는 중국에 와서 듣도 보도 못한 발표력 점수를 운운하며 직원들이 리빙화 비판하기를 부추기는 주리용이 가증스러웠다.

"보일러 설치 책임자 탕롱(唐龍)입니다."

"그래, 탕롱. 어서 이야기해 봐."

"모두들 잘 알다시피 리빙화는 우리 회사 총경리 비서를 한 여직원입니다. 저는 다른 것은 잘 모르겠습니다만 그녀는 우리 회사 그 어느 누구도 받지 못한 아파트를 제공받고 있습니다. 제 월급이 900위안입니다. 요즘 진황도에서 제일 싼 아파트 한 달 임대료가 300위안입니다. 저는 월급을 받아 한 달 아파트 임대료를 떼고 나면 정말 남는 것이 없습니다. 그러나 리빙화는 월급은 월급대로 받고 아파트는 아파트대로 제공을 받았습니다. 이것은 한국인 총경리의 불공평한 처사라고 생각합니다."

민완주는 그 이야기를 듣자마자 바로 이의를 제기했다.

"그것은 합작계약서에 명시되어 있는 내용입니다. 일반 직원들은 아파트를 알아서 해결하지만 우리 회사에 유일하게 한 명 있는 통역에게는 아파트를 제공하도록 되어 있습니다."

"민 부장, 언제 당신에게 물어봤나? 조용히 하시오."

주리용이 말을 가로막았다.

"또 다른 발표할 사람 있으면 계속 이야기해 보시오. 탕롱의 발언은 아주 중요한 노동 복지의 불합리성에 대한 지적이었소. 아주 좋은 지적이다. 또 다른 사람 말해 보시오."

주리용이 노트에다 탕롱의 점수를 매기는지 무엇인가를 적는 것을 보고 이쪽저쪽에서 발표를 하려고 손을 들었다.

"보일러과의 찐따왕입니다."

'쩐따왕, 저 아부꾼이 무슨 할 말이 있다고⋯⋯.'

민완주는 그의 목소리를 듣자 갑자기 짜증이 났다.

"리빙화는 우리 회사에 있어서는 안 될 존재입니다. 지난번 우리 회사 보일러과 현장직원 작업복을 선정할 때 제가 좋은 회사를 추천하였는데 그런 것을 다 무시하고 이상한 업체를 선정하게 하였습니다."

"뭐? 그게 무슨 소리야?"

주리용이 귀가 솔깃하여 되물었다.

"제가 보일러과 현장근무자들이 입을 작업복 샘플을 총경리에게 들고 가서 보여준 일이 있는데 리빙화는 송신양 총경리에게 제가 추천하지도 않은 다른 업체 것을 선정하도록 유도한 적이 있습니다."

"이보시오, 쩐따왕 선생. 당시 당신이 추천한 것은 가격도 터무니없이 비쌌고 당신 매제가 그 회사 영업부장으로 있지 않았습니까?"

가만히 듣고 있던 마홍량이 일어서서 반문하였다. 그는 회사에서 일반 물품을 구매하는 총무부장으로서 쩐따왕의 이야기를 듣고 가만히 있을 수가 없었다.

"그, 그것하고 무슨 상관이오?"

"이봐, 마홍량 부장. 당신에게 발언권을 준 적 없어. 조용히 해."

주리용이 마홍량의 발언을 가로막았다.

"세상에 그런 일이 있었다니, 대체 몇 벌이나 샀지?"

주리용은 짐짓 놀란 기색을 하며 물었다.

"아, 그때 임시로 한 100벌 정도⋯⋯."

"100벌씩이나? 회사 구매 물품의 결정은 자고로 나를 거치지 않으면 안 되는데 어떻게 총경리 혼자 결정했는가? 그것도 결국 리빙화의 조언으로 총경리의 판단을 흐리게 만든 꼴이니 이것은 대단히 심각한 문제임에 틀림없다."

"제가 그때 구매하였던 옷을 가지고 왔습니다. 입고 두 번 세탁하니 물이 다 빠졌습니다."

찐따왕은 언제 준비하였는지 파란색 작업복 바지를 높이 들어 사람들에게 보여주었다.

"리빙화에게 줘서 추천한 작업복이 맞는지 확인하라고 해."

주리용이 명령했다. 찐따왕은 잠시 멈칫하더니 들고 있던 너덜너덜한 바지를 리빙화를 향하여 휙 던졌다. 바지는 게임을 포기한 권투선수의 타월처럼 허공을 가로질러 고개를 숙이고 있던 리빙화의 어깨와 머리에 걸쳐졌다. 그 모습을 본 직원들은 모두 큰 소리로 웃었다. 하지만 리빙화는 자기 어깨에 걸려 있는 옷을 치우려 하지 않았다.

"이봐, 잘난 리빙화 씨. 한번 확인해 보시지. 히히."

찐따왕이 히죽거리며 말했다. 그때였다.

"이봐, 찐따왕. 그만 좀 해라. 왜 같은 동포끼리 지랄이냐?"

직원들 속에 있던 안더롱이 찐따왕을 향해 한국말로 쏘아붙였다.

"넌 좀 빠져."

찐따왕이 소리쳤다.

"안더롱, 지금 찐따왕한테 뭐라고 했어? 당신 여기가 한국인 줄 알아? 왜 한국말 쓰는 거야? 당신 앞으로 공개석상에서 절대 한국말 쓰지 마라."

주리용은 안더롱에게 강력한 주의를 줬다. 그때 토목과장 똥화춘이 자리에서 벌떡 일어섰다.

"지금 리빙화가 맡고 있는 일은 예산원인데 솔직히 리빙화는 도면을 전혀 볼 줄도 모르고 단지 단순히 계산기 두드리는 일밖에는 못합니다.

그런 일이라면 초등학교만 나온 사람을 갖다놓아도 되는데 어떻게 아파트까지 제공하면서 일하게 하는지, 이것은 한국인 총경리의 불합리한 처사입니다."

"뭐? 도면을 볼 줄 모른다고? 똥화춘, 도면 하나 가지고 와봐."

주리용이 말했다. 주리용은 리빙화가 기술 쪽으로는 전혀 문외한이라는 것을 알면서도 일부러 모르는 체했고 똥화춘은 언제 준비하였는지 즉시 주리용 앞에 도면을 대령했다.

"여기 가지고 왔습니다."

주리용은 도면을 들고 리빙화 앞에 가서 도면을 확 펼쳐 들었다.

"리빙화, 오늘 말한 밸브 어디에 있는지 찾아봐. 어서!"

"……."

"아니 그것도 모르면서 무슨 계산이야, 계산은?"

"전혀 볼 줄 모릅니다."

똥화춘이 신이 나서 떠들었다. 주리용은 펼쳐진 도면을 고개 숙인 리빙화의 머리에 바짝 갖다 댔다.

"그럼, 너의 집 찾아봐. 못 찾겠지? 그럼, 이번에는 네 애인 집 찾아봐라. 애인 많잖아?"

주리용은 리빙화를 빈정대기 시작했다. '애인'이라는 소리에 직원들이 이쪽저쪽에서 키득거리며 웃기 시작했다. 그때 찐따왕이 달려오더니 도면 너머로 고개 숙이고 있는 리빙화의 어깨를 확 잡아챘다.

"우리 부총경리님이 애인 집 찾아보라고 하는데 뭐하고 있어?"

그러자 직원들은 무슨 코미디라도 본 듯 이쪽저쪽에서 큰 소리로 웃었다. 강당이 떠나갈 듯한 웃음소리에 이방인 민완주는 전율을 느끼지 않을 수 없었다. 방금 전 주리용이 출석을 부를 때만 하더라도 무표정한 얼굴로 방관자로만 앉아 있던 직원들이 리빙화란 여자 한 명을 놓고 쩐따왕과 주리용이 이상한 짓거리를 하자 한순간에 모두들 일심동체가 되어 웃음을 터뜨리니 온몸에 소름이 끼쳤다. 그런 모습을 보고 전혀 웃음이 나오지 않는 민완주만이 그들 속의 타인이었다.

"미친놈들."

민완주가 중얼거렸다.

"민 부장님, 우리 나갑시다. 이게 뭡니까? 저 새끼가 우리 조선족 우습게 보고 저러는 것 아닙니까? 그리고 저 쩐따왕 새끼, 정신 나간 놈 아닙니까? 왜 주리용에게 달라붙어 저 지랄하는지 모르겠습니다. 저래 가지고 출세하면 얼마나 한다고. 전 더 이상 못 봐 주겠습니다. 먼저 갈래요. 미친놈의 새끼들."

옆에 있던 안더룽이 울분을 참지 못한 채 사람들을 밀치고 자리를 빠져나가려고 했다.

"부총경리님, 안더룽이 나가려고 하는데요."

탕룽이 밖으로 나가려는 안더룽을 발견하고 소리쳤다.

"뭐? 누가 나가?"

"그, 급한 일이 있어서 좀…… 사무실에 가봐야겠습니다."

"당신 이리 나와 앞에 서 있어."

주리용의 불호령에 하는 수 없이 안더룽은 벌 받는 초등학생처럼 강당 앞으로 나가 구석에 서 있게 되었다. 주리용은 다시 주석대로 돌아와 정자세로 앉았다. 그리고 직원들에게 물었다.

"리빙화가 자기가 아는 회사의 작업복을 구매하게 한 것은 부당한 짓이오, 아니오?"

"부당한 짓입니다."

모두들 한목소리로 합창하였다.

"도면도 볼 줄 모르는 예산원은 필요합니까, 필요치 않습니까?"

"필요치 않습니다."

직원들은 더 큰 목소리로 대답했다. 그 순간 리빙화는 울음을 터뜨렸다. 참았던 설움이 복받쳤는지 펑펑 울면서 어깨에 걸려 있던 작업복을 바닥에 집어 던지고 얼굴을 두 손으로 가린 채 문밖으로 뛰쳐나갔다.

"야, 어디 도망가?"

찐따왕이 소리쳤다. 그는 리빙화를 뒤쫓아 문 쪽으로 달려 뛰어가다 다시 멈춰 서서 주리용을 바라보았다.

"쫓아갈까요?"

"내버려둬."

찐따왕은 문밖을 향해 주먹질을 한 번 하더니 다시 자리로 돌아왔다.

"한국 방식은 우리하고는 안 맞아. 지금부터는 한국인 민 부장이 맡고 있는 사업관리부가 잘못한 일에 대하여 아는 사람들은 다 이야기해 보시오."

주리용의 말에 민완주는 둔기로 머리를 한 대 맞은 기분이었다.

'아니, 날 앞에 두고 나에 대해서 비판하라니……'

민완주는 그 소리를 듣는 순간 책상을 엎어 버리고 뛰쳐나가고 싶었지만 민완주가 앉은 자리 뒤로 너무 많은 사람들이 빽빽이 들어서 있어 하는 수 없이 묵묵히 듣고만 있었다. 사실 민완주는 지금까지 살면서 당해 본 적도 들어 본 적도 없는 황당한 경우라 어떻게 대처해야 할지 정말 난감했다. 바로 자리를 박차고 일어서야 하는 것인지 아니면 계속 앉아 있으면서 주리용과 싸워야 하는 것인지 도무지 갈피를 잡을 수가 없었다.

'좋다. 어디 갈 때까지 가보자. 네가 막 가면 나도 막 간다.'

민완주는 주먹을 쥐었다. 주리용의 질문에 모두들 고개만 숙인 채 침묵이 흘렀다. 안 되겠다 싶었는지 주리용은 직원들을 한 번 훑어보더니 한 사람을 지적했다. 보일러과 과장 탕롱이었다. 그는 방금 전 리빙화를 신랄하게 비판했고 회사에 입사할 때부터 한국 사람에 대하여 불평불만이 많았던 직원이다.

"사업관리부는 건설회사에서 올라오는 문서에 대하여 회신을 늦게 보내 전체 공기에 엄청난 영향을 주었습니다."

'탕롱, 드디어 오늘 임자 만났군. 그래 한번 신나게 떠들어 봐라.'

민완주는 탕롱을 노려보았다. 주리용은 드디어 비판의 물꼬가 터진 것이 기뻤는지 톤을 높여 또 다른 직원을 지적하였다. 계측제어과 과장 류밍창(劉明常)이었다. 하지만 류밍창은 말은 안 하고 가만히 앉아 있었다.

"류 과장, 과장씩이나 되어서 무얼 하는 거야?"

주리용이 벼락같이 소리쳤다. 그랬더니 류밍창은 마지못해 입을 열었다.

"탕롱이 한 말에 동감합니다."

주리용은 이번에는 똥화춘을 찾았다.

"똥화춘, 당신이 이야기해 봐."

똥화춘은 토목과 과장인데 주리용이 오자마자 그 사람에게 찰싹 달라붙어 아부하기에 정신이 없는 자였다.

"민 부장의 지시는 잘못된 것입니다. 아무리 도면이 없었다 하더라도 회사의 최고 영도가 지시한 일인데 어떻게 감히 현장도 안 가보고 그 일을 못하겠다고 문서로 써서 부총경리에게 줄 수 있습니까? 우리 중국에는 이런 경우가 없습니다. 정말 이해 못할 행동입니다. 사업관리부는 매사가 이런 식입니다. 빨리 처리해야 할 문서도 몇 사람씩 결재를 받아 시간을 많이 잡아먹게 하고 한마디로 관리가 개판입니다, 개판!"

똥화춘이 큰소리로 외쳤다.

"뭐? 저 자식이……."

민완주는 자리에서 벌떡 일어나 노트를 똥화춘에게 집어 던졌다.

"야, 똥화춘! 관리가 어떻게 되었다고? 내가 무슨 관리를 잘못했다는 거야?"

민완주가 일갈했다. 그러자 강당은 쥐 죽은 듯이 조용했다.

"민 부장, 당신 이 자리가 무슨 자리인데 물건을 집어 던지고 난리야?"

주리용은 덩그러니 내동댕이쳐진 민완주의 노트를 가리키며 말했다.

"이 자리가 무슨 자리인데요?"

"뭐? 오늘 이 자리는 당신이 자아비판을 받는 자리라는 것을 아직도 모르겠는가? 이제 민 부장이 잘못한 것에 대하여 전 직원들 돌아가면서 한마디씩 다 이야기할 것이다. 만약 지금 잘못을 스스로 인정한다면 그걸로 끝내겠다."

주리용은 수많은 중국 직원들을 등에 업고 오직 한 사람뿐인 한국인인 민완주에게 엄중하게 경고하였다. 민완주는 주먹이 부르르 떨렸다.

'세상에 이런 경우가 다 있나!'

민완주는 이런 황망한 경우를 당하여 울분이 치밀어 올랐다. 하지만 이럴수록 흥분을 가라앉히고 논리적으로 주리용과 담판을 벌여야 한다고 계속 다짐했다. 그러나 제아무리 중국어를 잘하는 민완주라 할지라도 이 순간만큼은 한낱 외국인에 불과했다. 중국어가 하나도 생각나지 않았다.

"주 부총경리님, 오늘 회의 이것으로 끝내시죠."

총무부장 마홍량이 자리에서 일어서 점잖게 말을 꺼냈다.

"뭐? 당신 지금 무슨 소리 하는 거야?"

"지금 저희가 여기에 모인 목적인 무엇입니까? 현재 건설현황을 반성하기 위하여 모이자고 하시지 않았습니까? 그런데 지금 부총경리님께서는 건설현황 논의는 하지 않으시고 한 개인을 지목하여 자아비판을 유도하시는 것 아닙니까? 그리고 보일러과 작업복 구매한 것은 리빙화가 아닙니다. 구매책임자인 제가 한 것입니다. 리빙화는 총경리 옆에서 자신의 의견만 이야기한 것뿐입니다. 요즘 웬만한 중국 회사에서도 없는 이런 인민재판을 어떻게 외국인을 대상으로 할 수가 있습니까? 주 부총경리님, 여기서 회의를 끝내십시오."

"외국인? 내가 외국인이라고 못할 줄 알아? 다른 사람 또 발표해 봐."

주리용이 직원들을 향하여 소리쳤다. 그때였다.

"부총경리님, 이거 정말 너무하신 것 아닙니까? 나도 나이 먹을 대로 먹었고 마누라도 죽고 나 혼자이니 할 말 다 하겠습니다. 그래요, 오늘 끝까지 한번 해보자고요."

앞에 나가 벌을 받던 안더롱이 팔을 걷어붙이고 주리용에게 씩씩거리고 성큼성큼 다가갔다.

"야, 안더롱. 당신 정신 나갔어?"

찐따왕이 안더롱을 막아서며 몸싸움이 벌어졌다. 그러자 탕롱, 똥화춘 등 몇 명의 직원이 번개처럼 안더롱에게 달려들어 완력으로 그를 밀어붙였다.

"이놈들아. 이거 못 놔?"

"이 사람이 어디서 행패야?"

안더룽은 밀어붙이는 그들로부터 벗어나려고 안간힘을 썼다.

퍽! 안더룽은 정신없이 몸부림을 치다 그만 그의 팔꿈치로 탕룽의 입술을 강타하여 탕룽의 입언저리에서 붉은 피가 흘렀다.

"이 사람이 어디서 폭력이야? 오늘 맛 좀 봐야겠어?"

쩐따왕의 말이 떨어지기가 무섭게 서너 명이 안더룽을 자리에 꼬꾸라트리더니 서로 짓밟기 시작했다.

"여기가 어느 안전이라고 까불어?"

"매국노!"

"자본주의 앞잡이!"

순식간에 강당 앞은 난장판이 되었다. 그래도 주석대에 앉아 있던 주리용은 아무런 제재도 없이 태연스럽게 그 모습을 바라보았다.

"그만 안 돼, 모두들 물러나!"

마홍량이 소리쳤다. 그러나 아무 소용이 없었다. 주리용은 안더룽이 그들에게 질질 끌려가는 모습을 태연한 모습으로 바라보았다.

"민 부장, 어서 나가. 중국 사람끼리 벌어진 일은 중국 사람끼리 해결할 테니까."

"아니야, 나도 저런 꼴은 못 봐."

민완주는 팔을 걷어붙이고 앞으로 나가려 했다.

"좀 나가 있으라면 나가 있으시오!"

마홍량이 버럭 소리쳤다. 마홍량의 화난 모습에 민완주는 잠시 머뭇거리다 아수라장이 된 강당을 뒤로하고 그곳을 빠져나왔다. 민완주는 주리용의 말도 안 되는 현대판 인민재판에 혼을 빼앗긴 기분이었다.

'총경리님은 지금 어디에 계시지? 주리용, 어디 한번 두고 보자.'

민완주는 심한 현기증을 느껴 잠시 비틀거리다 복도 벽을 잡고 간신히 일어섰다. 그는 주먹으로 벽을 내리치고는 지옥 같은 강당으로부터 탈출하듯이 빠져나왔다.

주리용이 리빙화와 민완주를 많은 직원 앞에서 망신을 주기 위하여 개최한 회의 결과, 리빙화는 '업무수행태만'으로 1개월 감봉, 안더롱은 '위계질서문란'으로 2개월 감봉 그리고 마홍량은 위계질서문란 및 작업복을 잘못 구매한 책임으로 3개월 감봉 조치를 받았다.

리빙화는 정말 대단한 여자였다. 다른 여직원이 그 정도로 많은 사람 앞에서 망신을 당하였더라면 당장 회사를 그만뒀을 텐데 리빙화는 눈물만 잠시 보였을 뿐, 담담하게 계속 예산원 업무를 수행하였다. 아마도 그녀에게는 주리용이라는 존재보다도 진황도시 호구와 한국행 비행기 표라는 더 큰 목표가 가슴속에 굳건히 자리 잡고 있기 때문에 이런 비참한 일들을 이겨 낼 수 있었으리라.

민완주 또한 주리용의 상식 이하의 촌극에 놀아난 것이 어처구니없었지만 한편으로는 이 일을 통하여 정말 중국 사회라는 것이 어떤 것이며 바로 주리용과 같은 자에 의하여 중국에 있는 많은 중국 회사나 합작회사들이 운영된다는 것을 새삼스럽게 느끼게 되었다. 사실 따지고 보면 주리용을 움직이는 것은 양카이더이고 양카이더가 없는 주리용은 상상할 수도 없었다. 주리용 역시 양카이더라는 막강한 권력을 휘두르고 있는 보스가 후원해 줌으로 자신의 지상 최대 목표인 '위대한 중화인민공화국 사회주의 건설'이라는 그 끝도 없는 푯대를 향하여 현대판 홍위병으로서 거침없는 행동을 할 수 있었다.

사실 양카이더는 발전소의 모든 일들을 주리용을 앞세워 전개하고 있었지만 자기가 직접 처리한 일도 있었다. 그것은 한종민 총경리를 바꿔 버린 일이었다. 양카이더가 ST에너지 사장 앞으로 편지를 보내 한종민을 바꿔 버린 이유는 총경리가 교체되는 공백기를 이용하여 중국인들이 합작회사를 장악하려는 속셈이 있었고 또 다른 이유로는 한종민 총경리가 그의 경제적인 하수인 역할을 거절했기 때문이었다. 돈을 밝히는 양카이더에게 있어서 두 번째 이유가 결정적인 원인이라고 할 수 있다.

양카이더는 송신양이 오고 난 후 그에게 은근히 기대를 하고 있었다. 왜냐하면 중국에 대하여 아무것도 모르는 송신양은 자기가 시키는 대로 고분고분 말을 들어 자신의 호주머니를 채워주는 데 일익을 담당할 것이라고 잔뜩 기대하고 있었기 때문이다. 하지만 건설현장에서 나름대로 산전수전 다 겪은 송신양이 그런 것을 모를 리가 없었다. 한종민이 양카이더하고는 호형호제하며 그렇게도 돈독한 형제애를 나누었음에도 불구하고 막판에 그동안 자기가 행하였던 모든 비리를 마치 한종민이 저지른 양 뒤집어씌워 내쫓아 버리는 비열한 행동을 보였는데, 두 번째 한국인 총경리인 송신양이 그 전철을 밟을 리가 만무하였다.

송신양은 양카이더가 무엇을 바라고 있는지 뻔히 알고 있었지만 그에게 단 1위안도 보태주지 않았다. 물론 그는 단단히 각오하고 그렇게 한 것이었다. 양카이더의 더러운 비자금 조성 하수인 역할을 거부함으로써 양카이더의 앙갚음을 받을 것이라는 것은 불을 보듯 뻔했다. 이것쯤은 송신양도 잘 알고 있었다.

사실 이것은 중국 사업을 하는 데 있어서 가장 큰 문제점이다. 외국인은 양카이더와 같은 탐관오리 편에 서기도 그렇고 그렇다고 반대편에 서기도 쉽지 않은 참으로 애매한 입장이다. 비록 성격이 여린 송신양이었지만 한종민의 전철을 밟지 않기 위해 비장한 각오를 하고 양카이더를 도와주지 않는 것으로 밀고 나갔다.(그는 열연했다.)

송신양은 양카이더가 한국인 총경리에게 돌려주는 최후의 결과는 어쨌든 모두 똑같다고 생각했다. 마지막에는 한종민과 같이 쓸쓸히 한국으로 돌아가야 하는 결과를 얻을 것이 뻔했기 때문에 송신양은 양카이더에게 욕을 먹고 마는 것이 낫지 자기까지 비리에 연루되어 무고하게 퇴출될 필요는 없다고 판단했다.

그런 송신양의 비협조적인 태도에 양카이더는 점점 화가 나기 시작했다.

"그 사람, 아직 뭘 모르나 본데…… 시간이 지나면 무엇인가 변화가 있겠지."

양카이더는 송신양이 언젠가는 돈 봉투를 들고 자기를 찾아올 것이라고 믿었다. 하지만 송신양은 양카이더와 업무 이외에는 아무런 접촉을 하지 않았다. 송신양에게 있어서는 정당한 행동이었지만 양카이더 입장에서 봤을 때 이것은 잠자는 사자의 코털을 건드린 결과가 되어버렸다.

결국 양카이더는 송신양을 통하여 봉봉발전소에서 챙길 비자금을 주리용 통하여 빼내기 시작했다. 그렇게 되니 아무짝에도 쓸모없는 송신양을 한국으로 내쫓을 기회만 엿보고 있었다.

어느 날 진황도개발구 정부에서 난방판매가격 결정에 관한 회의를 연다는 통지서가 날아왔다. 이것은 발전소에 있어서는 핵심 안건이었다. 봉봉발전소는 열병합발전소라 전력과 난방을 동시에 생산하였다. 전력은 국가 기관인 화북전력국에 판매하고 요금 또한 정부에서 정해주는 대로 판매하게 되어 있어 가격 결정에 대한 협상의 여지가 없었다.

그러나 전력을 생산하고 남은 폐열을 이용하여 진황도개발구 10만여 세대에 공급하는 난방요금은 진황도개발구 물가국에서 결정하기 때문에 충분히 협상할 여지가 있었고, 진황도개발구의 총책임자가 양카이더이기 때문에 송신양 총경리는 판매가격에 대한 아무런 걱정을 하지 않았다.

물건을 만들었으면 팔아야 하고 팔려면 가격을 결정하여야 하는데 난방판매가격에 대하여 회의를 한다고 하니 송신양에게 있어 이 회의는 중국에 온 이래 가장 중요한 회의가 아닐 수 없었다. 한국인 파견자들은 단단히 준비를 하고 회의에 참석하였고 난방판매가격에 대하여 전혀 걱정하지 않았다. 예전에 진황도개발구 정부로부터 난방판매가격보증서를 받아났기 때문이었다. 그것은 한국과 중국 간 사업 협상 당시 양카이더 주임이 진황도경제기술개발구관리위원회라는 지방정부 명의로 발행한 것이어서 한국인들은 철석같이 믿고 있던 가격 보증서였다. 가격은 기가주울당 38위안이었다. 중국은 무게나 길이 단위는 우리나라와 똑같은 미터나 킬로그램을 쓰는 반면, 열량 단위는 주울(Joule)을 많이 사용한다.

어쨌든 매우 좋은 가격이었다. 이 정도 가격이라면 봉봉발전소는 준공 후 3년 내에 흑자로 돌아서게 되어 있었다. 사실 ST에너지 본사 회장은 사업 협상 초기 한종민이 중국에서 들고 온 이 보증서 하나만 믿고 진황도라는 중국 시골까지 진출한 것이라 해도 과언이 아니었다. 그만큼 정부보증서는 발행하기도 어렵지만 공신력이 있어 그 효과가 상당하였다.

하지만 회의가 시작하면서 송신양은 뭔가 이야기가 틀어지고 있다는 것을 깨달았다. 봉봉발전소에서 생산한 난방열은 주민들에게 직접 공급하는 것이 아니라 중간 업체인 진황도개발구난방공사에 판매하도록 되어 있다. 이 진황도개발구난방공사는 난방공급전문회사로서 한국의 지역난방공사에 해당한다. 이 회사는 봉봉발전소로부터 받은 난방을 주민들에게 분배하여 판매하고 설비유지보수, 난방요금 수금 등 난방 관련 제반 업무를 맡고 있었다. 이 회사 역시 진황도개발구 정부 소유이고 이 회사의 동사장 역시 개발구 주임 양카이더였다.

회의가 진행되는 중간 진황도개발구난방공사에서 이상한 공문을 보여주면서 송신양, 민완주 그리고 양동관에게는 매우 충격적인 이야기를 꺼냈다.

"이것은 올해부터 실시하는 정부 책정 난방판매가격 규정입니다. 보시는 바와 같이 가격은 기가주울당 10위안입니다."

난방공사 총경리 쓰마란(司馬然)이 발표하자 송신양은 깜짝 놀라 자리에서 벌떡 일어섰다.

"뭐, 뭐요? 10위안? 이 무슨 말도 안 되는 소리요?"

재무담당 양동관도 거들었다.

"한중합작계약서에도 분명히 진황도개발구 정부에서 보장한 38위안이라는 조항이 나오는데 10위안이라니요? 이 무슨 말도 안 되는 소리입니까?"

하지만 쓰마란 총경리는 송신양과 양동관의 태도에 전혀 동요하지 않고 계속 회의를 진행하였다. 쓰마란은 계약서와 보증서에 나와 있는 금액의 삼분의 일도 안 되는 금액을 올해부터 실시하는 판매금액이라고 떠들고 있으니 이것은 한마디로 봉봉발전소는 생산도 해보기 전에 망했다고밖에 볼 수 없었다. 연료비도 안 떨어지는 판매금액이니 발전소를 돌리면 돌릴수록 빚더미에 쌓이고 말 것이다. 양동관은 혹시나 이런 일이 일어나지 않을까 하여 예전에 양카이더 주임이 발행해 주었던 난방판매가격보증서를 가방에서 꺼냈다.

'요놈들, 이걸 보면 뒤로 자빠질걸.'

양동관은 그 문서를 들고 의기양양하게 쓰마란 앞으로 걸어가 그의 면전에 들이댔다.

"당신 이게 무엇인지 아시오?"

"이게 뭡니까?"

쓰마란은 못마땅하다는 얼굴로 양동관과 보증서를 번갈아 바라보았다.

"잘 보시오. 여기에 38위안이라고 쓰여 있는 거 안 보입니까? 양카이더 주임이 합작계약을 하기 전에 진황도개발구관리위원회 명의로 발행한 보증서요. 이렇게 진황도개발구 보증서까지 만들어 줘놓고 이제 와서 무슨 말 같지도 않은 소리를 하는 것이오?"

양동관이 당당하게 말했다.

쓰마란은 안경 너머로 양동관의 손에 들린 그 보증서를 한참 들여다보더니 피식 웃었다.

"이거 다 소용없어."

"뭐, 뭐요?"

양동관은 깜짝 놀랐다.

"아, 이 한국 친구들 뭘 잘 모르시는구먼. 이렇게 새로이 정부 문서로 난방판매가격은 기가주울당 10위안이라고 내려오면 제아무리 양카이더 할아버지라 하더라도 새 규정을 지키지 않을 수 없어. 그러니까 새로 나온 규정대로 10위안 이상은 안 됩니다."

쓰마란은 단호하게 말했다. 송신양, 양동관 그리고 민완주는 울화통이 터졌다. 우여곡절을 겪으면서 발전소를 거의 완공해 가는데 이번에는 난데없이 난방판매가격이 10위안이라니, 이것은 도저히 있을 수 없는 일이었다. 차라리 주리용에게 평생 괴롭힘을 당하더라도 판매가격만큼은 약속한 금액으로 해줘야 사업을 해나갈 수 있기 때문이었다.

"정부 명의의 보증서가 한낱 종이쪽지에 불과하다면 지금껏 투자하였던 한국 측의 그 많은 투자비는 어떻게 회수해 오란 말이오?"

이번에는 민완주가 쓰마란을 향하여 소리쳤다.

쓰마란은 들은 척도 안 했다. 민완주는 앞날을 생각하니 참으로 암담했다. 도대체 이런 일이 어떻게 일어난 것인지 생각할수록 머리만 복잡해져 갔다. 송신양 총경리는 거의 쇼크를 먹은 상태가 되었다. 양카이더에게 협조하지 않고 의연하게 제 갈 길을 간 송신양이었지만 그 길을 굳건히 지키기에는 너무나도 역부족이었다. 송신양은 다시 마음을 진정하고 곰곰이 생각에 잠겼다.

"이봐, 민 부장."

"네, 총경리님."

"아무리 생각해도 이건 양카이더가 만들어 낸 조작극인 것 같아."

"조작극이요?"

"분명 이것은 양카이더가 자신에게 동조하지 않는 나에게 보복 조치하는 것일 거야."

"그럴까요? 하지만 발전소가 손해를 보면 반반 투자한 양카이더 측에서도 막심한 피해를 볼 텐데 과연 그럴까요?"

"맞아요. 그건 아닌 것 같은데요."

양동관이 맞장구를 쳤다.

"무슨 소리. 진황도개발구난방공사는 100% 양카이더 것이야. 그러니

저것들이 소비자에게 팔 때에는 이윤을 왕창 남겨서 팔고 우리에게 사갈 때에는 원가 밑으로 사가는 거야. 그러면 한국은 망해도 중국은 돈을 벌게 되지."

송신양은 책상을 치면서 말했다.

"아, 정말 그렇겠는데요."

양동관이 고개를 끄덕이면 수긍했다.

"그가 만들어 준 보증서도 그렇고, 올해 판매금액이 10위안이라는 공문도 양카이더가 책임자로 있는 진황도개발구관리위원회가 발행한 것이잖아? 그러니까 이게 모두 그의 조작극이야."

송신양은 확신했다.

"양카이더 주임 말 한마디면 원상 복귀시킬 수 있는 가격인데도 쓰마란 총경리를 시켜 터무니없는 가격을 제시하고 있으니 이는 중국 측이 발전소를 완전히 독차지하기 위한 작전일 겁니다."

민완주가 말했다.

"바로 그거야."

송신양이 맞장구쳤다. 민완주는 이글거리는 눈빛으로 쓰마란을 노려보았다. 쓰마란은 입가에 미소를 지으며 담배연기를 허공에 내뿜었다.

다음 날 아침 송신양과 양동관은 전날 회의에 참석하지 않은 양카이더를 찾아갔다. 터무니없는 공문은 집어치우고 원래 정해준 난방판매가격 집행을 요구하기 위해서였다. 하지만 양카이더는 자리에 없었다. 아니 자리에 없던 것이 아니라 아예 중국에 없었다. 양카이더는 사전에 극히 몇몇 사람만에게만 알리고는 소리 소문 없이 한국에 갔다.

중국 지방정부의 고위간부들은 상상 외로 외국 출장이 많다. 대부분이 외국 기업 투자유치 목적이다. 특히 덩샤오핑이 1984년부터 경제개발에 박차를 가한 14개 연해도시의 고위간부들은 외유가 더욱 잦았다. 진황도시에 한국 기업체를 유치하고자 한국의 중소기업체를 방문하러 간 것이 사람들이 알고 있던 그의 한국 방문 목적이었다. 하지만 사실 양카이더는 ST에너지 본사 동방신 회장을 만나기 위해서 한국을 방문한 것이었다.

또 다른 이유가 있다면 한국 노동부와 중국 노동사회보장부가 공동 개최하는 세미나에 참석하는 왕루몽 노동국장과 모처럼 해외 밀월을 갖고 싶어서 서둘러 한국 출장을 만든 것이었다.

한국에 도착한 양카이더는 사전 연락도 없이 ST에너지 본사를 방문하였다. 본사 동방신 회장은 놀랄 수밖에 없었다.

"사전에 오신다는 연락이라도 주셨으면 우리가 공항에 마중이라도 나갔을 텐데……."

회장은 황망해하며 양카이더에게 말했다.

"무슨, 별 말씀을."

"갑작스레 방한하신 것을 보니 한국에 무슨 급한 업무라도 있으신지요?"

"네. 다른 볼일이 있어 한국에 왔습니다만, 기왕 한국에 들어왔는데 회장님을 안 뵙고 가면 예의가 아닐 것 같아 연락도 없이 찾아왔습니다, 하하하."

양카이더는 호탕하게 웃었다. 그는 대동한 통역을 통하여 회장과 이런저런 별 중요치도 않은 이야기를 나누기 시작하였다. 그러다 양카이더 주임은 회장에게 단도직입적으로 한마디를 꺼냈다.

"현재 중국 진황도에 있는 합작발전소 송신양 총경리를 바꿔 주십시오."

"네? 그게 무슨 말씀인지요? 지난번에 한종민 총경리를 바꿔달라고 하셔서 송신양 총경리로 교체했는데 또다시 바꾼다고요?"

회장은 의아했다. 진황도봉봉전력유한공사는 계약에 따라 총경리는 한국 투자자인 ST에너지에서 파견 보내고 그 임명권은 바로 본사 회장에게 있었다. 그런데 그 회장에게 양카이더가 갑자기 찾아와 회장이 직접 파견 보낸 송신양을 바꿔달라고 하니 동방신 회장은 의문을 가질 수밖에 없었다. 양카이더는 회장을 방문하기 전에 이미 철저한 사전 준비를 다 해놓았다. 그는 두툼한 서류 파일을 회장 앞에 내놓았다.

"이게 뭡니까?"

양카이더는 잠시 대답을 않고 커피를 한 모금 마셨다.

"송신양 총경리에 관한 내용입니다."

"송신양? 그 사람이 왜요?"

"이것은 송신양 총경리의 비리와 업무상 과실에 대한 기록입니다. 자세히 보면 아시겠지만 새로 파견 나온 한국인 총경리 송신양은 한마디로 너무나도 무능합니다. 도대체 준공날짜가 언제인데 아직까지 제대로 공사 진행도 못하고 있으니 양측의 손해가 막심합니다. 더군다나 이 사람과는 대화가 안 되니 그 어떤 것도 협상을 할 수가 없습니다. 이 점을 고려하시어 새로운 총경리로 바꿔 주십시오."

양카이더는 정중하게 건의했다.

회장은 말없이 파일을 들춰 보았다. 100페이지 정도 되었는데 전부 중국어로 되어 있었다. 회장은 공사가 늦어지는 이유가 중국 측에서 자금 납입을 차일피일 미루고 있기 때문에 그렇게 된 것이라는 것을 이미 알고 있었다. 또한 봉봉발전소 내에서 중국과 한국이 서로 대화가 안 되는 것은 양카이더가 주리용이라는 극좌파 공산주의 홍위병을 파견하여 회사 질서를 어지럽히면서 총경리의 지시를 완전히 무시하고 그 사람 마음대로 모든 일을 행사하기 때문에 야기된 일이란 것도 이미 송신양의 보고를 통하여 알고 있었다.

동방신 회장이 송신양으로부터 그런 보고를 처음 받았을 때 말도 안되는 주리용의 행패를 도저히 이해할 수가 없어 법적으로 대처하기 위해 자문 변호사를 불렀다. 변호사를 통하여 알아본 결과, 이러한 일련의 사건들을 법적으로 다룬다면 한국 측에 유리할 것이 하나도 없다는 것이었다. 왜냐하면 봉봉발전소의 한중 간 문제는 국제 중재로 처리하여야 하나, 한중중재협정(1992년 체결)에 의하여 ST에너지에서 진황도개발구 정부를 제소한다면 피소지 중재 원칙에 따라 중국에서 중국무역경제중재위원회를 통해 중재를 치러야 한다는 것이다. 이렇게 되면 언어적인 문제, 중국 홈그라운드의 이점으로 승소가 매우 어려우며, 만약 승소한다 하더라도 그만한 손해배상을 받는 경우가 거의 없다는 것이었다. 결국 변호사가 제시한 가장 좋은 방법은 양국 투자자가 합의점을 찾아 상생하는 것이라고 일러 주었다.

동방신 회장은 씁쓸한 입맛을 다셨다.

"양카이더 주임님, 멀리까지 찾아오시느라 고생하셨습니다. 사실 오늘 저는 양 주임님의 갑작스런 방문을 받고 너무 놀랐습니다. 비공식이라도 너무 비공식적인 방문이기 때문이죠. 허허. 그리고 이런 비공식 석상에서 제가 파견 보낸 사람을 당장 바꾸는 결정은 좀 무리인 것 같습니다. 그리고 그 사람은 우리 회사에서 가장 능력 있는 사람인데 그 사람도 능력이 없다고 하면 누굴 보내겠습니까? 우리 이 문제에 대하여는 차후 합작회사 이사회를 열 때 다시 의논하기로 합시다."

동방신 회장은 점잖게 응대했다. 하지만 회장은 상당히 불쾌했다. 중국의 양카이더 주임이 비록 멀리 중국에서 직접 찾아온 것은 고마운 일이지만 사전에 아무런 연락도 없이 불쑥 찾아온 것도 그렇고 회장을 찾아와 한다는 이야기가 또 봉봉발전소 한국인 총경리를 바꿔달라고 하는 것이니 회장의 기분이 좋을 리가 없었다.

보통 중국에서 한국으로 손님이 찾아오면 한국 본사에서는 저녁 대접을 하는 것이 관례이다. 또한 양카이더가 회장을 찾아간 시간도 오후 4시라 이야기를 끝마치니 거의 저녁식사 시간이 다 되어 갔다.

"양 주임님, 이거 어떡하죠. 이렇게 멀리 한국을 방문해 주신 양 주임님께 오늘 저녁을 제가 한턱 내야 하는데 오늘 저녁은 대단히 중요한 선약이 되어 있어서…… 그럼 오늘 저녁은 우리 회사의 부회장과 같이 하시면 어떻겠습니까?"

"아, 괜찮습니다. 저도 사실 선약이 있어 가봐야 합니다."

"아, 그러시군요. 그럼 내일이라도 연락하여 식사를 하시죠."

"연락드리겠습니다."

자신의 뜻이 관철되지 않아 자존심이 상한 양카이더는 약속이 있다는 핑계로 즉시 자리를 떴다.

양카이더는 빠른 걸음으로 ST에너지를 빠져나와 대기하고 있던 스타크래프트 밴에 몸을 실었다. 비싼 대금을 주고 대여한 렌터카였다. 양카이더 비서는 양카이더가 한국에 나가기 전 사전에 연락을 취해 한국에서 양카이더가 불편 없이 생활할 수 있도록 자동차, 핸드폰 등을 미리 준비해 둔다.

"주임님, 어디로 갈까요?"

양카이더 비서 리커(立果)가 물었다.

"리커, 전화 온 데 없었나?"

"네, 없었습니다."

"이상하다. 도착할 시간이 훨씬 지났는데……"

띠리리. 그때 핸드폰 벨소리가 났다.

"여보세요. 아, 노동국장님. 오셨군요. 잠깐만요."

리커는 핸드폰을 양카이더에게 건네주었다.

"왕루몽 노동국장인데요, 오후에 호텔 도착했답니다."

양카이더는 핸드폰을 얼른 받아 들었다.

"음, 나야. 잘 도착했어? 그런데 왜 이렇게 시끄러워? 어디야? 뭐? 카지노? 그래, 좀 땄어? 하하하……. 방 번호가 어떻게 돼? 709호? 알았어. 방에 가 있어."

"주임님, 어디로 갈까요?"

"호텔로 가지."

양카이더는 스타크래프트 밴의 푹신한 의자에 몸을 파묻고 잠시 눈을 붙였다.

화커산장(華克山莊). 중국인들은 서울 광진구에 있는 쉐라톤워커힐 호텔을 이렇게 부른다. 양카이더는 한국에 오더라도 시시한 호텔에 묵지 않았다. 양카이더의 호주머니는 언제나 두둑했기 때문이다. 화커산장은 돈 있는 중국인들이 한국을 방문하였을 때 꼭 찾는 호텔이다. 물론 이 호텔이 특급호텔이고 시설이 잘되어 있어서 그런 것도 있겠지만 화커산장은 중국 본토에 없는 카지노가 있기 때문이었다. 북경 근처에 살고 있는 중국인에게 거리로 따지자면 화커산장 카지노는 홍콩이나 마카오보다도 훨씬 가까이 있는 도박장인 셈이다.

화커산장 709호.

똑똑똑. 양카이더는 노크를 했다.

"누구세요?"

"나야."

나이트가운 차림의 왕루몽이 양카이더를 반겼다.

"오, 양거(楊哥)."

왕루몽은 양카이더를 껴안았다.

"한국에서 만나니 느낌이 새롭네. 일은 잘됐나요?"

"일은 뭐…… 매번 그렇지."

양카이더는 넥타이를 풀며 지친 목소리로 대답했다.

"내가 오늘 얼마 딴 줄 알아요? 자그마치 천 달러에요, 천 달러."

"그래?"

양카이더는 양복 웃옷을 의자에다 냅다 던졌다.

"어머, 자기 오늘 기분 안 좋은가 보다. 무슨 일 있었어요?"

"그놈의 송신양 자식……."

"송신양? 아, 그 봉봉발전소 한국인 총경리? 그 사람이 왜요?"

"자식이 아직 내가 누군지 모르는 것 같아. 송신양, 이 자식 어디 한 번 두고 봐라."

양카이더는 그녀에게 다가가 거칠게 키스하였다. 완전히 닫히지 않은 커튼 사이로 정원에서 호텔 건물을 향해 비치는 연노란 조명이 방 안으로 살짝 스며들어 왔고 화커산장의 밤은 점점 깊어만 갔다.

양카이더가 ST에너지 동방신 회장으로부터 자신이 제안한 송신양 소환 건을 일언지하에 거절당하게 되자 주리용의 한국인 탄압은 더욱 노골화되었다. 저녁식사는 양카이더 주임이 안 먹겠다고 해놓고 중국에 돌아와서는 ST에너지 회장이 식사 대접도 안 해주고 돌려보낸 것으로 소문이 났다.

이즈음 봉봉발전소에서는 중국 발전소 관계 법률에 의거 전력과 난방을 생산하기 전에 생산준비위원회라는 조직을 구성하여 생산준비회의를 열어야 했다. 이것은 발전소 시운전을 하기 전에준비 상태를 최종적으로 검사하는 것으로 한마디로 발전소 준공검사나 다름없었다.

생산준비위원회의 위원장은 발전소의 총경리 송신양이고 부위원장은 부총경리 주리용이었다. 발전소는 송신양이 주축이 되어 생산준비위원회라는 조직을 결성하고 최종검사 준비 작업을 착수해야 했다. 하지만 송신양은 건설회사들과 사전 회의조차도 할 수가 없었다.

이유는 간단하였다. 봉봉발전소에 자금이 없기 때문이었다.

공장 건설 막바지에 이르자 진황도개발구 정부에서는 나머지 투자비를 차일피일 미루면서 납입하지 않아 송신양은 봉봉발전소의 최고경영자로서 죽을 맛이었다. 건설회사에서는 밀린 건설대금을 달라고 매일같이 총경리실로 찾아와 죽치고 앉아 있는데 회사에 자금이 있어야 이들 건설회사에게 건설대금을 지불하고 최종검사 준비 작업을 시작하든가 말든가 할 것인데 같이 투자한 ST에너지는 이미 투자비를 모두 다 납입하였는데도 불구하고 중국 측 양카이더 주임은 계속 남은 투자비를 내지 않아 송신양은 그 무엇도 진행할 수가 없었다.

하지만 양카이더의 태도는 더욱 단호해졌다. 양카이더의 꼭두각시 주리용은 아침 간부회의 때마다 송신양을 닦달했다.

"송 총경리님, 요즘 뭐 하는 겁니까? 위원장이 되었으면 건설회사들과 빨리 준비회의를 열어 최종검사에 대비해야 하는데 아무것도 안 하고 대체 뭘 어떻게 하자는 것입니까?"

"……"

"뭐라고 말 좀 하세요?"

주리용은 송신양을 향하여 양손을 흔들며 다그쳤다.

"주 부총경리, 그걸 진짜 몰라서 물어보시오?"

"모르니까 물어보지 알면 왜 물어봅니까?"

"부총경리님, 지금 회사에 돈이 어디 있습니까? 건설회사들 불러 회의하자고 하면 분명 밀린 기성부터 달라고 아우성일 텐데 어떻게 회의를 연단 말입니까?"

이번에는 민완주가 참다못해 말했다. 민완주는 알면서도 딴청을 피우는 주리용의 뻔뻔한 태도에 화가 났다.

"송 총경리님은 이 일을 어떻게든 끌고 갈 생각은 안 하고 시간만 질질 끌고 있다는 것을 아셔야 합니다. 내 말이 무슨 말인지 아시겠습니까?"

주리용은 민완주의 말에 아랑곳하지 않고 송신양을 똑바로 쳐다보며 말했다.

그렇게 교착상태에 빠져 아무것도 진행할 수 없던 어느 날, 양카이더는 갑자기 봉봉발전소 건설에 참여하고 있던 모든 건설회사 대표들을 긴급 소집하였다. 대표들은 양카이더가 오기 전에 모두 봉봉발전소 대회의실에 모여 긴장한 얼굴로 대기하고 있었다. 잠시 후 모습을 드러낸 양카이더는 주석대 가운데 앉아 마이크를 잡았다.

"이제부터 생산준비위원회의 위원장은 나 양카이더 진황도 주임이 직접 맡는다. 그리고 부위원장은 예전대로 주리용 부총경리이다. 한국인 총경리에게 위원장을 맡겨 놓았더니 하는 것이 뭐가 있느냐? 지금까지 아무것도 하지 않고 가만히 앉아만 있지 않는가? 나는 더 이상 이러한 사태를 수수방관할 수 없다고 판단하였기에 내가 아무리 바쁘더라도 발전소와 우리 진황도 인민들의 윤택한 삶을 위하여 여러분과 같이 열심히 뛸 것임을 선언한다."

양카이더의 말이 끝나기가 무섭게 주리용이 벌떡 일어섰다.

"박수!"

모두들 일제히 일어나 기립박수로 화답했다.

"이렇게 바쁘신 와중에도 손수 우리를 지도해 주시려 분연히 일어서신 양카이더 주임님에게 다시 한 번 우레와 같은 박수를 보냅시다!"

주리용은 더 크게 외쳤다.

"양 주임! 양 주임!……."

주리용의 제의에 모두들 박수를 치면서 양 주임을 외쳐댔다.

건설회사 대표들은 양카이더가 이 지역의 최고위급 관료이기 때문에 이렇게 하지 않으면 안 되었다. 그때까지 미지급 대금을 달라고 입만 뻥끗했다가는 향후 진황도개발구 정부로부터 어떤 조치를 당할지 모르기 때문에 주리용이 시키는 대로 따라할 수밖에 없었다. 이렇게 준공검사를 위한 발전소의 실질적인 대표는 송신양 총경리가 아니라 양카이더가 되었다.

양카이더 주임은 비록 봉봉발전소의 동사장으로 되어 있지만 건설기간 동안 회사 일에는 전혀 관심을 두지 않고 오로지 뒷돈만 챙기다가 막바지 최종검사를 앞두고는 마치 그동안 자기 혼자서 봉봉발전소를 다 건설한 양 행동하였다. 그때까지 발전소를 건설하기 위하여 많은 어려움을 겪었던 사람은 누가 뭐라고 해도 송신양과 민완주, 양동관 그리고 한국인과 중국인 사이에서 열심히 뛰어다닌 마홍량, 안더롱과 같은 이들인데 양카이더는 막판에 공적 가로채기에 급급했다.

중국 건설회사들은 양카이더와 같은 지방정부 최고 권력자가 "공사비는 나중에 줄 테니까 공사나 빨리 진행하라"고 지시하면 군말 않고 그렇게 따르는 특징이 있다. 하지만 외국인인 송신양이 멋모르고 그런 식으로 지시했다가는 그들은 콧방귀도 뀌지 않고 어떻게든 건설대금을 받아내려고 온갖 방법을 다 동원한다. 그들이 양카이더나 주리용 같은 이의 말을 듣는 것은 권력자의 명령에 순종하지 않으면 응분의 대가를 치른다는 전통적인 관습이 있기 때문이었다. 그렇기 때문에 중국에서는 권력자의 명령이라면 돈 없이도 건설회사를 마음대로 움직일 수 있다.

봉봉발전소 계약서에는 한국인 총경리가 착공에서부터 합작기한 30년 동안 모든 운영책임을 지도록 명기하고 있었다. 그래서 양카이더가 송신양을 제쳐버리고 자기가 직접 생산준비위원회를 이끌어 간다는 것은 엄연한 계약 위반이었다. 그는 이것이 위약이라는 사실을 잘 알고 있었다. 혹시 이 일로 ST에너지 본사에서 자기를 중국 중앙정부에 계약 위반으로 신고할 것을 우려한 그는 미리 ST에너지 동방신 회장에게 편지를 띄워 계약 위반을 모면하려는 계책을 펼쳤다.

친애하는 동방신 회장님, 안녕하십니까?

지난번 한국을 방문하였을 때 저에게 호의를 베풀어 주신 것에 대하여 진심으로 감사드립니다.

오늘 제가 회장님께 편지를 띄우는 이유는 봉봉발전소 준공을 앞두고 생산준비위원회를 운영하여야 함을 말씀드리기 위해서입니다. 현재 한국인 송신양 총경리는 외국인으로서 중국 사정에 어둡기 때문에 제가 나서 잠시 이 일을 처리하려 합니다.

이런 중요한 생산준비회의는 중국 건설회사와의 긴밀한 협력관계가 필요하며, 협조가 안 될 경우 지금까지 한중합작으로 잘 시공한 발전소의 준공허가가 어렵게 되기 때문에 저는 성공적인 준공과 양국 간의 우호 증진을 위하여 최선을 다해 본 업무를 완수하겠습니다. 향후 초청장을 보내겠사오니 준공식 날 뵙도록 하겠습니다. 안녕히 계십시오.

−중화인민공화국 진황도경제기술개발구 주임 양카이더

양카이더가 주리용을 통하여 발전소 내에서 벌여왔던 여러 방면의 한국인 괴롭히기는 상당히 어지럽고 산만하게 이쪽저쪽 들쑤시는 것 같았지만 사실 매우 치밀하고 체계적인 계획에 의한 것이었다. 그것은 양카이더와 주리용이 즉흥적으로 만들어낸 것이 아니라 중국이 본토에 투자한 외국 기업을 가능한 중국화 시키기 위하여 1978년 개혁개방정책 실시 이후 매우 오랜 기간 수많은 시행착오를 거치면서 만들어진 일종의 체계적인 전술이었다.

이러한 기업적 전술은 시대는 달라도, 청조 말기 영국 자본주의로부터 탄생된 매판기업, 장제스 국민당 시절의 관료자본기업, 마오쩌둥 시절의 민족기업 그리고 지금의 외국 합자·합작기업 내부에서 똑같이 존재하였고, 어떻게 보면 이것은 중국인들 스스로 중국을 지키기 위한 본능적인 행동인지도 모른다.

봉봉발전소 준공을 위한 최종검사 준비 작업은 결국 양카이더와 주리용의 진두지휘 하에 전쟁을 방불케 진행되었다. 주리용은 화북전력국으로부터 최종검사를 받기로 통보된 날짜 전에 모든 준비를 끝내 놓았다. 그 기간에 중국 직원들은 밤낮을 가리지 않고 망치질과 삽질의 연속이었다. 육체노동을 싫어하는 줄로만 알았던 젊은 중국 직원들도 주리용이 할당량을 주면서 노동을 명령하자 일사불란하게 움직였다.

최종평가를 받는 생산준비회의가 열리는 날 아침, 그동안 공장 건설에 참가하였던 봉봉발전소 간부들과 기술자 그리고 건설회사 대표 등 관련 인사 전원이 참석하는 대규모 회의가 준비되었다. 그런데 주리용은 송신양, 민완주 그리고 양동관 한국인 셋에게는 회의에 참석하라는 연락을 하지 않았다. 어쨌든 준공검사를 받는다는 그 자체는 매우 감개무량한 일로서 평가에서 합격한다면 3년 동안 주리용과 싸우고 고생한 일들도 봄눈 녹듯이 녹아내릴 텐데, 이런 중요한 순간에 주리용은 중국인끼리만 모이고 한국 파견근무자들에게는 연락조차 하지 않았다.

"총경리님, 그냥 회의실에 들어가시죠. 우리가 무슨 죄인입니까? 준공검사를 받는 회의인데 당연히 총경리가 참석을 해야지, 어떻게 자기네들끼리만 모여서 작당모의를 하겠다는 것입니까?"

민완주가 시계를 들여다보며 말했다.

"좀 기다려 보자고……."

"아니, 더 이상 기다릴 게 뭐가 있어요?"

"맞아요, 총경리님. 우리가 무슨 잘못을 했다고 못 들어갑니까?"

양동관도 옆에서 거들었다.

"진정들하고 좀 앉아 있어."

송신양의 신경질적인 반응에 민완주는 더 이상 이야기를 하지 않고 사무실 안을 서성거렸다. 송신양은 뻐끔뻐끔 연신 담배만 피워댔다. 민완주는 다시 시계를 들여다보았다. 회의 시작 10분전이었다.

"민 부장, 네 말대로 그냥 들어갔는데 우리 자리 없으면 무슨 망신이냐?"

송신양이 걱정스런 목소리로 말했다.

"휴, 답답합니다."

그때 누군가 총경리실 문을 노크도 없이 황급히 들어왔다. 왕창이었다.

"송 총경리님, 빨리 회의 참석하세요."

"어떻게 된 거야?"

민완주가 소리를 버럭 질렀다.

"허, 아무도 안 부르는 걸 내가 주리용에게 억지로 부탁해 들어가게 한 건데 알지도 못하면서 나한테 큰 소리예요?"

"알았다, 미안하다. 총경리님 가시죠."

"자리 두 개밖에 없으니까 총경리님하고 민 부장님만 들어오세요."

"그럼 나는?"

양동관의 반문에 왕창은 들은 체도 안 하고 나가버렸다. 양동관은 예전 황금성 가라오케 사건 때부터 왕창을 저질로 여겨왔는데, 왕창도 이를 눈치 채고 있었는지 이렇게 결정적인 순간에 양동관을 따돌리는 것이었다.

"이놈들 십 분 남겨두고 부르는구먼. 허 참."

송신양은 노트를 들고 자리에서 일어났다. 민완주가 송신양 총경리와 같이 회의실에 들어서니 이미 많은 사람들이 자리에 앉아 늦게 들어온 그들을 일제히 바라보았다. 양카이더는 눈에 띄지 않았고 주리용은 맨 앞줄에 앉아 송신양과 민완주를 빤히 바라보고 있었다.

민완주는 그때처럼 중국인들의 시선이 따갑게 느껴진 적이 없었다. 그런데 가만히 보니 송신양과 민완주가 앉을 자리가 없는 것이었다.

'음? 방금 전 왕창이 두 자리가 있다고 했는데? 아! 이놈이 거짓말했구나!'

왕창의 농간에 황당해 할 겨를도 없이 곧 시작할 회의를 위하여 주리용이 대충 마련해준 자리는 간부들이 앉는 무대 위 주석대 중 가장 구석 자리였다.

'주리용, 우리를 완전히 드러내 놓고 푸대접하는군.'

민완주은 매우 씁쓸했다.

"앉으세요."

민완주는 송신양 총경리의 의자를 빼주었다. 송신양과 민완주는 공산당 당대회 형식으로 청중들을 마주보게 배치되어 있는 주석대 가장 자리에 앉게 되었다. 원래 없던 자리인지라 옆 사람들을 밀치고 앉아 협소하기 그지없었다. 그 꼴이 우스웠던지 청중석에 앉아 있던 직원들이 서로들 귓속말을 하면서 키득거리며 웃었다. 그래도 명색이 봉봉발전소 총경리인데 이런 수모를 당해야 한다는 것을 생각을 하니 민완주는 화가 치밀었지만 달리 방법이 없었다.

회의는 먼저 화북전력국 담당자들이 그간의 검사한 내용을 이야기하고 합격, 불합격 여부를 발표하는 것으로 시작하였다. 검사관들이 돌아가면서 약 한 시간 정도 발표를 한 후, 준공검사 최종 결과가 나왔다.

"최종 결과는…… 합격입니다."

검사관의 선포에 모두들 환호하였다. 민완주는 합격이란 말에 환호도 지르고 함박웃음을 터뜨리며 동료들과 얼싸안아야 하는 것이 당연하나 그런 마음은 눈곱만큼도 들지 않았고 주리용의 처사 때문에 여전히 불쾌한 기분이었다.

마지막 순서로 그동안 고생하였던 회사 간부들이 돌아가면서 짧게 소감발표를 하였다. 구평, 마홍량, 탕롱, 똥화춘 등이 차례로 발표하였다. 그 다음은 주리용 차례가 되어 화북전력국에서 나온 직원이 그를 소개하였다.

"다음은 주 총경리님의 말씀이 있겠습니다."

"뭐? 주 총경리……?"

그 말에 민완주는 자신도 모르게 자리에서 벌떡 일어섰다.

"이봐요, 사회자님. 누가 총경리라는 것입니까? 총경리는 엄연히 여기 앉아 계시는데 어째서 주 부총경리가 총경리입니까? 총경리가 아니라 부총경리입니다. 확실히 말씀하세요."

그 소리에 청중석이 웅성거리며 이쪽저쪽에서 낄낄대는 웃음소리가 터져 나왔다. 단상에 앉은 사람들도 모두 작은 소리로 실소하였다. 민완주는 자신이 무슨 틀린 말이라도 했나 싶기도 하고 한편으로는 그들 전체가 자신을 비웃는 것 같아 참을 수가 없었다.

"이 사람들이 미쳤나?"

민완주는 중얼거렸다. 그는 그들의 집단적인 이상행동에 소리라도 꽥 지르고 싶은 심정이었다. 그러자 화북전력국 사회자는 입맛을 다시면서 마이크에 대고 이렇게 이야기했다.

"우리 한국 친구가 잘 모르나 본데…… 중국에서는 부총경리도 보통 총경리로 다 일괄 통칭합니다. 특별한 의미는 없으니 너무 예민하게 생각하지 마세요. 허허."

그 말에 청중들도 모두 따라 웃었다.

'으휴, 창피해서 도저히 앉아 있을 수가 없구나.'

민완주는 얼굴이 빨개졌다. 민완주도 그 정도쯤은 알고 있었지만 정말 자신이 너무 민감하게 생각한 것인지 아니면 이들이 집단으로 자기를 바보로 만드는 것인지, 어쨌든 밀려오는 자괴감에 그저 자리를 피하고 싶은 심정뿐이었다. 정말이지 모든 중국인들이 짜고 주리용을 총경리로 만드는 것 같은 그 분위기를 용납할 수가 없었다. 하지만 그랬다가는 남아 있는 송신양만 더 난처하게 될 것 같아, 하는 수 없이 꾹 참고 있어야 했다.

'송 총경리가 말할 차례가 되면 뭐라고 확 쏴붙여줄 테니까 기다려라. 송 총경리가 그렇게 말 안 해도 내가 그렇게 통역해 버릴 거다.'

민완주는 이를 악물고 다짐했다. 그리고 송신양 총경리 차례가 올 때까지 잠시 참고 기다렸다. 주리용은 마치 문화혁명 시절 홍위병 선봉장처럼 내용 없는 이야기를 큰 소리로 잘도 떠들어댔다. 확성기로 떠들어대는 것 같은 그의 연설이 끝나자 사회자가 말을 이어받았다.

"주 총경리님의 말씀 감사합니다. 아, 정말 좋은 말씀 감사합니다. 우리 다시 한 번 주 총경리님께 힘찬 박수 보내드립시다."

우레와 같은 박수소리가 장내에 울려 퍼졌다.

"귀사의 합격을 축하드리며 오늘 회의에서 나온 것처럼 생산을 위한 회사조직 및 몇 가지 보완할 점은 정식 생산 전까지 반드시 시정해 주시고…… 이것으로써 생산준비 평가회의를 끝마치도록 하겠습니다. 모두들 수고하셨습니다."

"뭐? 끝마친다고?"

민완주는 책상을 치며 자리에서 일어서려 했다. 그러자 송신양은 민완주의 팔을 강하게 붙들었다.

"민 부장, 자리에 앉아. 됐어. 말하면 뭐 하냐?"

"총경리님, 이러시면 안 됩니다. 저들의 잘못에 대하여 자꾸 이런 식으로 넘어가니까 결국 오늘 주리용이 총경리라는 소리까지 듣게 된 것 아닙니까? 아, 정말 미치겠네요."

민완주는 분통이 터졌다.

사회자는 총경리에 대해서는 아예 언급도 안 하는 것이었다. 어떻게 발전소 준공 최종검사를 하러 와서 회사의 최고 책임자인 총경리의 이야기는 들어보지도 않고 부총경리의 이야기를 끝으로 회의를 마칠 수 있단 말인가! 이것은 분명 사전에 주리용과 화북전력국이 계획한 것임이 틀림없었다. 모두가 회의장을 나가려고 일어서는 순간이었다.

"모두들 잠깐 앉으세요. 아직 이 회사의 총경리님은 말씀을 안 했습니다."

어디서 낯익은 목소리가 들렸다.

"응? 누구지?"

민완주는 일어서다 말고 휘둥그레진 눈으로 주위를 둘러보았다. 바로 마홍량이었다.

"사회자님, 송신양 총경리님 말씀은 안 듣습니까? 그래도 우리 진황도 봉봉전력유한공사의 총경리님이신데요."

"하고 싶어도 못하네. 지금 시간이 몇 시인데…… 식당에서 양카이더 주임이 우리를 기다리고 있단 말이야."

주리용이 시계를 들여다보며 소리쳤다.

"한국인 총경리님의 말씀도 들어봅시다."

그때 화북전력국에서 온 나이 지긋한 국장이 조용히 이야기했다. 그의 느닷없는 한마디에 모두들 눈치만 보고 갈까 말까 망설이고 있었고 사회자도 벌레 씹은 얼굴로 예정에도 없었던 송신양 총경리를 소개해야 하는 매우 난처한 상황이 되었다. 사회자는 주리용의 눈치를 몇 번 보더니 말도 없이 송신양에게 말하라고 손짓하였다. 사람들도 반은 서서 반은 엉거주춤 앉아 모두들 주리용의 눈치만 보고 있었다.

"민 부장, 딴소리하지 말고 내가 말한 대로만 통역해."

"알겠습니다."

"우리 회사 직원 여러분, 그동안 고생 많으셨고 화북전력국의 간부 여러분들도 평가하시느라 고생하셨습니다. 앞으로 정식 생산할 때까지 남은 노력을 기울이도록 합시다. 감사합니다."

송신양은 정말 간단하게 이야기를 끝냈다. 민완주는 울분이 목구멍까지 밀려왔지만 뒷일이 험악해지는 꼴을 보기 싫어하는 송신양 총경리의 뜻에 따라 울며 겨자 먹기로 조용히 통역하였다.

회의가 끝나고 모두들 고급 식당인 남방불야성 일층에서 양카이더가 마련한 만찬에 참석하러 떠났다. 양카이더는 회의에 참석하지 않고 식당으로 직접 가서 그들과 합류한다고 하였다. 송신양과 민완주는 전력국에서 온 사람들을 배웅하러 건물 마당으로 내려갔다. 모두들 남방불야성으로 가기 위하여 바삐 차에 올라 발전소를 하나둘 빠져나갔다. 송신양의 운전기사 왕창은 뭐가 그리 바쁜지 주리용의 지시를 받고 이쪽저쪽 정신없이 뛰어다니다 송신양과 민완주와 마주쳤다.

"안 가요?"

"부르지도 않았는데 뭐 하러 가?"

"상관없어요. 그냥 의자 두 개만 갖다 놓으면 되는 거지. 송 총경리님, 양카이더 주임이 오늘 저더러 남방불야성에서 손님 안내 좀 하라고 지시해서 먼저 주 부총경리님 차 타고 갈게요. 오늘은 직접 운전하셔서 퇴근하세요."

"젠장, 누가 운전수인지 모르겠네."

민완주가 빈정거렸다.

어느새 모두들 회사를 빠져나가고 발전소 관리동 앞마당에는 송신양, 민완주 그리고 중국인 직원 마훙량만 남았다.

바람은 서늘하지만 9월의 뜨거운 태양이 하늘 한가운데서 뜨겁게 내리쬐고 있었다. 민완주는 눈이 시려 이내 손바닥으로 미간을 가렸다. 마홍량은 주리용이 온 이후로 그가 한국 사람들과 친하다는 이유로 어떤 술자리에도 절대 끼워 주지 않고 철저하게 주리용으로부터 따돌림을 당하고 있는 처지였다.

"송 총경리님, 좀 웃으세요. 하하하. 오늘 점심은 제가 보신탕으로 사겠습니다. 가시죠."

마홍량이 특유의 너털웃음을 터트렸다.

"네가 무슨 돈이 있다고…… 내가 살게."

송신양은 씁쓸히 웃으면서 말했다. 마홍량은 자기도 주리용으로부터 따돌림을 당해 같은 중국인으로서 더욱 자존심이 상했을 텐데도 전혀 그런 내색을 하지 않았다.

"그래, 가자고요, 총경리님. 우리끼리 술이나 한잔 하시죠. 기분도 거지 같은데."

민완주는 머리를 신경질적으로 긁적였다. 민완주도 그 잡친 기분을 술로 씻고 싶었다.

"민 부장, 사무실 안에 들어가서 양동관, 리빙화 그리고 안더룽도 불러와라. 같이 먹자고."

송신양이 말했다. 민완주는 고개를 끄덕이고 사무실로 뛰어 들어갔다.

그들은 모두 진황도개발구 한적한 곳에 있는 장백산 구육관(狗肉館)으로 갔다. 장백산 구육관은 예전에 조선족이 경영하다 지금은 한족이 경영하는 보신탕집으로 그런대로 맛이 괜찮았고 특히 중국인 손님들이 많이 찾았다. 중국인들은 한국 사람 못지않게 보신탕을 좋아하면서도

'한국인들은 개고기를 먹는다'라고 이상하게 보는 사람들이다. 민완주는 한국에 있을 때 보신탕은 먹지 않았지만 마홍량과 송신양 총경리가 워낙 좋아하다 보니 따라다니며 자연스럽게 먹게 되었다 .

"총경리님, 한 잔 받으시죠. 오늘 낮술 한번 마셔보죠."

마홍량은 52도짜리 이과두주를 따서 송신양의 맥주 글라스에 반 정도 채웠다. 허름한 방에 송신양, 민완주, 양동관, 리빙화, 안더롱, 마홍량 그렇게 여섯 명이 조그만 식탁을 사이에 두고 잔을 들었다.

"자, 우리끼리 준공검사 합격 자축하지요. 총경리님 한 말씀 하세요."

술을 좋아하는 안더롱이 제의했다. 그는 집사람이 죽고 나서 술을 자주 마셨다. 혼자 있는 외로움을 견디기가 힘들기 때문이었다. 하지만 언제나 정의감에 넘치는 그는 한국인들에게 큰 힘이 되었다.

"무슨 말을 해. 실은…… 나 오늘 생일인데…… 기분이 좀 그러네."

"네?"

"뭐라고요? 생일이요?"

"아, 왜 그걸 이제……."

"참, 오늘이지!"

모두들 깜짝 놀라며 탄식하였다. 그때 안더롱이 벌떡 일어섰다.

"이 나쁜 놈의 주리용. 오늘이 총경리님 생일인데 지가 회의시간에 그렇게 할 수 있어? 총경리님, 저 나갔다가 금방 돌아오겠습니다."

그는 혼자서 이과두주가 채워진 글라스를 번쩍 들었다.

"총경리님의 생일을 위하여 건배!"

그는 혼자서 단숨에 독주를 다 마시고 어디론가 뛰어나갔다.

"어? 안더롱 과장님 왜 저러시지?"

"어디 가는 거예요?"

모두 안더롱의 행동에 의아했다.

"어허, 안더롱 저 친구도 참 대단한 사람이야."

송신양이 문 쪽을 바라보며 말했다.

"총경리님, 오늘이 진짜 생일이에요?"

마홍량이 물었다.

"어허, 그럼 내가 농담하랴?"

"맞아요. 오늘 총경리님 생일이에요. 총경리님, 생일 축하해요. 자, 이거……."

리빙화는 언제 준비하였는지 손가방에서 예쁘게 포장한 선물을 하나 꺼냈다.

"자네가? 어허."

송신양은 감동을 받았는지 약간 목 메인 목소리였다. 그는 선물을 뜯어보았다. 중국산 남자 화장품이 들어 있었다. 고급품은 아니지만 그 선물 안에는 리빙화의 정성이 가득 담겨 있었다.

"송 총경리님, 오늘 술 정말 제가 삽니다. 총경리님, 건배하시죠."

마홍량은 말했다.

"자, 건배하기 전에 제가 한마디 하겠습니다."

마홍량은 중국인답게 건배를 하기 전에 축하 건배사를 제의했다. 중국인들은 건배를 하기 전 어느 정도 격식을 갖추고 깊이가 있는 건배사를 하는 경우가 많다.

"송 총경리님, 비록 저는 중국인이지만 매일같이 주리용에게 야단맞고 여러분들과 같이 어울리니 솔직하게 이야기할 수 있습니다. 여러분 세 사람, 중국에 와서 정말 고생 많습니다. 그리고 우리 리빙화 씨나 안더롱 과장도 같은 중국인이면서도 고생 많습니다. 주리용…… 그 사람 개

239

예요, 개. 양카이더의 개. 공산당의 개. 송 총경리님은 누가 뭐라고 해도 이 회사의 총경리입니다. 정의는 언젠가 승리할 것입니다. 자, 우리 송 총경리님의 생일 축하를 위하여 건배!"

"건배!"

모두들 그 독한 바이주를 잘도 들이켰다.

"캬아, 쓰다."

민완주가 내뱉었다. 민완주는 입을 닦으며 수육 한 점을 짚으려고 첫가락을 뻗힐 때 송신양의 눈에서 눈물이 흐르는 것을 보았다.

"총경리님……."

그 모습을 보고 모두들 아무 말이 없었다. 그러더니 갑자기 리빙화가 아예 소리를 내어 흐느끼는 것이었다.

"총경리님은 너무 착하세요. 주리용 그 인간이 총경리님의 착한 심성을 이용하는 거라고요."

리빙화는 콧물까지 훌쩍거리며 서럽게 흐느꼈다. 분위기가 묘해졌다. 민완주도 역시 눈물이 나오려 하기에 헛기침을 몇 번 하고 억지로 참았다. 양동관도 마찬가지였다.

"주리용, 그 사람 얼마나 잘되나 내가 한번 두고 보겠어요."

의협심 강한 양동관이 주먹을 불끈 쥐었다.

"야, 이거 분위기가 왜 이래? 건배 다시 한 번 하자."

송신양의 제의에 잔을 높이 들었다. 그리고는 모두들 독한 바이주를 단숨에 쭉 들이켰다. 안더롱은 한참 뒤에 의기양양한 모습으로 돌아왔다. 그날은 그렇게 대낮부터 술에 취해 버렸다.

다음 날 아침 회사에 출근하니 주리용이 잔뜩 화가 나 있었다. 알아보니 주리용이 어제 남방불야성에서 양카이더가 주최하는 축하연에 참석하고 있는 사이, 누군가 주차장에 세워진 그의 승용차의 바퀴를 펑크 내놨고, 열쇠구멍은 죄다 이쑤시개로 틀어막아 버렸고, 머플러에는 헝 겊조각을 잔뜩 처박아 자동차를 완전히 못쓰게 만들어 놨다는 것이었 다. 민완주는 그 이야기를 듣는 순간, 전날 장백산구육관에서 갑자기 어디론가 사라졌던 안더룽이 생각났다. 대충 누가 그런 짓을 했는지 짐 작이 가는 것 같아 민완주는 씁쓸한 미소를 지었다.

생산준비회의가 끝나고 며칠 후, 봉봉발전소는 화북전력국으로부터 준공검사 합격도 받았고, 시운전과 정식으로 전력과 난방 생산준비를 한다고 여념이 없었다. 봉봉발전소에는 전력과 난방을 생산하기 위해 복잡한 기계를 다룰 줄 아는 실력이 빼어난 기술자도 있었지만, 다른 사 람이 안 보는 곳에서 묵묵히 맡은 바 업무를 해나가는 단순직 직원들도 있었다. 이러한 구성원들이 있었기에 봉봉발전소는 그간 아무런 사고 없이 잘 운영되어 갔다. 하지만 주리용에게 있어 이들조차도 때에 따라 제거의 대상이 되었다.

봉봉발전소의 청소 담당 아주머니 팡팡(胖胖)은 여느 때와 마찬가지로 마대자루로 복도를 열심히 닦고 있었다. 복도를 다 닦고 난 후, 송신양 총경리 사무실 앞을 열심히 청소하고 있는데 주리용이 그녀에게 다가왔 다.

"당신, 오늘부터 총경리 사무실 청소하지 마."

"네?"

"이제부터 총경리 사무실 청소하지 말라고."

"흥."

팡팡은 콧방귀를 끼더니 다시 청소를 시작했다.

"아니, 이 사람이……"

팡팡의 의외의 반응에 주리용은 눈이 동그래졌다.

"다, 당신 내가 누군지 몰라? 나로 말할 것 같으면 이 회사 사람 모두가 무서워 벌벌 떠는 주리용 부총경리이야. 감히 청소하는 아줌마 주제에 내 말이 우습게 들려?"

주리용은 복도가 떠나가라 소리쳤다. 그 소리에 사무실에서 일하던 직원들이 복도로 우르르 뛰쳐나왔다.

"당신, 내가 청소하지 말라고 하면 하지 마!"

주리용은 많은 직원들이 쳐다보자 더 큰 목소리로 소리쳤다. 팡팡은 대걸레를 냅다 집어던졌다.

"아니, 이보시오, 부총경리님. 청소하는 것도 죄요? 내가 이 회사 직원인데 직원이 총경리 사무실 청소하는 것은 당연한 것 아닙니까? 속 좁게 이런 것 가지고 생트집을 잡고 난리입니까?"

"뭐야? 내가 속 좁다고?"

팡팡은 주리용의 화를 더욱 돋웠다. 구경하던 많은 직원들은 과연 주리용이 그녀를 어떻게 처리할 것인가 자못 궁금하여 숨을 죽이고 흥미진진하게 바라보았다.

"당신 미쳤어? 이분이 누군 줄 알고 어디다 대고 감히 큰 소리야, 큰 소리는?"

언제 나타났는지 쩐따왕이 소리쳤다.

"미친 것은 내가 아니라 당신들이요. 아무리 총경리가 한국 사람이라고 하지만 청소도 못해 줍니까? 총경리 사무실 청소해 주는 것이 뭐가 그리도 잘못된 것이라고 야단들이요?"

뚱뚱하고 체격이 큰 청소 아줌마 팡팡은 당당하게 말했다. 그때 주리용은 갑자기 그녀의 얼굴을 빤히 들여다보았다.

"너, 혹시…… 마훙량의 친척? 맞지?"

"그, 그렇소. 그게 뭐 어쨌다는 거요?"

사실 청소 아줌마는 마훙량의 가까운 친척으로 마훙량에 의해 발전소에 들어온 계약직 직원이었다.

"오호, 잘됐다. 오늘부로 그만둬, 해고야!"

"해고? 누구 맘대로? 내가 뭘 잘못했다고 그만둬요? 나를 해고시킬 수 있는 사람은 이 회사에서 최고 높은 송신양 총경리밖에 없어요."

"뭐 이런 아줌마가 다 있어? 이분이 누구신데 감히 눈을 부라리고 큰소리야. 당신 맛 좀 볼래?"

쩐따왕이 고래고래 소리쳤다. 그는 바닥에 떨어진 대걸레를 집어 들고는 그것으로 청소 아줌마를 밀쳤다.

"아이고, 이것이 사람 죽인다."

"너 같은 것은 혼 좀 나야 해, 에잇."

쩐따왕은 마대자루를 높이 쳐들고 그녀를 내리치려고 했다. 그 순간 누군가 쩐따왕의 뒤에서 마대자루를 강하게 움켜쥐었다.

"누구야?"

쩐따왕은 뒤를 돌아보았다. 마훙량이었다.

"이거 안 놔?"

"이봐, 쩐따왕. 당신은 은혜도 모르는 사람이오? 당신을 뽑아준 사람이 누군지 기억은 합니까? 내가 이 사람 괜찮다고 추천하여 한국인 송신양 총경리가 뽑아준 거, 그것도 기억 못합니까?"

마훙량은 우직한 힘으로 쩐따왕의 손에서 마대자루를 가로채 멀찌감치 집어던졌다.

"한국인은 중국에서 절대로 영도가 될 수 없어. 한종민이나 송신양 총경리가 어디 중국인 말단 직원 하나 제대로 통솔하는 것 봤어? 홍, 외국인은 단지 외국인일 뿐이야. 나는 우리의 힘 있는 영도인 주리용 부총경리만 따를 뿐이야."

"마홍량 조용히 안 해? 이봐, 아줌마. 나는 한번 뱉은 말은 절대로 바꾸지 않는 사람이야. 억울한 꼴 당하기 전에 당장 짐 싸!"

주리용이 팡팡에게 소리쳤다.

"좋다. 그만두면 될 것 아니야. 나도 시골 가서 농사짓는 게 더 낫다. 하지만 당신 앞으로 밑에 있는 직원에게 이런 식으로 대하지 마시오. 그리고 남은 내 월급 떼어먹을 생각은 추호도 하지 말아요."

청소 아줌마는 당당하게 말했다. 그리고는 대걸레를 집어 주리용에게 냅다 던지고는 성큼성큼 자리를 떴다. 주리용은 이날 이후 송신양 사무실 청소도 못하게 하였다. 그것이 중국 측이 봉봉발전소를 독식하는 데 얼마나 도움이 되는지 몰라도 주리용은 이런 사사로운 것까지 실행에 옮겼다.

그날 오후, 송신양은 커피가 떨어져 사업관리부로 자리를 옮긴 리빙화를 불러 커피를 사다놓으라고 했으나 살 수가 없었다. 주리용이 경리부의 마빈(馬斌)이라는 직원을 시켜서 송신양 총경리가 마시는 커피, 설탕 경비도 일체 주지 말라고 지시했기 때문이었다.

"우리 회사 500명 직원 중에서 커피 마시는 사람은 한국인밖에 없다. 만약 한국인이 마시는 커피를 회사 돈으로 구입한다면, 중국 직원들이 마시는 녹차도 회사 경비로 구입해야 한다."

주리용은 이러한 논리를 내세워 한 통에 20위안 하는 커피도 못 사게 하였다. 결국 커피, 설탕도 먹고 싶으면 개인 돈으로 사먹는 수밖에 없었고 연이어 그때까지 배달하여 마시던 생수도 끊어 버렸다.

"물을 마시고 싶으면 한국인들도 중국인과 똑같이 식당에 있는 수돗물을 마셔라. 한국인만을 위하여 마시는 물까지 사올 수는 없다."

주리용은 이렇게 주장했다. 송신양은 날씨는 더운데 마실 물조차 없으니 죽을 지경이었다. 민완주와 양동관은 원래 식당에서 여느 중국인들처럼 수돗물을 끓여 보온병에 담은 다음, 그것으로 녹차를 타 마셨기 때문에 별 문제 없었는데 송신양은 한국에 있을 때처럼 계속 시원한 냉수를 마셨기 때문에 생수 없이는 단 하루도 버틸 수가 없었다.

마홍량은 퇴근 후 집에서 저녁을 먹고 누군가에게 전화를 했다.

"이봐, 마빈. 네가 고향 후배로서 그럴 수 있어? 네가 아무리 양카이더의 꾸안시(關係)로 우리 회사 경리부에 들어왔지만 네놈이 어떻게 한국인 총경리의 마실 물과 커피 살 돈도 지불하지 않는 거냐? 네가 아무리 주리용에게 충성한다고 해도 제발 상식을 벗어나는 행동은 하지 마라. 네가 누구하고 이 회사에 오래 근무할지 잘 생각해 봐. 주리용 그 사람은 발전소를 중국 것으로 기틀을 잡기 위해 우리 회사에 온 것뿐이야. 옛날에 주 부총경리가 근무했던 중일합작조양레미콘유한공사에서도 일본인들만 다 정리하고는 우리 회사로 왔잖아? 우리 회사에서도 그의 임무가 완수되면 더 큰 회사로 갈 사람이야. 마빈, 송 총경리 마시는 커피와 생수 사는 돈 얼마 안 돼. 그러니 내가 적당히 영수증 만들어 줄 테니 알아서 처리해. 알았지?"

마홍량은 전화를 끊고 담배를 입에 물었다.

다음 날 아침 마홍량은 민완주와 녹차 한 잔을 나누었다.

"마 부장, 주리용이 너무 쩨쩨하게 나오는 것 아니야? 아니 청소도 못하게 해, 커피도 못 사게 해, 게다가 마실 물도 못 먹게 하니 대체 그런

치사한 조치가 어디 있어?"

"민 부장, 그게 중국인 특유의 기질이야. 일단 한번 무슨 일을 한다고 하면 하나부터 열까지 완벽하게 처리해 버리는 기질이지. 굵직굵직한 것 몇 개만 처리하는 그런 어설픈 것이 아니라 완전히 그 씨를 말려버리는 것. 예컨대 누구에게 복수를 한다든지…… 뭐 그런 것 있잖아?"

"우리한테 보복할 게 뭐가 있다고?"

"아마 우리 회사를 중국화 한다는 것이 더 적당한 표현 같네. 물론 내가 봤을 때는 시대착오적인 생각이지만 아직까지도 중국 사회에는 중국인 중심으로 살아간다는 중화사상이 강하고 또 도처에 주리용과 같은 극좌파 공산주의 현대판 홍위병들이 그런 일들을 이끌어 가고 있지. 그리고 정부는 그런 것을 못 본 척하고 그냥 내버려두는 셈이야."

"어쨌든 치사스럽게 청소도 못하게 하고 물도 못 먹게 하니……."

"청소는 내가 우리 부서에 있는 내 말 잘 듣는 직원에게 이야기해 놨으니 아무도 몰래 아침 일찍 총경리실에 들어가 해놓을 거야. 그리고 물과 커피는 내가 다시 공급할 수 있도록 해볼게."

"고맙네. 그런데 마 부장. 왜 자네는 우리 편을 드는 거지? 주리용에게 붙으면 더욱 강한 권력을 휘두를 수 있을 텐데?"

"총경리는 총경리로서 정도를 걷고 있지만 주리용은 부총경리로서 임무를 제대로 한다고 생각하지 않아. 한마디로 마음에 안 들어. 나는 내가 한번 좋아하고 따르는 사람이라면 끝까지 가네. 그게 한국인이든 중국인이든 상관하지 않아. 하지만 나는 내가 한번 싫어하는 사람이라면 그것도 끝까지 가네. 주리용처럼 말이야. 하하."

민완주는 마홍량을 다시 한 번 쳐다보았다. 그는 주리용과는 달리 어떤 이데올로기적 속박에도 구속되어 있지 않은 대륙적 기질의 진정한 중국인이었다.

도청장치

봉봉발전소가 시운전 준비에 돌입하고 나서는 모두들 바쁘게 움직였다. 토요일, 일요일도 없이 매일같이 출근하였다. 그러던 어느 일요일, 진황도개발구 주임이자 봉봉발전소의 동사장 양카이더가 느닷없이 회사를 방문하여 회의를 열 테니 전 직원들을 집합시키라는 통보가 왔다. 이유는 시운전 준비에 고생하는 직원들을 독려한다는 것이었다. 모두들 양카이더가 온다고 하기에 일요일임에도 불구하고 오후 늦게까지 대기하고 있었다. 송신양 역시 양카이더가 직원들을 격려하러 온다고 하기에 그의 행실은 미웠지만 또 공식적인 회의에 참석을 안 하였다가는 중국인들이 어떤 트집을 잡을지 모르는 일이라 그를 기다렸다.

오후 4시경, 모두들 강당에 모여 양카이더가 오길 목이 빠지게 기다렸다. 약 한 시간 정도 지나서 주리용이 빠른 걸음으로 강당에 들어왔다.

"모두들 해산."

"해산이요?"

"어떻게 된 거죠?"

"양 주임이 급한 일이 생겨 오늘 못 온다. 다들 해산해."

직원들은 우르르 일어났다.

"별 싱거운 놈 다 보겠네. 사람 기운 빠지게."

민완주는 혼자 중얼거렸다.

"가죠, 총경리님."

"사람 싱겁기는. 민 부장, 나 먼저 들어갈게."

"그러세요. 별로 할 것도 없는데요."

그렇게 송신양은 집으로 돌아갔다.

그 다음 주 일요일 오후, 양카이더는 다시 한 번 주리용을 통해 단 한 시간 전에 직원 격려 회의를 열겠다고 통보하였다.

"회의를 하려면 미리미리 연락을 하든가 할 것이지 자기 마음대로 시간을 정하니 원……"

민완주는 양카이더의 그러한 태도에 짜증이 났다. 그런데 민완주는 양카이더가 갑자기 온다는 소식에 은근히 걱정이 되었다. 그것은 이날 송신양 총경리가 없었기 때문이다.

"하필이면 재수 없이 왜 오늘 온다는 거야?"

송신양은 그날 천진으로 골프를 치러 가고 없었다. 송신양은 천진골프장 회원권을 하나 가지고 있었다. 진황도에는 골프장이 없었기 때문에 그곳에 있는 것을 하나 구입하여 가끔 천진으로 골프를 치러 갔다. 그것이 송신양의 유일한 낙이기도 했다.

사실 중국에서 외국인 파견자들이 골프를 친다는 것은 극히 자연스러운 일상이다. 왜냐하면 그만큼 저렴하기 때문이었다. 민완주와 양동관은 업무도 바쁘거니와 가족들이 같이 있어 골프를 칠 시간이 없다 하더라도 단신 부임한 송신양이 그 저렴한 골프를 마다할 리가 없었다.

"총경리님도 시운전이 끝날 때까지는 참았어야 하는데 이것 참……."

민완주는 난감했다.

전 직원이 강당에 모인 지 20여 분 정도 흘렀을 때 양카이더가 나타났다. 양카이더는 진황도개발구 노동국장이자 그의 애인인 왕루몽을 대동하고 왔다.

"으음? 왕루몽이 어떻게 왔지?"

민완주는 그녀가 회사에 왜 왔는지 의아해 했다.

"저것들 둘, 분명 여기 오기 전에 한판 하고 왔을 거야. 히히히."

마홍량이 민완주에게 속닥거렸다. 그 소리에 민완주도 피식 웃었다. 왕루몽과 양카이더가 애인 사이라는 것은 만인이 다 아는 극비사항이었다. 양카이더가 도착하자 장내는 엄숙해졌다. 양카이더와 왕루몽은 주석대에 앉았고 양카이더는 강당 전체를 한 번 천천히 둘러보았다.

"어떻게 총경리가 안 보이나? 송 총경리 어디 갔지?"

양카이더의 첫마디였다.

"아무런 연락도 없고 오늘 회사도 나오지 않았습니다."

주리용은 기다렸다는 듯이 즉각적으로 대답했다.

"뭐야? 지금 어디 있는데?"

"아무런 보고도 못 받았습니다."

"민 부장, 송 총경리 어디 갔는지 아는가?"

양카이더가 민완주에게 물었다.

"시, 시내에 볼 일이 있어…… 잠깐 나갔습니다."

민완주는 대충 얼버무렸다.

쾅. 양카이더는 주먹으로 책상을 세차게 내리쳤다.

"이렇게 중요한 시기에 직원들은 일요일에도 다들 나와 열심히 일하는데 어떻게 회사 총경리라는 사람이 자리를 비울 수 있단 말인가?"

"송 총경리가 지금 어디에 있는지 아는 사람 손 들어보시오."

이번에는 주리용이 마이크가 쩌렁쩌렁 울릴 정도로 소리쳤다.

"……."

"왕창."

"네."

주리용의 호명에 왕창은 자리에서 벌떡 일어섰다.

"당신은 총경리 기사니까 그가 어디 갔는지 알 것 아닌가?"

"보통 송 총경리는 금요일 오후에 저를 그냥 퇴근시키고 혼자 차를 몰고 가서 월요일에 가지고 옵니다. 그런데 한번은 주말에 송 총경리로부터 전화가 왔는데 자동차 사고가 났다며…… 천진에 있는 골프장이라고 하더군요. 아마 지금도 골프장에 있을 겁니다. 왜냐하면 혹시 또다시 사고가 날 것을 대비해 제가 그 골프장의 전화번호와 담당자를 알아났거든요. 그래서 매주 전화를 해서 우리 차가 거기 있는지 물어봤습니다."

"오, 그래? 똑똑한 친구로군."

양카이더는 왕창을 칭찬했다.

"지금 골프장에 있는지 확인이 되나?"

주리용이 물었다.

"네. 오후 2시경에 골프장에서 출발했다고 합니다."

왕창이 대답하자 모두들 웅성거렸다.

"조용히!"

양카이더는 손을 내밀어 직원들을 조용히 시키고는 마이크를 잡았다.

"직원들은 뼈 빠지게 일하는데 총경리라는 작자는 골프나 치러 다니고…… 한국인 민완주 부장은 골프장 간 사람을 시내에 나갔다고 거짓말이나 하고…… 쯧쯧쯧. 만약 왕창이 없었으면 우리 모두 송신양이 시내에 나간 줄 알고 있을 것 아닌가?"

민완주는 얼굴이 벌게졌다. 송신양이 골프 치러 간 것은 사실이기 때문에 뭐라고 대들 수가 없었다.

"나쁜 놈의 왕창 자식, 고자질을 하다니……."

민완주는 멀찌감치 있는 왕창을 노려보았다.

"이거 다 짜고 하는 것 같아."

경리부장 양동관이 민완주에게 나지막이 말하였다.

"맞아. 자식들이 송 총경리가 지금 없는 걸 알고 공개적으로 망신 주러 온 거 아냐?"

양카이더는 테이블에 있던 차를 한 잔 마시고 계속 말을 이었다.

"오늘 왕루몽 노동국장이 본 회의에 참석한 이유는 송신양 총경리가 회사 운영을 잘못하여 건설회사들이 대거 노동국에 민원을 제출하고 법원에 기소를 하였기 때문에 그것을 설명하러 왔는데 장본인이 자리에 없으니 안 되겠군."

"기소?"

이곳저곳에서 웅성거렸다.

그때 왕루몽이 마이크를 잡았다.

"안녕하세요. 개발구 노동국장입니다. 현재 네 개 건설회사가 봉봉발전소를 대상으로 건설대금 미지급에 대한 기소를 했고 또 우리 노동국에는 건설노동자 임금체불에 대한 수십 건의 항의문과 민원이 접수되었습니다. 그래서 이 회사의 책임자인 송신양 총경리는 오늘 이 자리에서 자기의 입장을 해명할 기회를 주기 위하여 왔는데 유감스럽게도 그럴 기회를 놓쳤군요."

"이것은 완전히 조작극이야. 송신양을 완전히 매장시키려고 하는군."

마홍량은 민완주를 바라보며 흥분한 목소리로 말했다.

"건설대금 미지급과 노동자 체불임금에 대하여 송신양이 책임지라는 것은 말도 안 되는 소리야. 그건 순전히 진황도개발구 정부에서 돈을 안 냈기 때문이잖아."

민완주는 화가 났다. 그러면서 주리용은 언제 준비하였는지, 무슨 쪽지를 꺼내어 송신양의 잘못된 점에 대하여 열거하기 시작하는 것이었다. 민완주와 양동관은 너무나도 기가 막혔다. 한국인들을 앞에 두고 어떻게 그런 말을 할 수 있는지 도무지 이해할 수 없었다. 그리고 언제 준비하였는지, 각 기술부서 과장들은 준비된 원고를 가지고 나와 결의문을 낭독하기 시작하였다. 사전에 연락하지 않고서는 절대로 그런 원고를 만들 수 없었다.

"첫 번째 결의 발표자는 찐따왕."

주리용의 호명에 모두들 우레와 같은 박수를 쳤다. 그 다음으로 철저히 한국 사람을 배격하려는 보일러과의 탕룽, 똥화춘 등이 발표하였다. 모든 기술부서 과장들이 돌아가면서 결의문을 낭독하였는데 유독 한 사람만 시키지 않았다. 그 사람은 수처리과 안더룽 과장이었다. 안더룽은 한종민 총경리가 찐따왕과 같이 채용한 직원이다. 주리용은 평소에 눈 밖에 나 있던 안더룽을 일부러 빼놓았다.

회의가 끝나고 민완주는 사무실로 돌아가서 담배 한 대를 물었다. 후우. 담배 연기를 길게 내뿜으면서 라이터를 만지작거렸다.

"이제 사람들이 송 총경리 골프 치러 다니는 걸 다 알게 되었네."

민완주가 총경리의 일을 걱정하고 있을 때 누군가 방문을 노크하였다.

"들어오세요."

수처리과 안더롱이었다.

"안더롱 과장님, 웬일이세요? 어서 들어오세요."

민완주는 일어서서 담배 불을 재떨이에 비벼 끄고 그에게 의자를 권했다.

"오늘 결의대회 보셨죠?"

안더롱은 진지하게 물었다.

"네, 장난 아니던데요. 언제 준비한 거예요?"

"어젯밤에 집으로 다 연락했답니다. 중국 사람들 무섭습니다. 주리용 대단한 인물이에요. 그 사람이 다 만든 거잖아요."

"흠, 담배 태우실래요?"

"한국 담배예요?"

"네, 에쎄."

"에…… 쎄?"

안더롱은 담배를 한 모금 빨아 길게 내뿜었다.

"야, 뭐 이래 싱겁나?"

"이게 싱겁다고요? 난 중국 담배 독해서 못 피우겠어요."

안더롱은 말없이 뻐끔뻐끔 담배만 폈다.

"안더롱 과장님, 오늘 보니까 주리용이 안 과장님 혼자만 발표 안 시켰더라고요?"

"에이, 뭐 난 상관없습니다. 주리용, 그 더러운 놈."

"미안합니다. 송 총경리님이나 저나 많이 밀어드려 부장도 되시고 잘 되셔야 할 텐데……"

"됐습니다. 말만이라도 고맙고요, 주리용이 언제까지나 영원히 있겠습니까? 저것도 지금 양카이더에게 이용당하고 있는 거예요. 본인은 그걸 모르고 있어요. 원래 공산당 홍위병들이 일은 제일 많이 하고 항상 말로가 좋지 않아요."

"제가 봤을 때는 영원히 독재를 할 것 같은데요."

"보세요, 안 그렇습니다. 중국인이 얼마나 무서운지 차차 알게 될 겁니다."

"……"

"참, 그리고 전화 조심하세요."

"네?"

"제가 며칠 전 우리 회사 전화 통신 담당 장평(張鵬)이랑 술을 마시다 이 친구가 술이 취해 우연히 회사에 새로 설치한 전화교환기에 대하여 이야기하더군요. 장평하고 나는 동향이기 때문에 가끔 술을 같이 마십니다."

"그게 무슨 문제가 있나요?"

"그날 같이 술을 마시게 된 것은, 교환기실 안의 습도와 온도를 유지해 주는 항온항습기 기계가 있는데 거기에 화학약품을 투여해야 하기 때문에 늦게까지 같이 일하고 술 한잔 하게 되었지요."

"그런데요?"

"그런데 문제는 그 기계에 도청장치가 되어 있다는 거예요."

"네? 도청장치?"

"네. 사실 저는 그런 전화 도청장치를 예전에 본 적이 있어 제가 먼저 그에게 넌지시 물어보게 되었지요. 한국인들 전화 대화 내용을 자동으로 녹음하게 만들어서 찐따왕을 시켜 무슨 뜻인지 통역하게 하는가 봐요."

"찐따왕, 그 사람이……."

"그 사람 나와 같이 무단장티엔리발전소 출신 조선족이면서 하룻밤 사이에 주리용의 괴뢰가 돼 버렸어요. 오늘 결의대회 때 그가 대표가 된 것도 다 이유가 있었어요. 내가 그 찐가(金家) 놈이 얼마나 잘되나 볼 겁니다."

민완주는 책상 위에 놓인 전화기를 바라보았다.

"그럼, 제 전화도 도청이 되나요?"

"물론이죠. 오늘 왕창이 송 총경리님 골프장 간 것 이야기했잖아요? 그거 다 도청해서 알아낸 겁니다. 장펑이 그러더군요."

"그, 그래요?"

"게다가 양동관 경리부장, 조심하라고 하세요. 출납 여직원과 아주 가까운 관계지요?"

"네? 무슨 말씀…."

"잘은 모르지만 두 사람이 굉장히 가까운 사이인가 봐요. 양동관 부장과 출납 여직원의 대화 내용이 죄다 녹음되었나 봐요. 요즘 주리용이 경리부에 신경을 바짝쓰고 있는것 같아요. 양 부장한테 조심하라 그러세요."

"허, 기가 막혀 말이 안 나오네."

민완주는 말문이 막혔다.

"그거 알려주러 왔으니 전화 조심하세요. 저 갈게요."

"가시게요? 어쨌든 감사합니다. 하여간에 이 일은 심각한 문제입니다.

그냥 넘어갈 수는 없을 것 같아요."

"제가 이야기해 줬다고는 누구에게도 말하지 마세요."

"당연하죠."

안더룽이 방을 나가고 난 후 민완주는 한참을 아무 말도 없이 멍하니 전화기만 바라보았다. 가만히 앉아서 주리용에게 뒤통수를 맞은 생각을 하니 화가 나기보다는 너무나도 섬뜩한 일이었다.

"이것은 심각한 불법 행위야. 대사관에 연락하든지 아니면 공안국에 신고하든지 무슨 수를 써야 돼."

민완주는 집으로 돌아가 저녁 늦게 돌아온 송신양에게 이 사실을 알려주었다.

"일단은 아무에게도 말하지 말고 가능한 빠른 시일 내에 증거를 잡아 대사관에 알리자. 이 전화도 빨리 끊어. 집전화도 도청하고 있을지 모르니."

송신양은 수화기를 내려놓으며 주먹을 불끈 쥐었다.

"젠장, 본사에서는 나더러 모든 책임을 지고 경영 정상화를 하라지만 이것은 내 힘만으로 해결할 문제가 아니야. 그래, 대사관에 연락하자. 일단 대사관까지 연락을 취해 놓으며 내 할 도리는 다한 거지. 암, 그렇지."

송신양은 무릎을 치고 일어나 대사관 방문 스케줄을 짜기 위해 방으로 들어갔다.

이틀 후, 평소 일찍 출근하는 민완주는 중국 직원들이 그날따라 자기보다 더 빨리 출근한 것을 발견하고 의아하게 생각했다.

"음? 회사에 무슨 일이 있나?"

민완주는 뭔가 낌새가 이상하여 황급히 사무실로 들어갔다. 그의 사무실에는 민완주 말고도 세 명의 중국 직원이 같이 근무하고 있었는데 이들은 아침부터 책상을 옮기고 있었다. 민완주는 이게 대체 어떻게 된 영문인가 싶어 부하 직원 리진화(李錦華)에게 물었다.

"리진화, 무슨 일이야? 아침부터 책상은 왜 옮기는 거지?"

"부총경리님이 전부 이층으로 이사 가래요. 우리만 옮기는 것이 아니라 사업관리부 12명 전원 다른 곳으로 이사하라고 지시받았어요. 어젯밤 집으로 전화 왔는데 오늘 이사한다고 빨리 나오라고 그랬어요."

"부총경리가 직접?"

"아뇨, 전화는 씽한창(邢漢昌) 과장님이 했어요."

"나한테 한마디 말도 없이?"

"뭐, 우리라고 어쩔 수 있나요? 시키는 대로 해야지요."

민완주는 방에서 뛰쳐나와 다른 사무실을 가보았더니 모두들 짐을 챙기느라 정신이 없었다.

"너희들 지금 뭐 하는 거야? 모두들 책상 제자리에 놔둬!"

민완주의 불호령에 직원들은 주춤했다.

"주리용 부총경리가 옮기랬어요."

"민 부장님, 일단 옮기고 보지요. 네?"

민완주는 이런 말도 안 되는 짓거리에 도저히 참을 수가 없어서 3층에 있는 주리용의 사무실로 뛰어 올라갔다. 그의 방에 들어가 보니 주리용도 이사 준비를 하고 있었다.

"부총경리님, 대체 이게 무슨 일입니까?"

그는 대답도 없이 한참 짐을 정리하다가 민완주를 쳐다보았다.

"뭐가?"

"아니 나 빼놓고 사업관리부 직원들 전부 이사 간다고 책상 옮기고 난리가 났는데 이게 어찌된 일이냐고요?"

"민 부장, 지난번 양카이더 주임이 직원 격려 회의할 때 이야기하는 거 못 들었나?"

"……"

"그때 양 주임이 전력국에서 지적한 대로 정상 운영을 위하여 조직을 개편하라고 지시했기 때문에 조만간에 이를 단행한다고 했잖아? 기억 안 나나?"

"그래서요?"

"그래서 조직을 개편한 것이고 거기에 맞춰 사무실 배치를 다시 하는 거야."

"누구 마음대로요? 네?"

"뭐야?"

"주 부총경리님, 지금 부총경리님 전력국 핑계 대고 무슨 짓을 하고 있는지 아세요? 회사 내의 조직 변경은 엄연히 총경리가 결정할 일인데 어떻게 부총경리님 마음대로 바꾸는 것이며, 게다가 내 밑에 있는 부하들 12명을 모조리 다른 곳으로 이사 보내는 처사는 나더러 일하지 말고 한국에 돌아가라는 소리가 아니고 뭡니까?"

"으흠……"

주리용은 대답을 못했다.

"어디 당신 마음대로 할 수 있나 봅시다."

민완주는 버럭 소리를 지르고 방에서 뛰쳐나왔다. 민완주는 회사 체계를 자기 마음대로 바꿔 버리려는 주리용의 작태에 너무나도 화가 났다. 갈수록 그의 행동은 정상인으로는 도저히 납득할 수 없는 짓뿐이었다. 민완주는 서둘러 다시 사무실로 내려왔다.

"책상 옮기지 마. 그대로 있어."

직원들은 잠시 하던 일을 멈췄다. 그때 마침 사업관리부 과장이자 민완주 바로 밑의 직속 부하인 씽한창이 들어왔다. 그 뒤를 이어 왕창도 따라 들어왔다.

"야, 너희들 지금 뭣들 하는 거야? 빨리 책상 옮겨."

"씽한창, 너 미쳤어? 내가 하지 말라고 하는 말 못 들었어?"

"으흠, 민 부장, 이제 나에게 이래라저래라 지시하지 마세요."

"뭐, 뭐라고……?"

씽한창은 민완주에게 정면으로 대들었다. 민완주가 엄연히 그의 상사임에도 불구하고 그는 민완주에게 대놓고 하극상을 벌였다. 민완주는 기가 막혀 말이 나오질 않았다.

"민 부장님, 화나셨나요? 화내지 마세요, 건강에 안 좋아요."

왕창이 장난기 가득한 목소리로 민완주의 화를 더욱 돋웠다.

"왕창, 넌 나가 있어! 나쁜 놈의 자식!"

민완주가 흥분하여 한국말로 내뱉었다.

"허…… 참, 민 부장님 또 화나셨나봐. 한국말로 하는 것 보니까."

왕창은 입을 삐죽 내밀고 밖으로 나가버렸다.

"너희들 책상 다시 원위치 시켜."

"주리용이 지시한 일이다. 어서 옮겨."

민완주의 지시에 씽한창이 다시 명령했다. 직원들은 책상을 옮기기 시작했다. 주리용의 지시라는 말에 직원들은 군말 없이 책상을 다시 옮기기 시작했다. 이제 더 이상 민완주의 명령 따위는 그들의 귀에 들리지도 않았다. 민완주는 2층에 있는 송신양 총경리의 사무실로 뛰어 올라갔다. 거의 동시에 마홍량도 총경리 사무실로 허겁지겁 뛰어 들어왔다.

커피를 마시고 있던 송신양은 뛰어 들어온 마홍량과 민완주를 번갈아 쳐다봤다.

"송 총경리님, 이거 어떻게 된 겁니까?"

마홍량이 숨넘어가는 목소리로 다급하게 물었다.

"또 왜?"

"주리용이 일을 저질렀습니다."

마홍량이 말했다.

"그게 무슨 소리야?"

"총경리님, 지금 직원들이 책상 들고 다른 방으로 자리 옮기고 난리입니다."

이번에는 민완주가 말했다.

"아이 씨, 그건 또 무슨 소리고?"

송신양은 양미간에 인상을 쓴 채 두 사람을 번갈아 쳐다보았다.

"주리용이 양카이더의 지시를 받고 직원 인사이동을 시켰답니다."

"뭐? 내 명령도 없이?"

"네."

송신양은 마홍량의 대답에 커피 잔을 내려놓았다.

"나 잠깐 화장실 좀 갔다 올게."

송신양은 언제부터인가 정신적인 스트레스를 받으면 과민성대장증후군 증세를 보여 심한 설사를 하였다. 그 사이 마홍량은 민완주에게 자세한 이야기를 하였다.

"이야기를 들어보니까, 주리용이 평소 자기 말을 잘 들던 직원 중에서 새로이 부장 17명을 뽑았다는데."

"17명? 누군데?"

"민 부장 대신 쎵한창을 사업관리부 부장으로 임명했고……."

"뭐, 뭐야? 어쩐지 그 자식이……."

"그리고 나 대신 장엔(張演)이라는 놈이 총무부장으로 왔어."

"장엔? 뭐하는 놈이야?"

"옛날에 식당 하던 녀석이래."

"참, 웃기지도 않는군."

"그런데 새로 뽑은 부장 17명 중에서 대학교 나온 사람이 두 명밖에 없데. 대부분이 중졸이고 석탄반에서 일하던 놈들이래."

"회사 잘 돌아가겠다."

"이게 바로 공산당식 인사명령이야."

"공산당식?"

"그래, 아무리 무식한 사람이라도 광신적으로 충성하는 사람에게 간부를 시키면 누구나 다 똑같이 잘 해낼 수 있다는 거지."

"주리용답구만."

그 시간 수처리과의 안더롱 과장은 자기 책상에 앉아 신문을 읽고 있었다. 턱을 괴고 한쪽 다리를 떨면서 열심히 신문을 읽고 있는데 별안간 한 무리의 직원들이 그의 사무실에 들이닥쳤다. 무리의 대장은 바로 찐따왕이었다.

"어이, 안 과장. 오랜만이야."

안더롱은 주리용의 앞잡이로 변해 버린 찐따왕을 처다보고 인사도 하지 않았다.

"이제는 인사도 않겠다는 것인가?"

"왜? 무슨 일인데? 이렇게 많은 사람들을 데리고 날 찾아오게."

안더롱이 퉁명하게 말했다. 하지만 한편으로는 우르르 몰려온 사람들을 보고 덜컥 겁이 났다. 찐따왕은 입가에 음흉한 미소를 지으며 손가락으로 안더롱이 앉아 있는 자리를 가리켰다.

"이제 그 자리 좀 비켜 줘야겠는데."

"뭐? 무슨 소리 하는 거야?"

안더롱이 자리에서 벌떡 일어났다.

"금일 새벽 전격적인 인사명령을 단행했다. 부총경리의 명령으로 수처리과 과장에 안린(安林), 기존의 안더롱 과장은 수처리과 교대반 일반 사원으로 전보명령 받았음을 전달한다."

"안녕하세요, 안린입니다."

새로 온 과장이라는 새파랗게 젊은 여자가 나이 많은 안더롱에게 손을 내밀어 악수를 청했다.

"뭐? 나더러 일, 일반사원이라고?"

안더롱은 하도 기가 막혀 손이 벌벌 떨렸다. 찐따왕은 음흉한 미소만 짓고 있었다.

"이런 미친놈들!"

안더롱은 문을 박차고 밖으로 나갔다. 송신양은 총경리 사무실 내에 있는 화장실에서 한참 후에 나왔다. 그는 배를 만지며 고개를 갸우뚱했다.

"그래, 얘기 계속해봐."

그리고 송신양은 담배 한 개비를 입에 물었다. 그때 누군가 노크도 없이 문을 세차게 열고 들어왔다. 안더롱이었다.

"송 총경리님. 아니, 제가 일반사원이라니요? 이게 대체 말이나 되는 소리입니까?"

"안더룽, 밑도 끝도 없이 갑자기 그게 무슨 말이요?"

송신양 얼굴에는 또다시 공포의 빛이 역력했다.

"지금 우리 수처리과 난리 났어요. 쩐따왕 앞잡이가 발칵 뒤집어 놨다고요."

안더룽은 이마에 핏발이 드러날 정도로 소리쳤다. 민완주는 안더룽의 팔을 잡으며 진정시켰다.

"안 과장님, 침착하시고요. 지금 마홍량이 총경리님께 사태 전말에 대하여 말씀드릴 거예요."

마홍량은 아침에 일어난 사건에 대하여 자세히 보고했고 민완주는 어제 안더룽이 말한 전화 도청 이야기를, 그리고 안더룽은 방금 전 수처리과에서 있었던 일을 소상히 보고하였다.

쾅. 안더룽의 이야기가 끝나기도 전에 송신양은 두 주먹으로 책상을 내리쳤다.

"이런, 쳐 죽일…… 주리용이 이제 나를 완전히 물로 보는구먼."

송신양은 벌떡 일어나더니 근무복 지퍼를 채웠다.

"가자고! 주리용한테."

송신양은 거친 숨을 내쉬며 책상에서 걸어 나왔다.

"잠깐만요."

"왜?"

"제가 가서 부총경리를 불러오겠습니다."

민완주는 송신양 총경리의 길을 막았다.

"맞아요, 총경리님이 더 높은 사람이니까 주리용이 찾아와야죠."

마홍량도 한마디 했다.

"그래, 맞아."

송신양은 마홍량의 말을 듣고 다시 자리로 돌아가 정색을 하고 앉았다.

"빨리 가서 부총경리 불러와!"

"네."

민완주는 빠른 걸음으로 사무실을 빠져나갔다. 주리용의 방에서는 쩐따왕이 주리용의 책상 위에 있는 책들을 작은 상자에 넣고 있었다.

"부총경리님, 앞으로 우리 회사는 크게 발전할 것입니다. 정말이지 부총경리님은…… 그 위대하심이 샘물처럼 넘치시는 진정한 우리 회사의 황제, 아니 진황도의 황제이십니다. 주리용 황제 만세 만세 만만세!"

"그만하고 빨리 정리나 해. 오전 열 시 이전에는 다 끝을 내라고. 그리고 중간 간부급 이상 열 시 반까지 전원 집합시켜."

주리용은 시계를 들여다보며 이야기했다. 그때 민완주는 주리용의 사무실로 들어갔다.

"주 부총경리님."

민완주의 목소리에 두 사람은 깜짝 놀라 짐을 정리하다 말고 민완주를 바라보았다.

"총경리님이 찾습니다."

"나 지금 바쁘네."

"총경리님이 매우 중요한 일로 찾으십니다."

"이봐, 내가 지금 바쁘다고 했잖아. 우리가 지금 발전소 시운전을 위하여 밤낮 가리지 않고 하루 종일 땀 흘려가며 일하는데 불러서 또 무슨 쓸데없는 소리를 지껄이려고 그러는 거야? 매번 불러서 가보면 천하에 아무짝에도 쓸모없는 소리만 늘어놓으면서. 나 못 간다고 해."

주리용의 냉랭한 반응에 민완주는 대꾸도 없이 가만히 서 있었다.

"뭘 멍하니 서 있소? 지금 바쁘다고 하시잖소."

옆에서 찐따왕이 한술 더 떴다.

"부총경리님, 송 총경리님이 왜 부르시는지 정말 모르겠습니까? 지금 밖에서 책상 옮기고 있는 일들은 아무 일도 아닙니까? 왜 그럼 내 밑에 있는 직원들이 나의 허락도 없이 마음대로 자리를 옮기는 것이고, 총무부장은 왜 식당 하던 작자로 바꾸는 것이고, 멀쩡하게 있던 수처리과 과장이 어떻게 일개 직원으로 전락합니까? 이래도 왜 부르는지 모른다고 시치미 떼실 작정입니까?"

"몰라."

"정말 너무하시는군요."

주리용은 대꾸조차 하려 하지 않았다. 옆에 있던 찐따왕은 그것이 재미있는지 책을 정리하면서 키득거리고 있었다.

"주 부총경리님, 당신이 오든지 말든지 나는 상관하지 않습니다. 하지만 이 한 가지만 분명히 알아두시오. 부총경리님이 오늘 한 일에 대하여는 우리도 가만히 있지 않을 겁니다. 지금 중국이 WTO에 가입하였고 세계화하고 있는 이 마당에 당신은 지금 시대를 거꾸로 읽고 있습니다. 부총경리의 그런 행위가 당신네들이 봤을 때 봉봉발전소의 한국인들을 내쫓아 중국 것으로 만들고 더 나아가서는 중국 사회주의를 발전시킬 수 있는 훌륭한 행동이라고 생각할지 모르지만 세계와 어깨를 나란히 하려고 정정당당하게 애쓰는 중국인들에게는 당신의 이러한 행동은 한낱 썩어빠진 국수주의적 현대판 홍위병 행위로밖에 안 보일 겁니다. 제 말이 무슨 말인지 아시겠습니까? 마음대로 인사이동을 하고 게다가…… 도청장치까지 해요? 부총경리는 큰 실수를 한 겁니다. 우리는 대사관을 통해, 그리고 정부 채널로 이를 중앙정부에 고발할 겁니다."

민완주는 단호한 자세로 경고하고 밖으로 나가 버렸다. 민완주의 말을 듣고 있던 주리용의 얼굴이 굳어졌다.

"저, 저놈의 새끼, 내가 가서 잡아올까요?"

찐따왕이 안절부절못하며 주리용에게 물었다.

"좀 조용히 해, 이 얼빠진 놈아!"

주리용은 화를 버럭 내면서 핸드폰을 꺼내 어딘가로 황급히 전화를 걸었다.

"장평, 부총경리다. 이제부터 내가 하는 말 잘 들어. 지금 당장 교환실로 올라가 그 기계 빨리 떼서 다른 데다 감춰 둬. 어서!"

주리용은 심각한 얼굴로 핸드폰을 끊었다. 찐따왕은 무슨 영문인지 몰라 옆에서 눈만 껌벅거리고 있었다.

같은 시각, 송신양은 전화기를 내려놨다.

"그럼 이제 한국 본사와 대사관에는 연락이 다 되었고…… 이제 우리는 상부의 명령이 올 때까지 기다리고 있는 수밖에 없어. 특히 내일 대사관에서 상무관이 이곳으로 와서 현지 조사를 하겠다고 하니 잘됐어."

그래도 송신양은 이 일말의 사태를 해결하기 위해서 최선을 다하고 있었다. 즉각적으로 본사와 대사관에 연락하여 구원 요청을 한 것이다.

"총경리님, 지금 가장 중요한 건 대사관에서 사람이 나오기 전에 물적 증거를 확보해 두는 겁니다."

민완주가 말했다.

"어떻게?"

"지금 일어난 상황을 사진기로 찍어 두는 것입니다."

"쓸데없는 짓이야. 아니, 그거야 사람이 와서 보면 되는 것이지, 뭐 하러 사진을 찍어? 필요 없어."

송신양은 민완주의 제안을 별로 탐탁지 않게 생각했다.

"민 부장의 이야기가 맞습니다. 다른 것은 아니더라도 교환기실에 있는 도청장치는 사진을 찍어 두는 것이 좋을 것 같습니다."

안더룽이 말했다.

"네, 맞습니다. 그렇게 하시지요."

마홍량도 민완주의 의견에 동조하였다.

"그래? 그럼, 그렇지 뭐."

잠시 후, 전화 교환기실 앞에 몇 사람이 모였다. 주리용은 장평과 찐따왕을 대동하고 나와서 담당자인 장평더러 문을 열도록 지시했다.

"아니, 송 총경리님, 대체 누가 그따위 이상한 소문을 퍼트리고 다니는 것입니까? 도청장치라니요? 말이나 되는 소립니까?"

주리용이 항의조로 몇 번 투덜거리고 난 후 장평은 이중 잠금장치가 되어 있는 자물쇠를 풀었다. 그러자 육중한 교환기실 철문이 열렸다. 민완주가 카메라를 꺼내 들었을 때 주리용은 민완주를 힐끗 쳐다보았다.

"쯧쯧, 대체 뭘 하자는 것인지……."

일단 안더룽의 말을 듣고 송신양과 민완주 그리고 양동관이 전화 교환기실 안으로 들어갔지만 막상 그것을 찾는다는 것은 쉬운 일이 아니었다.

그렇다고 안더룽을 데리고 들어가 같이 찾아볼 수도 없는 것이 그렇게 하였다가는 안더룽은 주리용으로부터 바로 의심을 받게 되기 때문이었다.

"그래, 뭐가 있다는 것이요?"

주리용이 계속 투덜거렸다. 민완주 일행은 이쪽저쪽을 두리번거리며 이상하게 생긴 설비가 없는지 살펴보았다.

"이것은 뭐죠?"

민완주가 물었다.

"내 참. 그것은 전력국하고 직통으로 연결하는 단자란 말이에요. 뚱딴지같이 도청장치는 무슨 도청장치예요?"

장평이 퉁명하게 대답했다. 전화실 담당자의 핀잔에 그들은 기가 팍 죽었다. 설령 도청장치가 있다고 해도 장평이 아니라고 하면 아닌 것이니 증거를 잡으려 교환기실로 들어왔는데 참으로 난감해졌다.

"송 총경리님, 당신이 말하는 도청장치가 있소, 없소?"

주리용이 물었다.

"……"

송신양은 원망의 눈빛으로 민완주를 바라보았다.

"그럼 이것은 뭐요?"

민완주는 좀 미안한 마음이 들어 장평에게 다시 질문했다.

"됐어, 가."

송신양이 민완주에게 신경질적으로 말했다. 안더룽의 이야기로는 녹음기 비슷하게 생긴 것으로 카세트테이프가 장착되어 있는 설비를 찾으면 된다고 하였는데 그런 것은 눈을 씻고 찾아봐도 없었다.

'이상하다?'

민완주는 아무래도 이상했다. 안더룽이 말한 자리에는 그가 묘사한 그런 기계를 전혀 찾아볼 수 없었기 때문이다. 그렇다고 안더룽이 그런 허무맹랑한 소리를 할 사람도 아니었다.

"괜히 우리만 실없는 사람 되잖아. 빨리 가자."

송신양이 짜증 섞인 목소리로 말했다.

"송 총경리님."

교환기실을 나가려는 송신양을 주리용이 불러 세웠다.

"왜 그러시오?"

"중국 관계 규정상 중국 국가기업의 전화교환기실에는 그 회사 총경리도 못 들어가게 되어 있습니다. 하지만 오늘 저는 송 총경리님 부탁이라서 교환기실 문을 열어 주었습니다. 지금 한국 사람들은 나를 포함한 우리 회사 중국 직원 전체를 의심하고 있습니다. 아무것도 없는 이곳에 도청장치가 설치되어 있다니요? 저는 오늘 이 일을 그냥 묵과하지 않겠습니다. 정식으로 보고서를 작성하여 관련 정부기관에 고발하겠습니다. 이래 가지고 무슨 합작 사업입니까? 저는 총경리님이 나를 그런 인간으로밖에 생각 안 하였다는 것이 상당히 섭섭할 따름입니다."

"주 부총경리, 뭐 그런 것 가지고 그러는가. 기분 푸시게. 미안하게 됐소."

"이게 기분을 풀고 말고 할 문제입니까? 네?"

주리용은 소리를 버럭 질렀다.

"민 부장, 당신 조심하시오. 그런 생각을 가지고 합작 발전소에서 일하려 하면 젊은 중국 직원들이 가만 놔두지 않을 거요. 후후."

주리용의 음흉한 웃음소리가 민완주의 등에 비수처럼 꽂혔다. 순간 민완주는 그를 들이받고 싶은 심정뿐이었다. 하지만 내일을 기다리기로 했다. 내일이면 대사관에서 그의 광기 어린 행동을 중단시킬 정부요원이 급파되어 올 테니까.

다음 날 오후, 북경 주재 한국대사관으로부터 상무관이 진황도에 도착했다. 물론 대사관이 중국 현지에 진출해 있는 한국의 모든 기업을 이런 식으로 돌봐주지는 못한다. 주중한국대사관의 높은 분이 봉봉발전소를 직접 방문해 준 것은 ST에너지가 우리나라에서 대기업이기 때문이기도 하지만 본사 회장과 상무관이 고등학교 동기동창이기 때문에 선뜻 진황도까지 오게 된 것이었다. 이만한 것도 중국 현지에 나가 있는 송신양으로서는 큰 행운이었다. 송신양은 사무실에서 지금까지 있었던 일을 상무관에게 소상하게 보고했다.

"주리용 부총경리, 그 친구가 직원들을 장악하고 계속적인 계약위반 행위를 벌인다, 이 말씀이죠?"

상무관이 물었다.

"그의 명령은 회사 내에서 절대적입니다."

"음, 그자가 자기 마음대로 발령을 낸 인사발령 문서를 한번 봅시다."

"없는데요."

"없다고? 물적 증거가 없으면 우리도 중국 정부에 말할 수 있는 근거가 없는데……"

"아마도 주리용과 양카이더는 사전에 법률 자문을 통하여 빠져나갈 구멍을 다 만들어 놓고 이런 행동을 감행했을 겁니다."

"딴은……. 좋소. 그럼 일단 오늘 저녁 양카이더 주임을 만나서 내가 강력하게 항의하리다."

"그래도 조심스럽게 하셔야 할 겁니다. 왜냐하면 양카이더 주임이라는 작자가 바로 주리용을 배후에서 조종하는 인물이니까요."

"음, 알았소."

상무관은 잠시 생각에 잠겼다.

그날 저녁 남방불야성 중식 레스토랑. 가장 좋은 룸에서 원형 식탁을 사이에 두고 중국 쪽에서는 양카이더와 왕루뭉이 나왔고 한국 쪽에서는 상무관과 송신양이 자리를 함께했다.

양카이더의 의도대로 식사를 시작하자마자 술이 벌써 몇 순배 돌았다. 술은 오성급 우량이에(五星級 五粮液)였다. 우량이에는 중국에서 최고급 술이다. 상무관은 양카이더와 왕루몽이 막무가내로 따라주는 술을 마다않고 마시다가 이내 취기가 돌아 얼굴이 벌게졌다.

"상무관님, 천천히 드세요."

"뭐, 이 정도 가지고……."

송신양은 상무관이 양카이더의 페이스에 말려 너무 급하게 술을 마시는 것 같아 은근히 걱정이 됐다.

"상무관님, 이곳 진황도에 오신 것을 환영합니다."

노동국장 왕루몽이 상무관을 향하여 잔을 내밀었다.

"아, 예. 정말 대단한 미인이시네요. 게다가 노동국장까지 하시니 이건 완전히 미모와 지성을 겸비하셨네요. 하하하."

"과찬의 말씀입니다. 그렇게 칭찬해 주시니 오늘 저녁 2차는 진황도에 있는 제일 좋은 룸살롱에서 제가 한턱 내겠습니다."

"하하하, 좋습니다. 자, 건배."

"상무관님, 우리 교배주로 할까요?"

"교배주? 좋죠. 하하하."

왕루몽의 제안에 상무관은 흔쾌히 동의했다. 교배주란 중국에서 신랑, 신부가 서로 사랑함을 표시하는 의미의 건배로 '러브샷(love shot)'을 말한다.

"건배."

"건배."

둘은 다정하게 건배를 했고 옆에 있던 양카이더는 묘한 미소를 지었다. 송신양은 과연 상무관이 언제 말을 꺼낼지 초조한 마음으로 연신 담배만 피우고 있었다. 둘의 교배주가 끝나고 쓸데없는 농담이 몇 마디 오갔다.

"상무관님, 오늘 저를 만나자고 한 목적이 무엇인지요?"

양카이더가 먼저 넌지시 이야기를 꺼냈다.

"아, 예. 다름이 아니라…… 듣자 하니 한중합작기업인 봉봉발전소의 주리용 부총경리라는 자가 한국 측을 완전 무시하고 업무를 독단적으로 처리한다고 하기에 진상을 알아보러 왔습니다."

"주리용이요? 어떤 일이 있었기에 독단적으로 한다는 것이죠?"

상무관은 오늘 송신양으로부터 보고받은 대로 주리용이 마음대로 조직을 변경한 사실을 양카이더에게 자세히 이야기했다.

"아, 그런 일이 있었군요?"

양카이더가 대답했다.

"상무관님, 하지만 이 일은 중국 노동법상 아무런 문제가 없습니다. 이런 일은 회사 내에서 해결하여야 할 문제입니다. 종종 이런 사건이 발생하여 노동국을 찾는 외국 기업들이 있는데 대부분 회사 내에서 시간을 두고 원만하게 해결을 했습니다."

왕루몽이 정색을 하고 이야기했다.

"저도 대사관에서 근무하기 때문에 물론 그런 것쯤은 누구보다도 잘 압니다. 하지만 주 부총경리란 자는 그 도가 너무 지나칩니다. 이것은 한국 측을 합작발전소에서 완전히 몰아내려는 의도가 아니고 무엇이겠습니까? 한국에서 내야 할 돈을 다 냈으니 이제 발전소를 거저먹자는…… 뭐 그런 의도가 아니겠습니까? 지금 때가 어느 때인데 그런 구태의연한 생각을 하고 있는지 모르겠습니다. 지금 북경이나 상해가 어떻게 변해 가고 있는지도 모르십니까? 만약 이 일이 원만히 해결되지 않으면 저는 이번 일을 한국대사관의 중요 사건으로 문제 삼아 정부 대 정부 채널에서 해결하도록 대사님께 보고하겠습니다. 저는 마땅히 한국 기업체를 보호해야 하는 대사관 직원의 입장에서 양카이더 주임님께 드리는 말씀입니다."

상무관이 정색을 하고 말했다.

방금 전 교배주를 마시던 왁자지껄한 분위기는 어디론지 사라지고 방 안은 찬물을 끼얹은 듯 조용해졌다. 송신양은 그제야 안심이 되어 허리를 천천히 뒤로 제쳤다.

"하하하, 당장 시정하도록 하겠습니다. 걱정하지 마시고 우리 술이나 마십시다."

양카이더는 갑자기 호탕하게 웃었다.

"그럼요, 우리 주임님이 어떤 분이신데요? 걱정 마세요. 우리 교배주 나 다시 한 번 할까요? 호호호……."

"아아, 됐습니다."

"아이, 상무관님. 한 번 더 하시죠?"

"좋습니다. 건배하지요."

"건배."

그 사이 주리용은 남방불야성 일층 로비 소파에서 혹시 양카이더가 긴급 호출할 것에 대비하여 대기하고 있었다. 그 옆에는 찐따왕과 왕창 이 왔다 갔다 하면서 담배를 피우고 있고 그들 뒤쪽으로는 몇 명의 덩 치 좋은 친구들이 시시덕거리고 있었다.

띠리리. 그때 주리용의 핸드폰 벨이 울렸다.

"여보세요? 양거(楊哥)."

주리용은 묵묵히 전화를 듣고만 있었다.

"네, 알겠습니다. 대사관 사람이니 함부로 할 수가…… 네, 그럼 이만 돌아가겠습니다."

주리용은 자리에서 일어났다.

"집에 가자."

그는 찐따왕, 왕창 그리고 세 명의 젊은이들과 함께 호텔 문을 나섰다.

이튿날 아침, 상무관은 북경으로 떠날 채비를 하고 송신양 그리고 민완주와 같이 호텔 로비로 나왔다.

"송 총경리, 민 부장. 여기는 중국이니 미우나 고우나 어쨌든 중국인들과 잘 지내는 것이 성공의 지름길이오. 내가 보니 주리용은 오리지널 공산당 홍위병이고 양카이더 같은 놈은 전형적인 중국 탐관오리야."

"저도 그렇게 생각합니다."

송신양이 대답했다.

"대사관에서 도와줄 수 있는 것도 한계가 있으니 앞으로 처신 잘하시고 가능하면 타협을 할 수 있도록 해요."

"저들이 계속 정도를 벗어나는 행동을 한다면 우리는 끝까지 싸울 겁니다."

민완주가 주먹을 쥐어 보였다.

"너무 싸우려고만 하지 말고 항상 생각을 많이 해야 돼, 생각을! 하여간에 현장에 있는 사람들은 덮어 놓고 싸우려고만 해가지고…… 쯧쯧.중국인들은 다루기 나름이야. 따지고 보면 얼마나 다루기 쉬운데. 나 봐. 말로 잘 해결하잖아. 머리를 좀 써요, 머리를!"

상무관은 손가락으로 자기 머리를 톡톡 쳤다. 민완주는 순간 자기가 말실수를 했나 싶어 얼굴이 빨개졌다. 상무관은 직접 운전해 온 소나타 승용차 트렁크에 가방을 싣고 운전석 문을 열었다.

"아, 북경 올라가면 또 마늘 분쟁 건 해결해야 돼. 골치 아파. 이건 나 아니면 해결되는 것이 없으니…… 여기는 하나 해결됐고 또 해결사 일 보러 가봐야지."

"그럼 살펴 가십시오."

"안녕히 가세요."

상무관은 차에 타고 문을 닫았다. 그 순간이었다.

"으악."

상무관은 비명을 지르며 차에서 뛰쳐나왔다.

"왜 그러십니까?"

"저, 저기……."

상무관은 말을 잇지 못하고 손가락으로 차 안을 가리켰다. 송신양과 민완주는 황급히 차 안을 들여다보았다.

"으악, 저게 뭐야?"

"저, 저건……."

가만히 살펴보니 조수석에 죽은 고양이 한 마리가 축 늘어져 있었다. 송신양은 호텔 지배인을 불러 주차관리를 어떻게 하는 거냐고 호통을 치며 한바탕 난리가 났다. 하지만 그것이 누구의 소행인지 밝혀낼 수는 없었고 상무관은 찜찜한 기분으로 다시 승용차에 올랐다. 그는 겁을 잔뜩 집어먹은 얼굴이었다.

"그럼 나 가네."

"다음에 이들이 또 다른 일을 저지르면 다시 연락드리겠습니다."

송신양이 창문을 통해 말했다.

"아이, 그때는 알아서들 해. 나 부르지 말고 알아서들 머리 좀 써."

상무관은 짜증을 냈다.

"머리? 네. 그렇죠. 머리를 써야죠."

송신양이 중얼거렸다. 상무관은 단 한시라도 빨리 그곳을 떠나고 싶었다. 자동차는 쏜살같이 호텔을 빠져나갔다. 상무관이 출발한 지 약 30분 후, 송신양의 핸드폰 벨소리가 요란하게 울렸다.

"지금 고속도로에 있는데, 내 차가 이상해. 그냥 서버렸어."

상무관이 울먹이며 말했다. 송신양과 민완주는 고장 난 상무관의 자동차를 찾으러 뒤쫓아 갔다. 민완주는 마홍량을 불러 꼼짝도 하지 않는 상무관의 승용차를 견인해 진황도 시내에 있는 마홍량 친구의 자동차 정비소로 가지고 갔다. 정비소 사장인 마홍량의 친구가 자동차를 살펴본 결과 엔진 안쪽이 무엇인가에 잔뜩 엉겨 붙어 피스톤에 달라붙었다는 것이었다.

"어떻게 저렇게 될 수가 있어?"

마홍량이 물었다.

"저거 말이야, 누군가 엔진오일 통에다 설탕을 왕창 집어넣은 거야. 오일이 설탕하고 섞여 열 받으면 실린더 내부에서 완전히 들러붙거든. 저거 차 좀 아는 자가 한 짓이야. 저 차는 이제 폐차해야 돼."

상무관은 얼굴이 붉으락푸르락 분을 참지 못했다. 상무관의 소나타 승용차는 엔진 등 주요 연료계통의 부속을 완전히 교체한 다음, 한 달 후에나 찾아갈 수 있었다. 북경으로 돌아간 상무관은 중국국가발전개혁위원회를 통하여 이와 같은 사실을 통보하였다고 하였으나 중국 측 정부에서는 아무런 조치도 없었고, 양카이더와 주리용은 계속 열심히 출근하고 있었다. 그리고 상무관은 그 이후로 다시는 진황도를 찾아오지 않았다.

주리용이 독단적으로 만들어 낸 회사조직으로 인하여 송신양은 매일같이 초조했다. 대사관에 연락하여 상무관이 진황도까지 찾아와 양카이더에게 경고했지만 그들의 행동이 하루아침에 바뀔 리는 만무하였다. 송신양이 가장 통탄한 것은 주리용이 저지른 부정행위를 뻔히 보고도 달리 막을 방도가 없다는 것이었다.

그것은 설비구매계약에 있어서도 마찬가지였다. 그때까지 봉봉발전소의 설비구매계약은 전부 사업관리부 부장인 민완주의 손을 거쳐 갔었다. 그렇기 때문에 송신양은 모든 계약에 대하여 신뢰를 하였고 계약서에 회사 직인을 마음 놓고 찍을 수 있었다. 하지만 주리용이 그런 변칙적인 조직을 만들고 난 후 구매계약의 책임자가 씽한창이라는 주리용의 충성스러운 심복에게 넘어갔기 때문에 송신양 입장에서는 이제 자기에게 올라오는 어떤 계약서도 믿을 수가 없었다. 주리용이 업자와 결탁하여 씽한창을 통해 얼마든지 계약서를 조작할 수 있기 때문이었다.

당연히 송신양은 씽한창이 민완주를 통과하지 않고 직접 자기에게 회사 직인을 찍어달라고 가지고 오는 계약서는 전부 돌려보냈다. 한국인의 입장에서 봤을 때 발전소 회사조직은 엄연히 옛날 그대로 유지되는 것이고 구매 계약을 관리하는 사람은 아직도 사업관리부장인 민완주였기 때문에 민완주를 통과하지 않은 계약서는 그 어떤 것도 도장을 찍어줄 수가 없었다.

그러던 어느 날, 씽한창이 발전소 시운전을 위하여 필요한 원료인 석탄 구매계약서를 들고 송신양을 찾아왔다.

"이 계약서 말이지, 일단 민완주 부장에게 결재를 받아와."

"허 참, 총경리님. 지금 시간이 없다니까요. 당장 석탄을 구매하지 않으면 석탄 값이 내일 또 올라갑니다."

"올라가든 말든 민 부장 결재 받아가지고 오라니까."

"뭐요? 올라가든 말든요?"

씽한창이 언성을 높였다. 송신양은 씽한창에게 대꾸도 하지 않았다.

"알았습니다. 부총경리님에게 말씀드리겠습니다."

쾅. 씽한창은 방문을 세차게 닫고 밖으로 나갔다.

"건방진 놈."

송신양이 내뱉었다. 잠시 후 한 손에 방금 전 그 계약서를 든 주리용이 씩씩거리며 총경리실 문을 박차고 들어왔다. 씽한창도 뒤따라 들어왔다.

"송 총경리, 지금 이것이 얼마나 급한 건인지 모르십니까? 당장 석탄을 구매하지 않으면 내일 보일러를 세워야 한다구요. 보일러 세우면 손해가 한두 푼입니까? 화북전력국에서 바로 연락 오면 벌금이에요, 벌금! 엄청난 벌금을 맞으면 총경리님이 책임지시겠습니까?"

벌금 이야기에 송신양은 고개를 들었다.

"아니, 왜 항상 이런 식으로 내일 벌금 맞을 일을 오늘 가지고 와서 결재해 달라는 거야? 짜증나게……."

"그러니까 지금 서명하면 되잖습니까?"

"어쨌든 민 부장의 결재를 받아오시오."

"그 친구 서류 하나 들고 2박 3일 검토하는 것 모르십니까? 민 부장이란 사람이 중국에 대하여 아는 게 뭐가 있습니까? 일의 효율만 떨어뜨리지."

"아, 2박 3일이 걸리든 3박 4일이 걸리든 일단 사업관리부장의 결재를 받아오라니까."

송신양이 신경질적으로 대답했다.

그러자 주리용이 책상을 내리치면서 소리쳤다.

"아주 회사 업무를 마비시키려고 작정을 했군."

그래도 송신양은 들은 척도 하지 않았다. 주리용은 송신양을 분노에 찬 눈으로 노려보더니 뒤돌아 나갔다. 씽한창 역시 송신양을 한 번 째려보며 뭐라고 중얼거리더니 뒤따라 나갔다. 주리용은 항상 시간이 촉박할 때쯤 송신양을 찾아와 무엇을 안 사면 보일러를 정지해야 한다는 둥 으름장을 놓으며 결재를 받으려 했다. 하지만 송신양 총경리가 계약서에 도장을 찍어준다면 그것은 주리용이 자기 마음대로 바꾼 회사조직을 인정해 주는 꼴이 되기 때문에 절대로 그렇게는 할 수 없었다.

반면 주리용은 씽한창을 앞세워 구매계약을 통한 여러 가지 수작을 부리고 있었다. 그렇지 않아도 돈을 모으는 데 혈안이 되어 있는 주리용에게 조직을 그런 식으로 바꾼 가장 큰 이유는 바로 양카이더에게 공급할 자금을 쉽게 마련하기 위해서였다. 구매계약을 하는데 중간에서 계속 확인 작업을 하여 제동을 거는 민완주를 완전히 배제시키면 씽한창과 짝짜꿍이 되어 돈을 긁어모으는 것이 훨씬 수월해지기 때문이었다. 주리용의 독단적인 조직 변경 저변에는 그런 의도가 숨겨져 있었다.

그러던 어느 날 주리용은 자기 마음대로 바꿔 버린 회사조직을 대충 정리해 놓고 북경 서쪽에 있는 산서성 대동(大同)이라는 탄광으로 석탄가격을 협상하러 출장을 떠났다. 주리용이 출장 간 사이 송신양은 주리용이 구매계약을 이용하여 떡고물을 빼먹지 못하도록 경각심을 주기 위하여 회사 건물 현관에 있는 게시판에 공고문 하나를 붙였다.

공고문

1. 구매계약은 반드시 공정하게 할 것.
2. 업무상 꼭 필요한 자재 이외에는 구매를 금할 것.

－진황도봉봉전력유한공사 총경리 송신양

이것은 주리용이 씽한창을 앞세워 벌이고 있던 부정행위에 경고를 주는 공고문이었다. 며칠간의 출장을 마치고 회사로 돌아온 주리용은 현관에 공고문이 하나 붙어 있는 것을 발견했다.

"이게 뭐지?"

순간 주리용의 얼굴이 굳었다.

"무슨 헛소리하고 자빠졌어? 총경리 어디 있어?"

주리용은 건물이 떠나가라 미친 듯이 소리쳤다. 그리고는 공고문을 확 잡아떼어 내어 씩씩거리며 송신양의 사무실로 쳐들어갔다. 주리용은 일주일 만에 보는 송신양에게 잘 다녀왔다는 말 한마디 없이 다짜고짜 따지기 시작했다.

"총경리, 이게 무슨 뜻이오? 이런 것을 공고해서 뭐 하자는 것이오?"

"……"

"당신 한국 사람들이 한 일이 뭐가 있어? 있으면 말해 보시오? 그래 놓고 겨우 한다는 짓이 이따위 문서나 게시판에다 공고하는 것이오?"

안 그래도 다혈질인 주리용은 완전히 이성을 잃은 듯 소리쳤다. 그가 소란을 피우는 바람에 민완주, 양동관, 마홍량 등 몇몇 사람들이 송신양 사무실로 뒤따라 들어갔다. 양동관은 주리용의 그런 소리를 듣고 가만히 있지 않고 당당하게 맞섰다. 역시 의리와 의협심의 사나이 양동관이었다.

"한국 사람들 일 못하게 만든 것은 누굽니까? 말해 보세요."

"뭐라고?"

"부총경리가 마음대로 사람 다 빼가고 투자비도 내지 않아 우리를 골탕 먹이면서 한국 사람이 한 것이 뭐가 있냐고요? 그게 말이나 되는 소리입니까?"

양동관이 분명하게 말했다.

"뭐야? 당신은 조용히 해. 누가 지금 당신한테 물어봤어? 나는 총경리에게 왜 이따위 짓거리 했냐고 따지고 있는데, 왜 당신이 난리야!"

주리용은 찢어 온 공고문을 휘두르며 기고만장했다. 그때까지 조용히 듣고만 있던 송신양은 노여움으로 가득 찬 눈으로 주리용을 노려보았다. 민완주가 송신양과 같이 일하면서 이때처럼 그의 눈이 무섭게 보인 적은 없었다. 평소 그는 왕방울만 한 눈에서 금시라도 눈물이 뚝뚝 떨어질 것 같은 여린 눈빛을 하고 있었는데, 이때만은 달랐다.

"야, 이놈아. 너는 애비에미도 없냐? 너희 공산당은 위아래도 안 가르쳐 주냐고? 어디서 배워먹은 버르장머리야? 이 천하에 나쁜 놈의 자식!"

송신양은 한국어로 소리쳤다. 그는 중국에 온 이래 처음으로 주리용에게 욕을 한 것이다. 중국인들은 한국인과 말다툼을 할 때 한국말을 쓰면 전부 욕이라고 생각한다. 가뜩이나 화를 잘 내는 주리용은 송신양이 자기에게 화내는 것을 처음 봤고 그것도 한국어로 뭐라고 해대니 이것은 완전히 장작불에 기름을 부은 꼴이었다.

"니선머똥시(너 뭐하는 작자냐)? 니선머똥시?"

주리용은 입에 거품을 물고 미친 듯이 고함을 질렀다. 여차하면 주리용의 주먹이 송신양의 얼굴을 향해 날아갈 것만 같은 분위기였다. 순간 민완주, 양동관 그리고 마홍량은 고래고래 소리치는 주리용을 양쪽에서 낚아채듯이 팔짱을 끼고 그의 사무실로 힘겹게 끌고 가 완전히 정신을 잃은 그를 소파에 앉혔다.

"진정해요, 진정."

마홍량은 주리용의 어깨를 누르며 말했다.

"뭐야? 너도 똑같은 놈이야, 당장 나가. 나가란 말이야! 으악!"

그러자 주리용은 갑자기 발광을 했다. 그리고는 소파에서 벌떡 일어서더니 책상 위에 놓인 화병을 번쩍 들었다.

"하지 마세요!"

민완주는 주리용의 손을 잡으려고 점프를 하였다.

쨍그랑. 황금색 화분은 이미 그의 손을 떠나 바닥에 떨어져 산산조각이 나고 말았다. 화병 속의 물이 마치 주리용의 피처럼 온 바닥에 흥건하게 퍼져갔다.

"당장 나가! 나가란 말이야!"

그때 허겁지겁 찐따왕이 들어왔다.

"부총경리님, 제가 다 내보내겠습니다. 이봐, 당신들 당장 꺼져, 어서!"

찐따왕까지 와서 난리를 치자 그들은 주리용 사무실을 빠져나왔다.

"중화인민공화국 만세! 만세!"

주리용 사무실에서 그의 목소리가 복도까지 울려 퍼졌다. 민완주와 마홍량은 말없이 서로를 바라보았다.

"중화인민공화국 만세! 주리용 부총경리 만세!"

이번에는 찐따왕의 목소리가 들렸다.

"미친놈."

마홍량이 뇌까렸다. 송신양은 주리용과 같이 일한 지 근 일 년 반 만에 처음으로 그의 오만방자한 태도에 욕설을 퍼부었다. 그동안 송신양도 어지간히 참아왔다. 하지만 주리용은 자신의 태도가 오만방자하든 말든 그런 것에는 아랑곳하지 않고 오로지 중화(中華)의 목적을 달성하기 위하여 오늘도 만리(萬里)를 달리고 있었다.

민완주나 양동관은 주리용이 제아무리 얼토당토 않는 일을 벌인다 하더라도 송신양보다야 스트레스를 덜 받았다. 송신양은 주리용의 상사이기에 그를 통제하지 못하여 받는 정신적 고통이 이루 말할 수가 없었다. 그는 이렇다 할 공격의 공적은 없지만 대단한 수비수임에는 틀림없었다.

주리용은 송신양과 싸운 다음 날부터 송신양이 주관하는 아침 간부회의에 아예 참석하지 않았다. 그는 자기 사무실에서 별도로 중국인 간부들을 모아 회의를 열기 시작했다. 송신양의 사무실에서 아침 간부회의를 할 때 참석하였던 열 명 남짓한 중국인 간부들은 그날 이후 모습을 보이지 않았고 송신양이 주관하는 아침회의에는 민완주, 양동관 그리고 중국인 마홍량뿐이었다.

결국 그 회의는 간부 회의로서의 기능을 완전히 상실하게 되었다. 다시 말해 그날 이후 송신양은 그 누구에게도 업무 지시를 할 수 없었다. 부하를 잃은 민완주에게도 업무를 지시한들 도저히 수행할 수가 없었다.

송신양 사무실에서 주리용과 욕지거리가 오간 일이 있은 지 이틀 후, 민완주의 집으로 정체불명의 전화가 걸려왔다.

"여보세요."

민완주의 집사람 윤수정은 중국어를 잘 못하였다. 그리고 집으로 전화를 하는 사람들은 대부분 진황도에 사는 다른 한국인들이기 때문에 수화기를 들면 반사적으로 '여보세요'라고 말했다.

"워살러니(我殺了你)."

"누구세요?"

"워살러니."

"니스쉐이?(누구세요?)"

"워살러니."

"누군데 장난 전화야!"

뚝. 윤수정은 전화를 끊어 버렸다. 잠시 후 또 전화벨이 울렸다. 그녀는 아무 말 없이 전화기를 들고만 있었다.

"워살러니."

"니스쉐이?"

"민 부장, 워살러니."

윤수정은 수화기를 세차게 내려놓고 바로 민완주에게 전화를 했다. 그 시간 송신양, 민완주, 양동관은 퇴근 후 장백산구육관에서 손님을 만나고 있었다.

띠리리. 민완주는 핸드폰을 받았다.

"여보세요. 음, 무슨 일이야?"

민완주의 얼굴은 이내 굳어졌다.

"뭐라고? 알았어, 곧 갈게."

"무슨 일인데?"

송신양은 민완주에게 물었다.

"누군가 우리 집에 전화 와서 '너 죽이겠다'라고 했다는군요."

"뭐? 죽여?"

"전화를 해놓고 계속 '워살러니'라고만 한다는데 그게 무슨 말이냐면,

너 죽여 버리겠다는 뜻이거든요."

"누구야 대체……?"

"누군지는 몰라도 쩐따왕이나 씽한창 같은 주리용의 똘마니들 아니겠습니까? 총경리님, 저 먼저 집에 가보겠습니다. 이 자식들이 이제 집에 까지 장난전화를 하네요. 아니면…… 정말 무슨 짓을 할는지 모르지요."

민완주는 먼저 식당에서 나와 택시를 잡아탔다. 가족들까지 중국 공산당을 위해 목숨 바쳐 뛰는 현대판 홍위병 주리용과의 싸움에 끼어들게 한 것이 한편으로는 미안하기도 하고 한편으로는 진절머리가 났다. 하지만 돈을 번다는 일념 때문에 이러지도 저러지도 못한다고 생각하니 민완주는 자신의 처지가 처량하기만 했다. 민완주가 집에 도착하니 다시 한 번 그놈의 전화가 왔다.

민완주는 낮고 힘 있는 목소리로 말했다. 이럴 때는 상대방이 못 알아듣는 한국말로 하는 것이 중국말로 욕하는 것보다 백배 효과가 있다.

"야, 너 씽한창이지, 맞지? 이 새끼가…… 너가 나 죽이면 나도 너 죽이겠어. 이 나쁜 놈의 자식!"

뚝. 그러자 저쪽에서 바로 전화를 끊어 버리고 다시는 전화가 걸려오지 않았다. 그날 저녁 그런 전화를 받은 민완주와 윤수정은 분을 참지 못했다. 그날 이후 윤수정은 누군가 집으로 찾아오지 않을까 하는 불안감으로 밤잠을 제대로 이룰 수가 없었다.

이런 일들이 다 주리용이 일방적으로 조직을 변경하고 난 후에 일어난 일이었다. 그래서 송신양은 그런 조직 변경 사태가 벌어지자마자 바로 ST에너지 본사에 연락을 취했다.

결국 그 사건이 있고 2주일 만에 드디어 한국 본사에서 2명의 조사단이 진황도로 날아왔다. 조사단은 송신양이 보고한 내용대로 정말로 주리용이 임의로 회사조직을 변경하여 한국인들의 업무를 마비시켰는지 조사하고, 만약 그렇게 하였다면 한국상사중재원을 통하여 이 일을 법적으로 처리할 준비를 하고 왔다.

주리용은 한국에서 조사단이 온다는 소식을 듣고 뜻밖에도 매우 반가워했다. 알고 보니 그가 좋아한 이유는 어떡하면 조사단을 이용해 송신양과 민완주 그리고 양동관을 한국으로 내보내고 봉봉발전소를 완전히 독차지할 수 있을까 하는 계략을 짜고 있었기 때문이다. 주리용은 한국에서 온 조사단이 진황도시에 도착하기 며칠 전부터 이상한 소문을 퍼트렸다.

조사단이 도착하는 날 아침, 민완주는 허겁지겁 송신양을 찾아갔다.

"송 총경리님, 이상한 소문이 돌던데 들으셨나요?"

"소문? 무슨 소문인데?"

"들리는 소문에 이번에 출장 오는 본사 최하룡 부장이 새로운 총경리로 임명될 거라는 소리가 있어요."

"뭐? 누가 그런 소리를 해?"

"사람들 다 알아요. 우리들은 모르는데 중국인들은 어떻게 알고 있는지 모르겠어요. 진짜일까요?"

"전혀 거짓말이라고만 볼 순 없어. 본사에서 우리를 배제하고 양카이더와 연락을 취할 수도 있는 일이야."

"에이, 그것은 좀……."

"아니야. 본사 회장이 내가 중국 사람들에게 강하게 못한다고 생각하고 양카이더의 말을 들어주는 척하면서 강한 사람을 보낼 수도 있어.

내가 아는 최하룡 부장은 성질이 좀 더러워. 아무하고나 잘 싸우는 쌈 닭이야."

"잘 싸운다고 해결되나요, 중국말을 할 줄 알아야지요."

"하기는……."

송신양은 한국 본사에다 전화를 하려고 수화기를 들었다 다시 내려 놓았다.

"내 참, 이걸 누구에게 물어볼 수도 없고……."

소문의 효과는 실로 대단했다.

'혹시 사전에 한국 본사와 양카이더 주임이 이미 이야기가 되어 정말 내가 한국으로 귀국 조치되고 조사단의 최 부장이 새로운 총경리로 임 명되는 게 아닐까?'

송신양은 이런 의구심을 갖게 되었다. 반면, 조사단의 최 부장도 진황 도에 도착한 지 이틀이 지나 그 소문을 들었다. 최 부장은 이 소리를 듣 고 기분이 묘해졌다. 한마디로 기분이 아주 불쾌하진 않은 것이었다. 왜 냐하면 주리용이라는 자가 설치든 말든 일단 중국에서 근무하게 되면 월급도 많고 눈치 볼 상사도 없기 때문이었다. 이러다 보니 한국에서 온 조사단 최 부장 역시 소문의 진위도 파악하지 않은 채 혼자 상상의 나 래를 폈다.

'혹시 진짜로 내가 중국에 나올지도 모르니 너무 주리용에게 빡빡하 게 할 필요는 없지 않겠는가! 객관적인 사실만 조사해 가면 되지, 뭐.'

그는 사건에 대하여 대충 현황 파악만 해가려고 마음먹었다. 송신양 또한 송신양 대로 결심한 바가 있었다.

'최 부장이 진짜로 날 밀어내고 내 자리로 올지 모르니 그에게 너무 소상히 말해줄 필요는 없다.'

주리용은 교묘한 소문을 퍼트려 자신이 저지른 일을 조사하러 온 조사단의 업무 집중력을 현저히 떨어뜨림은 물론이고 한국인끼리 서로 믿지 못하도록 만들었다. 역시 주리용다운 술책이었다. 한편 주리용은 또 다른 작전을 꾸미고 있었다. 그것은 전 직원에게 송신양 총경리를 한국으로 소환 요청하는 '총경리탄핵서명'을 받는 일이었다.

주리용의 지시를 받아 이 일을 맡게 된 자는 찐따왕과 씽한창 그리고 왕창이었다. 이들이 주축이 되어 봉봉발전소 공회(工會, 노동조합) 명의로 탄핵서명서를 작성하기 시작했다.

'진황도봉봉전력유한공사 공회는 한국인 총경리 송신양이 다음의 몇 가지 사유로 도저히 업무를 수행할 수 없는 것으로 판단하오니 귀국 조치할 것을 강력하게 요청합니다.'

이런 제목이 달린 총경리 탄핵 문서에 전 직원의 서명을 받아 한국에서 온 조사단에게 전달하려는 작전이었다. 주리용은 송신양이 발전소 경영에서 물러나고 한국으로 돌아가야 하는 이유를 찾아보았지만 별다른 뾰족한 비리가 없었다. 그도 그럴 것이 송신양은 한종민의 경우를 염두에 두고 주리용에게 빌미 잡힐 일들은 만들지 않았기 때문이다. 하지만 주리용은 어떻게든 그가 한국으로 돌아갈 이유를 찾아냈다.

주리용이 송신양의 약점을 캐내는 데 있어 첫 번째 이유로 삼았던 것은 역시 여자 문제였다. 주리용은 송신양의 통역으로 있었던 리빙화를 빌미로 삼았다.

첫째, 송신양 총경리는 통역으로 채용한 조선족 리빙화에게 다른 직원에게는 제공하지 않았던 아파트와 가구를 제공했다. 이는 형평성에 어긋난다.

둘째, 중국 법정휴일인 일요일에도 직원들은 막바지 발전소 건설공사 완공을 위하여 모두들 출근하였는데 송신양 총경리는 골프를 치러 천진으로 갔었다.

셋째, 송신양 총경리는 통솔 능력이 없어 생산준비회의를 개최하지 못하여 양카이더 주임이 이를 대신하게 하였다.

넷째, 재처리설비는 체인이 끊어질 정도로 품질이 좋지 않은 제품인데도 불구하고 송신양 총경리는 거금을 들여 그런 조악한 제품을 구매했다.

다섯째, 경리부장 양동관은 경리부 출납 여직원과 부적절한 관계를 맺고 있음이 밝혀졌다. 두 사람 간의 전화 녹음테이프를 동봉한다.

한편 주리용이 찐따왕, 씽한창, 왕창을 시켜 총경리탄핵서명서를 작성하고 있던 그 시간, 리빙화는 진황도 시내 우정국(郵政局, 우체국) 앞에서 택시를 잡고 있었다.

"택시."

붉은색 일본산 샤리(夏利) 택시가 리빙화 앞에 섰다. 리빙화가 택시 문을 열고 타려는 순간 누군가 불쑥 나타나더니 리빙화에게 조그만 돌을 던졌다.

"아얏, 누구야?"

리빙화가 뒤돌아보았다. 몇 달은 씻지 않은 듯한 꾀죄죄한 얼굴에 다 떨어진 양복 차림을 한 거지가 리빙화에게 돌을 던진 것이었다.

"맞았다, 맞았어. 나는 자랑스러운 홍위병이야. 반역자들은 다 죽어야 돼!"

"미친 사람 아니야……."

리빙화는 돌에 맞은 어깨를 만지며 차에 탔다.

"하하하, 아가씨도 한 대 맞았네요. 저 사람 미친 사람이에요. 말 들어 보니까 옛날에 공무원이었는데 고문당하고 저렇게 되었다나 어쨌다나. 저 사람한테 돌 맞은 사람 한둘이 아니에요. 너무 기분 나쁘게 생각하지 마세요. 지난주에는 나도 맞았으니까. 하하하. 어디로 갈까요?"

"아휴, 아파라. 진황도봉봉발전소요."

리빙화는 이렇게 가끔 혼자 몰래 회사를 빠져나와 시내에 있는 우정국에서 국내 장거리전화를 걸곤 하였다. 우정국에서 전화하면 장거리전화라도 비교적 저렴하여 사랑하는 이와 오래도록 통화할 수 있었다. 그녀는 이렇게 아무도 모르게 고향에 숨겨둔 사랑하는 이와 통화를 나누고 다시 회사로 발걸음을 재촉하였다.

주리용은 충성스러운 심복 찐따왕, 씽한창 그리고 왕창을 시켜 모든 직원의 서명을 받도록 하였다. 500명에 가까운 직원들의 서명을 다 받는다는 것은 결코 쉬운 일이 아니었다. 왜냐하면 중국 직원이라고 하여 모두가 주리용의 지시에 순순히 따르는 것만은 아니기 때문이었다. 발전소 직원의 약 90퍼센트는 무조건 주리용의 명령에 따라 송신양 총경리 탄핵 문서에 서명하였다. 직원 대다수가 주리용을 따르는 우파이기 때문이었다.

하지만 나머지 10퍼센트에 해당하는 사람들은 한 번쯤은 자신들이 하고 있는 행동이 과연 옳은 것인가, 봉봉발전소가 한중합작회사로 등록되어 있는데 이런 식으로 강제적으로 한국 사람을 추방해도 되는 것인지에 대해 곰곰이 생각해 본 사람들이었다. 하지만 주리용의 충성스러운 심복들은 그런 10%에 해당하는 직원들을 가만 놔두지 않았다.

서명운동을 시작하고 이틀 후, 수처리과 과장에서 일개 말단사원으로 강등된 안더롱이 민완주의 사무실을 허겁지겁 찾아왔다.

"민 부장님, 이게 대체 무슨 일입니까?"

"안더롱 과장님, 웬일이십니까?"

민완주는 비록 안더롱이 주리용에 의해 강등되긴 했지만 그래도 계속 과장으로 대우해 주었다.

"석탄 열량측정기 부속이 망가져 북경에 수리하러 갔다 왔더니 공회에서 송신양 총경리 내보낸다며 서명하고 야단났어요."

"저도 방금 전에 마홍량을 통해 이야기 들었는데 주리용 부총경리, 정말 말도 안 되는 짓을 하고 있는 거예요."

"그런데 이거 가만히 보니 송 총경리를 한국으로 보내야 한다는 이유가 정말 말 같지도 않은 것들뿐이에요."

그때 누군가 노크도 없이 방문을 거칠게 열면서 들어왔다. 찐따왕이었다.

"이봐, 안더롱. 당신 중국 사람 맞아? 다른 사람 다 서명하는데 너는 왜 서명 안 하는 거야? 내가 동무라고 좀 봐주려고 했는데 안 되겠군. 당신 앞으로 고생 좀 하고 싶으면 서명하지 마."

그는 민완주는 안중에도 없고 다짜고짜 안더롱에게 삿대질을 하면서 소리를 쳤다. 민완주는 찐따왕의 그런 오만방자한 태도에 짜증이 났다.

"당신, 여기가 어딘데 함부로 들어와서 소리 지르고 야단이오? 당장 나가시오."

민완주는 찐따왕을 향하여 소리쳤다.

"안더롱, 이 비겁한 놈. 네가 한국 사람 옆에 바싹 붙어 있는다고 몸뚱이까지 한국 사람이 되는 줄 알아? 너의 국적은 엄연히 중화인민공화국

이야. 알아?"

"나는 내 자신의 국적이 어디고, 조상이 누구고 그런 것을 따질 줄 모른다. 하지만 네놈처럼 간신 같은 짓은 하지 않는다."

안더룽이 말했다.

"어디, 네놈이 서명을 하는지 안 하는지 두고 보자."

쩐따왕은 세차게 문을 닫고 나가 버렸다. 그때까지 서명을 하지 않고 미적거리던 나머지 직원들은 그런 압력에 못 이겨 결국 대부분이 서명을 하였고 겨우 몇몇 직원만 끝까지 서명을 거부하였다. 그날 오후 민완주의 사무실로 마홍량이 찾아왔다. 그는 말없이 민완주에게 편지 한 장을 건네주었다.

> ST에너지㈜ 동방신 회장님 귀하
>
> 현재 저희 회사 공회에서 송신양 총경리 탄핵서명운동을 벌이고 있으나 총경리가 한국으로 돌아가야 한다는 몇 가지 이유는 제가 판단하기에 탄핵을 받아야 할 이유가 아니고 또한 실제와 다른 내용입니다. (…중략…) 또한 진황도봉봉전력유한공사는 엄연히 중한합작기업이기 때문에 합작계약을 준수하여야 하고 이런 방식으로 한국인들을 내보낸다는 것은 정당한 일이 아닙니다. 저는 정의로운 중국인의 한 사람으로서 이런 부당한 행위에는 동참할 수 없으며 그들의 행위가 잘못되었음을 알리는 바입니다.
>
> —진황도봉봉전력유한공사 총무부장 마홍량

민완주는 그의 편지를 읽고 하마터면 눈물이 나올 뻔했다. 역시 마홍량이었다. 이 정도 수준의 편지를 쓴다는 것은 대단한 용기가 필요하기 때문이었다. 만약 주리용 끄나풀에게 이 편지가 발각되면 아마도 그는 쥐도 새도 모르게 테러를 당할 것이 뻔하였다. 그럼에도 불구하고 마홍량이 친필로 이런 편지를 써서 민완주에게 줬다는 것은 한마디로 목숨을 걸고 편지를 쓴 것이나 다름없었다. 사실 마홍량은 주리용과 같은 중국인으로서 자신의 안전을 생각하면 이렇게까지 할 필요가 없었다. 더욱이 중국인들은 이런 편지를 쓴다 하더라도 일반적으로 자기 이름은 밝히지 않는 것이 통례이나 마홍량은 떳떳이 자기 이름 세 글자를 밝혔다.

"마홍량, 괜찮겠어?"

"나야 뭐 언제든지 시골 가서 농사지으면 되니까. 걱정하지 마."

"마홍량, 고맙네. 역시 자네는 위대한 중국인이야."

"힘내, 민 부장. 정의는 반드시 일어설 날이 있을 것이고 진실은 언젠가 꼭 밝혀질 테니까. 두고 봐. 하하."

마홍량은 호탕하게 웃었다. 민완주는 안 그래도 큰 체구의 마홍량이 그날따라 한없이 크게만 보였다. 주리용의 공포에 가까운 압력으로 불과 몇 사람을 제외하고 직원 대부분의 서명을 받아낸 총경리탄핵서명서는 한국에서 온 조사단이 떠나기 하루 전 날, 회사 공회 대표단이 조사단과 면담할 때 전달되었다.

공회 주석(主席)*으로 선출된 찐따왕을 비롯하여 씽한창, 탕롱, 똥화춘 등 공회 대표들은 조사단을 불러놓고 봉봉발전소에 파견 나와 있는 송신양과 민완주 그리고 양동관 대하여 잘못한 일들을 낱낱이 열거하였다. 죄다 비방하는 내용으로 일관되어 조사단의 최 부장은 듣기도 싫

• 노동조합 위원장.

고 뻔히 조작된 이야기들이라는 것을 알고 있었지만 계속 반복되는 이들의 비방에 나중에는 혹시 진짜로 그런 것이 아닌가 하는 의문을 가질 정도가 되었다.

하지만 최하룡 부장은 진황도에서 며칠을 지내다 보니 자신이 새로운 봉봉발전소 총경리로 부임할 것이라는 말은 주리용이 퍼트린 한낱 소문에 불과하다는 것을 깨닫게 되어 나중에는 찐따왕, 씽한창과 같은 주리용의 졸개들이 떠들어 대는 내용에 전혀 귀를 기울이지 않았다.

찐따왕은 설명이 다 끝나고 조사단의 최 부장에게 두툼한 봉투 하나를 건네주었다.

"이거 받으십시오."

"이게 뭡니까?"

"이것은 우리 직원들의 뜻이 담긴 서류이오니 ST에너지 동방신 회장님께 꼭 전해 주시오."

"아, 그렇습니까? 그런데 찐따왕 선생님은 조선족이신데도 다른 중국인들을 뛰어넘어 이 회사에서 상당히 높은 위치까지 올라가셨습니다."

"허허허, 회사일 하는 데 조선족, 한족, 한국인, 중국인이 어디 있겠습니까? 우리 모두는 봉봉발전소 직원인 봉봉인(峰峰人)이라고나 할까요. 허허허. 누구나 열심히 일하면 다 승진하는 것 아니겠습니까?"

"네, 옳으신 말씀입니다."

최 부장은 봉투를 받아 들었다. 봉투에는 수신자란에 본사 회장 이름이 적혀 있었다. 그는 두툼한 봉투를 흔들어 보았다. 봉투 안에 편지 이외에 또 무엇인가가 들어 있는 것 같았다.

"그럼 이것은 저희 회장님에게 전해 주겠습니다."

"네, 감사합니다."

그렇게 조사단은 중국을 떠났다. 한국으로 돌아온 조사단은 현지 상황 보고서와 봉봉발전소 공회 대표단에서 전해준 봉투를 회장에게 전달하였다. 회장은 보고서를 읽고는 봉투를 뜯어보았다. 역시 그것은 봉봉발전소 대다수 직원이 서명한 두툼한 '총경리소환서명서'와 카세트테이프였다. 서명서는 죄다 중국어로 되어 있어 번역을 시켜 본 결과, 거기에는 송신양을 한국으로 소환해야 할 4가지 이유와 양동관 경리부장이 출납 여직원과 부적절한 관계에 있다는 사실이 적혀 있었다. 하지만 동방신 회장은 그간의 경험을 통하여 그러한 내용을 액면 그대로 받아들이지 않았다. 또한 회장이 이렇게 마음먹은 데는 마홍량이 회장에게 보낸 편지가 적잖게 작용했다. 동방신 회장은 테이프의 내용도 통역하도록 했다.

"대화 내용이 뭔가?"

"이건 부적절한 관계의 내용이라고 보기보다는 차라리 중국 여직원이 자금 측면에서 양동관 부장과 한국 측을 굉장히 많이 도와주고 있다고 보는 것이 더 정확할 것 같습니다."

동방신 회장은 한참 곰곰이 생각해 보았다. 결국 중국 측이 최종적으로 장악하려는 것은 바로 합작회사의 자금을 총괄하는 경리부이다. 그렇게 하기 위해서는 총경리 소환과 더불어 경리부장을 한국으로 보내려고 안간힘을 쓸 것이다. 그래서 녹음테이프를 보내어 회장의 마음을 흔드는 것이라는 걸 깨달았다. 그는 팔짱을 낀 채 한참 카세트테이프를 물끄러미 바라보았다.

"저 테이프도 도청한 것이겠지."

주리메이의 이중생활

　봉봉발전소 수처리과 과장으로 있다가 주리용에 의해 일개 야간근무 직원으로 전락한 조선족 안더룽은 여느 때와 다름없이 오늘도 전화자동교환기실에 설치되어 있는 항온항습기의 상태를 점검하러 들어갔다. 전화교환기실에는 교환기 이외에 발전소 계측제어계통의 중요한 전자설비가 있어 습도와 온도에 민감한 고가의 설비들을 보호하기 위하여 항온항습기를 설치하였으며, 안더룽은 정기적으로 항온항습기의 필터 관리 및 약품 투입 업무를 수행하고 있었다.

　원래 전화교환기실의 열쇠는 전기과 전화담당인 장평밖에 없었으나 안더룽이 거의 매일같이 항온항습기 점검 때문에 문을 열어달라고 하는 통에 장평은 귀찮아서 몰래 열쇠를 하나 복사해 줘 이제는 안더룽도 전화교환기실을 마음대로 출입하고 있었다. 안더룽은 여느 때와 같이 항온항습기에 약품을 투여하고 주요 부품 몇 군데를 살펴본 뒤 교환기실을 두리번거리다 이상한 장비를 발견하였다.

"음, 이게 뭐지? 어, 이것은……."

안더롱의 눈이 동그래졌다. 그것은 예전에 장평이 술에 취해 안더롱에게 말하였던 전화도청기였다. 안더롱은 군복무 시절 감청장비를 다루어 본 적이 있어 쉽게 알아보았다. 전화도청기는 방 한구석 박스를 쌓아둔 곳에 먼지에 싸인 채 놓여 있었다.

훅. 안더롱은 기계에 쌓인 먼지를 털어내고 평소 장평에게 물어봐서 알고 있던 전화기 교환 패널 뒤로 가 주리용의 전화기에 그것을 물렸다. 패널 뒤는 워낙 좁아 안더롱같이 마른 사람이 아니고는 좀체 들어갈 수 없는 곳이었다.

"자식, 날 강등시켜…… 나도 한번 네놈 목소리 녹음해서 들어보자. 재밌겠는데…… 히히히."

안더롱은 웃음을 참지 못했다. 그는 그날 이후 혼자만 즐기는 새로운 취미가 하나 생겼다. 도청기에 테이프를 하나 물려두고 다음 날부터 야간근무 시 항온항습기 점검을 갈 때마다 그것을 뽑아 사무실로 돌아온 후 몰래 테이프를 들으며 주리용이 무슨 짓거리를 하고 있는지 혼자만 알 수 있는 희열을 만끽하고 있었다. 그는 마치 주리용을 지배하는 신이 된 기분이었다.

주리용의 지시로 하루아침에 전 직원의 사무실 자리를 바꾸어 놓고 마음대로 업무분장을 하는 바람에 봉봉발전소 직원에 대한 통제 권한은 거의 주리용의 손아귀에 들어간 것이나 다름없다. 송신양은 주리용과 욕지거리가 오가는 말다툼을 하고 나서부터는 아침 간부회의마저 열지 못하게 되니 실질적으로 회사 내에서 어떠한 명령조차 내릴 수가 없었다.

민완주 또한 발전소의 업무 중 가장 중요한 설비, 자재 그리고 석탄 구매 업무를 씽한창에게 빼앗기고 할 수 있는 일이란 거의 없었다. 이렇게 발전소에 있는 한국인 세 명 중 두 사람이 이미 고유의 권한을 잃은 상태였고 남은 곳은 오직 한 사람 바로 경리부에 있는 양동관이었다.

그즈음 양동관은 기분이 몹시 상해 있었다. 그도 그럴 것이 들리는 소문에 의하면, 자기와 출납 여직원 황수칭이 부적절한 관계에 있고 또 이러한 사실을 공회 주석 찐따왕이 ST에너지 본사 회장에게까지 통보했다는 것이다. 불의를 보면 참지 못하는 양동관은 있지도 않은 사실을 유포한 찐따왕의 소행을 그냥 묵과할 수 없었다.

양동관은 찐따왕을 찾아가 그의 멱살을 틀어잡았다.

"찐따왕, 당신 무슨 근거로 나와 황수칭이 이상한 관계라고 소문을 퍼뜨려 한국에까지 통보한 거요?"

"근거? 근거를 대라면 내가 못 댈 줄 알고요!"

찐따왕은 목이 죄이면서도 양동관을 가소롭다는 듯이 바라보았다. 순간 양동관은 얼마 전 민완주가 말한 도청장치가 생각났다. 주리용의 지시로 중국 측이 전화교환기실에 도청장치를 설치하여 송신양, 민완주, 양동관의 통화 내용을 엿듣고 있고, 특히 자금을 다투는 정리부의 전화 내용에 신경을 곤두세우고 있다는 사실이 머리에 스쳤다.

양동관은 찐따왕의 멱살을 놓고 뒤돌아 방을 나왔다. 그러고는 깊은 한숨을 내쉬었다. 양동관은 황수칭과 부적절한 관계를 갖지 않았다. 합작회사에서 가장 중요한 부서인 경리부를 장악하기 위하여 황수칭을 친동생처럼 아주 잘 대해 줬을 뿐이다. 그렇게 하여야만 중국인 직원을 단 한 명이라도 내 편으로 만들 수 있고, 그것이 중국 측이 합작회사 투자금을 마음대로 손대지 못하게 하는 일종의 안전장치였기 때문이다. 하지만 중국 측이 양동관과 황수칭의 대화 내용을 녹음하여 제3자에게 들려준다면 충분히 오해의 소지가 있을 것이라는 생각이 들었다.

"그래. 나도 우리 자금을 위하여 할 만큼 했다."

그는 자조 섞인 목소리로 중얼거리며 자기 사무실로 돌아갔다.

어느 날 저녁, 양동관은 밖에서 황수칭을 만나 이러한 이야기를 해주었다. 황수칭도 이미 내용을 알고 있었고, 주리용이 자신을 해고시킬까 봐 걱정이 태산 같았다. 그녀가 걱정하는 것은 있지도 않은 부적절한 관계의 소문보다는 한국인 양동관 부장을 너무나도 잘 도와주고 있다는 사실이 만천하에 드러나 동료로부터 매국노로 낙인찍히는 것이었다. 황수칭은 답답한 마음을 달랠 수가 없었다.

"양 부장님, 우리 시원한 맥주나 한잔 마시러 가요. 도저히 답답해서 견딜 수가 없네요. 제가 아는 곳이 있으니 그곳으로 가죠."

늦은 밤, 둘은 황금성 가라오케 구석 테이블에 나란히 앉았다.

"그런데 수칭이 너 여기 어떻게 알아? 나 옛날에 여기서 중국 애들과 십 대 일로 싸운 적 있는데."

"십 대 일이요? 에이, 믿기지 않는데요."

"진짜야."

황수칭은 안주로 갖다놓은 새우깡을 입속에 던져 넣으면서 주위를 두리번거렸다.

"여기 가라오케 주인이 내 친구잖아요. 그래서 온 거예요."

"친구? 남자야? 여자야?"

"여자에요."

"젊은 여자가 이런 것도 갖고 있고…… 집에 돈이 많은가 보지?"

"아마 말하면 누군지 알걸요?"

"누군데 내가 알아?"

황수칭의 말에 양동관은 고개를 갸우뚱했다. 양동관이 알고 있는 가라오케 여주인은 아무도 없기 때문이었다. 그때 희미한 조명을 뚫고 누군가가 양동관의 테이블 쪽으로 걸어오고 있었다.

　"수칭, 정말 오랜만이네?"

　"어, 왔어? 장사 잘되니?"

　그녀는 양동관, 황수칭이 나란히 앉은 테이블 맞은편에 앉았다.

　"리메이, 인사해. 여기는 양동관 부장, 한국 사람이지."

　여주인은 인사를 하려다 말고 잠시 양동관의 얼굴을 들여다보더니 이내 엷은 미소를 띠었다.

　"오랜만에 오신 것 같네요?"

　"……?"

　"둘이 아는 사이야?"

　황수칭은 두 사람을 번갈아 쳐다보았다.

　"아니, 난 잘 모르겠는데…… 절 아시나요? 양동관이라고 합니다."

　"전 주리메이라고 해요. 예전에 이곳에서 중국인들과 멋지게 싸우신 적 있지요?"

　"아니, 그걸 어떻게?"

　주리메이의 말을 듣고 양동관은 깜짝 놀랐다.

　"양 부장님, 진짜였어요? 진짜로 여기서 십 대 일로 싸웠어요? 오우, 대단한데요."

　황수칭은 양동관을 다시 한 번 쳐다봤다.

　"수칭아, 그럼 잘 놀다 가라. 나 저쪽 손님한테 좀 가봐야 하거든. 미안해. 내가 서비스로 과일 안주 하나 보낼게. 맛있게 먹어."

　"고마워, 리메이."

"그럼 다른 테이블에 손님이 있어 실례하겠습니다. 자주 놀러 오세요."

"아, 네."

주리메이는 양동관에게 정중하게 인사를 하고 자리를 떠났다.

"내 친구가 누구 딸인지 알아요?"

그녀는 칭다오 캔 맥주를 한 모금 꿀꺽 삼켰다.

"누구 딸인데?"

"주리메이는 바로 주리용의 딸이에요."

"뭐야? 주, 주리용의 딸?"

"다른 사람들에게 이야기하지 마세요, 절대로."

"알았어. 그런데 부총경리 딸이 어떻게 이런 데서……?"

양동관은 그녀의 이야기에 놀라지 않을 수 없었다. 황수칭은 주리메이와 초등학교, 중학교 동창이기 때문에 그녀에 대하여 많은 것을 알고 있었다. 그녀는 현재 명문 천진 남개대학교 4학년에 재학 중이었다. 그런 그녀가 이 시각에 공부는 안 하고 황금성에서 사업을 하는 이유는, 대학 졸업 후 미국이나 영국에서 경영학 석사와 박사과정을 밟으려고 돈을 모으고 있기 때문이라고 했다.

"말도 안 돼. 주리용이 우리 회사 돈 얼마나 많이 빼먹었는지 알기나 해?"

"내용을 알고 보면 그렇지도 않아요."

황수칭은 더욱 자세한 설명을 해주었다. 비록 주리용은 봉봉발전소 내에서 자타가 공인하는 최고 마오쩌둥 사상 충성파에다 중국 공산당 열성당원이지만 사실 집에 돈은 한 푼도 없었다. 주리용은 봉봉발전소에서 받은 월급 이외에는 아무런 수입이 없었다. 비록 그 사람이 한국인에게 악랄하게 굴고 온갖 착취 행위를 하지만 그 돈들은 고스란히 양카이더 호주머니로 들어가는 것이지, 자기 주머니를 채우기 위하여 그런 짓을 하는 것은 아니라고 하였다. 주리용은 재물을 모으는 데에는 별 관심이 없었고, 오로지 국가에 충성하여 공산당원으로서 최고 높은 직위까지 올라가야겠다는 불타는 명예심만 있을 뿐이었다.

주리용도 양카이더의 비자금을 만들어 주면서 얼마간의 돈을 자기 주머니로 슬쩍 할 법도 한데 주리용은 당 조직 직속상관인 양카이더에게 무조건 충성하는 순진한 면이 있었다. 그러니 한 달에 발전소 부총경리 월급 1,500위안을 받아가지고 딸 주리메이를 유학 보낸다는 것은 불가능한 일이었다. 유학을 가려면 거의 20만 위안 정도의 거금이 들기 때문에 주리메이는 처음부터 아버지에게 그런 것을 기대하지 않았고 자기 스스로 유학비를 마련하려고 작정하였다. 그러다 우연히 왕루몽을 만나게 되었다.

왕루몽은 양카이더의 애인으로 진황도개발구 노동국장을 하면서 한편으로는 양카이더의 막강한 힘을 빌려 진황도에서 가라오케 술집을 다섯 군데나 경영하고 있었다. 아직 대학교 재학 중인 주리메이는 왕루몽으로부터 위탁경영을 받은 황금성 가라오케 술집을 평소에는 수업이 없는 금요일 저녁 등 일주일에 한두 번 나와 경영 상태를 확인하지만, 지금같이 방학 때는 거의 매일 나와 있었다. 그동안 주리메이는 황금성을 운영하면서 꽤 많은 돈을 저금하였다. 물론 가라오케를 관리하러 나가는 날, 집에서는 주리메이가 당연히 천진에 공부하러 가는 줄 알고 있었다. 이러한 사실을 주리용이 알 턱이 없었고 만약에 알았다가는 그 성격에 정신적으로 엄청난 충격을 받을 게 뻔하였다.

"정말 뜻밖인데."

양동관은 맥주를 쭉 들이켰다. 그는 황수칭으로부터 이런 이야기를 듣고 기분이 착잡하였다. 회사를 뒤흔들어 놓았던 주리용도 알고 보니 속 빈 강정이었고 양카이더의 꼭두각시일 뿐 그 무엇도 아니라는 사실을 알게 되니 주리용이 참으로 단순하고 불쌍한 인간이라는 생각밖에 안 들었다.

다음 날 아침, 양동관은 출근하여 바로 민완주에게 이 이야기를 해주었고 민완주 역시 놀라기는 마찬가지였다.

"어디? 황금성 가라오케?"

"그래."

민완주는 조만간 가라오케 황금성에 꼭 가봐야겠다는 생각을 했다.

황수칭과의 관계가 구설수에 오르고 있을 때 양동관에게 또 다른 시련이 닥쳤다. 주리용이 드디어 경리부 접수 작업에 착수한 것이다. 그동안 주리용은 송신양의 경영업무나 민완주의 자재, 연료 구매업무를 빼앗아 오는 데 소기의 목적을 달성하였다. 그러나 그때까지도 양동관이 부장으로 있던 경리부는 건들지 않았다. 경리부가 성역이라 주리용이 건들지 못한 것이 아니라 회사자금을 다루는 부서인 만큼 상당히 민감하기 때문에 가장 마지막 작업 대상으로 삼았을 뿐이었다.

그는 봉봉발전소 내에서 또 다른 경리부를 만드는 작전에 착수했다. 조직을 장악하는 데 있어서 돈줄을 죄는 것만큼 확실한 것이 없다. 그러기 위해, 양동관이 경리부장으로 있는 기존의 경리부의 업무를 새로 만든 경리부로 서서히 이관하여 마침내 기존 경리부의 문을 닫게 만든다는 작전이었다.

물론 한 회사에 두 개의 경리부를 둔다는 것은 상상하기 어려운 불법행위이기 때문에 주리용은 새로 만든 경리부는 경제부라는 이름으로 명명하였다. 주리용은 경리과장 왕즈민(王子敏)이라는 충성스런 수하를 이용하여 일을 진행하였다. 왕즈민은 사십대 후반의 여자로 발전소에 입사한 지 일여 년밖에 되지 않았다.

나중에 안 사실이지만 그녀는 양카이더와는 친척이었다. 진황도개발구 정부에서 그녀를 봉봉발전소로 보내기 전 경리부장 양동관의 생각에는 기왕에 사람을 보내주려면 젊은 남자를 보내 일을 많이 시켰으면 했는데, 기대와는 달리 나이 든 여자가 오는 바람에 양동관은 적이 실망하였고 특히 양카이더의 친척이라는 것이 상당히 마음에 걸렸다.

왕즈민은 봉봉발전소에 입사하여 은행 대출업무를 전담했는데 거의 1년이 걸려서야 중국 측 차입금을 해결하였다. 왕즈민 과장 또한 주리용의 충성스러운 부하 중 한 명이었다. 그녀가 그렇게 시간을 질질 끌면서 대출을 받은 것도 주리용의 작전을 제대로 수행했기 때문이었다.

봉봉발전소는 ST에너지와 진황도개발구 정부가 50%씩 투자하여 만든 회사였다. ST에너지와 진황도개발구 정부가 각각 3억 위안이라는 거금을 내어 건설하는 대형 발전소인지라 자금관리는 가장 중요한 업무였다. 건설이 끝나고 전력과 난방 생산을 위한 시운전을 한창 진행하고 있을 무렵, 중국이나 한국은 투자비를 거의 다 납입한 상태였고 자금이 가장 모자랄 시기였다. 이럴 때 양카이더 주임은 중국 측 잔여 투자비를 제때에 납입하지 않고 계속 끌어 한국 측에서 남은 투자비를 먼저 내도록 할 속셈이었다. 하지만 한국 측도 이런 것쯤은 금방 눈치챘기 때문에 그때까지 남은 투자비 1000만 위안을 호락호락 낼 수는 없었다.

중국 측에서 마지막 남은 투자비 3000만 위안을 회사 통장으로 입금시키기 전까지 한국 측도 꼼짝하지 않았다. 지금까지의 행태로 보아 한국 측이 먼저 1000만 위안을 납입하면 중국 측에서 나머지 3000만 위안을 납입하지 않을 확률이 상당히 높다고 판단하였다.

그래서 한국 측은 중국 측이 나머지 금액을 입금시키기를 기다리고 있었고, 중국 측은 중국 측대로 한국 측이 나머지 투자비를 먼저 낼 것을 기다리고 있었다. 그렇게 두어 달 서로가 눈치만 보고 있었다.

그러던 어느 날, 드디어 진황도개발구정부의 3000만 위안이 대출되었다는 소식을 들었다. 하북성 농업은행 본점에서 3000만 위안을 집행하여 이미 농업은행 진황도지점 진황도개발구 정부 계좌로 송금되었다는 것이다. 그런데 그 소식을 듣고 며칠이 지나도록 진황도개발구 정부는 대출 받은 돈을 봉봉발전소 통장에 입금시키질 않았다.

"이상하네? 분명히 돈이 진황도로 들어왔다는데 왜 돈을 안 넣는 거지?"

양동관은 주리용을 찾아갔다.

"주 부총경리님, 중극 측 투자비 3000만 위안이 진황도개발구 정부 계좌로 입금되었다고 하던데 진황도개발구에서 어떻게 회사 통장에 입금시키지 않습니까?"

주리용은 대답 대신 엷은 미소를 지으면서 문서 한 장을 던져 주었다. 그것은 농업은행에서 발송한 공문이었다.

진황도봉봉전력유한공사 송신양 총경리 귀하
귀사의 원금 및 이자 상환 능력을 보장받기 위하여 한국 측의 나머지 차입금 1000만 위안을 먼저 입금시켜 주신다면 3000만 위안을 귀사의 통장으로 즉시 입금시켜 드리겠습니다.
　　　　　　　　　　　　　　　　　　　　　　　－농업은행 진황도지점장

"허, 이게 대체 무슨 소립니까?"

양동관은 어이가 없었다. 그것은 분명 진황도개발구 양카이더 주임의 지시를 받고 은행에서 만든 문서임이 틀림없었다. 중국 지방 정부의 최고 책임자는 자기 지역 내에서는 실로 막강한 권력을 행사하고 있어 행정부는 물론이요, 사법부와 경찰도 한손에 장악하고 있다. 하물며 관할 은행은 그곳에서 원만한 영업을 하기 위하여 웬만하면 해당 정부조직과 불협화음을 안 만들려고 최선의 노력을 다한다. 그러다 보니 은행에서도 양카이더의 지시를 안 따를 수가 없었다. 양동관은 그 문서를 들고 부리나케 송신양 총경리에게 달려갔다. 마침 송신양의 사무실에는 민완주와 마홍량이 같이 있었다.

"무슨 말도 안 되는 소리야? 은행이 무슨 권한으로 한국 차입금 1000만 위안을 먼저 내야, 3000만 위안을 발전소 통장으로 넣겠다는 거야?"

송신양이 말했다.

"이것은 분명히 양카이더가 시켜서 쓴 공문일 겁니다."

민완주도 거들었다.

"이게 바로 중국의 가장 큰 병폐입니다."

마홍량이 한숨을 쉬었다.

"병폐? 무슨 뜻이지?"

민완주가 물었다.

"그 3000만 위안이 무슨 돈입니까? 그것은 중국 측이 당연히 납입해야 할 나머지 투자비 아닙니까? 그런데 그런 돈을 안 내고 있다는 것은 양카이더로서는 심각한 위법 행위를 저지르고 있는 것입니다."

모두들 귀를 쫑긋 세우고 그의 이야기를 들었다.

"중국은 사회주의 국가입니다. 사회주의 국가에서 모든 은행은 정부의 통제하에 움직입니다. 따라서 이번에 농업은행 본사에서 3000만 위안을 대출해 준 것도, 다 중앙정부가 우리 회사가 한중합작회사이기 때문에 국가 간의 투자 약속을 지키기 위해 반드시 합작회사에 투자하라고 진황도개발구 정부에 빌려준 돈이라고 봐도 됩니다. 그런데 그런 자금을 양카이더는 마치 개인 돈인 양 봉봉발전소 계좌로 이체하지 않고 저러고 앉아 있으니 그게 불법 행위가 아니고 무엇이겠습니까?"

마홍량이 힘을 주어 말했다.

"음, 듣고 보니 맞는 말이네."

민완주가 말했다.

"중국에 저런 양카이더와 같은 지방정부 탐관오리들이 한둘이 아닙니다. 그들은 외국과 합작사업을 유치하고 그 명의로 은행에서 대출금을 빌려옵니다. 그리고 그 돈을 100% 합작사업에 투자하지 않고 어영부영 씁니다. 은행들은 이런 탐관오리와 결탁하여 자신들도 커미션이 생기니 합작사업이라고 하면 밑도 끝도 없이 대출을 해줍니다. 이게 바로 중국의 가장 큰 병폐입니다."

"이제 좀 알 만하네."

송신양이 말했다.

"보세요. 중국에서 머지않아 곧 파산선고를 할 은행들이 줄줄이 나올 겁니다. 이런 식으로 대출을 해주니 곧 자금은 바닥 날 것이고 정부에서 메워주는 것도 한도가 있을 겁니다. 아니면 정부에서 각 은행들을 통하여 합작회사 명의의 각종 대출을 금지할 날이 곧 도래할 겁니다. 그걸 막지 못했다가는 이 나라가 망해 버릴 테니까요."

"그럼 양카이더는 그 돈을 발전소 계좌로 언제쯤 넣을까?"

양동관이 마홍량에게 물었다.

"아마도 영원히 계좌이체를 안 할걸."

"뭐?"

"무슨 말도 안 되는……."

"아무리 중국이라도 그렇게는 못하겠지."

"나도 확신은 못하겠지만 한번 두고 보자고."

마홍량이 말했다.

며칠 후 들리는 소문에 의하면, 진황도시 농업은행장은 봉봉발전소 명의로 농업은행 본사로부터 대출받은 3000만 위안을 발전소 통장에 넣지 않고 양카이더의 개인 통장으로 넣었다는 것이다. 그러나 그것을 확인할 방법은 없었다. 그즈음 경리과장 왕즈민은 주리용의 명령으로 이사를 갔다.

원래 발전소 경리부는 건물 2층에 자리 잡고 있었는데, 어느 날 갑자기 왕즈민 혼자만 3층으로 이사를 했다.

"아이고, 속 시원하다. 고거 이사 아주 잘 갔다."

양동관은 쾌재를 불렀다. 그때까지 눈엣가시처럼 여겨졌던 왕즈민이 3층으로 이사를 가니 양동관은 그렇게 기분이 좋을 수가 없었다. 하지만 이것이 불행의 시작이 될지 그는 꿈에도 몰랐다.

주리용은 3층에 별도의 경제부를 만들고 자기 마음대로 왕즈민을 경리과장에서 경리부장으로 승진시켜 주었다. 주리용은 원래 경리부에 일하고 있는 황수칭을 제외한 다른 중국인 직원 2명을 불렀다. 황수칭이 양동관을 물심양면으로 도와주고 있다는 사실을 알고 있던 주리용은 황수칭 때문에 일이 방해를 받지 않도록 하기 위해서였다. 중국 규정상 경리부 사무실을 만들려면 일단 철제 도난 방지 문이 사무실에 설치되어 있어야 하는데 3층에는 그것이 없었다.

"일단 너희들은 2층에서 한국인 양동관과 같이 근무하면서 모든 재무 관련 사항을 앞으로 왕즈민 부장에게 보고하도록 하라. 알겠나?"

"네, 알겠습니다."

주리용의 명령에 두 직원은 대답했다.

"차차 상황을 봐서 너희들도 3층으로 이사하도록 하고."

"황수칭은요?"

"그 친구는 가만히 놔둬. 황수칭에게는 이런 이야기를 절대로 하지 마라. 알겠나?"

"네."

진황도개발구 정부에서 빨리 돈을 내야지 봉봉발전소의 시운전을 마무리 짓고 하루라도 빨리 발전소를 돌려 전력과 난방을 생산할 수 있을 텐데 진황도개발구 정부는 나머지 차입금 3000만 위안을 낼 생각을 조금도 하지 않고 있었다.

건설업체도 야단이었다. 건설회사 대표들은 어디서 들었는지 진황도개발구 정부가 농업은행으로부터 돈을 빌려왔다는 소문을 듣고 매일같이 양동관 경리부장을 찾아와 밀린 건설대금을 달라고 아우성이었다.

그러던 어느 날, 건설회사 중에 가장 큰 회사인 중건2국(中國建設2局)에서 진황도개발구 정부로부터 건설대금 500만 위안을 받았다는 소문을 들었다. 결국 양카이더와 주리용은 농업은행 본점에서 농업은행 진황도지점으로 넘어온 봉봉발전소 대출금 3000만 위안을 발전소 통장으로 넣지도 않고 자기들 임의대로 사용하기 시작한 것이었다.

하지만 양동관은 뚜렷한 물증을 잡을 수가 없었고 주리용에게 물어보아도 매번 그 돈은 다른 데서 빌려온 것이라 하니 양동관은 정말 미칠 지경이었다. 봉봉발전소의 경리 책임자로서 3000만 위안이라는 돈을 회사 통장에 반드시 입금시켜야 하는데 행방조차도 파악하지 못하고 있으니 속이 탔다. 주리용이 저질렀다는 것은 뻔한 것이었지만 물증이 없는 한 결국 책임은 경리부장이 져야 했다.

한국에서는 대출금을 받고 2개월 이내에 원 목적대로 사용하지 않으면 대출이 자동적으로 말소가 되는데 중국은 어떻게 된 것인지 돈이 들어왔다는 소리를 들은 지 3개월이 넘었는데도 은행 측에서 어떠한 조치도 없는 것이었다. 양동관은 중국에 한국의 금융감독원같이 은행의 부조리를 고발할 수 있는 기관이 있는지 사방팔방으로 찾아보았지만 헛수고였다.

양동관은 양동관대로 정신이 없을 때 송신양, 민완주도 죽을 지경이었다. 왜냐하면 5개월째 월급을 단 한 푼도 못 받고 있었기 때문이었다. 진황도개발구 정부에서 마지막 투자금 3000만 위안을 회사 통장으로 넣으면 그것으로 한국인뿐만 아니라 500명 중국인 직원들의 월급을 해결하려고 하였는데 돈이 들어오지 않으니 월급을 줄 수가 없었다.

그러던 어느 날, 민완주는 씽한창이 돈을 한 다발을 가지고 오더니 직원들에게 나누어 주는 것을 보았다.

"그게 뭐냐?"

"보면 몰라요? 월급이지."

"월급? 누가 줬는데?"

"아이 참, 누군 누구요? 경리부장이 주지 누가 주겠소?"

"양동관 부장?"

"아니오, 왕즈민 부장."

씽한창의 대답에 민완주는 송신양에게 달려가 그 사실을 보고했다.

"그 돈 다른 데서 빌려왔대."

"빌려요? 무슨 말도 안 되는 소리예요. 분명 3000만 위안을 가지고 자기들 마음대로 쓰는 것일 텐데요. 총경리님, 어떻게든 조치를 취해야지 않겠습니까?"

"아이 이 사람아, 무슨 증거가 있어야지? 빌려왔다고 하잖아?"

송신양을 비롯한 한국인 파견자 3명은 무려 5개월 동안 월급을 단한 푼도 받지 못하고 있던 상태였다. 이들의 월급은 합작계약서에 의거, 전액 진황도봉봉전력유한공사에서 받도록 되어 있었다. 물론 애초부터 ST에너지 본사에서 지급할 수도 있었지만 ST에너지 동방신 회장의 원칙은 해외 현지 파견자의 급여는 해외 현지에서 받도록 하는 것이었다. 그래야 인건비 절감과 개인소득세 이중과세 방지를 통해 회사의 이익을 조금이라도 증대시킬 수 있다는 지론이었다.

어쨌든 주리용은 다른 곳에서 돈을 빌려왔다면서, 그 3000만 위안으로 한국 사람들은 빼고 중국 직원들에게만 월급을 나누어 주었다. 그리고 평소 떡고물 좀 잘 바치는 설비업체나 건설회사에게는 밀린 건설대금이나 설비대금을 적잖게 지불하고 있었다.

결국 송신양은 5개월씩이나 밀린 한국인 월급의 일부분이라도 받기 위해서 한국 본사에 나머지 투자금 1000만 위안 중 100만 위안만 투자해 달라고 요청하였고, 그 돈은 봉봉발전소 통장으로 즉시 입금되었다. 물론 이것은 중국 측처럼 비공식 통장으로 들어온 것이 아니라 정정당당히 발전소 공식 통장으로 입금되었다.

"뭐? ST에너지에서 나머지 돈 중에서 100만 위안을 넣었다고?"

왕즈민의 보고에 주리용은 즉각적인 반응을 보였다. 주리용은 그동안 설비대금이나 건설대금을 못 받아간 수십 개 회사에 연락을 취하여 한국 총경리에게 그동안 밀린 대금을 받아가라고 득달같이 통보하였다.

한국에서 100만 위안이 들어온 다음 날부터 송신양 총경리와 양동관의 사무실 앞에는 수십 명의 빚쟁이들이 진을 치고 미수금 지급을 요구하였다.

"총경리님, 이거 빚쟁이들이 너무 많이 몰려오는데요. 잠깐 어디론가 피해 계시죠."

"붙들리기 전에 잠시 숨어 있어야겠다."

양동관의 제의에 송신양은 서둘러 책상을 정리했다. 그때 민완주는 송신양을 붙잡고 말했다.

"총경리님, 가시기 전에 경리부 황수칭 시켜서 통장에서 우리 월급부터 찾아오라고 지시하세요. 안 그러면 업자 중에서 누군가가 우리 회사 통장을 동결시켜 단돈 일 위안도 못 꺼내게 될 겁니다."

"민 부장 이야기가 맞습니다. 제가 황수칭 시켜서 월급을 찾아오라고 할게요."

"……."

"총경리님, 어서요!"

민완주는 무엇인가 골똘히 생각하고 있는 송신양 총경리를 다그쳤다.

"원래 회사 통장에서 돈을 인출하려면 부총경리의 동의도 얻어야 하는데…… 괜찮을까?"

"총경리님! 뭐가 그렇게도 생각이 많으세요? 그냥 일단 빼와야 합니다."

"그럼, 빼와."

양동관은 그의 지시가 떨어지기가 무섭게 경리부로 달려와 황수칭을 찾았다.

"황수칭, 지금 빨리 은행에 가서 한국 사람 월급 5개월치 전부 찾아와, 어서."

"부총경리님 사인 안 받아도 되나요?"

"사인은 무슨 얼어 죽을 놈의 사인이야! 그냥 총경리님한테 가서 회사 직인이나 찍어가."

양동관은 버럭 소리를 질렀다. 황수칭은 사무실 문을 한 번 쳐다보더니 양동관에게 나즈막한 목소리로 물었다.

"부장님, 제가 이번에 도와 드리면요……. 한국 피혁회사에서 나오는 그렇게 안 비싸고 예쁜 가죽코트가 있는데 그거 한 벌……."

"어휴, 알았다고, 알았어. 어서 갔다 와."

황수칭은 가죽코트를 사준다는 말에 신이 났다.

"오늘 시내에 무슨 행사 있어서 길 막힌다고 했어요. 총경리님한테 빨리 가서 이 수표에다 도장 좀 받아다 주세요."

"알았어."

양동관은 부리나케 총경리실로 달려가 회사직인을 받고 그것을 황수칭에게 전해 주었다. 황수칭은 그날 늦게 은행에서 한국인 3명의 월급을 찾아왔다. 양동관은 그제야 안도의 한숨을 쉬었다. 하지만 그날이 가기 전에 주리용도 이 사실을 알게 되었다.

그 다음 날 오후, 주리용은 강당에 전 중국인 직원을 집합시켰다. 황수칭을 여러 직원 앞에서 인민재판에 회부시키기 위한 자리였다. 수많은 직원들이 강당에 빽빽이 들어섰고 단상에 일렬로 놓인 주석대에는 주리용, 찐따왕, 왕즈민, 씽한창, 탕롱이 앉아 있었다. 그 앞에 황수칭이 고개를 숙인 채 서 있었다.

"여러분, 지금까지 황수칭 동지가 무슨 일을 하였는가에 대하여 잘 들었겠지요? 나는 더 이상 말을 잇지 못하겠습니다. 우리는 발전소가 자금이 부족한 이 어려운 시기에도 일치단결하여 그 봉봉발전소를 지키려고 하는데…… 황수칭 동지는 결국…… 나라를 팔아먹었습니다. 한 달에 월급 500위안도 제대로 못 받아 만토우(饅斗)조차 사 먹을 돈이 없어 이 추위에 벌벌 떠는 우리 석탄반 동지들을 생각하면 눈에서 피눈물이 나오는데…… 흑흑."

주리용은 정말로 눈물을 흘렸다. 그리고 다시 말을 이었다.

"황수칭은 한 달에 몇 만 위안의 월급으로 호의호식하는 한국인에게 빌붙어 우리 석탄반 동지들의 딱딱한 만토우 한 조각까지도 빼앗아 가고 있으니…… 저는 더 이상 말을 이을 수가 없습니다. 할 말이 없습니다."

주리용의 눈물에 장내 분위기가 숙연해졌다. 그때 찐따왕이 벌떡 일어났다.

"여러분, 양동관 월급이 3만 위안입니다, 3만 위안!"

그러자 이쪽저쪽에서 웅성거렸다.

"그런 한국인 양동관 경리부장을 어떻게 해야 합니까? 그 밑에서 이 어려운 시기에 그의 월급이나 찾아다 주는 황수칭은 어떻게 해야 합니까?"

찐따왕은 때를 놓칠세라 소리쳤다. 그는 목에 핏발을 세우며 절규했고 직원들은 여기저기서 불만에 섞인 목소리가 터져 나왔다.

"집에 보내!"

그러자 너도나도 이구동성으로 외쳐댔다.

"집에 가라!"

"사표 받아!"

소리는 점점 커지고 찐따왕은 입가에 만족스러운 미소를 지으며 주리용을 바라보았다. 주리용은 두 눈망울이 붉어진 채 위엄 있는 자세로 강당에 들어선 직원들을 내려다보았다. 쩐따왕은 때를 놓치지 않고 강단에 꽉 들어찬 직원들을 향하여 소리쳤다.

"여러분! 그럼 우리가 믿고 따라야 할 분은 누구입니까?"

사람들이 잠시 멈칫하자 쩐따왕은 이내 손을 쭉 펴 주리용을 가리켰다. 그러자 직원들은 일제히 외쳐댔다.

"주리용 부총경리입니다."

주리용, 주리용······.

직원들의 함성에 주리용은 눈물이 나오는 것을 참으려고 고개를 옆으로 돌려 심호흡을 크게 하고 헛기침을 하는 시늉을 했다. 결국 황수칭은 그날을 마지막으로 스스로 사표를 내고 봉봉발전소를 떠났다. 그리고 주리용은 이러한 사실을 한국에 있는 ST에너지 회장에게 공식 서신으로 알리면서 동시에 양동관 경리부장 소환도 요청하였다. 동방신 회장은 고민에 빠졌다. 강직한 양동관을 본국으로 불러들인다면 중국 측에 굴복하는 꼴이 되고, 반대로 그들의 요청을 무시한다면 중국 측이 3000만 위안 납입은 고사하고 합작회사를 교착상태로 빠트릴 것이 불을 보듯 뻔했기 때문이었다. 결국 동방신 회장은 합작회사 정상 운영을 생각하여 양동관을 불러들이기로 결정했다. 그리고 그를 회장 비서실로 배치하여 향후 중국 사업의 전문가로 키우기로 작정했다.

하지만 동방신 회장도 양동관을 불러들이는 대신 다른 조건을 하나 달았다.

그것은 중국 측에서 일시불로 3000만 위안을 납입할 것을 요구했다. 한국 회장의 제의에 주리용은 양카이더와 의논 후 이를 흔쾌히 받아들여 양동관은 곧바로 한국으로 돌아가게 되었다. 대신 봉봉발전소의 경리업무는 왕즈민이 담당하게 됐지만 자금을 집행할 때에는 최종적으로 송신양 총경리가 확인하는 것으로 하여 일단락 지어졌다.

이로써 주리용은 자기의 뜻대로 한국인 경리부장 양동관을 한국으로 돌려보내고 왕즈민을 부장으로 하는 새로운 경리부를 자연스럽게 운영하게 되었다. 비록 송신양이 자금집행의 최종 결재를 한다지만 주리용은 그것에 대하여는 안심하고 있었다. 왜냐하면 주리용은 송신양이 나이가 많은 데다 마음이 여려 누구보다도 다루기가 쉽다고 생각했기 때문이다.

양동관이 한국으로 돌아간 지 두어 달 후, 드디어 봉봉발전소에서도 전력과 난방공급용 열을 생산하게 되었다. 봉봉발전소는 열병합발전소라 고온고압의 증기로 터빈을 돌려 전력을 생산하고 거기서 배출되는 증기를 버리지 않고 그것을 난방공급용으로 사용한다. 그렇게 전력과 난방열을 동시에 생산할 수 있는 것이다. 첫 생산은 실로 3년 만의 일이어서 송신양과 민완주는 감회가 남달랐다. 과거가 어찌됐든 발전소가 정상적으로 생산에 돌입하니 한순간이나마 힘들었던 지난날의 이야기들이 마치 한 편의 영화처럼 느껴졌다.

그때까지도 송신양이나 민완주가 주리용에게 빼앗긴 발전소의 경영권을 되찾아 와야 한다는 큰일이 남았음에도 불구하고 그 순간만큼은 모든 것을 잊고 기쁨을 만끽하고 싶었다. 하지만 그것이 완전한 종합 준공은 아니었다.

봉봉발전소에는 두 대의 라인이 있었는데 그중 1호 라인만 완공되었고 나머지 한 라인은 삼사 개월 후에나 완공되므로 정확히 말해 정식 준공식은 2호 라인이 생산할 수 있는 시점이었다. 즉 1호 라인의 완공은 부분 준공이기 때문에 아직까지 외부에 알리기에는 이른, 그저 봉봉 발전소 내부 직원들만 기뻐할 일이었다.

하지만 주리용은 이러한 상황도 십분 이용했다. 1호 라인이 전력을 생산하게 되자 주리용은 매일 회의를 열면서 무엇인가를 거창하게 준비하는 것 같았다. 알고 보니 1호 라인 준공식을 갖는다는 것이었다.

종합 준공한 것도 아닌 부분 준공일 뿐인데 대외적으로는 마치 발전소의 모든 것이 완공된 것처럼 알리자는 것이었다. 발전소의 구조를 잘 모르는 외부 사람들은 언뜻 보면 정말 발전소를 완벽하게 완공한 것으로 여길 수 있었다. 그런 거창한 행사를 할 필요도 없는 1호 라인 준공식에 진황도개발구 정부 간부 200여 명을 초청하고 게다가 진황도 신문사, 텔레비전 등 각 언론 매체의 기자들도 초청하여 대대적인 홍보 활동을 펼쳤다.

1호 라인 준공식은 종합준공식이나 다름없이 거창하게 치러졌고 거기에 참석한 사람 모두 그것이 발전소 종합준공식으로 착각하고 찾아온 것이었다. 정석대로 하자면 이런 행사는 발전소 송신양 총경리가 각국 투자자 대표인 양카이더 진황도 주임과 ST에너지 회장 앞으로 정식 준공식 초청장을 보내 두 나라 대표가 나란히 참석해야 하는데 주리용은 한국 측에는 전혀 연락을 취하지 않고 진황도개발구 정부와 중국 측 인사들에게만 통보하여 급하게 준공식을 준비하였다.

주리용은 행사가 있기 이틀 전에 팩스로 ST에너지 회장에게 그 사실을 알렸다. 동방신 회장은 팩스를 받아보고 혀를 찼다.

"내일모레 준공식을 한다고? 그런데 오늘 보내면 어떻게 참석하라는 거야? 비자 만드는 데만 며칠이 걸릴 텐데…… 참으로 이해 못할 사람들이군."

주리용은 애당초 한국에서는 아무도 참석하지 않기를 바라고 있었다. 준공식 행사 이틀 전에 회장에게 연락한 것은 순전히 후일 이 일로 인하여 문제가 발생할 경우 책임을 면하기 위한 것이었다. 뿐만 아니라 버젓이 합작회사에 근무하고 있는 송신양 총경리와 민완주에게조차 행사 참가 통보를 알리지 않았다.

주리용은 준공식 날 아침부터 바쁘게 움직였다. 그는 직접 봉봉발전소를 방문할 외부 인사들의 명단을 챙기고 행사장 준비사항을 체크했다. 그런데 준비사항을 확인하다 보니 초청 인사들이 드넓은 발전소를 자세히 살펴보기 위해 사용할 망원경이 안 보였다. 주리용은 즉시 찐따왕에게 전화를 걸었다.

"망원경 어디 있나?"

"망원경이요? 아, 굴뚝 위에 설치된 항공등 설비 확인한다고 예산원들이 가지고 갔어요. 리빙화나 청리얀한테 5개 있을 겁니다."

"그래? 나한테 가지고 오라고 해."

"네, 지금 제가 즉시 가지고 가겠습니다."

"아냐, 리빙화더러 직접 가지고 오라고 해."

주리용은 전화를 끊고 엷은 미소를 지었다. 사실 그는 리빙화를 한번 만나보고 싶었다. 비록 그녀가 소문에는 예전의 한종민 애인이라고 알려져 있었고 자기를 죽도록 미워한다는 것도 알고 있었지만 사실 주리용은 예전서부터 리빙화를 마음에 두고 있었다. 그만큼 리빙화에게는 남자를 끌어당기는 특별한 미모와 매력이 있었다. 게다가 그녀가 왕창하고도 놀아난다는 소문을 듣고는 리빙화를 헤픈 여자로 단정 짓고 그 정도의 여자 같으면 최고의 권력을 가진 자기가 차지하는 게 마땅하다고 판단하였다.

그래서 주리용은 그녀를 그렇게 끈질기게 괴롭히는지도 몰랐다. 만약 리빙화가 주리용에게로 넘어와 준다면 그런 괴롭힘은 그 즉시 끝날 터였다.

주리용이 생각에 잠겨 있을 때 노크 소리가 들렸다.

"들어와."

살며시 문을 열고 리빙화가 들어왔다. 리빙화는 망원경을 들고 주리용의 책상 앞으로 갔다. 주리용은 그녀를 올려다봤지만 리빙화는 바닥만 응시했다. 리빙화는 말없이 망원경을 내밀었다.

"저기다 갔다 놔."

주리용은 창가에 있는 회의용 탁자를 가리켰다. 리빙화가 말없이 탁자로 가 망원경을 내려놓았다. 그러자 주리용은 리빙화 등 뒤로 다가서서 그녀의 어깨에 손을 얹었다. 순간 리빙화는 어깨를 움찔했다.

"요즘 열심히 하고 있나?"

"……."

"일하기 힘들지? 내가 왜 모르겠어. 지난 일은 다 잊고 나한테만 잘해 봐. 내 비서로 승진시켜 회사생활 편하게 해줄 테니까."

주리용은 그녀의 어깨를 주무르더니 자리에 앉았다. 그리고는 그녀의 귓불에 키스를 했다. 리빙화는 온몸에 소름이 돋는 것 같았다. 주리용은 시계를 한 번 쳐다보더니 재빨리 사무실 문을 잠그고 왔다. 그리고 다시 리빙화에게 다가가서 고개를 숙이고 있는 그녀의 입술에 손가락을 댔다.

"리빙화, 지금 시간이 없으니…… 으악!"

리빙화는 주리용의 말이 채 끝나기도 전에 그의 손가락을 죽을힘을 다해 깨물었다.

"으악! 이거 놔!"

리빙화는 물었던 그의 손가락을 놓았다. 주리용은 허리를 숙인 채 손가락을 부여잡고 아파서 어쩔 줄을 몰랐다. 리빙화는 얼른 어깨에서 흘러내린 옷을 추슬러 입었다.

"당신이 나한테 한 짓을 절대 잊지 않을 거예요."

그녀는 한국말로 내뱉었다. 그리고는 빠른 걸음으로 고문실 같은 주리용의 방을 빠져나갔다.

그 시각 송신양은 한국 본사 동방신 회장의 전화를 받고 있었다.

"네. 드, 드릴 말씀이 없습니다. 죄송합니다. 죄송합니다. 어쨌든 다음 달에 별도로 오실 기회를……."

뚝. 동방신 회장은 송신양이 말을 채 끝내기도 전에 전화를 끊어 버렸다. 송신양은 수화기를 째려보더니 신경질적으로 내려놓았다.

"젠장, 그럼 나더러 어떡하란 말이야."

"뭐라고 하십니까?"

옆에 있던 민완주와 마홍량은 송신양에게 다가갔다.

"아니, 주리용이 초청 안 하려고 작정한 걸 나보고 어떡하란 말이야? 참 내."

물어보나마나 회장은 준공식을 이틀 앞두고 주리용으로부터 받은 준공식 초청장 때문에 단단히 화가 난 모양이었다. 이틀 만에 비자를 만들어 중국으로 갈 수도 없는 노릇이니 이것은 오라는 것도 아니요, 오지 말라는 것도 아니니 당연히 봉봉발전소에 수백억을 투자한 회장의 입장으로서는 화가 날 만도 했다.

"어쨌든 주리용이 이런 짓거리를 하는 건 그냥 넘어가서는 안 됩니다."

민완주가 말했다.

"맞습니다. 총경리님께서 부총경리를 불러 한번 따끔하게 야단을 치셔야 합니다."

마홍량도 같은 의견이었다. 양동관이 한국으로 돌아가고 난 후 마홍량은 부쩍 민완주와 같이 보내는 시간이 많아졌다. 송신양은 대답 대신 책상 위에 있는 담배를 집어 한 개비를 입에 물었다.

"어? 여기 있던 라이터 어디 갔지?"

송신양은 이리저리 살피며 라이터를 찾았다.

"곧 준공식 시작하겠는데요. 15분 남았어요."

민완주는 벽걸이 시계를 바라보며 말했다. 송신양도 힐끗 시계를 올려다보았다.

"주리용 자식, 결국 이번에도 우리 셋만 안 부르는군요. 웃기는 놈이라니까."

마홍량은 중얼거리며 창문 너머 준공식 준비로 요란한 운동장을 내다보았다. 송신양은 일어서서 호주머니를 뒤졌다.

"어이 씨, 여기도 없는데……."

그때 누군가 노크도 없이 방문을 세차게 열고 들어왔다. 역시 왕창이었다.

"총경리님, 주리용이 총경리님 준공식 참석하라고 지금 빨리 나오래요."

왕창은 숨넘어가는 소리로 다급하게 이야기했다.

"왕창, 너 사람 보면 인사 좀 해라."

민완주가 쏘아붙였다. 그는 송신양 총경리의 운전기사이면서도 운전은 거의 하지 않고 허구한 날 주리용의 비서나 다름없이 그의 뒤치다꺼리만 하고 있었다.

"뭐요? 이 사람이."

왕창도 민완주를 향하여 버럭 화를 냈다. 민완주는 그의 태도에 흠칫 놀랐다. 아니 민완주뿐만 아니라 송신양과 마홍량도 놀랐으나 그 누구도 그를 나무라지 못했다. 왕창은 동물원 호랑이가 느닷없이 사육사를 물어버리듯 깡패의 본성이 순간적으로 튀어나온 것이다.

"왕창, 너 불 있냐?"

송신양이 물었다. 왕창은 혼자 중국어로 뭐라고 투덜거리며 호주머니에서 라이터를 꺼내 송신양이 물고 있는 담배에 불을 붙여주었다.

"하여간에 나는 주리용이 총경리님께 전하라는 말 전했습니다."

"후우, 알았다."

송신양은 담배연기를 길게 내뿜으며 벽시계를 바라보았다.

"10분 남았네."

송신양은 초조해 했다. 왕창은 나가려다 말고 민완주를 노려보았다.

"민 부장님."

"……"

"민 부장님 옛날에 건설 관리하면서 실수한 것 좀 있지요?"

"뭐? 그게 무슨 소리야?"

민완주는 왕창의 뜬금없는 말에 의아해 했으나 그는 기분 나쁜 미소만 남긴 채 빠른 걸음으로 방을 나가 버렸다.

"허, 저 자식 오늘 왜 저래?"

민완주는 왕창이 빠져나간 문을 물끄러미 바라보았다.

"송 총경리님, 나가지 마세요."

마홍량이 손을 내저으며 말했다.

"총경리님, 마홍량의 말이 맞습니다. 회장님도 참석하지 않고 한국 사람들 아무도 참석하지 않는 준공식은 반쪽짜리 행사에 불과합니다. 분명히 누군가는 그것을 이상하게 생각할 겁니다. 주리용이 행사 시작 십분 전에 총경리님을 부른 것도 다 대외적으로 그러한 인상을 불식시키기 위한 것 같습니다. 기왕 이렇게 된 것 나가지 않는 것이 좋을 것 같은데요."

민완주도 마홍량과 뜻을 함께했다.

"참 내…… 안 나가면 더 이상하지. 회장에게도 초청장을 보내고 나에게도 참석하라고 통보를 했는데 한국 사람들 아무도 안 나가 봐라, 주리용이 앞으로 우리들 더 괴롭힐 약점 잡히는 꼴밖에 안 돼."

민완주와 마홍량은 뭐라고 그를 설득할 수가 없었다.

"안 그래?"

송신양은 부랴부랴 책상을 정리하고 행사장으로 나갔다. 사무실에는 민완주와 마홍량만 남았다. 둘은 말없이 창가로가 준공식을 준비하는 모습을 물끄러미 바라보았다. 멀리 정문에서 수많은 차량들이 들어오는 모습, 호루라기 소리, 시끄러운 음악, 줄지어 늘어서 잡담을 하고 있는 직원들, 단상에 앉은 외부 손님들의 웃음소리, 사회자가 마이크를 통해 준비 요원들에게 지시하는 소리…….

둘은 말없이 운동장을 내려다보았다.

준공식 단상에는 진황도개발구 정부 간부를 비롯한 화북전력국장, 진황도시 공산당 당서기, 하북성 정부 고위 간부 등 약 200여 명에 가까운 관계 인사들이 운집해 있었다. 겨우 1호 라인만 완공한 것인데도 불구하고 성대한 종합준공식이었다.

주리용은 단상에 앉아 도열해 있는 직원들을 한 번 훑어보더니 혼자 중얼거렸다.

"왜 이렇게 많이 안 나왔어?"

주리용은 중요한 행사에 적지 않은 직원들이 빠진 것을 발견하고는 단단히 화가 났다. 양카이더가 진황도개발구 정부를 대표하여 축사 낭독이 시작되자 모두들 숨을 죽이고 그의 연설을 경청했다.

"친애하는 동지 여러분, 그 옛날 장성의 위대한 위업을 남긴 조상의 얼을 받아 진황도시 인민들을 위하여 풍부한 전력과 따뜻한 난방을 제공할 진황도봉봉전력유한공사가 드디어 오늘 준공하게 되었습니다."

천지가 진동할 듯한 우레와 같은 박수소리와 함성이 터져 나왔다. 양카이더의 연설은 계속 이어졌다. 송신양은 입을 굳게 다문 채 단상에 앉았고 그 옆에는 주리용과 왕루몽 노동국장이 앉았다.

"우리 진황도경제기술개발구는 마오 주석 사상을 기초로 하고 덩샤오핑 동지의 개혁개방정책을 동력으로 장쩌민 동지의 3대 주요 사상에 입각하여 외국 자본을 받아들여 진황도를 세계의 중심으로 바꾸고 있습니다. 진황도시의 전력과 난방 생산량을 극대화시킬 수 있는 이 거대한 봉봉발전소를 완공할 수 있게 된 것은 인민들을 제 몸같이 생각하는 봉봉발전소의 동지들이 있었기 때문입니다.

여러분! 여기 봉봉발전소의 주리용 동지가 있습니다. 이 사람은 극심한 전력난에 시달리는 진황도 인민들을 위하여 목숨을 바쳐 봉봉발전소를 일구어낸 중국 공산당이 만들어낸 진정한 일꾼입니다. 자, 오늘 이 역사의 자리에서 레이펑(雷峰) 정신에 빛나는 주리용 진황도봉봉전력유한공사 총경리를 소개합니다. 주리용 총경리!"

양카이더가 손을 펴면서 주리용을 가리켰다. 주리용이 자리에서 일어섰다. 직원들의 환호성과 단상에 있던 손님들의 박수소리에 발전소가 떠나갈 듯했다.

"그리고 이 회사는 합작회사입니다. 중국과 한국이 합작으로 설립한 회사로 중국과 한국의 투자자들은 지금까지 마치 친형제처럼 돈독한 우의와 상호협조로 이 발전소를 건설하였습니다. 이 자리에 한국 대표로 오신 송신양 총경리를 소개합니다."

송신양은 자리에서 일어나 90도로 인사를 하였다. 사람들이 박수를 쳤으나 그저 인사치레로 치는 박수였다. 그리고 양카이더가 불러 둘은 앞으로 나와 나란히 손을 잡고 만세를 불렀다.

주리용이 마이크 앞에 서서 만세를 외쳤다.

"진황도봉봉전력유한공사 만세."

주리용의 선창에 장내에 있던 전 직원과 손님들이 한목소리로 만세를 외쳤다.

"만세."

"진황도 만세."

"만세."

"중화인민공화국 만세."

"만세."

흥분한 주리용은 '중화인민공화국 만세'를 계속해서 외쳐댔고 주리용의 손에 붙들려 억지로 팔을 올리고 있던 송신양의 표정은 점점 묘하게 일그러져 갔다.

그리고 주리용과 송신양 둘은 만인이 보는 앞에서 서로의 우의를 상징하는 포옹을 하였다. 수많은 사람들의 박수소리와 마치 기관총을 쏘아대는 듯한 폭죽의 폭발음이 온 누리에 요란하게 울려 퍼졌다. 신문사와 방송국에서 나온 기자들은 두 사람이 포옹하고 있는 모습을 놓칠세라 경쟁하듯 사진 찍기에 열을 올렸다.

그 시각 리빙화는 자기 사무실로 돌아와 책상에 엎드려 울고 있었다. 처음 이 발전소에 온 것이 엊그제 같은데 벌써 많은 세월이 흘렀다. 그녀는 서랍에서 무엇인가를 꺼내었다. 그것은 빛바랜 남자 아이의 사진이었다. 리빙화는 사진을 어루만지며 하염없는 눈물을 흘렸다. 사진 속의 아이는 리빙화의 아들이었다. 이제 여섯 살이었다. 리빙화는 세상물정 모르는 어린 나이에 북경으로 나온 후 키 크고 잘생긴 같은 고향 조선족 남자와 결혼했다. 그리고 바로 애를 낳았는데 그즈음 남편은 어느 능력 있는 한족 여자를 알게 되어 결국 남편으로부터 이혼을 당했다. 그 후 남편과 그 한족 여자는 브라질로 떠나버렸다.

리빙화는 핏덩어리 아들과 둘만 남게 되어 세상을 한탄하고 있다가 그렇게 살다가는 곧 죽을 것 같아 마음을 고쳐먹었다. 아이는 흑룡강성에서 가난하게 살고 있는 언니 집에 맡기고 무슨 수를 써서라도 돈을 벌겠다는 일념 하나로 다시 북경으로 돌아와 남다른 미모로 여행사에서 통역으로 일하게 되었다. 그러다 한종민을 만나게 되었다. 그 후 한종민은 떠났고 다시 송신양을 만나게 되었다. 사실 리빙화가 진정으로 사랑하는 사람은 한종민이나 송신양이 아니었다. 그렇다고 왕창은 더더욱 아니었다. 리빙화가 진정으로 사랑하는 사람은 오직 하나, 동북 고향 집에 두고 온 아들뿐이었다.

리빙화는 아들만 생각하면 설움이 북받쳐왔다. 엄마 얼굴도 제대로 못 보고 언니 집에서 고생하고 있을 아들만 생각하면 한시라도 빨리 진황도시 호구를 만들어 아들이 교육을 제대로 받을 수 있도록 하고 한국으로 나가 돈도 많이 벌었으면 하는 바람뿐이었다.

리빙화는 회사를 빠져나와 우정국(郵政局, 우체국)으로 갔다. 우정국에서는 저렴한 비용으로 국내 장거리 전화를 걸 수 있기 때문이었다. 중국이란 나라는 워낙 땅덩이가 크다 보니 국내 장거리 전화비도 만만치 않게 나온다.

"여보세요, 언니?"

"누구세요?"

"빙화야, 언니."

"어. 야, 나 지금 탕 끓이다 말고 나왔어. 얼른 주방에 가봐야 돼. 승원이 불러줄게. 야, 승원아!"

리빙화의 언니는 얼마 전부터 조그만 식당을 시작하였다. 전화를 할 때마다 언니와 형부가 아들 승원이를 키우는 데 너무 돈이 많이 들어간다고 푸념을 하기에 리빙화는 그동안 모아 두었던 얼마간의 돈을 언니에게 부쳐 식당을 차리게 해주었다.

"여보세요?"

"승원아……."

"엄마야?"

"그래, 엄마야."

"엄마, 형아가 장난감 못 갖고 놀게 해."

"승원아, 형아 말 잘 들어야지. 밥은 먹었니?"

"아니, 아직."

"……."

"엄마, 언제 올 거야?"

"엄마…… 다음 춘절에 꼭 갈게. 알았지? 그때까지 이모 말 잘 듣고 있어. 유치원은 잘 나가니?"

"아니. 오늘 안 갔어."

"왜?"

"몰라. 이모부가 오늘 안 가도 된대."

"그래?"

"엄마 나 꼭 총 사줘야 돼."

"알았어. 꼭 사줄게."

"엄마, 안녕."

뚝. 아들은 리빙화가 채 말도 다 끝내기 전에 전화를 끊어 버렸다. 그녀는 전화기를 내려놓고 또 나오려고 하는 눈물을 억지로 참았다. 언니에게 다시 전화해 승원이를 잘 부탁한다고 말하고 싶었지만 바쁜 언니를 생각해서 다음에 다시 걸기로 하고 회사로 돌아갔다.

준공식이 있고 난 이틀 후, 주리용은 갑자기 본관 건물 앞 운동장으로 전 직원을 집합시켰다. 주리용은 단상에 서서 운집한 직원들을 천천히 내려다보았다.

"준공식 행사에 참석한 사람은 이쪽으로, 참석 안 한 사람은 저쪽으로."

준공식에 참석하지 않는 직원들이 하나둘씩 대열에서 빠져나와 오른편으로 모였다.

"교대 근무자인데도 나와야 합니까?"

참석 안 한 대열에 있던 직원 하나가 큰 소리로 외쳤다.

"준공식 행사 때 생산 근무에 투입되어 못 나온 사람은 내가 누군지 다 아니까 안 나와도 된다."

주리용의 말에 대열을 빠져나왔던 대부분의 직원이 다시 원위치로 돌아가고 한 20명 정도만 남게 되었다.

"찐따왕, 확인해 봐."

"네."

찐따왕은 준공식 당시 주리용의 지시로 준공식에 참석하지 않은 인원들의 명단을 작성해 두었다.

찐따왕은 명단과 직원들의 얼굴 확인하더니 갑자기 고개를 단상 쪽으로 휙 돌리며 째질 듯한 목소리로 외쳤다.

"마홍량! 마홍량이 없습니다!"

마홍량은 대열 속에서 고개를 숙이고 있다가 이내 웃으면서 옆으로 나왔다.

"하하. 나도 안 나갔었나? 이거 머리가 나빠서."

"마홍량, 당신은 준공식에 참석도 하지 않은 데다가 자진해서 나오지도 않고 버젓이 대열 속에 숨어 있어?"

주리용이 소리쳤다. 주리용의 위압적인 목소리가 마이크를 통하여 운동장에 울려 퍼졌다.

"준공식 때 왜 안 나왔나?"

주리용이 다그쳤다.

"총무부장에서 물러난 몸이 무슨 낯으로 많은 사람이 모인 준공식에 참석하겠습니까? 그리고 혹시 내외 귀빈들이 내 사무실을 구경할지 몰라서 사무실 청소를 하고 있었어요."

그 소리에 직원들이 박장대소하였다. 안 그래도 무슨 살인 사건의 용의자를 검색하는 듯한 공포스러운 분위기에 직원들은 잔뜩 긴장하고 있었는데 마홍량의 대답에 모두들 큰 소리로 웃었다.

"조용히 해!"

주리용이 소리쳤다. 운동장은 다시 찬물을 끼얹은 듯 조용해졌다.

"지금 나하고 말장난하자는 거냐?"

"……."

"이쪽에 서 있는 준공식 참석 안 한 사람들은 1개월 감봉 조치하고 마홍량은 준공식에 참석도 하지 않은 데다 사람들을 속인 죄로 2개월 감봉 조치한다."

주리용이 단호하게 지시했다. 그러자 준공식에 참석 못했던 직원들이 불만 섞인 목소리로 웅성거렸다. 사실 그들 중에는 교통사고를 당하여 목발을 짚고 있는 직원, 회사 심부름으로 외부에서 늦게 들어왔던 직원 등 따지고 보면 다들 그럴 만한 이유가 있었다. 그러나 어느 누구도 그에게 항변하는 사람은 없었다. 모두들 1개월 감봉이라는 말에 불만으로 가득한 얼굴들이었으나 이의를 제기하지 못하고 고개를 숙인 채 대열로 돌아갔다.

"부총경리님, 저는 2개월 감봉 조치해도 상관없습니다. 친구들하고 마작해서 그 사람들 돈 따면 되니까요, 하하. 하지만 여기 나와 있는 사람들은 고의로 준공식에 참석 안 한 것도 아니고 다들 일이 있어 그런 것이니 1개월 감봉은 좀 심하고 그냥 벌금 100위안 정도가 적당할 것 같은데요."

마홍량은 웃으면서 주리용을 향해 외쳤다

"너 지금 죽고 싶어 입을 함부로 놀리는 거냐? 쩐따왕, 넌 뭐 하고 있어?"

주리용이 쩐따왕을 찾았다. 그의 불같은 호령에 쩐따왕은 건물 구석으로 뛰어가더니 무엇인가 들고 왔다. 운동장 청소 때 사용하는 커다란 싸리비였다.

"봉봉발전소의 단결을 저해하는 말 많은 지식분자는 필요 없다!"

찐따왕은 싸리비를 들고 큰 소리로 외치며 마홍량을 내리칠 기세로 덤벼들었다. 하지만 찐따왕보다 머리 하나가 더 큰 마홍량은 내리치는 싸리비를 잽싸게 피하면서 살짝 그의 다리를 걸더니 세차게 밀어버렸다.

우당탕. 찐따왕은 달려오던 기세 그대로 운동장 흙바닥에 내동댕이쳐졌다. 직원들의 웃음소리가 터져 나왔다.

"아이고…… 이 자식이 죽으려고 환장했나?"

찐따왕이 소리쳤다. 찐따왕은 다시 몸을 일으켜 마홍량에게 덤벼들었으나 이번에는 마홍량이 싸리비를 단단히 붙드는 바람에 찐따왕은 꿈쩍도 못했다.

"이거 안 놔? 이거 놓으란 말이야, 새끼야!"

찐따왕은 고래고래 소리쳤다. 그는 이리저리 몸부림을 쳤으나 마홍량은 싸리비를 꽉 붙들고 꼼짝을 하지 않았다.

"마홍량!"

극도로 화가 난 주리용은 마이크로 마홍량을 부르면서 단상에서 뛰어내려 오려고 했다. 그제야 마홍량은 싸리비를 놓아주었고 찐따왕은 씩씩거리며 좀처럼 분을 참지 못했다.

"마홍량, 넌 더 이상 안 되겠다. 이 앞으로 나와."

주리용이 마이크를 통하여 소리쳤다. 마홍량은 말없이 앞으로 걸어 나갔다.

"뭘 봐? 새끼들아."

찐따왕이 자신을 측은한 눈빛으로 바라보는 직원들을 향하여 소리쳤다.

"쩐따왕, 여기 이 사람들 말고 또 안 나온 사람이 있는 것 같은데? 조사해 봐."

"네."

쩐따왕은 호주머니에서 다시 명단을 꺼내 들고는 얼굴과 명단을 열심히 대조하였다.

"아, 리빙화가 없습니다."

"후후. 리빙화라?"

주리용의 음흉한 미소를 지었다. 리빙화는 대열 속에서 고개를 푹 숙이고 있었다.

"이리 나와."

쩐따왕은 리빙화 근처로 가서 그녀를 불렀으나 리빙화는 계속 고개를 숙인 채 가만히 있었다.

"어쭈, 내 말이 안 들려?"

쩐따왕은 안 그래도 마홍량 때문에 체면이 말이 아니었는데 리빙화의 태도에 더욱 참을 수가 없었다.

"리빙화는 마홍량보다 더 나쁘다. 왜냐하면 리빙화는 방금 전 마홍량의 일을 보고도 저렇게도 뻔뻔스럽게 가만히 대열 속에 숨어 있었기 때문이다. 리빙화 3개월 감봉!"

마이크를 통하여 흘러나오는 주리용의 목소리에 리빙화는 고개를 번쩍 들었다.

"내 월급에 한 푼도 손대지 마세요."

"허, 뭐라고? 손대지 말라고? 리빙화는 3개월 감봉에 지금까지 월급에서 떼었던 임시직 직원 보증금 2,000위안을 몰수한다."

주리용은 단호하게 말했다. 당시 주리용은 리빙화와 같이 진황도시 호구가 없는 직원들을 임시직으로 분류하고, 혹시 이들이 회사의 물건을 가지고 도망갈지 모른다며 그들의 월급에서 일정 부분을 떼어내고 보증금조로 별도 적립하고 있었다. 임시직으로 분류된 직원들은 주리용의 이러한 처사에 이만저만 불만이 아니었다.

리빙화는 그 소리를 듣는 순간 마음속에 쌓여 있던 분노가 한순간에 터졌다.

"주리용 부총경리, 당신이 인간이에요? 내가 그 돈을 어떻게 벌었는데 당신 마음대로 보증금을 떼어 가겠다는 거예요? 나 이 회사 그만둘 거예요. 그만둘 테니까 내 돈에 손댈 생각은 하지 마세요. 여자나 욕보이려는 음흉한 생각만 하고 있는 파렴치한 인간 같으니라고……."

"뭐, 뭐라고? 저년이 죽고 싶어 입을 함부로 놀리나?"

쩐따왕이 소리치며 대열로 들어가 리빙화의 팔을 끌어당겼다.

"너 이리 나와. 어서 나와, 이 나쁜 년아."

"이거 놔요! 구육관(狗肉館, 보신탕집)에 팔려가는 개만도 못한 놈! 같은 조선족인데도 동포를 팔아먹고 한족의 앞잡이 노릇만 하는 간신 같은 놈. 이거 놓으란 말이야!"

리빙화는 그녀의 손목을 붙잡은 쩐따왕을 뿌리치려 몸부림쳤다.

"뭐, 뭐라고? 너 지금 뭐라고 했어?"

"나쁜 자식……."

"부총경리님, 이 여자를 어떻게 할까요?"

쩐따왕은 싸리비를 높이 쳐들더니 단상에 있는 주리용을 바라보았다. 주리용은 눈을 가늘게 뜨더니 고개를 끄덕였다.

"에잇."

쩐따왕은 싸리비로 리빙화를 인정사정없이 내리쳤다.

그는 미친 사람처럼 정신없이 내려쳤다. 어느 누구도 쩐따왕의 그런 행동을 말리는 사람이 없었다. 그때 정문을 통하여 자동차 한 대가 들어오더니 쩐따왕이 싸리비로 내리치고 있는 현장에 급정거하였다. 누군가 자동차의 문을 열고 번개처럼 달려 나오더니 그대로 날아서 옆차기로 쩐따왕에게 일격을 가하였다.

쩐따왕은 보기 좋게 운동장 바닥에 벌렁 자빠졌다. 민완주였다.

"지금 뭣들 하는 거야? 사람 죽이자는 거야 뭐야?"

민완주가 소리쳤다.

입술이 찢겨 얼굴이 피투성이가 된 리빙화는 울면서 민완주의 손에 이끌려 건물로 들어갔다. 뒤늦게 자동차에서 내린 송신양은 그 모습을 아무 말 없이 바라보더니 그냥 건물로 들어갔다. 송신양은 주리용의 옆을 지나가면서 지금까지 보지 못했던 냉정한 얼굴로 그를 한 번 노려보고 지나갔다.

리빙화는 송신양과 민완주 앞에서 고개를 숙인 채 울먹이고 있었다.

"이제 저도 있는 자존심 없는 자존심 다 망가졌으니…… 제 돈 다 내놓으라고 하세요. 저 이제 더 이상 이 생활 못하겠어요. 제 월급이랑 보증금 달라고 하세요. 고향 가서 아들하고 살 거예요."

그녀는 눈물을 닦으면서 사직서를 내밀었다.

"같은 중국인이지만 주리용 같은 사람 정말 처음 봤어요. 저 이제 더이상 못 견디겠어요. 총경리님 저 좀 보내주세요. 네?"

"이봐, 리빙화. 나도 오늘 그 모습을 보고 주리용 때려 죽이고 싶을 정도로 가슴이 아팠다. 미스 리, 조금만 더 다녀봐. 한국에 연수 갈 수 있는 기회가 반드시 올 거야. 날 봐서라도 가지 마라. 알았지?"

송신양은 리빙화가 내민 사직서를 찢어 쓰레기통에 버렸다. 그날 오후, 주리용이 쓴 공고문이 게시판에 붙었다.

〈준공식 불참석자 조치 사항〉

1. 불참석자 전원 200위안/인 벌금 처리.

2. 마홍량 3개월 감봉, 리빙화 2개월 급여 지급 중지. 끝.

폭탄선언

준공식 사건이 있고 난 후 얼마 안 있어 주리용은 이번에는 민완주를 한국으로 보내기 위해 약점을 잡으려고 호시탐탐 노리고 있었다. 양동 관을 한국으로 보낸 지 채 석 달이 안 됐는데 주리용은 하루라도 빨리 봉봉발전소의 완전 중화(中華)를 위하여 오늘도 역시 만리(萬里)를 달려가고 있었다.

그러던 중 주리용은 씽한창을 통하여 민완주의 결정적 약점을 하나 입수하게 되었다. 씽한창은 예전에 민완주 밑에서 사업관리부 과장으로 있었다. 30대 초반의 뚱뚱한 씽한창은 찐따왕과 더불어 주리용에게 목숨 바쳐 충성하던 자였다.

어느 날, 씽한창은 현장 한구석에 사람들이 모여 웅성거리는 것을 발견하고 그곳으로 가 고개를 비집고 뭘 하나 들여다보았다. 자세히 살펴 보니 지하 배관에서 스팀이 계속 새어 나오고 있었다.

"이거 뭐가 새는 거지?"

"난방용 파이프에서 나오는 증기에요."

"왜 새?"

"그거야 당연히 자재가 불량품이니까 새지요. 그리고 파이프 감싸고 있는 이 자재 보이죠?"

"그래."

"이걸 규석보온재라고 하는데 이거…… 어떤 녀석이 구매해서 시공했는지 순 엉터리예요."

"왜?"

"난방용 파이프는 스팀이 샐 수가 있기 때문에 당연히 방수 규석보온재로 써야 하는데 그냥 일반 규석보온재로 시공했어요. 이것 보세요. 이렇게 하면 다 떨어지죠? 자, 봐요. 발전소 전체 배관이 다 이렇다고 생각해 봐요. 어떤 놈이 시공하고 우리 회사에서 어떤 놈이 허가해 줬는지 몰라도 만약 주리용이 알면 이건 사형감이에요, 사형."

씽한창에게 한참 설명하던 노무자가 몽키 스패너로 스팀에 완전히 젖은 규석보온재를 툭툭 치자 석회 덩어리가 우르르 떨어져 나갔다. 씽한창은 아무 말 없이 군중 속에서 몸을 빼고는 걱정스러운 얼굴로 그곳을 빠져나왔다. 그 자재 구매는 씽한창이 결정해 준 것이기 때문이었다.

일 년 전 그 공사를 시작하였을 무렵, 진황도해양건설회사는 그 배관 파이프 공사를 맡고 있었는데 그때 그 공구의 현장 자재 검사 담당이 바로 씽한창이었다. 당시 씽한창은 그 건설회사로부터 틈만 나면 이것저것을 뜯어먹으려 혈안이 되어 있었고 허구한 날 건설회사 현장감독을 앞세워 가라오케와 안마시술소에 다니느라 정신이 없었다. 그러던 어느 날 건설회사 현장감독이 씽한창에게 문제의 그 난방용 파이프 보온자재를 방수 규석보온재에서 일반 규석보온재로 바꾸어 달라고 요청했다.

물론 그것은 싼 자재를 사용해 그동안 씽한창을 접대하느라 들어갔던 접대비를 만회하려는 건설회사의 꿍꿍이였고, 씽한창은 그렇게 자재를 바꾸더라도 덕트에 물이 넘쳐 규석보온재가 물에 잠기지 않는 한 별 문제가 없겠다고 판단해 흔쾌히 허락한 것이었다.

그러나 이제 그것이 심각한 문제로 드러났으니 씽한창은 매우 난감한 처지에 놓이게 되었다. 만약 발전소 전 구역에 걸쳐 그런 식으로 규석보온재가 파손되었다면 엄청난 손해배상을 해야 하는 큰 문제였다. 씽한창은 걱정이 태산 같았다.

현장에서 발생한 일이기 때문에 며칠 안에 주리용의 귀에 들어가게 될 텐데 그렇게 되면 어렵게 얻은 사업관리부 부장자리를 하루아침에 빼앗기고 보나마나 직위 강등되어 겨울에도 난로 하나 없는 석탄 운송반에서 일하게 될 것이 불을 보듯 뻔했다. 자칫 잘못하면 주리용이 배신감을 느껴 이를 공안국에 신고해 철창 신세를 지게 될지도 모를 일이었다. 씽한창은 마음이 급해졌다. 빨리 무슨 묘안을 짜내지 않으면 자신의 인생은 그것으로 끝이라고 생각했다.

씽한창은 그렇게 머리를 싸매고 며칠을 궁리한 끝에 결국 기막힌 돌파구를 찾아냈다. 그리고 그 즉시 주리용을 찾아갔다.

"부총경리님, 드디어 민완주의 약점을 찾아냈습니다."

"약점을 찾아냈다고? 여자 문제인가?"

"아닙니다. 이번에는 자재 문제입니다."

"자재? 자재가 어떻게 됐는데? 어서 말해봐."

주리용은 대어라도 낚은 듯 씽한창을 다그쳤다. 씽한창의 이야기를 다 듣고 나자 주리용은 만면에 미소를 지었다.

"그러니까 민완주가 그렇게 바꿔 써도 된다는 공식문서를 진황도해양건설회사에 송부했다, 이거지?"

"네, 바로 그것입니다."

당시 민완주가 담당하던 사업관리부는 '규석보온재 자재는 방수형에서 일반형로 바꾸어 써도 무방함'이라는 공문을 진황도해양건설에 준 적이 있었다. 왜냐하면 건설회사와 발전소 간의 의견을 교환하는 문서관리는 바로 민완주가 맡고 있던 사업관리부 소관이었기 때문에 건설회사로 나가는 모든 문서는 사업관리부에서 담당자의 의견을 물어 발송하였다.

당시 사업관리부 문서담당직원은 규석보온재에 관한 문서를 받아 민완주에게 가지고 갔다.

"우리 회사의 진황도해양건설 담당자는 씽한창 과장이야. 그러니 그 사람한테 의견을 물어 회신을 보내주도록 해."

민완주는 부장으로서 당연히 그렇게 지시하였다. 씽한창은 일반형 규석보온재를 사용하여도 좋다고 하여 사업관리부 문서담당직원은 그의 의견대로 통보하였다. 씽한창은 어쨌든 이러한 통지서를 보낸 것은 사업관리부이므로 이 일에 책임을 져야 할 사람은 바로 사업관리부장인 민완주라는 논리를 편 것이었고 주리용은 씽한창의 주장에 전적으로 수긍했다.

"그럼, 책임은 당연히 그 부서의 최고 책임자가 지는 것이야."

결국 며칠 후 주리용은 정작 책임을 져야 할 씽한창은 배제하고 민완주를 그의 사무실로 불렀다.

"설계에 나와 있는 대로 자재를 구입하지 않았으니, 이 일은 민 부장 당신이 책임져야 해."

"그것은 진황도해양건설 담당자인 씽한창 과장의 의견에 의거하여 통지한 것이고 사업관리부는 단지 그런 내용을 공문으로 만들어 건설회사에 전달한 것뿐입니다. 그것도 죄라면 내가 책임지죠."

민완주는 분명하게 이야기했다. 그는 사무실로 돌아온 후, 그래도 주리용이 무엇인가 후속타를 준비할 것 같아 나름대로 당시의 상황을 설명하는 설명서를 만들어 놓았다.

다음 날 민완주는 외부에서 일을 마치고 돌아왔는데 자신의 사무실이 북적거리고 있는 것을 발견했다.

'어? 무슨 일이지? 왜 저 사람들이 남의 방에 와서 진을 치고 있는 거지?'

민완주는 사무실로 들어가 보니 약 스무 명쯤 되는 사람들이 그가 오기만을 기다리고 있었다.

주리용, 쩐따왕, 씽한창, 진황도해양건설 직원들, 감리회사 기술자 등 많은 현장 관계자들이 있는 것으로 보아 예상한 대로 주리용은 규석보온재 문제로 민완주를 인민재판에 회부하기 위하여 기다리고 있던 것이었다. 방 한가운데 빈 의자가 놓여 있고 다들 그 빈 의자를 중심으로 삥 둘러앉아 있었다.

"민 부장, 거기 앉으시오. 오늘 그동안 못 풀었던 난방파이프 규석보온재 건을 논의하고 잘잘못을 가려야겠소. 어서 앉으시오."

주리용은 급한 성격의 소유자답게 민완주에게 숨을 돌릴 틈도 주지 않고 의자에 앉으라고 다그쳤다. 민완주는 방 한가운데 덩그러니 놓인 의자를 바라보았다. 그 의자는 마치 사형수를 기다리는 전기의자처럼 무시무시하게 민완주를 기다리고 있었다. 순간 민완주의 머릿속에는 지난날 리빙화를 인민재판하던 일이 스쳐가며 갑자기 몸에 소름이 끼쳤다.

'내가 미쳤냐? 지난번에 한 번 당했으면 됐지, 절대로 두 번은 안 당한 다.'

민완주는 다짐했다.

"여러분, 많이 기다리셨나 본데 잠깐만 기다리세요."

민완주는 미리 준비해 두었던 설명서를 참석한 사람 수만큼 복사하기 위하여 복사실로 향했다.

복사실까지 가는 도중 민완주는 온갖 생각이 다 들었다.

'아, 어떡하면 이 상황을 빠져나갈 수 있을까? 이대로 그냥 도망가? 아니야. 그건 나답지 않아. 그럼 어떡하지……'

그 짧은 시간에 여러 가지 방법을 생각해 보았으나 아무리 민완주가 옳다 하더라도 그따위 인민재판에 참석해 중국어로 주리용을 이긴다는 것은 불가능한 일이기에 역시 빠져나오는 것이 상책이라고 판단했다.

그리고 이번에도 주리용이 자신한테 비인격적으로 나온다면 민완주도 주리용의 최대 약점을 공개 석상에서 끄집어내 그에게 일격을 가해야겠다고 마음먹었다. 민완주는 비장한 각오로 사무실로 돌아와 복사한 설명서를 모인 사람들에게 나누어 주었다. 모두들 무슨 내용인가 하고 유심히 읽기 시작했다. 일부 직원은 수긍이 간다는 듯 고개를 끄덕였다.

"이게 무슨 헛소리야! 말도 안 되는 소리 집어치워!"

설명서를 읽던 주리용이 사무실이 떠나가라 소리쳤다. 그는 민완주가 준 설명서를 갈기갈기 찢어 냅다 공중으로 집어 던졌다. 찢겨진 종잇조각은 분위기도 모른 채 꽃가루처럼 공중에서 멋지게 흩날렸다. 민완주는 속으로 흥분하지 말자고 계속 다짐하며 거기에 모인 사람들을 향하여 조용히 이야기했다.

"자세한 내용은 지금 나누어 준 설명서에 다 쓰여 있으니 이것을 참고로 하십시오. 그리고 저는 한국 사람이라 당신들처럼 중국말을 잘 못해 이 회의에서 논쟁할 수준이 못 되네요. 죄송합니다."

그리고 민완주가 방을 나서려 하자 주리용은 벼락같이 소리쳤다.

"이봐! 민완주, 거기 서."

그래도 민완주는 뒤도 돌아보지 않았다.

"찐따왕, 씽한창, 뭣들 하고 있는 거야! 저자를 붙들어 저기 앉히라고. 어서!"

주리용의 명령이 떨어지자 찐따왕, 씽한창 그리고 탕롱까지 가세하여 민완주를 붙들어 의자로 끌고 갔다.

"이거 안 놔? 놓으란 말이야!"

민완주는 그들의 손아귀에서 빠져나오려고 몸부림을 쳤지만 3명의 완력을 이기진 못했다. 그들은 민완주를 강제로 의자에 앉혔다.

"자신이 무슨 잘못을 저지른지도 모르는 어리석은 한국 친구 민완주. 당신과 같이 자기의 잘못을 뉘우치지 못하는 외국인은 한번 중국 감옥에 들어가 뜨거운 맛을 봐야 정신 차리겠지? 오늘 당신에게 그 기회를 주도록 하지. 그럼 어디 민완주의 자아비판을 시작해 볼까?"

주리용이 말했다. 민완주는 그들의 손아귀에서 빠져나오려고 계속 몸부림쳤다.

"그럼 지금부터 회의를 시작하겠다. 먼저 본 사건 전말에 대하여 본인이 설명하고 각 전문가들이 이 일로 인하여 발생한 손실에 대하여 발표한 다음, 마지막으로 민완주가 이를 시인하고 서류에 지장을 찍는 것으로 끝내겠소. 자, 그럼 내가 사건 전말에 대하여 발표하겠다."

"잠깐."

민완주는 주리용의 발표를 일단 저지시켰다.

"좋소. 부총경리가 말씀하신 대로 따를 테니 일단 이것부터 놓으라고 하시오. 이게 뭡니까? 회사가 무슨 깡패 조직도 아니고……."

주리용은 한참 생각하다가 결박하고 있던 민완주를 놓아주라고 눈짓을 했다. 쩐따왕을 비롯한 세 명은 민완주를 붙들고 있던 손을 놓으며 뒤로 물러섰다. 얼마 전 많은 직원들 앞에서 민완주의 이단옆차기를 얻어맞은 쩐따왕은 여전히 복수심에 불타는 눈빛으로 민완주를 노려보았다.

민완주는 자신을 감금에 가깝게 가둬두는 이들을 생각하니 울분이 터져 나올 것 같았다.당장 주리용의 턱에 강력한 어퍼컷 한방을 날려주고 싶었으나, 무시무시한 폭탄선언으로 어퍼컷을 대신하기로 마음먹었다.

"주리용 부총경리님은 참으로 세상물정을 모르시네요."

"……?"

민완주의 이야기에 주리용은 의아해했다.

"순진하신 겁니까? 아니면 순수하신 겁니까?"

"민완주, 당신 나에게 무슨 말을 하려는 거야? 단도직입적으로 이야기해 봐."

"……."

"뭐해? 말하라니까."

아니나 다를까, 주리용은 민완주가 잠시 머뭇거리는 틈을 못 참고 성질을 부렸다.

"좋습니다. 그럼 말씀드리죠. 부총경리님 당신 딸 주리메이가 지금 뭐하시는지 아십니까?"

느닷없이 딸 주리메이 이야기를 듣자 주리용은 매우 놀라는 표정이었다.

"이렇게 한국 사람들을 끈질기게 괴롭히고 회사의 모든 것을 장악한 주리용 부총경리님께서 딸 하나도 제대로 간수하지 못하시다니 이해가 안 가는군요. 댁의 딸 주리메이는 지금 술집에서 일하고 있습니다. 아시고 계셨나요?"

민완주는 이것이 치사한 방법이긴 하나 주리용의 극악무도한 횡포를 종식시킬 방법은 오직 이것밖에 없다고 판단하고 그에게 직격탄을 날렸다.

"뭐, 뭐라고?"

주리용의 얼굴에 황당해하는 모습이 역력했고 사람들은 웅성거리기 시작했다.

"믿기지 않으시다면, 오늘 저녁 황금성 가라오케에 가보시죠. 잘됐네요. 오늘 금요일이라서 있을 겁니다. 제가 들은 바로는 방학 때는 매일 나가는데 학기 중에는 금요일 저녁에 나간다고 하더군요. 아마 지금은 황금성을 통째로 인수해서 손님들이 많이 오는 걸로 알고 있는데……."

주리용은 아무런 말도 못하고 멍한 얼굴로 앉아 있었다. 그는 마치 전기쇼크라도 받은 사람처럼 넋이 빠진 얼굴이었다. 방 안은 찬물을 끼얹은 듯 조용했다. 민완주는 때를 놓치지 않고 주리용이 만들어 놓은 그 지옥 같은 공개재판장을 빠져나가려고 일어났다.

"참, 따님께서는 유학을 준비 중이라고 하더군요. 그런데 아버지 월급 가지고는 턱도 없대요. 그래서 그곳에서 일한다는 것 같습니다. 그럼, 저는 이만 나가보겠습니다."

민완주가 문을 향하여 걸어 나갔다. 그때였다.

"새빨간 거짓말! 저놈은 여기를 빠져나가기 위해 말도 안 되는 거짓말을 지어내는 거야. 잡아 죽여라, 잡아 죽여!"

주리용은 자리에서 벌떡 일어나 미친 사람처럼 소리쳤다.

"민완주 잡아라!"

"죽여!"

그 옆에 서있던 찐따왕, 씽한창, 똥화춘, 탕롱은 주인의 명령을 받고 달려드는 굶주린 사냥개처럼 민완주에게 달려들었다.

순간 민완주는 장정들의 육중한 힘에 밀려 뒤로 넘어지면서 사무실 한구석에 놓아둔 커다란 무쇠덩어리 버터플라이 밸브에 왼팔을 강하게 부딪치고 말았다.

"으아악! 내 팔! 아악!"

참을 수 없는 통증에 민완주는 비명을 질렀다. 온몸이 자동차에라도 부딪혀 튕겨 나가는 느낌이었다. 민완주는 왼팔을 움직일 수가 없었다. 팔이 부러지고 만 것이다. 아무도 민완주를 도와줄 생각을 하지 않고 바닥에 누워 고통에 몸부림치는 그를 바라만 보고 있다가, 진황도해양건설 현장감독이 민완주를 업고 병원으로 옮겨 겨우 응급조치를 취할 수 있었다.

회의가 끝나고 주리용은 사무실로 돌아왔다. 그는 하루 종일 고민에 싸였다. 정말 주리메이가 황금성에 있는지 확인하고 싶었지만 만약 민완주가 말한 대로 딸이 그곳에 있다면 그때는 어떡해야 할지 도무지 마음의 갈피를 잡지 못했다.

주리용은 시계를 들여다보았다. 밤 8시. 그는 사무실 창문을 통하여 발전소를 내려다보았다. 플랜트 중간 중간에 깜박이는 빨간색 항공등과 노란빛을 발산하고 있는 가로등, 그리고 플롯이나 소프라노 색소폰을 세워 놓은 듯한 복잡한 구조의 크고 작은 철제 파이프에서는 하얀 증기가 뿜어져 나와 발전소를 감싸는 듯하다가 이내 달아나 버렸다.

주리용은 책상 위에 있는 자동차 키를 집어 들었다. 그는 방문을 잠그고 내려와 건물 현관에 세워져 있는 아우디 승용차에 올랐다. 주리용은 면허증은 있지만 직접 운전을 해본 지가 오래되어 시동이 켜져 있는데도 그 소리가 들리지 않아 다시 키를 돌렸다. 끼리리.

"걸려 있었잖아. 우리나라에서 생산한 승용차라 역시 품질이 좋군."

그는 중얼거리면서 천천히 운전하기 시작했다. 주리용이 탄 차는 가로등의 노란색 불빛을 받으며 소리 없이 발전소를 빠져나갔다.

가라오케 황금성.

단층짜리 건물을 단독으로 쓰고 있는 황금성은 진황도시 외곽에 자리 잡고 있다. 주인이 주리메이로 바뀌고 나서는 겉모습이 더욱 화려하게 바뀌었다. 그리스 신화에 나오는 비너스 석상을 황금색으로 도색하여 정문 앞에 줄지어 세워놓고 전면 벽 전체를 반짝거리는 황금색 패널로 덮은 뒤, 그 위에 커다랗게 '黃金城'이라고 쓰여진 노란색 네온사인을 반짝이게 해놓으니 정말 말 그대로 황금성 그 자체였다.

차에서 내린 주리용은 정문을 향해 성큼성큼 걸어가다가 갑자기 멈춰 섰다. 사실 주리용은 가라오케라는 곳을 그때까지 단 한 번도 가본 적이 없었다. 회사일로 어쩔 수 없이 손님들과 갈 기회가 생기더라도 다른 사람을 보냈다. 특히 왕창과 찐따왕이 그의 대타로 잘 나가던 사람들이었다.

그런 곳에 한 번도 출입을 안 해봐서일까 아니면 그런 곳에서 딸을 만나게 되는 것이 두려워서일까, 주리용은 한동안 그 자리에 계속 서 있었다.

"훙, 멋지군."

주리용은 황금성 네온사인을 바라보며 한마디를 내뱉었다. 그는 이내 빠른 걸음으로 황금성 정문을 열고 안으로 들어갔다.

"어서 오세요."

카운터에 앉아 있던 미니스커트 차림의 아가씨가 해바라기 씨를 열심히 까먹으면서 주리용을 맞았다.

"몇 분이세요?"

홀에서는 누군가 류덕화의 〈티엔이(天意)〉라는 노래를 부르는데 마이크가 찢어질 듯한 큰 소리 때문에 주리용은 그 아가씨가 뭐라고 하는지 알아들을 수가 없었다.

"뭐라고?"

"몇 사람이 같이 왔냐고요?"

"나 혼자."

"혼자? 그럼 이리 오세요."

미니스커트의 아가씨는 주리용을 홀 뒤쪽에 있는 작은 칸막이 방 안으로 안내했다.

"아가씨는요?"

"뭐?"

"옆에 앉힐 아가씨 불러 드려요?"

주리용은 경멸하듯이 그 아가씨를 노려보았다.

"필요 없어."

"술은 난다이하고 칭다오 있는데 뭘로……."

"콜라."

주리용은 맥주 반 캔만 마셔도 취하는 사람이었다. 아가씨는 이내 콜라와 해바라기 씨 한 접시를 가지고 왔지만 주리용은 그것을 쳐다보지도 않고 계속 홀 안을 두리번거리며 살펴보았다. 하지만 워낙 어두운 실내라 쉽게 주리메이를 찾을 수는 없었다.

"민완주, 이 자식이 나한테 거짓말한 거 아니야?"

주리용은 슬슬 화가 나기 시작했다. 가만히 생각해 보니 평생 한 번도 와보지 않은 가라오케를 그저 외국인 민완주의 말 한마디만 믿고 이렇게 덜렁 찾아왔다는 자체가 너무 우스꽝스러웠다.

"오늘 여기 없기만 해봐라. 이 자식이 날 속여? 내일 가만 안 놔둔다."

주리용은 더 잘 살펴보려고 자리에서 일어나 어깨 높이 정도의 칸막이 너머로 고개를 두리번거리며 주리메이를 찾기 시작했다.

"이래 가지고 어디 찾겠어? 아까 그 아가씨에게 물어봐야겠군."

주리용은 칸막이로 된 테이블에서 나와 카운터에 있는 아까 그 아가씨에게로 갔다.

"어디 갔지?"

미니스커트의 아가씨는 잠시 자리를 비운 상태였다. 류덕화의 노래를 연속으로 두 곡이나 부른 음치 손님이 마이크를 놓고 자리로 들어가자 그제야 실내가 조용해졌다. 그때였다.

"감사합니다. 오늘은 멀리 천진샤웨이유한공사 총경리님께서 이곳까지 찾아오셔서 정말 멋진 노래를 저희에게 들려주셨습니다. 여러분, 천진샤웨이유한공사의 펑 총경리님과 그의 미국 친구들에게 힘찬 박수를 보내드립시다."

중국에 있는 가라오케는 여러 개의 방에 각각의 노래방 기계를 설치해 놓은 형태의 가라오케가 아니라 넓은 홀에서 각 테이블에 있는 손님들이 다같이 노래를 부르며 즐기는 형태가 대부분이었다. 무대에 나온 아가씨의 소개에 실내에 있던 모든 손님들이 일제히 박수와 환호를 보냈고 방금 전 듣기 역겨울 정도로 고래고래 소리를 지르며 노래를 불렀던 배불뚝이의 중국인과 커다란 덩치의 외국인이 홀 가운데 있는 자리에서 일어나 환호에 답례했다.

"이곳을 자주 찾아주시는 천진샤웨이공사의 펑 총경리님과 그의 미국 친구를 위하여 저희 황금성 총경리님께서 직접 노래를 부르시겠습니다. 부르실 노래는 미국 노래입니다. 〈Yesterday once more〉."

주인의 인기는 대단하였다. 아가씨의 소개가 끝나기가 무섭게 이곳저곳에서 터져 나오는 환호성과 박수소리에 주리용은 정신을 못 차릴 정도였다.

"미친놈들."

주리용은 거기에 모인 사람들을 모두 경멸하듯이 한마디 내뱉었다.

"When I was young listen to the radio……."

소개를 받고 나온 황금성 총경리의 노래는 너무나도 감미로웠고 실내는 별빛에 빛나는 숲 속과도 같이 조용하고 아늑했다. 그는 노래를 부르는 주인을 계속 응시하다가 점점 밝아지는 조명에 그제야 무대에 있는 여자의 얼굴을 뚜렷하게 볼 수가 있었다. 순간 주리용의 얼굴이 굳어졌다.

"아니……?"

노래를 부르는 사람은 다름 아닌 주리메이였기 때문이다.

"리메이가 정말로……."

주리용은 둔탁한 둔기에 뒤통수를 얻어맞은 듯 목 뒷부분이 묵직해

옴을 느꼈다. 주리용의 눈빛은 점점 이성을 잃어갔고 분노의 불길이 그의 눈동자에서 일기 시작했다.

"저 미친 것이……."

주리용은 마치 주리메이를 당장이라도 죽여 버릴 것 같은 분노로 가득한 얼굴을 하고 그녀에게 성큼성큼 다가갔다.

"Every sha la la la…… ."

눈을 감고 열창을 하던 주리메이는 누군가 자기에게 다가오는 것 같아 눈을 살며시 떠서 바라보았다. 그런데 이게 누구인가? 아버지 주리용이었다. 주리메이는 심장이 멎는 줄 알았다.

"아…… 빠."

"이 못된 년이."

주리용은 다짜고짜 그녀의 뺨을 후려갈겼다. 그 광경을 보고 홀 이쪽저쪽에서 아가씨들이 비명을 질렀다. 주리메이는 아무런 반항도 않고 가만히 서 있었지만 홀 안에 있던 다른 종업원들은 총경리가 따귀를 맞는 모습을 보고 가만히 있을 리가 없었다. 남자 종업원들이 번개처럼 무대 앞으로 튀어나와 주리용을 거칠게 붙들었다.

"너희들 뭐야? 내가 누군지 알아? 내가 바로 이 여자 애비다, 애비!"

주리용이 소리를 꽥 지르자 모두들 그 자리에 멈춰 섰다.

"너 이리 따라와, 어서!"

주리용은 주리메이의 손목을 낚아채고 밖으로 나갔다. 주리메이는 뿌리치려 했지만 완강한 주리용의 완력에 질질 끌려 나갔다.

"너 지금 이게 뭐 하는 짓이냐? 어서 말해 봐!"

흥분한 주리용은 주리메이를 한 대 더 때릴 기세로 허리에 손을 얹고 그녀를 노려보았다.

뒤따라 나온 종업원들과 몇몇 손님들이 문 앞에서 그 광경을 지켜보았다.

"저리 안 꺼져?"

주리용이 소리를 버럭 질렀다. 하지만 아무도 꿈쩍하지 않았다. 주리메이는 고개를 천천히 돌렸다.

"다들 들어가요. 내 개인적인 문제니까요."

"총경리님, 괜찮겠어요?"

"무슨 일 있으면 부르세요."

그제야 구경 나온 사람들은 모두 가라오케 안으로 들어갔다. 주리메이는 아버지를 바라보고 입을 열었다.

"아버지, 어디서부터 말씀드려야 할지 모르겠는데…… 일단 죄송해요."

"죄송? 그게 네가 나한테 할 말이냐? 들어가서 당장 짐 싸서 나와! 네가 지금 제정신이냐?"

"아버지, 저 그렇게 못합니다."

"뭐? 못해?"

"……."

"야, 리메이. 네가 집이 없냐? 밥을 굶냐? 그런데 왜 이따위 짓거리를 하고 있어? 그리고 왜 천진에서 공부하고 있어야 할 녀석이 여기에 있냔 말이야?"

"아버지, 전 반드시 미국으로 유학 갈 거예요. 전 지금 유학을 가기 위해 돈을 모으고 있는 중이란 말이에요. 아버지가 저한테 유학비 마련해줄 수 있으세요? 못하시잖아요. 그놈의 중화인민공화국 공산주의 정신과 마오쩌둥 사상이 대체 아버지에게 무엇을 해줬는데요? 저의 유학비를 단돈 일 위안이라도 마련해 줬나요? 아버지가 다달이 2,000위안 받아 오는 월급으로 저는 유학의 꿈도 못 꿔요. 그리고 제가 유학 이야기만 꺼내도 아버지는 기겁을 하고 투철한 공산주의 정신만 가지고 있으면 우리나라에서 공부해도 충분히 훌륭한 간부가 될 수 있다고 하시던 분 아니세요? 하지만 저는 제 꿈이 있습니다. 저는 그 꿈을 이루기 위해서는 적어도 20만 위안이라는 돈이 필요해요. 아버지는 저에게 200위안도 보태줄 수 있는 능력이 없잖아요? 그놈의 중국식 사회주의 건설이 밥 먹여줘요? 아버지는 대체 세상이 어떻게 돌아가는지도 모르세요? 아버지는 우물 안 개구리에다 오로지 중국이 세계 최고인 줄로만 아는 맹목적인 공산당 극좌파 홍위병일 뿐이에요."

"뭐, 뭐야……?"

"아버지, 아버지가 저를 어떻게 생각하셔도 상관없어요. 아버지는 둘째가라면 서러워할 정도로 투철한 마오쩌둥 사상과 중화인민공화국 공산주의 정신으로 청화대학교라는 일류대를 졸업하셨듯이 저도 저의 꿈인 유학을 포기하지 않을 거예요. 그동안 이러한 것들을 이야기 못 드린 것은 정말 미안해요. 저 이만 가볼게요."

주리메이는 황금성 안으로 들어가 가방을 챙기고 종업원들과 몇 마디를 나눈 뒤 택시를 타고 어디론가 사라졌다. 그때까지 주리용은 넋을 잃은 채 그 자리에 우두커니 서 있었다.

"무능한 아빠…… 극좌파…… 홍위병……."

주리용은 딸이 한 말을 혼자 되뇌었다. 그는 그 순간 머리가 하얗게 되면서 아무런 생각도 들지 않았다. 주리용은 자신이 지금까지 이 중국 땅에서 다른 사람들로부터 인정받고 살아온 줄 알았는데 금지옥엽 딸로부터 유학비도 못 보태주는 무능한 아빠이자 홍위병이라는 소리를 듣고는 머리가 갑자기 혼란스러워졌다. 주리용은 가라오케 앞의 노랗게 깜박이는 네온 간판을 넋이 빠진 모습으로 바라보았다.

黃金城, 黃金城, 黃金城…….

주리용이 그간 봉봉발전소 내에서 모은 자금들은 전부 양카이더에게로 갔다. 주리용이 중간에서 착복한 것은 단 한 푼도 없었다. 양카이더는 이렇게 마련된 비자금으로 중앙정부 고위층과 연결하였고 이러한 상하관계의 부패 고리는 끈끈하게 이어져 갔다.

북경에는 조양구(朝陽區)라는 지역이 있다. 이곳은 아마도 북경 아니 중국 전체에서 돈 많은 사람들이 가장 많이 살고 있는 지역 중의 하나이다. 이곳은 외국인들이 많이 거주하는 곳이기도 하고 각국 대사관도 이곳에 다 모여 있다. 진황도개발구 정부는 북경에 연락사무소를 하나 운영하고 있었는데 그것이 바로 조양구에 있었다.

조양구 고급 빌라촌에 자리 잡고 있는 황제화원(皇帝花園). 이곳의 빌라 중에서도 최고급 빌라였다. 진황도개발구 정부는 그곳에 2층짜리 고급 단독빌라를 한 채 구입하여 북경연락사무소로 쓰고 있었다.

진황도개발구 정부 북경연락사무소 2층 마루에 양카이더와 손님 3명이 테이블에 둘러앉았다. 이태리제 고급 샹들리에가 비추는 노란색 불빛 아래 자욱한 담배 연기가 마치 계곡 속의 안개처럼 길게 깔려 있었다.

"이런 제길, 오늘은 정말 안 풀리네."

"하하, 부장님. 그래도 저만 하시려고요. 저는 오늘 완전히 거덜 났습니다."

"이봐, 양 주임."

"네, 국장님."

"마작은 일부러 봐주면 재미없어. 게임은 정정당당하게 해야 돼."

"아, 아닙니다, 국장님. 제가 일부러 봐주다니요? 저도 최선의 노력을 다하는데 이거 영 패가 안 풀리는데요."

"이봐, 다들 조용히 해. 나 났다고."

"이런, 역시 부장님은 아무도 못 당한다니까요."

양카이더는 중앙정부의 고위관계자들과 함께 마작을 하고 있었다. 그는 정기적으로 이곳에서 중국 중앙정부의 고급관료나 진황도시가 속해 있는 하북성 정부의 고위관계자들을 초대하여 마작을 하곤 하였다.

물론 양카이더는 마작의 고수이지만 매번 거의 져주는 게임을 한다. 한마디로 마작을 명목으로 그들에게 현금이라는 뇌물을 건네주는 것이다. 진황도개발구 정부 북경연락사무소는 고위관계자에게 게임을 빙자하여 뇌물을 건네주는 공공연한 장소인 셈이었다. 이날 이곳에 모인 사람들은 양카이더 이외에 국무원 모 부처의 부부장, 북경시 공안국장, 하북성 세무국 당서기로 하나같이 양카이더와 직접적인 관련이 있는 고위관료들이었다. 이들에게 잘 보여야만 돈 잘 벌리는 진황도개발구 주임 자리를 오랫동안 유지할 수 있기 때문이었다. 중국이라는 나라는 미국과 맞먹는 큰 영토를 지니고 있지만 통치 방법은 조상 대대로 이어져 내려오는 고유의 중앙집권체제를 이루고 있다. 이러한 중앙집권체제는 2,200여 년 전 진시황 때도 그러했고 지금도 마찬가지이다.

미국처럼 주정부가 막강한 고유의 권한을 행사하는 일은 없다. 중국에도 각 성마다 정부가 존재하지만 전통적으로 중앙집권체제를 유지해 왔다. 그러다 보니 세상을 시끄럽게 하는 일만 만들지 않고 상관과 좋은 관계만 계속 유지한다면 양카이더와 같은 지방정부의 관료들은 원래의 임기를 훨씬 지나서까지 계속 유임할 수 있고 결국 이들이 축재를 일삼는 탐관오리가 되니, 중앙정부 최고위직에서 중국 영토 가장 끝단에 자리 잡고 있는 말단 지방관료에 이르기까지 부패 커넥션은 매우 끈끈하고도 아주 복잡한 다단계 구조로 연결되어 있다.

한국처럼 집권당이 몇 년에 한 번씩 교체된다면 중국 전체적인 행정조직도 자연스러운 물갈이가 이루어지겠지만, 공산당 단독 정당이 1948년 이후 지금까지 장기집권 하고 있는 중국에서는 한 사람의 최고 권력자가 이끄는 기간이 긴 만큼 지방의 하위직들도 오랜 세월을 한자리에 머물며 부패의 베테랑이 되어 가니 위아래가 연결되는 그 부패의 골이 상당히 깊다.

표면적으로 중국은 다당합작제도(多黨合作制度)를 채용한 나라인지라, 공산당 이외에 민혁당(民革黨), 민맹당(民盟黨), 중국민주건국회(中國民主建國會) 등 8개 민주당파가 있긴 하지만 모두 허수아비에 불과하다. 그렇다고 공산당과 맞설 신당 창당도 못하니 현 정권을 안정적으로 유지하기 위하여서라도 공산당은 영원히 존속해야 할 것이고 공산당이 존재하는 한 상하 부패의 관계는 끊임없이 이어질 것이다.

이렇다 보니 중국공산당중앙기율검사위원회(中國共産黨中央紀律檢査委員會)나 국무원 감찰부(監察部)에서는 공무원들의 공직기강 확립과 부정부패 방지를 위하여 시범케이스로 몇 년에 한 번씩 부정을 저지른 지방정부 고급관료를 중형에 처한다. 중국 고대병법서의 36계 중 일벌백계(一罰百戒)의 정책을 쓰는 것이다. 어느 해인가 이름도 들어보지 못한 옥산시라는 조그만 도시의 주임이 뇌물수수죄로 사형에 처해졌다. 그때 그가 받았던 뇌물은 겨우 1만 위안이었다. 이런 식으로 시범케이스 처형 전략을 사용하면 표면적으로는 어느 정도 공직기강 확립을 유지할 수 있었다.

마작은 그 판이 점점 커지기 시작했다.

"이제부터 판을 좀 올리죠? 저도 한 번에 왕창 따봐야겠어요."

양카이더는 롱징차를 한 모금 마시면서 말했다.

"자신 있어, 양 주임?"

"하하하, 물론이죠."

"얼마나 올리게?"

"이번 판부터는 한 판에 50만 위안 합시다."

"뭐?"

"50만 위안?"

모두들 놀란 눈으로 양카이더를 바라보다가 이내 박장대소하였다.

"하하하."

"이 사람, 배짱 한번 두둑하단 말이야. 하하."

"자, 그럼 다들 그렇게 하시는 거죠?"

양카이더가 손을 비비면서 시작할 준비를 했다.

"잠깐, 하기 전에…… 자금은 두둑하겠지?"

"아, 여부가 있습니까? 자, 보십시오."

두구탕(獨孤唐) 공안국장의 질문에 양카이더는 자기 배를 두드리더니 와이셔츠 아래 부분 단추를 열어 허리춤에 잔뜩 꼽아 놓은 돈다발을 꺼냈다.

"그거 30만 위안도 안 되겠는데……."

두구탕은 떨떠름한 표정으로 돈다발을 바라보았다.

"여기 또 있어요."

모두들 일층에서 올라오는 계단 쪽을 바라보았다. 왕루몽이 커다란 가방 하나를 들고 올라오는데 무척이나 무거워 보였다.

"하하하, 제가 어디 돈도 없이 공수표를 놓는 사람입니까?"

"야, 우리 노동국장님 무겁겠네."

서기는 왕루몽을 보자 반가운 듯 그녀에게 달려가 가방을 대신 들어주었다.

"고마워요, 서기님. 역시 서기님은 멋쟁이 신사예요."

"아니, 이거 질투 나는데. 두 사람 사이가 언제부터 그렇고 그런 사이였어? 양 주임, 저래도 되는 거야?"

부부장의 장난기 섞긴 질문에도 양카이더는 바지춤에서 꺼낸 돈을 세는 데만 열중했다.

"형님 가지라고 해요. 요 다음 판 이기면 오늘 저녁 왕루몽 데리고 가시죠."

"으이그, 진심이에요?"

왕루몽은 애교스럽게 양카이더의 등짝을 때리며 말했다.

"요즘 황금성은 잘됩니까?"

서기의 물음에 왕루몽은 밝은 미소를 지었다.

"그건 다른 사람에게 넘겼고요, 전 지금 그것 말고도 다른 가라오케를 다섯 개나 가지고 있어요."

"이거, 왕 노동국장님은 가라오케 재벌이군요. 하하."

"호호. 서기님도 별 말씀을……"

"그냥 둘이 자라."

담배를 피던 두구탕 국장이 웃으면서 한마디 했다.

"그래도 되겠어, 양거?"

왕루몽이 물었다.

"같이 가라니까."

"으이그."

찰싹. 왕루몽은 다시 한 번 양카이더의 등을 때렸다.

"아참, 그런데 황금성을 팔았다고? 산 지 얼마 안 되었잖아?"

양카이더가 왕루몽에게 물었다.

"그거 장사는 참 잘되는데 내가 그냥 주리메이에게 팔았어요."

"주리메이? 걔가 누군데?"

"몰라요? 왜 봉봉발전소 주리용 부총경리 딸 말이에요."

"그래? 잘됐네. 주리용 돈 좀 벌겠군."

"깍쟁이, 그 사람 고생하는데 돈 좀 챙겨주지 않고……."

"아냐, 그 사람 돈 싫어하는 사람이야. 돈을 왜 줘?"

"자자, 우리 칩시다."

부부장이 두 사람의 대화를 막고 판을 섞기 시작했다.

"그럼 이번 판돈은 50만 위안이 아니라 왕루몽 노동국장으로, 어때요?"

"우와, 좋은 생각이야."

"좋다, 좋아."

"그래, 함 해봅시다."

심술기가 있는 두구탕 국장의 제안에 모두들 박수를 치고 난리가 났다.

"좋습니다."

양카이더가 힘차게 대답했다. 그 소리에 왕루몽은 삐졌는지 벌떡 일어났다.

"좋아요. 하지만 오늘 이기는 사람은 큰 거 한 장이에요."

"큰 거? 만 위안?"

"흠, 만 위안이요? 어림없는 소리. 10만 위안!"

잠시 정적이 흘렀다.

"허, 대단하시구먼."

"역시 진황도 사람들은 배짱이 대단하다니까. 좋습니다. 10만 위안이 문제입니까? 왕루몽 노동국장님과 함께라면이야, 하하하."

두구탕 국장이 호탕하게 웃었다.

마작 판은 새벽 6시까지 계속 이어졌다. 모두들 피곤한 몸으로 진황도 연락사무소에서 주문한 아침식사용 죽을 한 그릇씩 먹고 집으로 돌아갔다. 마작에 능수능란한 기술과 두둑한 배짱을 지닌 양카이더는 나머지 3명을 자유자재로 요리해 새벽까지 마작판을 끌고 가 아무도 왕루몽을 탐하지 못하게 했다. 다만 돈이라면 사족을 못 쓰는 두구탕 공안국장의 비위를 맞추기 위해 일부러 잃어준 판돈이 예상 외로 컸던 것이 마음에 걸렸다.

"젠장, 이거 큰일인데……."

"왜요?"

왕루몽은 걱정스럽게 물어보았다.

"계획보다 50만 위안이 더 나갔어."

"50만 위안이요? 적은 돈이 아닌데…… 그렇게나 많이 나갔어요?"

"150만 위안이면 일인당 50만 위안씩이면 딱 되는데 그놈의 두구탕 자식이 따놓고도 계속 치자는 바람에 외상으로 50만 위안 깔아놨잖아."

"화내기 전에 어서 갖다 줘요."

"그래야겠지."

"와서 어서 죽이나 먹어요."

양카이더는 식은 죽을 후루룩 마셨다. 식사 후 둘은 서둘러서 진황도로 돌아갔다.

다음 날 집무실로 일찍 출근한 양카이더는 주리용에게 전화를 하려고 급하게 수화기를 들었다.

"아니야, 주리용을 통하는 것보다 내가 직접 전화해야 빠르지."

양카이더는 수화기를 든 채 잠시 중얼거리더니 어디론가 전화를 걸었다.

"어이, 진황도해양건설 장동(張東) 총경리?"

그는 룽징차를 한 모금 마시고 계속 말을 이었다.

"내가 좀 급한데 봉봉발전소 주 부총경리를 통해서 30만 위안만 집어넣어, 알겠나? 다음번 발전소 건설 기성 지급할 때 섭섭지 않게 해줄 테니까."

양카이더는 용건만 이야기하고 전화를 끊으려고 했는데 저쪽에서 뭐라고 한참 이야기하는 것 같았다.

"그럼 되는 대로 20만 위안 만들어 보내. 알았지?"

양카이더는 전화를 끊고 다시 어디론가 전화를 걸었다.

"랑팡 강관 차오민(曹民) 총경리인가? 날세. 양 주임이야…… 하하."

그쪽에서 뭐라고 이야기했는지 양카이더는 크게 소리 내어 웃었다.

"오늘 주리용한테 큰 거 한 장만 갔다 줘. 알았지?"

양카이더는 용건만 간단히 전한 뒤 바로 전화를 끊고 다시 어디론가 전화를 했다. 결국 그는 노름 빚 50만 위안을 단 30분 만에 완전히 수습하였다.

"으흠."

양카이더는 안도의 한숨을 내쉬었다. 그리고는 등받이가 높은 가죽 의자에 몸을 파묻고 책상에 다리를 올렸다.

주리용은 주리메이 생각 때문에 도무지 일이 손에 잡히질 않았다. 하루 종일 현장만 왔다 갔다 하면서, 그의 뒤를 졸졸 따라다니던 찐따왕에게 신경질을 내기가 일쑤였다. 전력 생산라인을 점검하고 사무실로 돌아온 주리용은 의자에 털썩 주저앉았다. 그는 책상 위에 있는 연필을 쥐고 무엇인가를 한참 동안 생각하더니 갑자기 연필을 뚝 부러트렸다. 주리용은 급히 전화기를 들었다.

"찐따왕, 지금 당장 진황도해양건설에 전화해서 나한테 오라고 해. 뭐? 이리 온다고? 무슨 일이지? 어쨌든 잘됐군, 알았어."

약 한 시간 후, 진황도해양건설의 장동 총경리가 숨을 훌떡거리며 주리용의 사무실로 들어왔다.

아나나 다를까, 찐따왕도 헐레벌떡 그 뒤를 따라 들어왔다.

"찐따왕, 당신은 나가 있어."

"네? 네."

찐따왕은 들어오자마자 바로 뒤돌아 나갔다.

"장동 총경리, 문 잠그시오."

그때 사무실 문이 빠끔히 열리더니 찐따왕이 고개를 디밀었다.

"제가 잠그겠습니다."

"이봐, 아직 안 가고 거기서 뭐 하는 거야? 당장 나가."

주리용은 화를 버럭 냈다.

"아, 알았습니다."

찐따왕은 문을 얼른 닫았다. 주리용은 성큼성큼 걸어가 문을 확 열어 보았다. 아무도 없었다. 그는 문을 잠그고 다시 소파로 와서 앉았다.

"앉으시오."

진황도해양건설 장동 총경리는 주리용의 맞은편에 앉았다. 주리용은 어디서부터 이야기를 꺼내야 할지 몰라 잠시 침묵이 흘렀다. 왜냐하면 주리용은 지금까지 자기가 필요하여 업체로부터 돈을 요구해 본 적이 단 한 번도 없었기 때문이다.

지금까지 자금을 거둔 것은 모두 양카이더 손에 들어간 것이고 그 돈이 어디에 쓰이든지 주리용은 전혀 신경 쓸 필요가 없었다. 봉봉발전소의 지역발전기금 조성이라는 분명한 명분이 있었기 때문에 주리용은 언제나 자신감을 가지고 업체들로부터 그런 것을 요구할 수 있었다. 지역발전기금이란 발전소로 인해 영향을 받는 주변 환경이나 주민들을 보호하기 위하여 사용되는 기금을 말한다.

어쨌든 이번은 순전히 주리용 자신의 개인 사정으로 금품을 요구하는 행위이라 주리용은 말을 꺼내기가 무척이나 껄끄러웠다.

'내가 지금까지 양카이더 주임과 봉봉발전소의 완공을 위해 얼마나 많이 뛰었는데 나도 그 정도의 대가는 요구할 수 있어.'

주리용은 마음속으로 몇 번씩 다짐을 하고 조심스레 입을 떼려고 하는 순간, 진황도해양건설 장동 총경리가 양복 안주머니에서 누런 봉투를 하나 꺼내며 먼저 말문을 열었다.

"자, 여기."

"음?"

주리용은 깜짝 놀랐다.

"이게…… 뭐지?"

"아침에 양카이더 주임님께 전화 왔는데요, 주리용 총경리님을 통해서 이것을 전달해 달라고 했습니다."

"양 주임이 직접?"

주리용은 의아했다. 왜냐하면 양카이더가 업자들에게 직접 전화하는 경우는 없었기 때문이었다.

"네, 무슨 급한 일이 있으신 것 같던데……."

주리용은 봉투를 들여다봤다.

"지표(支票, 수표)예요, 30만 위안."

"지표는 추적을 당할 수가 있잖아."

"양 주임님이 워낙 급하게 말씀을 하셔서…… 시간이 있어야지요. 게다가 요즘은 자금이 부족해 죽을 맛입니다요."

"30만 위안 가지고 오라고 했는가?"

"아뇨, 그냥 급하니 되는 대로 이삼십만 위안 가지고 오라고 했어요."

주리용은 지표를 확인해 보았다. 20만 위안짜리와 10만 위안짜리가 각각 한 장씩이었다.

"알았네. 돌아가 보시오."

"네, 그럼 저는 돌아가 볼 테니 다음번 기성은 좀 빨리 지급해 주십시오."

장동 총경리가 나간 후에도 주리용은 한참을 움직이지 않고 봉투만 바라보았다. 그리고는 얼른 몸을 일으켜 책상에 있는 전화기로 갔다.

"왕창, 지금 어디지? 내 사무실로 좀 와."

주리용은 봉투에서 지표를 꺼내 다시 확인해 보았다.

양카이더 사무실. 책상을 사이에 두고 왕창은 앉아 있는 양카이더에게 검은색 서류 가방을 내밀었다.

"음. 수고했어."

양카이더는 미소를 지으며 서류가방을 열어 보았다. 그 안에는 100위안짜리 인민폐 다발이 수북이 들어 있었다.

"얼마지?"

"20만 위안입니다."

"음, 알았어."

"네. 주리용 부총경리님이 시켜서 제가 은행에 가서 지표를 현금으로 30만 위안을 바꿔 왔는데 20만 위안을 이 가방에 넣어서 주임님 갖다 주라고 하던데요."

"그럼 10만 위안은?"

"잘은 모르겠습니다만…… 실은 주 부총경리의 행동이 좀 이상했습니다. 혹시……."

양카이더는 얼굴이 굳어졌다.

"수고했어, 왕창. 가봐."

갑자기 양카이더는 나가려는 왕창을 다시 불러 세웠다.

"왕창."

"네?"

"이리 와."

양카이더는 가방에서 100위안짜리 지폐 두 장을 뽑아서 왕창에게 집어줬다.

"수고했어."

왕창은 손에 쥔 200위안을 내려다보더니 양카이더에게 인사를 했다.

"감사합니다."

왕창은 인사를 하고 방을 나갔고 양카이더는 가방을 다시 한 번 열어

보더니 입을 굳게 다물었다. 그리고는 어디론가 전화를 걸었다.

"이봐, 주리용인가? 지금 당장 내 사무실로 와."

양카이더는 신경질적으로 전화를 끊었다.

주리용은 손에 들고 있던 수화기를 물끄러미 바라보다가 조용히 내려 놓았다. 그는 일어서서 창밖을 내다보았다. 멀리 원자력발전소를 연상 케 하는 거대한 냉각탑에서 마치 하늘의 뭉게구름은 죄다 봉봉발전소 에서 만들어낸 것처럼 엄청난 양의 새하얀 수증기가 끝없이 올라가고 있었다. 주리용은 근무복을 벗고 양복으로 갈아입고는 평소에 잘 보지 않던 거울 앞에서 몇 번이고 옷매무새를 가다듬었다.

양카이더는 룽징차를 한 모금 마시고 신경질적으로 찻잔을 테이블 위에 내려놓았다. 그의 앞에는 주리용이 흐트러지지 않은 모습으로 앉 아 있었다.

"이봐, 주리용. 왜 안 하던 짓을 하고 그래? 배달 사고야 뭐야? 내 긴 말 않겠으니 10만 위안 빨리 가지고 와."

"……."

"내 말 안 들려? 왜 대답이 없어?"

양카이더는 주리용을 다그쳤다. 주리용은 대답 없이 가만히 앉아 있 다가 한참 만에 입을 뗐다.

"양 주임님, 저도 지금까지 고생할 만큼 했습니다. 양 주임님의 말씀이 면 죽는 시늉까지 했습니다. 일본인들이 투자한 레미콘회사를 중국 것 으로 만들라고 하여 목숨을 바쳐 3년 만에 그들을 다 내쫓고 중국 회사 로 만들었고, 지금은 한국인들이 투자한 발전소를 중국 것으로 만들라 는 명령을 받들어 발전소를 중국화 하기 위하여 수단과 방법을 가리지 않고 있습니다. 그런 저에게 어떻게 지금까지 단돈 10만 위안도 주시지 않는 것입니까?"

"뭐? 10만 위안? 자네 돈 싫어하잖아."

양카이더가 피식 웃었다.

"저도 사람입니다. 이 세상에 돈 싫어하는 사람이 어디 있습니까? 사실 저는 지금까지 양 주임님이 금전적으로 한 번도 지원해 주지 않은 것에 대하여 내심 서운하게 생각하고 있었습니다."

"뭐? 허허. 자네 혹시 애인 생겼나?"

"그런 게 아닙니다."

"그럼 이제 돈 맛을 좀 알았다, 이거군. 내가 사람 잘못 봤네. 주 부총경리는 절대 그럴 사람이 아니라고 생각했는데. 어쨌든 왜 남의 돈에 손을 대는 거야? 내가 이야기했지? 당신은 내가 당 중앙간부로 진출시켜 주겠다고 그랬잖아? 당 간부가 되고 난 후에 돈 챙겨도 늦지 않아."

양카이더는 담배를 한 대 물고 불을 붙였다.

"당 간부요? 당 간부가 뭐 돈 벌라고 있는 자리입니까?"

"그래도 그것만큼 돈 벌기 쉬운 자리가 어디에 있어? 이봐, 주리용. 솔직히 까놓고 이야기해 공산주의가 뭐 밥 먹여주냐? 그저 한평생 잘 먹고 잘 놀다 가면 그뿐이야, 알아?"

"양거, 이유는 물어보지 마시고 정말로 제가 이번에 돈이 좀 급해서 그러니 10만 위안만 떼어 주십시오. 어디 내가 평소에 돈을 떼어 먹거나 눈독 들이는 사람입니까? 제가 조만간 10만 위안 마련해 오겠습니다."

"으흠……."

양카이더는 대답 대신 룽징차(龍井茶)를 한 모금 마셨다.

"안 돼. 정 10만 위안이 필요하면 건설업자에게 달라든지 석탄업자에게 달라든지 알아서 해결해. 물론 그들이 다 내 손바닥 안에 있어 쉽게 주지는 않겠지만 말이야. 어쨌든 어서 내 돈이나 내놔. 당신 사람이 갑자기 왜 그래? 안 하던 짓을 하고."

양카이더는 단호했다.

"진심이십니까?"

"이 친구가…… 그동안 오냐 오냐 했더니 이제 간이 배 밖으로 나왔구먼. 감히 내가 누구라고 내 안전에서 그런 말을 해? 이제 나하고 같이 놀자는 거야 뭐야? 그렇게 필요하면 내가 다음에 생각해 줄 테니까 지금 그 돈은 나도 몹시 급하니 좋게 이야기할 때 어서 가지고 와. 주리용 당신 갑자기 미쳤어?"

양카이더가 퉁명스럽게 대답했다. 양카이더는 인색한 자였다. 금전에 대하여는 누구보다도 관리가 철저했고 특히 아랫사람들에게 잘 베풀지 않는 타입이었다. 주리용도 양카이더의 그런 점을 잘 알고 있었다.

"양 주임님, 주임님은 내가 어떤 사람인지 누구보다도 잘 아시기 때문에 그렇게 말씀드리는 것입니다. 아시다시피 저는 솔직한 사람입니다. 돈이 얼마 필요하면 얼마 필요하다고 말하는 사람이지, 결코 뒤에서 양 주임님을 속이며 돈을 빼먹는 그따위 짓이나 하는 사람은 아닙니다. 지금까지 봐와서 잘 아시잖습니까? 그리고 저는 그동안 누구보다도 양 주임님을 위하여 헌신적으로 일을 해왔기 때문에 그 정도는 충분히 받을 자격이 있다고 생각합니다."

"받을 자격? 푸하하!"

양카이더는 담배를 피다 말고 너털웃음을 터뜨렸다.

"이봐, 주리용."

양카이더는 주리용을 부르고는 한참 동안 아무 말이 없었다.

"회사에서 직원들이 자네를 그렇게 잘 따른다며? 좋아, 뭣이든 좋아. 하지만 그것만은 안 돼. 그것이 뭐냐? 바로 내 자금에 손대는 거야. 그 돈이 내 돈인 줄 아나? 나 혼자 잘 먹고 잘살자는 돈인 줄 알아? 천만의 말씀. 나에게는 원칙이 있어. 다른 것은 내가 다 관대하게 양보하지만 돈만은 절대로 그렇게 안 해. 그게 바로 나의 원칙이야. 그리고 지금까지 이 원칙을 어겨 본 적이 단 한 번도 없어. 무슨 말인지 알겠어?"

주리용이 대꾸도 없이 가만히 듣고만 있자 양카이더는 말을 계속 이었다.

"이봐, 주리용. 당신 한국인 한종민이 어떻게 해서 봉봉발전소 총경리 자리에서 쫓겨났는지 잘 알잖아? 난 내 돈에 손대는 놈에게는 한국인, 중국인 안 가려. 그냥 죽여 버리지."

양카이더는 새로 꺼낸 담배를 주먹으로 으깨버렸다.

"이봐, 주리용. 내가 당신이니까 이렇게 말하는 거야. 다른 사람 같았으면 벌써 내 손에 장사 치렀어. 좋은 말로 할 때 어서 10만 위안 가지고 와."

그래도 주리용은 대답 없이 가만히 앉아 있었다. 하지만 그의 눈빛은 예사롭지가 않았다. 결코 순순히 물러서지 않을 기세였다.

"참, 내가 듣자 하니 당신 딸내미가 요즘 돈을 아주 잘 번다면서?"

"네?"

주리용은 놀란 눈빛으로 양카이더를 바라보았다.

"이 사람 나한테까지 숨기는 거야? 내 정보망을 통해 다 듣고 있어. 자네 딸이 황금성 가라오케를 인수해서 재미를 좀 본다던데? 그래, 그런 식으로 가족끼리 돈 벌면 되는 거지, 뭐 나하고 복잡하게 금전 문제로 싸울 필요 있어? 하기야 가라오케라는 것이 별 남자들 다 오는 곳이라 좀 그렇긴 하지만 말이야, 하하."

"뭐라고요?"

주리용은 자리에서 벌떡 일어섰다. 그는 지금까지 양카이더의 이야기를 잘 듣고 있었으나, 느닷없이 자기 딸 주리메이를 운운하는 데는 분을 참지 못했다.

"양 주임님, 난 지금까지 당신을 위하여 레미콘회사와 발전소의 모든 궂은일은 혼자 도맡아서 다했습니다. 주임님이 돈을 모아 오라고 하면 돈을 모아 오고 누구를 자르라고 하면 자르고 누구를 패라고 하면 흠씬 패주고…… 그런 나에게 겨우 돈 10만 위안 가지고 왜 이러십니까? 그간 부려먹을 대로 부려먹은 저에게 겨우 이 정도입니까? 주임님한테는 돈 10만 위안은 정말 아무것도 아니잖습니까? 결국 이게 저에 대한 주임님의 속마음이시군요. 잘 알겠습니다. 하지만 양 주임님도 잘 아시겠지만 어디 제가 평범한 사람인가요? 성질 더럽기로는 한가락 하는 거 잘 아시잖습니까? 오늘 내가 이렇게 주임님 드릴 돈 10만 위안 떼어놓고 찾아온 데는 그만한 각오가 되어 있기 때문입니다. 주임님, 나는 누구보다도 주임님의 온갖 비리를 잘 알고 있습니다. 내가 입만 연다고 하면 좀 불편하게 되실 텐데요. 주임님은 저를 어떻게 대우해 줘야 하는지 누구보다도 잘 알고 있으리라 생각합니다. 제가 내일 저녁에 다시 오겠으니 그때 이 문제에 대해 다시 이야기하도록 하시지요."

주리용은 인사도 없이 뒤돌아섰다.

"이봐, 주리용. 자네 날 가지고 낚시를 하려나 본데…… 헌데 고기가 너무 커."

주리용은 대꾸도 하지 않고 방을 나가버렸다. 양카이더는 분노에 찬 눈으로 문 쪽을 바라보면서 주먹으로 테이블을 내리쳤다.

"건방진 새끼. 키워줬더니 이제 날 잡아 먹으려고 해?"

그때 양카이더의 핸드폰이 울렸다.

"누구야? 아, 두구탕 국장님."

지난번 북경에서 마작을 같이 했던 두구탕 북경시 공안국장이었다.

"며칠만 기다리세요. 제가 언제 마작 하고 돈 떼어 먹는 것 봤습니까? 내일이요? 그, 그게……아니 갖다 드리겠습니다. 조금만……."

두구탕은 양카이더의 말이 채 끝나기도 전에 전화기를 끊어 버렸다. 노름빚 독촉이었다.

어두운 밤. 육중한 전화 교환기실 문을 열고 누군가 들어왔다. 수처리과 안더롱이었다. 그는 불 꺼진 복도를 조심스레 한 번 둘러보더니 다시 문을 닫고 교환기실의 불을 켰다. 그리고는 들고 온 약품을 항온항습기에 신속하게 넣었다. 약품을 다 넣은 안더롱은 교환기로 다가가 무엇인가를 만지작거렸다. 도청장치였다. 안더롱은 주리용에 의해 수처리과 과장에서 일개 야간근무반원으로 전락한 이후 줄곧 야간근무를 서왔고 그때부터 이상한 버릇이 생겼다.

그는 전화담당 장펑이 주리용의 지시에 따라 한국인의 전화 내용을 도청하기 위하여 설치했다가 나중에 송신양 총경리가 교환기실을 검사하겠다고 하는 바람에 교환기실 한쪽 구석에 처박아 놓은 도청장치를 발견한 후 그것을 가끔씩 주리용의 전화선에 연결하여 그의 전화 내용을 녹음한 후 바이주를 한 잔 마시면서 주리용의 전화 내용을 듣는 버릇이었다. 도청장치를 영구적으로 주리용 전화단자에 물려놓으면 장펑에게 발각될 수 있으므로 가끔 한 번씩 도청장치를 연결하곤 하였다.

정말 남이 알면 경을 칠 기가 막힌 취미를 즐기고 있었던 것이다. 안더롱은 이렇게 주리용의 통화 내용을 들으며 아무도 모르는 주리용의 비밀을 혼자만 알고 있다는 희열감에 빠져 있었다. 안더롱은 얼른 테이프를 갈아 끼우고 사무실로 갔다.

"개새끼, 오늘은 뭐라고 씨부려 댔는지 한번 들어볼까?"

그는 '멍구왕(蒙古王)'이라는 바이주를 한 모금 들이키고 어디서 가지고 왔는지 푹 삶은 돼지족발을 책상 위에 꺼내 한 입 뜯고는 카세트의 스위치를 눌렀다.

"아이고, 중기위(中紀委) 제3실 왕쇼보(王?博) 동지! 오랜만이야."

"여, 이게 누구야? 주리용 아닌가?"

테이프의 녹음 내용은 아주 선명하게 들렸다.

'뭐? 중기위? 중국공산당중앙기율검사위원회(中國共産黨中央紀律檢查委員會)? 무슨 일이지?'

안더롱은 '중기위'라는 말에 족발을 뜯다 말고 귀를 쫑긋했다.

"그래, 어차피 나도 각오하고 하는 일이야. 물증은 확실해. 네가 오기만 하면 바로잡을 수 있을 거야."

"알았어. 물증만 확실하다면 이건 큰 건수야. 양카이더 이번엔 제대로 걸려들었어. 안 그래도 여러 번 거론됐던 놈이야. 옛날에 너의 회사에 한 뭐라고 하는 한국인 있었지? 역시 한국 놈들은 웃기는 사람들이야. 그 사람이 그때 양카이더에 대해서 직접 장쩌민 주석 앞으로 투서했잖아. 그동안 쉬쉬하고 있었지만 사실 우리 위원회에서 계속 양카이더를 추적 감시하고 있었어. 특히 우리가 조사한 바에 의하면 지난번 하북성 농업은행에서 봉봉발전소로 대출해 준 3000만 위안을 회사 통장에 입금시키지 않고 개인 통장으로 넣은 것은 결정적인 건수야. 그리고 알아보니 양카이더가 요즘 고위층이랑 관계도 안 좋아. 몇몇은 그를 욕하고 있어. 어쨌든 우리 청화대 동창들은 힘을 합쳐 중화인민공화국 공산당의 깨끗한 존속을 위하여 당에 해를 끼치는 잡초 같은 녀석들을 하루라도 빨리 뿌리를 뽑아야 돼. 그리고 솔직히 이 건은 나의 진급에 결정적인 역할을 하고 너도 중앙으로 진출할 수 있는 절호의 기회가 될 걸세. 주리용, 이것은 양카이더에 대한 배신이 아니야. 우리는 국가라는 더 큰 조직을 생각해야 돼. 양카이더는 지금 개인 비리의 정도가 그 수위를 한참 넘은 사람이야. 뒷일은 우리가 책임질 테니 염려 말게나. 하여간 만나서 자세히 이야기하세."

테이프를 들으면서 족발을 뜯던 안더롱은 점점 얼빠진 사람처럼 얼굴이 굳어지더니 먹던 뼈다귀를 바닥에 떨어뜨렸다.

"아, 아니? 이건 주리용이 양카이더를 중기위에 고발하는 내용이잖아? 대체 이게 무슨 일이야? 아들이 애비를 다 고발하고? 이건 특종이다, 특종! 이걸 어떻게 하지? 누구에게 알려줘야 하지? 참 내 환장하겠네."

안더롱은 녹음테이프를 다 듣고는 온몸에 소름이 끼칠 정도로 공포감이 엄습해 왔다.

중기위! 중국공산당중앙기율검사위원회의 준말이다. 중기위는 중국 중앙관리 및 지방관리 고위층은 물론 공산당 고위 당직자들도 벌벌 떠는 정부 감찰기관이다. 이곳은 중국의 부패관리색출 업무를 담당하는 중앙감찰기관으로 정부 관료나 공산당 당직자의 부정부패와 위법행위를 암행 정찰한 후, 순식간에 수사를 진행하고 체포권을 발동하는 무시무시한 기관이다.

중기위는 제1기율검사검찰실부터 제10기율검사검찰실까지 모두 10개의 조사팀으로 운영된다. 주리용의 청화대학교 동창 왕쇼보는 제3기율검사검찰실 부과장이라는 막강한 위치에 있었다. 10개의 조사팀 중 4개는 중앙기관과 국유기업을 관장하고 나머지 6개는 각각 화북지방, 화동지방, 동북지방, 동남지방, 서남지방, 서북지방을 나눠 맡고 있다. 그러나 그들의 활동이나 인력 배치는 극비사항에 부쳐져 있다. 중기위는 다른 나라의 정보수집기관, 경찰, 검찰을 모두 합쳐 놓은 것 이상의 권력을 지니고 있고 중국에서 정부 관료나 당 간부의 부패 혐의가 드러나면 경찰이나 검찰이 아닌 바로 이 중기위가 초기 수사를 담당한다. 중기위는 비리 공무원, 당원을 조사하기 위해 독자적인 구금시설도 갖추고 있으며 여기서 행한 초기 조사 결과는 그대로 법원의 판결로 이어진다는 점에서 중기위의 권력은 실로 막강하다. 정부 고위 공직자나 공산당 고위 당직자에게 있어 저승사자와 같은 공포의 대상 그 자체였다.

안더룽은 안절부절 어쩔지를 모르고 방 안을 왔다 갔다 했다. 알아서는 안 될 무서운 비밀을 알게 된 것이 너무나도 두려웠던 것이다. 그러다 문득 무슨 생각이 났는지 부리나케 전화교환실로 달려가 주리용의 전화기에 물려놨던 도청장치를 해체하여 장펑이 원래 놔두었던 교환기실 한구석에 쑤셔넣어 종이더미로 안 보이게 잘 덮어두고는 빠른 걸음으로 돌아왔다.

살인사건

진황도국제호텔 1807호. 이 방은 양카이더가 왕루몽과 자주 밀회를 나누는 은밀한 장소였다. 양카이더가 호텔방을 고르는 데에는 몇 가지 원칙이 있었다. 첫째, 고층이어야 할 것. 일단 호텔방은 전망이 좋아야 하기 때문이었다. 둘째, 옆 객실은 비어 있을 것. 이것은 자신의 개인 사생활이 남에게 드러나는 것을 꺼렸기 때문이었다. 셋째, 엘리베이터에서 가까운 곳에 위치할 것. 유사시에 가장 빨리 도망갈 수 있기 때문이었다.

진황도호텔 1807호는 이 모든 조건을 고루 갖춘, 한마디로 양카이더의 마음에 딱 드는 그런 객실이었다.

찰칵. 띠띠리……. 양카이더가 라이터의 뚜껑을 열자 음악이 흘러나왔다. 뚜껑을 닫으니 음악이 그쳤다.

"음, 괜찮은데."

왕루몽이 지난번 싱가포르 출장 때 양카이더에게 주려고 사온 선물이었다. 양카이더는 숑마오(熊猫) 담배 한 개비를 입에 물고 불을 붙였다. 중국에서 숑마오 담배는 부와 권력의 상징으로 가격도 비싸거니와 아무 상점에서나 살 수 있는 물건이 아니다. 전국인민대회에 참가할 수 있을 정도의 공산당 고위 당직자나 중앙, 지방정부의 고위 관계자들이 피우기 위하여 생산하는 중국의 소수 특권층만을 위한 담배였다.

그때 머리맡에 놔두었던 양카이더의 핸드폰이 울렸다. 양카이더는 핸드폰에 찍힌 전화번호를 한 번 확인하더니 전화를 받았다. 주임 비서실이었다.

"무슨 일이야?"

양카이더는 대답 없이 계속 상대방의 이야기만 듣고 있었다.

"뭐?"

양카이더는 의자에서 벌떡 일어섰다.

"알았어, 곧 갈 테니 오늘 오후 회의는 전부 취소시켜."

"무슨 일이예요? 안 좋은 일이에요?"

양카이더는 대답 대신 묘한 미소만 지었다.

"아니 무슨 일인데 그렇게 심각한 표정이에요?"

"흠, 어떤 녀석이 날 중기위에 찔렀어."

"네? 중기위요? 누가요?"

"후후, 주리용 이놈이 아직 세상 무서운 줄 모르는군."

"주리용? 설마 주리용 같은 심복이 그런 짓을 했을라고요. 당신이 얼마나 잘해 줬는데."

"주리용이 틀림없어. 나의 직감은 단 한 번도 틀려 본 적이 없어. 그 녀석 맞아."

"그가 왜 그런 짓을 해요? 그럼 자기한테도 큰 불똥이 떨어질 텐데."

"지금 중기위 사람이 이곳 진황도로 내려왔다는데 사무실에서 나를 만나자는군. 그런데 지금 그놈이 상당히 많은 부분을 알고 있는가 봐. 그럼 누가 이야기했겠어? 뻔하지. 내 측근 중 하나일 거 아냐?"

"정말 주리용이……."

"그 자식 요즘 행동이 이상했어. 얼마 전에 내 10만 위안을 떼어먹지 않았겠어."

"그랬어요?"

"하여튼 우리나라 사람들 정말 성질 한번 특이한 족속들이야. 내가 그렇게 했다고 하루아침에 안면몰수하고 나를 찌를 생각을 해? 중기위에서 내려온 작자도 아마 나에게 몇 가지 비리 증거를 제시하면서 직접 확인하려고 만나자는 거겠지. 그 녀석을 구워삶든지 어떻게 손을 써야 돼. 안 그러면 북경에 있는 공안국 국장 형님도 나를 위해 손을 써주지 못할 거야. 안 그래도 계산 하나는 정확하기로 소문난 형님인데, 마작판에서 진 빚 50만 위안도 아직 못 갖다 줘서 미치겠다고. 아무리 이름 없는 중기위 일개 담당자라 해도 재수 없으면 가는 거야. 그 유명한 후창칭(胡昌靑)이나 청커제(成可結) 같은 장관들도 중기위의 말단 담당자 우습게 보다가 재수 없이 끌려간 거 아니야. 작년인가? 옥산시 주임도 총살되었잖아. 알지?"

"알아요."

"그 사람이 무슨 비리가 그렇게 많아서 사형된 줄 알아? 다 재수 없으려니 밑에 있는 놈 중 누군가 찔러서 그렇게 된 거지. 어쨌든 올해도 중기위에서 누구 하나 골라서 일벌백계로 그 꼴을 만들 거야. 지금 걸리면 바로 가는 거야. 주리용 이놈이 알고 보니 호랑이 새끼였어. 그래도 이 천하의 양카이더는 이길 수 없을걸."

양카이더는 옷매무새를 가다듬었다.

"나중에 내가 전화할 테니까 노동국에 가서 대기하고 있어."

"알았어요. 조심하세요."

양카이더는 거울 앞에서 다시 한 번 자신의 모습을 들여다보더니 서둘러 호텔을 빠져나갔다.

같은 시각, 어느 작은 아파트 부엌. 식탁에 몇 명의 사람들이 연신 담배를 피우며 머리를 맞대고 마작에 열중하고 있었다. 왕창이 미소를 지으며 자신의 패를 까보였다.

"하하, 후러(和了)!ᐧ 다들 가지고 오시지."

같이 마작을 치던 자들이 모두 한숨을 내쉬었다.

"새끼, 진짜 잘 붙네."

"아니, 한 시간도 안 돼서 이게 얼마째야?"

"자식아, 이제 돈 좀 풀고 회사로 들어가라."

왕창은 대낮부터 친구 집에 모여 마작을 하고 있었다. 그는 송신양 총경리의 지시로 시내에 있는 설계사무소에서 리빙화를 데리고 오는 길에 친구 집에 들른 것이었다. 왕창을 따라온 리빙화는 회사로 바로 안 들어가고 옆길로 샌 왕창 때문에 삐쳐 있었는데 왕창이 돈을 따는 바람에 조금은 기분이 좋아졌다.

"왕창, 오늘 돈 많이 땄는데, 나 3,000위안만 빌려줘?"

"3,000위안? 야, 3,000위안이 누구 집 개 이름이냐?"

왕창은 리빙화의 요구를 일언반구에 거절해 버렸다. 그때 좀 모자라

ᐧ 다른 사람이 낸 패로 자신의 패가 완성되었을 때 '이겼다'라는 의미.

게 생긴 왕창의 친구 탕빈(唐斌)이 끼어들었다.

"야, 너 나한테 한 번 줘 봐. 그럼 내가 3,000위안 빌려줄게."

"이 새끼가."

왕창은 벌떡 일어서더니 탕빈의 머리통을 주먹으로 세차게 내리쳤다.

"개새끼. 또 그 따위 소리하면 팔을 잘라버리겠어."

주유소를 경영하는 뚱뚱한 친구 마펑(馬鵬)이 왕창에게 담배 한 개비를 던져주었다. 그는 담배연기를 내뿜으며 한마디 했다.

"내가 지난번에 이야기하지 않았나? 심천에서 자기 밑에 데리고 있던 애들이 100명이나 된다는 놈. 왜, 사람 죽이고 이곳으로 도망왔다는 놈 있잖아. 그런데 그 새끼가 그동안 계속 내 성질을 건드리고 있었어. 지가 여기 있을 동안 자기한테 돈을 갖다 바치라는 거야. 미친놈이 환장했지. 내가 어제 그 미친 새끼 팔 하나 잘라 버렸어. 왜 그놈 있잖아, 이피랑(一匹狼). 그놈한테 3,000위안 주고 왼손 팔목만 자르라고 했더니 그 병신 새끼가 심천 건달 놈 오른손 팔꿈치 있는 데까지 확 잘라버린 거 있지, 히히히. 하여간 이피랑 그놈 칼솜씨는 번개 같은 놈이야. 왼손잡이인데 걸리면 단칼에 잘라버려. 공안 병신새끼들, 그 새끼가 건달이라고 범인 잡을 생각도 안 해. 히히."

마펑의 무용담에 또 다른 친구 우동탕(吳東唐)이 신이 나서 맞장구를 쳤다.

"그 새끼 진짜 이름이 이피랑이야? 그놈 이름처럼 진짜 늑대 같아. 연장 쓰는 게 번개잖아. 그 새끼 칼 한 방이면 완전히 간다. 지난번에도 그놈이 랑팡에서 1,500위안 받고 식당 화장실에서 사람 죽여 줬잖아. 야, 그런데 1,500위안이 뭐야? 쩨쩨하게. 받으려면 좀 더 받지."

그때 리빙화가 기분 나쁜 얼굴로 시계를 들여다보자 왕창은 자리에서 일어섰다.

"나 간다."

"아이, 왕거(王哥)는 돈 5,000위안이나 따놓고 그냥 가?"

왕창은 못마땅해 하는 탕빈을 한 번 쩨려보더니 돈 1,000위안을 테이블에 던졌다.

"저녁들이나 사먹어라."

왕창은 자신의 손가방을 겨드랑이에 끼고 리빙화와 같이 방을 나섰다.

드디어 양카이더는 사무실에서 왕쇼보를 만났다. 양카이더는 맞은편에 앉아 차를 마시고 있는 왕쇼보 과장을 힐끗 쳐다보았다. 그는 키는 작지만 눈매가 예사롭지 않았다. 지금 왕쇼보에게 잘못 걸리면 양카이더도 제2의 옥산시 주임이 되는 것은 시간문제였다. 그런 왕쇼보가 주리용과 대학 동창이라는 것을 양카이더는 알 턱이 없었다.

"하하, 왕 과장님. 이런 누추한 진황도까지 내려오시느라 얼마나 고생이 많으셨습니까? 날씨도 추운데 차 한 잔 쭉 드시죠. 이 차는 룽징차 중에서도 가장 좋다고 하는 절강성 항주 서호 룽징차입니다. 하하."

왕쇼보는 대꾸도 없이 향을 음미하면서 차를 마셨다. 그런 왕쇼보의 반응에 양카이더의 얼굴은 이내 굳어졌다. 그제야 왕쇼보는 찻잔을 내려놓고는 양카이더를 바라보았다. 양카이더가 먼저 말문을 열었다.

"그래, 저를 찾은 이유가 무엇인지요?"

"잠시만요."

왕쇼보는 양복 안주머니에서 소형라디오처럼 생긴 물건을 꺼냈다. 그리고 기계의 스위치를 켜고는 방 안 이쪽저쪽을 훑어보았다.

대체 무슨 짓을 하는 것인지 양카이더는 영문을 몰라 그가 하는 행동을 가만히 보고만 있었다. 왕쇼보는 혹시 방 안에 도청장치나 녹음장치가 되어 있는지를 살펴보는 중이었다. 양카이더와의 이야기가 새어나가는 경우, 보통 하루이틀 사이에 당사자들이 결정적인 증거를 인멸하여 확실한 비리 공무원들을 놓치는 경우가 많기 때문이었다.

"좋습니다. 그럼 제가 방문한 목적을 말씀드리죠."

"그러시죠."

"저희는 누군가로부터 양 주임께서 심각한 부정을 저질렀다는 제보를 받고 여기서 몇 가지 사실 여부를 확인한 후 쌍궤이(双規) 발동을 결정할 것입니다."

"쌍, 쌍궤이요……? 아니 저는 아무런 비리도 없는데 쌍궤이라뇨? 무슨 말도 안 되는 말씀이십니까?"

"너무 흥분하지 마십시오. 그거야 조사해 보면 다 아니까요."

쌍궤이. 이것은 중기위가 고위 공무원과 공산당 당직자의 부정부패를 조사할 수 있는 일종의 수사 및 체포권을 말한다. 피의자를 정해진 시간과 장소에서 조사를 실시한다는 의미에서 나온 말이다. 쌍궤이가 진행되면 나중에 법에 의한 재판은 아주 형식적인 것이고 수사 결과가 거의 100퍼센트 형을 결정하게 되는 것으로, 발동 자체로 관련 공무원의 인생은 끝난 것과 마찬가지이다.

양카이더는 앞에 놓인 롱징차를 벌컥 마시다가 너무 뜨거워 입에 담은 찻물을 다시 컵으로 쏟아냈다. 그는 잠시 입을 만지며 양미간을 찌푸리다가 슝마오 담배를 한 개비 물고 라이터를 켰다.

띠띠리…… 라이터에서 음악이 흘러나왔다.

"그래, 내가 잘못했다는 게 대체 뭐요? 이야기나 들어봅시다."

양카이더는 특유의 여유 있는 표정을 지었다.

"좋습니다. 제가 보아하니 양 주임님도 사나이 대장부 같으시고 어차피 내일모레 사람들이 북경으로부터 내려오면 다 알겠지만 그래도 주임님의 체면을 생각하여 미리 단도직입적으로 말씀드립니다. 사실 주임님에 대해서는 매우 오래전부터 많은 정보를 입수하고 있었습니다. 특히 몇 해 전, 이곳에 있는 봉봉발전소에 관한 제보를 받았는데 그것은 외국인으로부터 받았습니다."

"외국인? 누구?"

"허허, 자꾸 그런 식으로 역 질문을 하지 마십시오. 그래서 제가 이야기하기 전에 혹시 이 방 안에 도청이나 녹음장치가 되어 있는지 살펴본 것입니다. 잘못했다가는 선의의 피해자가 생기니까요."

양카이더는 불현듯 봉봉발전소의 첫 번째 총경리를 하다가 자기 때문에 한국으로 쫓겨간 한종민이 생각났다.

"그래서요?"

"사실 외국인으로부터 받은 제보는 일반적으로 사실성이 큽니다. 왜냐하면 외국인들은 중국인들과 그다지 이해관계가 깊지 않기 때문이지요. 중국인들은 절대로 외국인들과 그런 금전적인 꾸안시를 오랫동안 유지하지 못합니다. 어쨌든 그 제보 이후 우리는 계속 주임님을 주시하고 있었고 미안한 말씀입니다만, 그동안 양 주임님을 계속 추적하여 몇 가지 단서를 잡았습니다. 그리고 결정적으로 최근에 누군가 확실한 정보를 넣어주었는데 아무튼 그 제보는 누가 언제 어디서 얼마를 주었다는 것까지 나와 있습니다. 그리고 오늘 저녁에 그 증거를 인수받을 겁니다."

"오늘 저녁에?"

양카이더는 심각한 얼굴이었다. 하지만 그는 다시 마음을 진정시키고 느긋하게 찻잔을 들었다. 그리고는 한참 만에 입을 열었다.

"이봐요. 중기위에서 오신 양반. 왕 뭐라고 했죠? 아, 왕쇼보 부과장? 과장?"

"……"

"왕쇼보 부과장님. 당신 혹시 내가 진황도개발구라는 일개 시골 주임이라고 나를 너무 우습게 본 모양인데 조심하시는 것이 좋을 겁니다. 혹시 대외경제무역부장 아십니까?"

"……"

"아십니까? 모르십니까?"

"그 사람 모르는 사람이 어디 있겠습니까?"

"그럼 북경 공안국장이 이름이 뭔지 아세요?"

양카이더는 담배 연기를 길게 내뿜으며 말을 이었다.

"내가 그 사람들과는 둘도 없는 고향 창리현 선후배 지간이지요. 내가 뭐 당신에게 협박하자고 이런 말 하는 것은 아니지만 이 선에서 조용히 끝내는 것이 좋지 않겠소? 나도 크게 잘못한 것도 없는데 이렇게 찾아오신 걸 생각하면 억울하기도 하고 왕 부과장이 나를 감옥에 처넣으려고 하거나 전보발령을 나게 하려면 충분히 그렇게 하실 수는 있을 겁니다. 천하의 중기위를 누가 모르겠습니까? 하지만 제 이야기는 저도 누구누구에게 한마디 하면 10분 내로 이번 일은 다 끝난다, 이겁니다. 내말 무슨 뜻인지 아시겠어요? 그러니 나에게 더 이상 추궁해 보셔도 특별한 비리도 없고 그냥 우리 원만하게 이쯤에서 끝내는 게 좋지 않나 생각합니다. 그럼 제가 가실 때 차비는 놀랄 만큼 두둑이 해드리리다."

왕쇼보는 침묵을 지키다 한참 만에 입을 열었다.

"얼마나요?"

그러자 양카이더는 기다렸다는 듯이 크게 웃었다.

"하하, 진작 그럴 것이지요. 역시 왕 부과장, 아니 과장님은 경험이 많으셔서 이야기를 아주 예술적으로 알아들으시네요. 역시 전문가입니다, 전문가!"

"그러니까 차비가 얼마냐구요?"

왕쇼보는 정색을 하고 다시 양카이더에게 물었다.

"허, 왕과장님 급하시기는. 자, 그러지 마시고 제가 오늘 저녁 근사한 곳에서 한턱 낼 테니 그때 봅시다. 아마 깜짝 놀라실 수준일 겁니다, 하하."

양카이더의 말이 끝나자 왕쇼보는 간단한 인사말을 남기고 집무실을 나갔다. 그가 방을 나가자 양카이더의 얼굴은 이내 분노로 가득 찼다. 그는 핸드폰을 꺼냈다.

"왕창, 지금 빨리 내 방으로 와."

진황도국제호텔 2층에 자리 잡고 있는 중국 식당. 진황도에서는 최고급 식당으로 진황도의 고위 관계자들이나 기업체 총경리들이 접대를 위하여 즐겨 찾는 곳이다.

그중 가장 호화로운 야지엔(雅間) 진시황(秦始皇). 진황도라는 중국의 일개 지방도시 이미지와는 어울리지 않게 진시황 룸은 그 고급스러움이 극치에 달했다. 방 가운데 높다랗게 달려 있는 샹들리에는 프랑스 수입품이고 바닥은 이태리산 대리석으로 깔렸으며, 그곳에 있는 소파 또한 이태리산 최고급품이었다. 방 안 구석구석을 고급 수입제로 장식한 진시황 룸은 진황도국제호텔의 자랑이며 그 누구보다도 양카이더가 가장 즐겨 찾던 식당이다.

송신양은 투덜거리며 호텔 정문으로 들어섰다.

"젠장, 저녁 먹으려면 지들끼리 먹을 것이지 괴롭힐 때는 언제고 집에서 좀 쉬려고 하는 사람은 왜 부르는 거야? 에이."

양카이더는 왕쇼보를 초대한 자리에 송신양과 왕루몽을 같이 불렀다. 송신양을 부른 이유는 왕쇼보가 비리 운운하며 언급한 것이 봉봉 발전소의 외국인이 중앙정부에 투서한 사건인데 그걸 보낼 만한 사람이 한종민 전 총경리 아니면 송신양 현재 총경리라 생각해, 그를 일부러 배석시킨 것이었다.

송신양이 진시황 룸에 들어서니 이미 양카이더와 왕루몽이 자리에 앉아 있었다.

"오, 송 총경리. 저쪽에 앉지."

양카이더는 반가운 얼굴로 말했다. 송신양과 왕루몽은 서로 웃으면서 눈인사를 나눴다.

"총경리님은 갈수록 젊어지시네요."

왕루몽이 테이블에 팔을 괸 채 말했다. 송신양은 자신의 얼굴을 만져 보았다.

"허허. 오늘 목욕해서 그런가요? 그런데 여기 우리끼리 밥 먹기에는 너무 크네요. 지난번 주리용네 가족하고 밥 먹을 때는 사람이 꽉 찼었는데."

양카이더는 그들의 대화에 신경도 안 쓰고 문만 바라보며 긴장된 표정을 짓고 있었다.

주리용은 늦은 시각까지 사무실에 있었다. 그의 마음도 긴장되기는 마찬가지였다. 일이 손에 전혀 잡히지가 않았고 시간이 흐를수록 실패에 대한 두려움만 커져 갔다. 그때 마침 왕쇼보로부터 전화가 걸려와 그나마 마음을 가라앉히고 그와 통화를 하였다.

"그래, 그럼 밤 11시 넘어서 자네 호텔 방으로 찾아갈 테니 그때 보자고."

주리용은 수화기를 내려놓았다. 그는 창가로 가서 밖을 내다보았다. 그는 아까보다는 훨씬 마음이 가벼워졌고 조금씩 그 특유의 자신감이 살아나는 것 같았다. 역시 어떤 음모나 작전이건 협조자가 있으면 그 대담성은 배가 되는 법이다. 그는 긴장감을 없애기 위해 방 안을 천천히 거닐었다. 그러다 문득 벽에 걸린 회사 조직표를 들여다보았다. 거기에는 발전소 직원들의 이름 위에 사진이 한 장씩 붙어 있었다. 주리용은 사진들을 찬찬히 살펴보기 시작했다.

양카이더, 송신양, 민완주, 마홍량, 왕창, 찐따왕, 씽한창……. 주리용은 가장 위에 있던 양카이더의 사진을 확 잡아 뜯었다. 이번 일로 주리용이 거대한 권력의 핵심인 양카이더를 이긴다면 왕쇼보가 말한 대로 중앙 무대로 진출할 수 있을 것이다. 아니, 어쩌면 진황도개발구 주임자리에 주리용이 발탁될지도 모를 일이었다. 하지만 실패한다면 잔인한 보복이 기다리고 있을 게 분명하였다.

그는 다시 사진을 보기 시작하다 리빙화의 사진 앞에 시선이 멈췄다. 그의 얼굴이 굳어졌다. 그렇게도 품에 안고 싶었던 리빙화였건만 아직까지도 자기 뜻대로 안 된 걸 생각하니 짜증이 났다.

"나쁜 계집. 하지만 기다려라. 나는 반드시 나의 꿈을 이루고야 마는 사람이니까."

주리용은 리빙화의 사진도 확 잡아뗐다. 그리고는 주섬주섬 책상을 정리하고 밖으로 나갔다.

진시황 룸에서의 술자리는 양카이더의 의도대로 식사를 시작한 지 얼마 안 되었는데도 술이 벌써 몇 순배가 돌았다. 왕쇼보는 양카이더와 술로 대적하기에는 터무니없이 약했다. 왕쇼보도 가능한 술을 안 마시기 위해 계속 잔을 권하는 양카이더와 왕루몽에게 손사래 치기 바빴다. 그가 진시황 룸에 온 목적은 오로지 낮에 양카이더가 이야기한 것처럼 자기를 매수하기 위하여 돈을 준다는 말을 휴대용 녹음기에 몰래 녹음하기 위해서였다.

하지만 분위기를 보아하니 양카이더가 도저히 그런 이야기를 할 것 같지는 않았다. 단둘만의 식사인 줄 알았는데 송신양과 왕루몽이 배석하고 있으니 양카이더가 그런 이야기를 할 리가 만무했다. 왕쇼보는 계획이 자기 뜻대로 되지 않은 것에 적이 실망하고 가능하면 그 자리를 빠져나가서 한시라도 빨리 주리용을 만나야겠다는 생각뿐이었다.

"어이, 송 총경리."

"네, 양 주임님."

"뭐 하나? 왕 과장님과 건배 한 잔 안 하고?"

"아, 물론 해야죠."

송신양은 내키진 않았지만 자리에서 벌떡 일어서 잔을 높이 들었다.

"왕 과장님이 이곳 진황도에 오신 것을 환영합니다. 제가 봉봉발전소 한국 대표로 건배 한 번 하겠습니다."

"됐어, 됐어. 나 벌써 술 많이 마셨어."

왕쇼보는 손을 내저었다. 그때 왕루몽이 양카이더를 가로질러 양카이더 오른편에 앉아 있는 왕쇼보에게 잔을 쭉 내밀었다.

"과장님, 그럼 저하고 한 잔 하시죠."

"허허, 참……."

왕쇼보는 마지못해 잔을 들었다. 테이블 반대편에 멀찌감치 앉아 그 모습을 보고 있던 송신양이 혼자 중얼거렸다.

"젠장, 나랑 하자니까 빼던 놈이 여자가 건배하자니까 얼른 내미네."

그때였다. 누군가 방문을 세차게 열고 들어왔다. 검은색 가죽 반코트를 입은 젊은 사람인데 전혀 모르는 낯선 사람이었다. 아무래도 다른 방에 있던 손님이 술이 과해 방을 잘못 찾아온 것 같았다.

송신양이 그를 노려보았다. 작고 왜소한 체격에 머리를 길게 기른 것이 언뜻 보기에는 남자인지 여자인지 구분이 잘 안 갔는데 얼굴을 자세히 들여다보니 험상궂은 것이, 확실한 남자였다. 그치는 움푹 팬 눈에 눈매가 위를 향해 째졌고 흰자위가 유난히 탁해 보이는 것이 마치 며칠 굶주린 늑대처럼 매우 흉악한 인상이었다.

"당신 누구요?"

그는 술이 많이 취했는지 송신양의 말에 대꾸도 하지 않은 채 비틀거리며 사방을 둘러보았다.

"이봐요, 아마 방 호수를 잘못 찾은 것 같으니 어서 나가요. 종업원 아가씨들은 다 어디 간 거야?"

왕루몽이 내뱉었다.

"여기가 30…… 308호실 아닌가?"

취객은 혀 꼬부라진 말투로 중얼거렸다.

"이봐, 어서 나가. 여기 307호야, 307호!"

안 그래도 기분이 나빠 있던 송신양이 그 사나이에게 짜증 섞인 목소리로 언성을 높였다. 그때까지 양카이더는 가만히 보고만 있다가 왕쇼보를 향하여 잔을 내밀었다.

"왕 국장님, 신경 쓰지 마시고 술이나 마십시다."

왕쇼보는 비틀거리며 방을 잘못 찾아 들어온 그 취객을 호기심 어린 눈으로 보다가 양카이더가 술을 권하는 바람에 고개를 돌리며 잔을 들었다.

그때였다. 사나이는 비틀거리다 왕쇼보 쪽으로 쓰러질 뻔했다.

"뭐 하는 거야?"

왕쇼보는 신경질적으로 자신의 식탁용 앞치마로 그를 후려쳤다. 그 사나이는 몸을 세우며 앞치마로 한 대 얻어맞은 뺨을 만지며 들릴 듯 말 듯한 목소리로 중얼거렸다.

"새끼 말로 하지, 왜 치고 지랄이야?"

그러더니 그는 갑자기 가슴에서 무엇인가 끄집어냈다. 칼이었다. 테이블에 앉은 사람들이 놀랄 틈도 없이 그는 번개같이 칼을 휘둘렀다. 푸욱. 흰색 와이셔츠만을 입고 있던 왕쇼보의 몸으로 기다란 식칼이 너무나도 쉽게 뚫고 들어갔다.

"으악."

"어머, 아악."

그 믿기지 않는 광경을 보고 왕루몽과 송신양은 소스라치게 놀라며 비명을 질렀다. 사나이는 더욱 빠른 속도로 왕쇼보에게 칼을 마구 쑤셔댔다.

푹. 푹.

"욱…… 우욱……."

왕쇼보는 칼이 몸속으로 들어올 때마다 마치 구토를 하듯 신음하면서 손을 앞으로 내밀었다가, 잠시 후 팔을 아래로 축 늘어트렸다. 너무나도 순식간에 벌어진 일이었다. 검은 가죽 옷의 사나이는 긴 머리를 벌렁 뒤로 한 번 젖혀 왕쇼보를 내려다보았다.

그러더니 왕쇼보의 식탁용 앞치마를 확 낚아채 핏물이 뚝뚝 흐르는 칼을 휘감으며 빠른 걸음으로 밖으로 나갔다. 그때 문밖에서 서빙하는 아가씨가 들어오다가 그 모습을 보고 룸이 떠나가라 비명을 질렀다.

"끼악!"

왕쇼보는 의자 뒤로 고개를 젖힌 채 꼼짝하지 않았다. 그의 흰색 와이셔츠는 완전히 붉은 핏빛으로 물들었다. 넋을 잃고 멍하니 있던 송신양이 그제야 정신이 들었는지 바깥으로 뛰쳐나갔다.

"공, 공안 불러! 어서, 빨리 공안! 사, 사람 죽었다고…… 사람 죽었어!"

양카이더는 역시 침통한 얼굴로 잔혹하게 칼침을 맞은 왕쇼보를 내려다보고 있었고 어느새 수많은 사람들이 진시황 룸으로 몰려들었다.

진황도국제호텔 옆 어두운 골목길에 세워져 있는 자동차 안에서 누군가를 기다리고 있는 왕창의 모습은 너무나도 초조해 보였다. 한겨울인데도 불구하고 왕창의 이마에는 땀방울이 송골송골 맺혔다. 운전석에 앉은 왕창은 시계를 한 번 들여다보더니 손바닥으로 핸들을 내리쳤다.

"자식, 왜 이렇게 안 나와? 뭐 잘못된 거 아니야?"

그때 진황도국제호텔 정문을 통하여 누군가 왕창이 타고 있는 승용차를 향해 허겁지겁 다가왔다.

"어, 나왔네."

왕창은 자동차의 시동을 걸었다. 부르릉. 빠른 걸음으로 다가온 그가 자동차에 타자마자 왕창은 쏜살같이 골목을 빠져나갔다. 왕창은 속력을 내 인적이 드문 진황도시개발구 강 쪽을 향했다.

"이피랑, 어떻게 됐어?"

사나이는 식탁용 앞치마로 휘감겨 있는 피 묻은 칼을 꺼내 보였다.

"내가 이걸로 몇 번이나 쑤신 줄 아쇼?"

사나이는 자랑이라도 하듯 칼을 한 번 휘둘러보았다.

왕창은 차 안 룸미러를 통해 이피랑을 쳐다보다가 갑자기 소리쳤다.

"이 새끼! 차 안에 피 떨어트리지 마. 확실히 죽였어?"

"목이 뒤로 젖혀지는 것을 봤어. 확실히 죽었어. 만 위안은 언제 주는
거야?"

왕창은 대꾸도 하지 않고 계속 차를 몰고 가 다리 위에 차를 세웠다.
그리고는 뒤돌아 이피랑을 바라보았다.

"칼 버려."

강물에 칼을 던지고 다시 시내로 돌아오는 차 안에서 왕창은 이피랑
에게 침착하게 이야기했다.

"아까 이야기한 대로 네가 오늘 처치할 사람은 모두 두 사람이다. 아
직 한 명 더 남았다. 그 사람은 앞으로 한 시간 후에 산해관객잔 주차장
으로 나올 거야. 누군지는 알지? 오늘 오후에 내가 차 안에서 알려준 그
사람이야. 그리고 이 일이 끝나면 바로 너에게 돈 만 위안과 하얼빈행
기차표 한 장을 주겠다. 오늘 밤 2시 기차니까 그걸 타고 멀리 사라져.
그곳에 가서 한 1년만 사라져 있으라고. 그럼 아무도 널 못 찾을 거야.
알았지?"

"걱정 마쇼. 내 앞가림은 내가 하니까. 일 끝내고 돈은 바로 줘야 해.
어영부영하면 재미없어."

"흥, 겨우 만 위안 가지고. 안 떼어먹을 테니 염려 마."

왕창과 이피랑이 타고 있는 자동차는 진황도 시내로 유유히 접어들

어 산해관객잔 주차장으로 향했다. 주차장 한쪽 으슥한 곳에 다다르자 왕창은 차를 세우고 주위를 살폈다.

"내려."

왕창이 말했다.

"혼자? 돈은?"

"한 시간 후에 이곳으로 돌아올 테니까 사람 눈에 안 띄는 곳에 가 있든지 아니면 길거리 꼬치구이집에서 꼬치나 먹고 있어. 술은 안 돼. 아직 일이 다 끝나지 않았으니까."

"이봐, 너 같으면 사람 죽여놓고 꼬치가 목구멍에 넘어가겠냐? 멍청한 새끼. 나더러 꼬치를 먹으라고?"

쾅. 이피랑은 세차게 문을 닫고 차에서 내려 어둠 속으로 사라졌다. 왕창은 기분은 나빴지만 아무 말 없이 다시 차를 몰고 어둠 속으로 사라졌다.

진황도 시내 문화로(文化路) 뒷골목은 진황도 시내에서 먹자거리로 유명한 곳이었다. 그곳에 가면 없는 것이 없다. 꼬치구이, 샤브샤브, 광동 음식, 사천요리, 산동요리, 한국 음식 등등 수많은 식당들이 음식을 먹고 술을 마시는 사람들로 항상 와자지껄했다. 특히 양고기와 소고기를 숯불에 구워 먹는 꼬치구이로 유명한 산해관객잔(山海關客棧)은 가장 잘나가는 식당 중 하나였다. 산해관객잔의 아주 이상한 특징은 그 기괴하게 생겨먹은 주차장이다. 주차장은 삼면이 오래된 카이라이(凱來)호텔 건물로 둘러싸여 있고 가운데 큰 송전탑이 있는 독특한 구조인지라 손님들이 주차하다 자동차 범퍼를 송전탑에 부딪치기 일쑤였고 한번 부딪혀본 경험이 있는 사람은 노변에 차를 세우려 하지, 그곳으로 들어오지 않왔다.

민완주는 저녁시간이 다 되어 산해관객잔을 찾았다. 그는 식당 정문에 들어서서 주위를 두리번거렸다.

"몇 분이세요?"

얼굴에 홍조가 유난히 뚜렷한 여자 종업원이 물었다.

"뭐라고요?"

손님들의 와자지껄 떠드는 소리에 무슨 소리인지 하나도 들리지 않았다. 중국인들은 술을 마시면 왜 이렇게 시끄러운지 민완주는 중국에서 몇 년을 지냈어도 그것이 좀체 익숙해지지가 않았다.

"봉봉발전소에서 온 사람들 어디 있어요?"

민완주는 큰 소리로 물었다. 종업원을 따라 2층에 있는 가장 큰 야지엔(雅間)으로 들어가니 그곳에 벌써 많은 직원들이 와 있었다. 족히 50명은 되어 보였다.

"아, 민 부장. 웬일로 여기에 다 왔소?"

찐따왕이 소리쳤다. 술을 마시며 좌중 앞에서 신나게 떠들고 있던 찐따왕이 말하자 직원들이 일제히 민완주를 바라보았다. 민완주는 대꾸도 않고 마홍량 쪽으로 가서 앉았다.

'뻔뻔한 놈.'

민완주는 부러진 왼팔을 생각하니 찐따왕에 대하여 갑자기 울화가 치밀었고 아무리 송신양 총경리의 부탁이었지만 그 자리에 온 것을 후회했다. 봉봉발전소에서 예전에 운전기사였던 쉬캉이 아들을 낳은 지 꼭 한 달이 되는 날이라 그가 잔치를 열었다. 중국은 한국처럼 아이가 태어나면 돌잔치나 백일잔치를 하지 않고 대신 생후 한 달이 되는 날을 기념하여 한 달 잔치를 연다.

"쉬캉 저놈, 옛날에 교통사고 내고 주리용에게 잘릴 뻔했던 놈인데 어떻게 지금은 수처리과 부과장까지 올라간 거야? 하여간에 운은 억세게 좋은 놈이라니까."

민완주가 마홍량에게 물었다.

"운? 운이 아니라 세상 사는 법을 터득한 거겠지. 내가 예전에 쉬캉에게 그걸 가르쳐 줬거든."

"뭐? 세상 사는 법? 그게 뭔데?"

"하하, 그런 것이 있다."

"쩐따왕, 저 인간은 왜 왔대?"

"공회 주석이잖아. 중국에서는 공회 주석이면 직원 경조사에 반드시 참석해야 해. 조금 이따가 주리용도 올 거야."

"주리용이 온다는 바람에 송 총경리님이 자기는 못 가니까 나더러 대신 참석하란 거 아니야. 그런데 평소 쉬캉이 주리용에게 어떻게 했기에 아들 잔치까지 참석하나?"

"그게 바로 저놈이 세상 사는 법을 완전히 터득한 것이라니까. 아마 오늘같이 기쁜 날 참석해서 자리를 빛내 달라고 돈 좀 줬겠지."

"아!"

민완주는 고개를 끄덕이며 맥주를 한 모금 들이켰다.

"리빙화는 안 보이는군. 리빙화가 올 리가 만무하지. 음? 왕창도 안 보이네? 술 마시기 좋아하는 그놈이 웬일이야?"

민완주가 주위를 살펴보며 말했다.

"뭘 그리 살펴보나? 주리용이라도 온 줄 알고? 눈치 그만 살피고 술이나 한 잔 하자고."

마홍량이 잔을 들고 술을 권했다. 역시 마홍량은 넉살 좋은 친구였다. 회사에서 주리용에게 그렇게 당하고도 그 자리에 있던 찐따왕, 씽한 창 등 주리용의 졸개들과 잘도 어울리고 있으니 말이다.

"눈치는…… 내가 무슨 눈치를 봐?"

"자, 오른팔만 가지고 묘기 운전하느라 고생하는 민 부장을 위하여 건배!"

마훙량은 지난번 찐따왕 등이 민완주를 밀쳐 부러진 그의 오른팔 깁스에 술잔을 부딪쳤다. 한겨울에 마시는 맥주는 나름대로 독특한 맛이 있었다. 사실 민완주는 의사가 팔이 다 나을 때까지 술을 마시지 말라고 당부하였으나 그게 잘 지켜지지가 않았다. 민완주는 단번에 맥주 한 잔을 다 들이켰다. 잔을 내려놓고 손바닥으로 입을 닦았다.

"민 부장님, 민 부장님."

누군가 테이블 뒤에서 민완주를 불렀다.

그는 뒤를 돌아봤다. 수처리과의 안더롱이었다.

"아, 안더롱 과장님. 오셨어요?"

"민 부장님 오시는 것 기다렸습니다. 잠깐 이쪽으로 나올 수 있습니까?"

안더롱과 민완주는 방 밖으로 나가 복도 구석에 놓인 한적한 테이블로 갔다.

"무슨 일로?"

"일단 맥주나 한 잔 합시다."

안더롱은 들고 온 맥주를 병째 마시자며 민완주에게 한 병을 권했다.

"그 한국 담배, 이름이 뭐였더라? 에……."

"에쎄?"

"맞아, 에쎄! 그 담배 갖고 왔나요?"

395

민완주는 호주머니에서 담배를 꺼냈다.

"근데 이거 에쎄가 아니라 타임이거든요."

"타임?"

"한국 담배 다 비슷비슷해요."

안더롱은 민완주가 권하는 담배를 한 대 피웠다. 그는 말없이 담배를 두어 모금 깊게 빨더니 주위를 한 바퀴 둘러보았다. 그리고는 호주머니에서 무엇인가를 끄집어냈다. 카세트테이프였다.

"민 부장님, 이거 가지고 가세요. 가만 보자. 이거 아무 데나 덜렁덜렁 들고 다니지 말고 그래 여기, 여기다 넣고 가세요. 그래 여기가 딱 좋겠네."

안더롱은 담배를 꼬나문 채 호주머니에서 꺼낸 카세트테이프를 민완주의 팔에 찬 깁스와 손바닥 사이 빈틈으로 밀어넣었다. 테이프는 그 속으로 쏙 들어갔다.

"무, 무슨 테이프예요?"

안더롱은 담배를 바닥에 버리고 구두로 비벼 껐다.

"지금 뭐라고 말로는 설명드릴 수 없습니다만, 한마디로 엄청난 테이프입니다. 곧 이 진황도에 대지진이 일어날 겁니다."

"대지진? 그게 무슨 말씀인지……?"

"나중에 집에 돌아가거든 들어보세요. 놀라실 겁니다. 그리고 이것은 내가 혼자서는 도저히 감당하기 어려워 각별히 민 부장님에게 드리는 것이니 내가 줬다는 이야기는 그 누구에게도 해서는 안 됩니다. 비밀이에요. 그리고 제게 이게 어디서 났는지도 묻지 마시고요. 민 부장님을 믿고 드리는 겁니다. 아시겠죠?"

"대체 무슨 내용이길래?"

민완주는 어리둥절했다.

"민부장님, 약속하실 수 있죠?"

"아, 네, 그럼요. 염려 마세요."

안더롱은 그제야 안심이 되었는지 안도의 한숨을 내쉬었다.

"내 아무리 중국에 사는 조선족이지만 정말 한족 놈들 생각하면 생각할수록 무서운 놈들이에요. 자, 맥주나 한 잔 하고 자리로 갑시다. 너무 오래 여기 있으면 주리용이 와서 이상하게 생각할 테니까요."

"그렇죠."

민완주와 안더롱은 자리에서 일어났다.

이피랑을 내려준 왕창은 차를 몰고 리빙화의 아파트 앞으로 갔다. 왕창은 차 안에서 리빙화를 기다리고 있었다. 희미한 가로등 밑으로 리빙화의 모습이 보였다. 리빙화는 추운 듯 어깨를 움츠리고 자동차에 올라탔다. 그녀는 반가운 얼굴로 왕창을 바라보았다.

"그새 마음이 바뀌셨나? 오후만 해도 송 총경리에게 물어보라던 돈을 무려 5,000위안이나 꿔준다니?"

왕창은 차를 몰고 골목을 서서히 빠져나갔다.

"물론 꿔주지. 아, 아냐. 그냥 줄 수도 있어. 하지만 한 가지 조건이 있어."

"조건? 뭔데? 나랑 하룻밤 자자는 거니?"

"흥!"

"아이, 뜸들이지 말고 빨리 말해봐. 어서."

그녀는 왕창을 다그쳤다.

"너 지금 주리용에게 전화해서 산해관객잔 주차장으로 나오라고 해.

마지막으로 진황도를 떠나기 전에 한 번 만나고 싶다고. 어차피 빙화 넌 이 진황도를 떠나려고 마음먹었잖아?"

"그건 그런데…… 왜 그 사람을 내가 불러? 패주려고?"

"허, 이 여자 눈치 하나는 진짜 빠르다니까. 그래, 패주려고 한다. 어떻게 알았어?"

"네 얼굴에 쓰여 있어. 왕창 하면 주리용의 충신 중 하나인데…… 왜? 무슨 일이 있었나 보지?"

리빙화는 내심 기뻤다. 안 그래도 자기한테 돈만 있었다면 벌써 왕창 같은 이 도시의 깡패에게 부탁해서 주리용 같은 파렴치한 녀석을 흠씬 패주고 싶었는데 하여튼 이래저래 주리용으로부터 받았던 모욕을 왕창이 대신 갚아줄 것을 생각하니 속이 후련했다. 게다가 공돈까지 생기니 말이다.

"어차피 난 이 회사 그만두고 내 아들 찾아 고향으로 가려고 마음먹었으니 차라리 잘됐어. 왕창 네가 주리용을 패든 말든 나하고는 상관없는 일이야. 무슨 일이 있는지 몰라도 아무튼 팰 거라면 흠씬 패버려. 난 전화만 하고 안 나가도 되는 거겠지?"

"넌 역시 여우야."

"그리고 죽이는 건 아니겠지?"

"뭐? 죽이긴. 그냥 손 좀 봐주는 거지, 무슨……."

왕창은 리빙화에게 어떻게 전화를 해야 하는지 일러주었다.

"내 말 알겠지? 일단 내가 먼저 주리용에게 전화를 할 테니 넌 내가 내려준 곳에서 공중전화로 통화해. 그럼 끝이야."

"알았어."

왕창은 차를 세우고 호주머니에서 봉투를 꺼냈다.

"자, 받아."

"어머…… 벌써 줘?"

"2만 위안이다."

"2만 위안? 이렇게나 많이?"

"고향 가서 식당 차리는 데 보태."

"왕창…… 고마워."

그녀는 눈물을 글썽거렸다. 왕창은 그녀의 볼을 가볍게 잡아당겼다. 리빙화가 차에서 내리자 왕창은 차를 돌려 쏜살같이 왔던 길로 되돌아갔다. 주리용은 쉬캉 아들의 '한 달 잔치'가 시작한 지 약 30여 분 정도 지난 뒤에 나타났다. 물론 민완주는 그를 보고도 아는 척을 안 했지만 주리용은 금세 좌중의 중심이 되었다. 주리용의 주위에는 이쪽저쪽에서 술잔을 들고 와 그와 건배를 하려는 직원들이 줄을 섰다.

직원들의 입장에서 보자면 이럴 때가 주리용에게 찬양조의 아부 한 마디 하면서 건배하는 것이 돈 안 들고 그에게 눈도장을 찍을 절호의 기회이니 이를 놓칠 리가 없었다. 물론 주리용이 마시는 것은 술이 아니라 녹차였지만 술자리에서 감히 찻잔을 든다고 뭐라고 하는 사람은 단 한 사람도 없었다.

"민 부장, 잠깐만. 나도 건배 한 번 하고 올게."

마홍량은 잔을 들고 일어섰다.

"마음대로 해. 나하고는 상관없는 일이니까."

민완주의 대답이 채 다 끝나기도 전에 마홍량은 어느새 주리용 앞으로 가 있었다.

"주 부총경리님, 진황도 앞바다의 떠오르는 거룡이시자 봉봉발전소 앞마당에 내리신 하늘의 봉황 주리용 부총경리님. 제가 건배 제의하겠습니다."

마홍량은 얼굴 빛 하나 안 변하고 잘도 떠들었다. 하지만 주리용은 잔을 들 생각은 않고 팔짱을 낀 채 그를 비웃는 듯한 얼굴로 올려다보았다. 그때 주리용의 핸드폰이 울렸다.

그는 핸드폰에 찍힌 번호를 한 번 확인하고 전화를 받았다.

"왕창인가? 웬일이냐, 이곳에 참석도 안 하고?"

주리용은 기분 좋은 목소리로 전화를 받았다.

"부총경리님, 술 한잔 하고 계십니까? 저도 가야 하는데 이거 마작 치느라…… 하하."

왕창은 자동차의 시동을 끄고 시트를 뒤로 젖혔다.

"제가 전화드린 이유는 다른 것이 아니라 부총경리님에게 여자 하나 소개해 드리려고요. 깜짝 놀랄 만한 사람입니다."

"뭐? 여자? 깜짝 놀랄 만한 사람이라니? 대체 누군데?"

"하하, 놀라지 마세요. 리빙화예요."

"뭐, 누구라고?"

주리용은 놀라지 않을 수 없었다. 지금까지 그토록 그녀의 육체를 갈망하였건만 주리용을 거들떠보지도 않는 리빙화인지라 주리용은 그간 그녀에게 온갖 못된 짓은 다하였다. 지난번 준공식 다음 날 있었던 일만 하더라도 그러했다. 그날 리빙화는 많은 직원 앞에서 찐따왕에게 싸리비로 얻어맞는, 여자로서 지울 수 없는 굴욕을 당해 주리용은 그녀가 그 일로 회사를 그만둘 줄 알았다. 그런데 그런 그녀가 웬일로 자신을 찾는다고 하기에 귀를 의심하며 자리에서 빠져나와, 사람들로부터 멀찌감치 떨어진 곳에서 되물었다.

"이봐, 왕창. 나 좀 이해가 안 가는데…… 내가 그렇게 그녀를 못살게 굴었는데 왜 나를 만나고 싶다고 하는 거야? 사실이야?"

하지만 주리용은 리빙화가 자신을 만나고 싶다는 이야기에 내심 마음이 들떠 있었다.

"그러니까 그게 바로 여자의 마음이라니까요. 리빙화는 곧 이곳 진황도를 떠날 겁니다. 가기 전에 주리용을 한 번 만나고 싶데요. 하지만 이 만남에는 조건이 있습니다."

"조건? 뭔데?"

"돈입니다, 돈."

"돈? 얼마나?"

"한 500위안은 줘야 할 걸요? 그리고 회사 계약직 보증금 2,000위안은 떼어먹지 마시고 반드시 주세요. 그게 조건입니다."

"흐흐. 내가 보증금 떼어먹을까 봐 걱정깨나 했나 보군. 500위안? 흥, 문제없어. 나도 이제 그 정도 돈쯤은 있어. 그럼 언제 만날 수 있는 거지?"

"지금이라도 문제없습니다."

"좋아, 지금 만나게 주선해 봐."

"알겠습니다. 곧 연락하도록 해볼게요. 그럼."

주리용은 들뜬 마음으로 자리로 돌아갔다.

왕창은 핸드폰을 끄고 얼굴에 음흉한 미소를 지었다.

"멍청한 자식. 네놈이 양카이더 형님을 배반하고 편하게 여자랑 그 짓거리를 할 수 있을 것 같아?"

그리고 왕창은 바로 리빙화에게 전화를 하였다.

"빙화, 나야 왕창. 지금 전화해. 만나는 장소는 산해관객잔 주차장. 그곳에 주리용의 차가 있을 거야. 거기서 만나서 옆 카이라이호텔 객실로 들어가든지, 아니면 다른 곳으로 가자고 해. 알았지? 그리고 시간은 8시 야. 잘해."

왕창은 다시 차를 몰고 이피랑을 데리러 어둠 속으로 사라졌다.

한편, 자리로 돌아온 주리용은 흥분해 있었다.

"어? 마홍량 아직도 잔 들고 서 있나?"

마홍량은 주리용이 전화 통화가 끝나고 돌아올 때까지 그 자리에 버티고 서 있었다.

"아, 당연하죠. 우리 부총경리님과 한 잔 하고 자리로 돌아가야지, 저도 오기가 있습니다. 그 전에는 못 돌아갑니다."

"좋아, 좋아. 그럼 오늘은 나도 술 한 잔 마셔보자. 이봐, 그쪽에 맥주 좀 이리 줘봐."

주리용은 호기에 넘치는 목소리로 외쳤다. 주리용이 술을 마시겠다는 소리에 모두들 놀랐다. 이쪽저쪽에서 박수를 치며 환호하였다. 왜냐하면 지금까지 어느 누구도 그가 회식 자리에서 술을 마시는 것을 본 사람이 없었기 때문이다. 그때 찐따왕이 눈을 부라리며 벌떡 일어섰다. 주리용에게 가장 신임 받는다고 생각하는 자신이 건배 제의를 할 때는 차를 마시다가 회사의 미운 오리 새끼로 통하는 마홍량과는 진짜 술로 건배를 하니 질투의 화신인 찐따왕으로서는 도저히 눈뜨고는 못 볼 장면이기 때문이었다.

"주 부총경리님. 아, 아니 전 직원의 태양이신 주리용 따거(大哥). 차를 마시다가 술 마시면 몸에 극히 해롭습니다. 마시면 안 됩니다."

찐따왕이 애원했다.

"시끄러."

주리용은 찐따왕의 말을 완전 무시하고 잔을 높이 들었다.

"자, 우리 모두 진황도봉봉전력유한공사의 밝은 미래를 위하여 건배!"

"건배!"

"건배!"

찐따왕을 제외한 모든 직원이 잔을 들고 맥주를 단숨에 들이켰다.

산해관객잔 주차장. 가로등이 없어 유난히 어둡고 경비원도 없는 곳이었다. 게다가 옆 골목과는 담도 없이 바로 맞닿아 있어 사람들이 쉽게 들락날락할 수 있으나 워낙 사람들이 잘 다니지 않는 골목이라 음침하기 이를 데 없었다. 또한 주차장 삼면은 오래된 삼류 호텔 카이라이(凱来) 건물로 둘러싸여 있고 가운데 큰 송전탑이 있는 정말 괴상한 구조의 주차장이라 주차하러 들어가는 차도 별로 없었다.

왕창과 이피랑은 골목에 세워둔 차 안에서 아무도 없는 주차장을 예의 주시하고 있었다. 이피랑이 담배를 꺼내 입에 물었다.

"피우지 마."

왕창이 낮은 목소리로 말했다.

"담배연기가 밖으로 나가면 우리가 차 안에 있는 게 노출되잖아."

이피랑은 담배를 창밖으로 던졌다.

"몇 시야?"

이피랑은 확실히 긴장하고 있었다.

"8시. 시간 됐어. 긴장하지 말고 아까 가르쳐준 대로 잘해. 너는 자동차 정비소에서 차 고치러 온 거야. 잊지 마."

"알았으니까 그만 이야기해. 이 새끼 왜 이렇게 안 나와?"

이피랑은 품 안에 감춰둔 칼 손잡이를 만지작거리며 투덜거렸다. 그때였다. 누군가 산해관객잔 쪽에서 나와 주차장으로 들어섰다. 왕창은 눈을 가늘게 뜨고 그 사람을 노려보았다.

"맞아, 주리용이야."

주리용은 빠른 걸음으로 주차장으로 들어섰다.

"날씨가 왜 이렇게 추워."

주리용은 코트의 깃을 세우며 자동차 문을 열었다.

"어? 차에 타잖아?"

"잠깐 기다려봐."

왕창과 이피랑은 주리용이 차를 타고 어딜 가는 것이 아닌가 잔뜩 긴장했다. 주리용은 자동차의 시동을 걸고 이내 히터를 켰다.

"이런, 바람이 차구나."

주리용은 바람 구멍에 손을 대면서 말했다. 그리고는 안주머니에서 핸드폰을 꺼내 왕쇼보에게 전화를 걸었다.

띠리리. 띠리리. 신호는 가는데 전화를 받지 않자 이내 전화를 끊었다.

"뭐 하는 거지?"

주리용은 혼자 중얼거리며 시계를 들여다보았다. 8시 5분. 그는 코트 안주머니에서 무엇인가를 꺼냈다. 은행 통장이었다. 그는 통장을 펼쳐 내용을 찬찬히 살펴보더니 다시 주머니에 넣었다.

그리고 다시 시계를 들여다봤다. 8시 10분.

"어떻게 된 거야?"

주리용은 약간 짜증 섞인 목소리로 창밖을 두리번거리다 이내 문을 열고 밖으로 나갔다.

"나왔다. 자, 준비해."

왕창은 잔뜩 긴장된 목소리로 이피랑에게 말했다.

"걱정 마, 내 돈 만 위안이나 준비해 놓고 있으라고."

"칼은 그 자리에 버리고 손목시계, 지갑 빼오는 것 잊지 마. 저자는 지갑을 뒷주머니에 넣고 다녀. 알았지? 실수 없이 잘해."

이피랑은 차에서 내린 뒤 서두르지 않고 머리를 가죽옷에 푹 파묻고 옷깃을 세운 채 주리용이 서 있는 곳으로 천천히 걸어갔다.

쉬캉 아들의 '한 달 잔치'는 주리용이 맥주를 마시는 바람에 분위기가 한층 고조되어 본격적인 술판이 벌어졌다. 이쪽저쪽에서 건배를 외치는 소리, 주리용이 자리를 비우자 직원들의 떠드는 소리는 더욱 커졌다. 민완주는 마홍량과 둘이서 계속 잔을 부딪치며 건배를 하다가 시계를 들여다보았다.

"어? 벌써 8시 15분이야? 이봐, 마홍량. 오늘 나하고 2차 가자. 집에 전화나 해줘야겠다."

민완주는 호주머니를 뒤지며 핸드폰을 찾았다.

"어? 내 핸드폰 어디 갔지?"

"내 것 써."

마홍량은 양고기 꼬치를 뜯으며 자신의 핸드폰을 민완주에게 내밀었다.

"가만 있어 봐. 어, 이상하다? 분명히 호주머니…… 아! 깜박했구나. 차에다 놔두고 왔어."

"그래?"

"가서 핸드폰 좀 가지고 올게."

민완주는 자리에서 일어났다.

"야야, 그거 아무도 안 훔쳐가. 역시 한국 사람들은 쩨쩨하다니까."

"잃어버리면 네가 사줄래? 그리고 차 놔두고 갈 거란 말이야. 갔다 올 게."

그때였다.

"어이, 민 부장! 나하고 한 잔 합시다."

술에 잔뜩 취해 눈이 벌게진 쩐따왕이 술잔에 담긴 바이주를 뚝뚝 흘리며 민완주와 마홍량에게 다가오고 있었다.

"마홍량, 너 대단한 놈이야. 주리용과 최초로 술로 건배를 다 하다니. 내가 오늘 당신 때문에 술 많이 마셨다."

"쩐따왕 씨, 많이 취하셨으니까 자리로 돌아가세요."

민완주가 말했다.

"그러지 말고 민 부장, 마홍량 부장. 나하고 딱 한 잔만 마시자고. 나도 나이 먹을 만큼 먹은 놈인데 너무 무시하지 말라고. 민 부장, 여기 앉아봐. 끄윽…… 그런데 그 팔은 괜찮나? 히히…… 나도 다 주리용이 시켜서 하는 짓이지 일부러 그런 것은 아니니 이해해 주쇼. 우리 다 같은 한국 사람들 아닙니까? 자, 한 잔 합시다."

쩐따왕은 잔뜩 술에 취한 목소리로 말했다. 민완주는 정말로 쩐따왕과 마주보는 것조차도 싫었지만 마홍량이 눈짓으로 잠깐 앉아 있으라고 하는 바람에 마지못해 다시 자리에 앉아 파렴치한 쩐따왕이 술에 취해 떠드는 하소연을 들어줘야만 했다.

주리용은 호주머니에 손을 넣고 발을 동동 굴렀다. 바람은 없었지만 상당히 추운 날씨였다. 그는 시계를 한참 들여다봤다. 8시 16분. 근처에 불빛이 없어 간신히 시간을 확인할 수 있었다.

"아니, 이년이 누구 놀리는 거야, 뭐야?"

그때 주리용은 저쪽 골목 귀퉁이에서 누군가 자기 쪽으로 다가오고 있는 것을 발견했다.

"왔나?"

주리용은 고개를 쭉 빼서 다가오는 사람을 유심히 바라보았다. 하지만 워낙 어두워 걸어오는 사람이 남자인지 여자인지조차 구별할 수 없었다.

"에이, 하나도 안 보이잖아."

주리용은 신경질적으로 중얼거리며 차 문을 열었다. 그리고 라이트를 켰다. 그래도 잘 안 보이자 다시 상향등으로 올렸다. 강한 라이트 불빛에 이피랑이 반사적으로 얼굴을 가렸다. 그 불빛은 너무 강해 멀찌감치 떨어진 차 속에 있는 왕창에게까지 비추었다. 왕창도 순간적으로 몸을 낮추었다.

"어? 리빙화가 아니잖아?"

주리용은 중얼거렸다. 이피랑은 옷깃으로 얼굴을 가린 채 더 이상 전진하지 못하고 뒤로 돌아 왕창 쪽을 바라보았다.

"아, 씨발. 가! 빨리 가!"

왕창은 차 안에서 이피랑에게 주리용 쪽으로 가라고 손짓을 하며 애를 태웠다.

"개새끼, 불을 켜고 지랄이야."

이피랑은 중얼거리다 왕창의 손짓을 보고 몸을 휙 돌려 주리용 쪽으로 성큼성큼 다가갔다.

순간 주리용은 불길한 예감이 들었다. 찰칵. 그는 얼른 차에 올라타고 문을 잠갔다.

쿵쿵. 이피랑은 창문을 두드리며 주리용을 향하여 뭐라고 이야기하였으나 차 속에 있는 주리용은 무슨 말을 하는지 들리지가 않았다.

"뭐라고 하는 거야?"

주리용은 계속 창문을 열어달라는 이피랑의 손짓에 무의식적으로 창문을 열었다.

"뭐야, 당신?"

주리용은 이피랑을 향해 신경질적으로 소리쳤다.

"저어, 차 뒤 범퍼가 찌그러졌는데 저의 정비소에서 고치시죠."

이피랑은 턱으로 차 뒤를 가리키며 쉰 목소리로 말을 꺼냈다.

"뭐야? 당신 자동차 정비소 사람이야?"

"네."

"어디가 찌그러졌다는 거야?"

주리용은 차에서 얼른 내려 뒤쪽으로 가보았다. 그리고 한 번 훑어보았지만 찌그러진 곳은 없었다.

"어디가 찌그러져? 없잖아."

"한번 자세히 보세요. 제가 아까 저쪽 편에선가 본 것 같은데. 여기서 주차하다가 송전탑에 잘 부딪혀요."

이피랑은 왼손을 가슴에 넣고 칼 손잡이를 잡았다. 거짓말이 들통 나면 바로 칼을 뽑으려고 준비하고 있었다. 그는 얇은 가죽장갑을 끼고 있었으나 긴장한 탓에 장갑이 땀에 촉촉이 젖어 있었다.

"어? 이거 진짜 찌그러졌잖아? 어떤 망할 놈의 자식이 이렇게 해놓은 거야?"

주리용은 자동차 한구석에 약간 찌그러진 곳을 발견하였다. 사실 그것은 왕창이 그곳 주차장에 도착하자마자 찌그러트린 것이었다.

"이봐, 혹시 이거…… 내가 주차한 사이에 당신이 일부러 찌그러트려 놓고 수리비 받아 처먹으려고 하는 거 아니야? 맞지?"

주리용이 내뱉었다. 그러나 이피랑이 보이지 않았다.

"어디 갔어?"

이피랑은 주리용이 훤하게 밝혀 놓은 라이트를 끄고 있었다.

"야, 인마. 너 지금 뭐 하는 거야? 왜 남의 차에 함부로 손대는 거야?"

주리용은 소리를 꽥 지르며 호리호리하고 왜소한 체격의 이피랑을 한 방 칠 기세로 씩씩거리며 다가갔다.

"꺼져, 이놈의 자식!"

주리용은 삿대질을 하며 소리쳤다.

"불이 너무 밝잖아요."

"뭐?"

순간 이피랑은 때를 놓치지 않고 품에 있던 칼을 뽑아 번개같이 내질 렀다.

"으윽."

칼은 주리용 복부 오른쪽을 정확하게 찔렀다.

"다, 당신 누구야? 나한테 왜 이래…… 으윽."

주리용은 피가 흐르는 배를 움켜쥐고 이피랑을 밀치려고 했으나 이피 랑의 칼은 어느새 허공을 한 바퀴 돌아 주리용의 배를 다시 한 번 힘차 게 뚫고 들어왔다.

"우욱."

주리용은 맥이 풀리고 숨이 멎는 것 같았다. 그는 그 자리에 푹 주저 앉았다.

"너 누구? 우욱."

이피랑의 칼은 다시 한 번 더 깊숙이 주리용의 배를 파고들었다. 쓰러진 주리용의 입에서 피가 흘렀다.

푹. 푸욱.

"우욱…… 우엑."

주리용 입에서 피가 울컥 쏟아져 나왔다.

쨍그랑. 이피랑은 피 묻은 긴 칼을 주차장 바닥에 던졌다. 그리고 그제야 입을 열었다.

"새끼야, 지갑 내놔, 지갑."

"우욱. 너…… 누구야?"

주리용은 점점 정신이 몽롱해져 몸에 힘을 줄 수가 없었다. 이피랑은 주리용의 몸을 뒤집어 지갑을 꺼냈다.

"참, 시계도."

그는 주리용을 뒤집어 팔목에 찬 시계를 강제로 뽑았다. 그러는 사이 주리용의 몸은 온통 피로 물들었다. 주리용은 어떡해서든지 일어나 보려고 안간힘을 썼지만 이미 워낙 많은 피를 흘려 몸은 꼼짝할 수가 없었고 앞에 있는 이피랑마저 점점 희미하게 보일 뿐이었다.

"다, 당신 누구……?"

주리용은 간신히 입을 뗐다. 이피랑은 뒤를 한번 살펴보더니 주리용의 귀에 머리를 바짝 대고 나지막이 속삭였다.

"이봐, 날 원망하지는 마쇼. 지옥에 가더라도 왕창을 저주하쇼. 그럼 거기서 둘이 만날 테니까. 왕창 말이요. 히히."

이피랑은 벌떡 일어나더니 어둠 속으로 유유히 사라져 버렸다. 동시에 왕창은 왕창대로 차를 몰고 어디론가 쏜살같이 사라졌다.

산해관객잔 주차장에는 자동차 몇 대 외에는 인적이라고는 전혀 찾아볼 수 없었다. 다만 차가운 주차장 바닥에 주리용만 쓰러져 있었다.

주리용은 소리치고 싶었지만 목소리가 나오지 않았다.

"사람…… 살려……."

주리용의 눈에서 눈물이 흘렀다. 그는 코트 안주머니에 손을 집어넣어 통장을 꺼냈다.

쉬캉이 연 잔치는 모두들 술이 곤드레만드레가 되어 난장판이 되었다.

"자, 이제 자리로 좀 가시죠."

마홍량은 찐따왕을 마치 어린아이 다루듯이 달래어 자리로 보냈다.

"아, 끈질긴 사람이네."

마홍량은 비틀거리며 자리로 돌아가는 찐따왕의 뒤통수에 대고 한마디 해주었다. 민완주는 맥주를 단번에 너무 많이 마셔 오바이트가 나오려고 했다.

"마홍량, 나 차에 가서 핸드폰 가지고 올게."

"오바이트도 하고 와라."

민완주는 술자리를 빠져나와 총총걸음으로 아래층으로 내려갔다.

"아, 속 거북해 죽겠네."

민완주는 중얼거리며 산해관객잔 주차장으로 들어섰다. 속이 메슥거리는 것을 도저히 참을 수가 없어 어두운 담벼락으로 향했다. 목에 손가락을 넣고 오바이트를 하려고 하다 이내 멈췄다.

"일부러 오바이트하는 건 안 좋아."

그래도 속이 메스꺼웠는지 그는 이내 자리에 주저앉아 가만히 있었다. 그때였다.

"누구 없소? 살려주세요, 살려…… 줘."

민완주는 어디선가 들려오는 나지막한 신음소리에 주위를 살펴보았다.

"이게 무슨 소리지?"

민완주는 소리 나는 쪽으로 조심스레 다가갔다. 신음소리는 주차해놓은 자동차 옆에서 들렸다.

"아니, 저 차는 주리용의 차인데?"

민완주는 그 신음소리가 주리용의 차 옆에서 나는 것임을 알고 빠른 걸음으로 다가갔다.

"으악!"

민완주는 피투성이가 된 사람이 쓰러져 있는 것을 발견하고 다리가 얼어붙는 것만 같았다.

"사, 사람이 죽었잖아."

바닥은 온통 피로 흥건했고 쓰러져 있는 자 역시 피로 범벅이 되어 있었다. 피 냄새가 강하게 진동하는 것이 필시 방금 전에 일어난 사건임을 알 수 있었다.

"살려줘요, 제발…… 나 좀……."

주리용의 신음소리에 민완주는 가까이 다가갔다.

"괘, 괜찮으세요? 아니, 이건…… 주 부총경리님?"

민완주는 놀라지 않을 수 없었다. 피를 흘리고 쓰러진 사람이 다름 아닌 주리용이라는 사실에 민완주는 심장이 멎는 줄 알았다.

"부총경리님, 어떻게 된 거예요?"

"민 부장, 왕…… 창이……."

주리용은 민완주의 얼굴을 바라보더니 한참 만에 입을 열었다.

"네? 왕창이 뭐요?"

민완주는 주리용의 머리를 자신의 무릎에 받쳐 들었다.

"민 부장, 왕창이…… 날 죽이려고…… 으윽."

"왕창이요?"

"왕창이 리빙화 소개해…… 이리 나오라고……."

"네?"

"정비소 사람이 나를 찔러…… 으윽."

민완주는 주리용이 도대체 무슨 말을 하는 것인지 도무지 알아들을 수가 없었지만 그렇게 한가하게 이야기만 듣고 있을 시간이 없었다. 이미 많은 피를 흘렸기 때문에 목숨이 경각에 달려 있었다. 그렇게 많은 칼침을 맞고도 숨이 붙어 있다는 것이 놀라울 따름이었다.

"부총경리님, 빨리 병원으로 갑시다. 이러고 있을 때가 아니에요."

민완주는 주리용을 들쳐 엎으려고 시도했다.

"아악."

일으켜 세우려 하자 주리용에게서 피가 줄줄 흘러나와 민완주는 그를 다시 살며시 내려 자신의 무릎 위에 머리를 얹어 놓았다.

"민 부장, 이거……."

주리용은 손에 들고 있는 통장을 민완주에게 건네주었다.

"민 부장, 그걸 내 딸에게 줘."

"이게 뭔데요?"

"통장이야. 그걸로 꼭 유학 가라고……."

주리용은 죽을힘을 다해 한마디씩 말했다.

"민 부장. 날 죽이려고 한 놈은…… 바로…… 양카이더일 거야. 그 통장은…… 양카이더의 비자금 10만 위안 통장이야."

주리용은 숨을 몇 번 헐떡이다 다시 말을 이었다.

"오늘 밤에…… 그 통장을 중기위에 넘기려 했어. 양카이더가…… 그 사실을 안 것 같아. 으윽…… 그걸 꼭 내 딸 주리메이에게 줘. 으윽…… 비밀번호는 3048이야. 알았지? 3048. 헉."

주리용은 심하게 숨을 헐떡였다.

"부총경리님, 병원에 빨리 갑시다. 이거 아무래도 안 되겠습니다."

"내 딸한테 유학 갈 수 있으니까…… 그런데 나가지 말라고 해…… 민 부장…… 미안해."

주리용은 엄청난 양의 뜨거운 피를 토해냈다. 피는 차가운 콘크리트 바닥에 부딪히며 사방으로 튀었다. 바닥에 퍼진 주리용의 피에서 하얀 김이 피어올랐다.

"부총경리님, 부총경리님!"

주리용의 고개가 맥없이 돌아갔다.

민완주는 어찌할 바를 모르고 주리용의 머리를 바닥에 내려놓고 일어서서 움직이지 않는 주리용을 넋이 빠진 얼굴로 내려다보았다.

"전, 전화……."

민완주는 정신을 차리고 자동차로 달려가 문을 열었다. 그리고는 손에 들고 있던 통장을 집어 던지려다 운전석 매트 밑에 넣고 핸드폰을 들고 나왔다.

"누, 누구한데 전화를 해야 하지? 왕창? 아니야. 그럼 누구한테지? 아, 하필이면 재수 없이 내가 발견하다니."

민완주는 당황하여 아무런 생각이 나질 않았다. 그러다 송신양에게 전화를 했다.

띠리리. 신호는 가는데 전화를 받지 않는다.

마홍량에게 전화를 걸었다. 띠리리. 띠리리. 띠리리.

"왜 이렇게 전화를 안 받아?"

한참 만에 마홍량의 목소리가 들렸다.

"그래, 오바이트는 다 끝났냐?"

마홍량이 장난기 어린 목소리가 핸드폰을 타고 흘러나왔다.

"오바이트가 문제가 아니야. 주리용이 죽었어, 주리용이!"

민완주는 주차장이 떠나가라 소리를 질렀다. 그때 하늘에서 눈이 내리기 시작했다. 오랜만에 보는 큰 송이의 함박눈이었다. 하얗게 김을 뿜던 붉은 피는 어느새 차갑게 굳어 버렸고 그 위에 눈송이가 하나둘씩 내려앉았다. 주리용의 얼굴에는 이미 눈이 수북이 쌓이기 시작했다.

주리용, 그는 그렇게 눈을 감았다. 그것도 자신이 가장 믿고 따르던 양카이더의 손에. 그의 주검 옆에는 그에게 충성을 맹세하던 중국 직원들은 단 한 명도 없었고 아이러니하게도 그가 가장 미워하던 외국인 민완주만 남아 있었다.

주리용은 이제 더 이상 그의 조국 중화인민공화국과 공산당을 위하여 파렴치하고도 악랄한 행동을 할 필요가 없었다. 이제 더 이상 한 사람의 탐관오리를 위하여 마오쩌둥 사상의 구호를 외칠 필요도 없었다. 이렇게 모든 것이 끝난 것이다.

주리용은 방금 전 수없이 칼에 찔렸던 참혹함을 벌써 잊었는지 얼굴이 편안해 보였다. 그의 가슴에 단 마오쩌둥 금배지가 어둠 속에서 유난히 밝게 빛났다. 민완주는 아직도 핸드폰에 대고 술 취한 마홍량에게 소리를 질러가며 상황을 설명하고 있었다. 산해관객잔 주차장은 그때까지 단 한 사람도 지나가지 않았고 하얀 눈만 소리 없이 쌓이고 있었다.

조금 시간이 지난 후에야 산해관객잔으로부터 직원들이 우르르 뛰쳐

나왔다. 봉봉발전소의 신과 같았던 존재 주리용의 주검을 맞이한 직원들의 반응은 가지각색이었다. 도저히 믿을 수 없다는 듯 넋이 나간 얼굴로 바라보는 사람, 얼굴을 가리고 소리 내어 우는 여직원, 병원에 연락하라고 소리치는 사람, 핸드폰으로 공안국에 연락하는 사람……. 병원 앰뷸런스가 현장에 도착하기도 전에 이미 하늘은 주리용의 주검을 하얀 눈으로 완전히 덮어 주었다.

　　주리용이 죽고 난 그 다음 날 새벽, 민완주는 진황도개발구 공안국 조사실에서 취조를 받고 있었다. 테이블을 사이에 두고 한편에는 2명의 공안이 근엄한 얼굴을 하고 있었고 맞은편에는 민완주와 조선족 통역이 초췌한 모습으로 밤을 꼬박 새고 벌써 몇 시간째 공안들의 질문에 대답하고 있었다.
　　"결국 그 시간에 그곳에 있던 사람은 민완주 당신밖에 없잖아?"
　　민완주를 취조하던 공안은 단호하게 물었다.
　　"참 내, 정말 말이 안 통하네요. 제가 몇 번을 말했습니까? 저는 그곳에 차에 두고 온 핸드폰을 가지러 나갔다고요."
　　민완주는 억울함을 호소했다. 사건 정황으로 보아 공안은 당연히 살인사건 현장에 유일하게 있었던 민완주를 의심하였고 민완주는 그 나름대로 신고를 하고도 자신이 용의자로 의심받는 것이 너무나도 억울했다.
　　"민 부장님, 분하시더라도 공안에게 직접 이야기하지 마시고 저에게 한국말로 하세요. 제가 통역할 테니까요."
　　마홍량은 민완주가 취조를 받는 동안 억울한 경우가 없도록 경험 많은 조선족 통역관을 들여보내 중국어 통역을 맡게 했다. 마홍량의 지론은 자국인들도 벌벌 떠는 공안국 조사실에서 민완주가 제아무리 중국어에 능통한 한국인이라 할지라도 말 한마디 잘못하였다가는 바로 철창 신세가 될 수 있으므로 반드시 통역이 있어야 한다는 것이었다.

전날 저녁 동시다발적으로 일어난 살인사건 때문에 송신양 총경리도 공안국으로 불려갔으나 왕쇼보를 죽인 범인을 본 목격자들은 송신양 외에도 몇 명이 더 있으므로 그는 아무런 문제없이 풀려났다. 하지만 민완주의 경우는 달랐다. 그때까지 아무런 목격자도 나타나지 않았고 민완주는 사건 현장에 있던 유일한 사람이었기 때문에 가장 유력한 용의자 선상에 올라 있었다.

새벽 5시 30분. 공안국 조사실 문이 세차게 열리며 진황도개발구 공안국 장미엔(張勔) 부국장이 들어왔다.

"민 부장, 여기서 만나네. 허허."

"어? 장 부국장님!"

민완주는 공안국 장미엔 부국장을 보자 얼굴에 희색이 감돌았다. 그 둘은 잘 아는 사이로 진황도시 탁구 구락부에서 2년 넘게 같이 탁구를 쳐왔다. 안 그래도 민완주는 전날 밤 공안국 조사실로 불려왔을 때부터 장미엔 부국장을 찾았지만 그는 그날 밤 동시에 일어났던 초대형 사건인 중기위 왕쇼보 살인사건 때문에 민완주를 찾아볼 겨를이 없었다.

"이봐, 풀어드려."

"네? 아직 심문도 안 끝났는데……."

민완주 심문을 맡았던 두 공안은 난감해 하며 부국장을 바라보았다.

"야, 이 멍청이들아. 부러진 팔로 어떻게 칼을 휘둘러? 저 사람 왼손잡이란 말이야. 나하고 탁구를 2년 동안 같이 쳤단 말이야."

민완주를 조사하던 공안들은 그의 왼팔을 쳐다보았다. 그리고 각자 왼팔을 휘둘러 보았다. 민완주의 왼팔은 찐따왕이 밀어서 부러진 후 깁스로 단단히 묶여 있었다. 주리용이 칼에 찔린 자리는 전부 오른쪽 옆구리와 복부 쪽이었다.

그러니까 범인은 왼손으로 주리용의 오른쪽 옆구리를 비스듬한 각도에서 찌른 것이었다. 부국장의 이야기는 민완주가 깁스한 왼팔로는 절대로 그런 칼집을 낼 수 없다는 것이었다.

"그리고 이 사건과 왕쇼보 살인사건은 동일범의 짓이야. 방금 전 카이라이호텔 객실 탐문할 때 현장을 목격한 한 투숙객을 찾아냈어. 범인의 인상착의가 왕쇼보 살인범과 완전 일치해. 빨리 이놈을 추적해야 돼."

민완주는 공안국 부국장 덕분에 새벽녘이 되어서야 밤샘 취조를 정리하고 집으로 돌아갈 수 있었다. 집에 도착한 민완주는 깁스 사이에 꽂아놓은 카세트를 살며시 끄집어냈다.

"무슨 내용인지는 모르지만 들키지 않고 잘 가지고 왔군. 일단 잠이나 좀 자고 나중에 듣자."

민완주는 산해관객잔에 주차해 둔 자동차를 빨리 찾아와야겠다고 생각했다. 왜냐하면 그 안에 주리용이 준 통장이 들어 있기 때문이었다.

이틀 후 저녁이 되어 민완주는 주리용의 집에 차려진 그의 빈소를 찾았다. 주리용의 시신은 형사사건이기 때문에 인민병원 영안실에 있었지만 빈소는 여느 중국인 관습대로 집안 응접실에 차려놓았다. 집 안에 들어서니 딸 주리메이와 부인 그리고 친척으로 보이는 한 중년여자만이 주리용의 빈소를 쓸쓸히 지키고 있을 뿐이었다. 봉봉발전소의 다른 직원들은 대부분 이날 오전에 문상을 다녀갔기 때문에 빈소는 조용했다.

민완주는 국화꽃을 영정 앞에 놓고 분향하였다. 영정 속의 주리용의 모습은 금방이라도 화가 폭발할 것은 같은 평소 모습 그대로였다. 민완주는 주리용의 부인과 주리메이에게 간단한 위로의 말을 건네고 주리메이와 둘이서 주리용이 서재로 쓰던 방에 들어가 잠시 이야기를 나눴다.

"너무나도 졸지에 당한 일이라 정말 뭐라고 위로의 말씀을 드려야 할지……."

"잠시나마 민 부장님이 범인으로 오인받아 고생했겠어요."

"아닙니다. 어쨌든 범인을 빨리 잡아 사건의 전말을 밝혀내야 하는데……."

민완주는 호주머니 속의 은행 통장을 만지작거렸다. 그 통장은 주리용이 죽을 때 민완주에게 건네주면서 주리메리에게 주라고 한 것이었다. 하지만 민완주는 그것을 주리메이에게 주어야 하는 것인지 마음의 확신이 서지 않아 이틀 내내 고민하였다. 그것은 주리용이 자기 입으로 말한 것처럼 양카이더의 비자금 10만 위안이었다. 아무리 주리용의 유언이지만 이것을 주리메이에게 준다는 것은 어쨌든 민완주도 검은 돈 사용처의 매개자 역할을 한 셈이 되는 것이었다. 게다가 지금까지 한종민, 송신양, 민완주 그리고 양동관이 바로 주리용과 양카이더에게 당하고만 있었는데 이것을 다시 주리메이에게 준다는 것은 민완주 스스로가 그들의 행위들을 용납하는 꼴이 될 것 같았다.

"아버님이 돌아가시면서 주리메이씨에게 전해 주라는 말씀이 있었어요."

"저에게요? 무슨 말씀인데요?"

주리메이는 궁금해 하였다.

"가라오케에 나가지 말래요."

"……그랬군요."

주리메이는 뭔가를 한참 생각하더니 조용히 입을 열었다.

"저 아버지가 찾아오시던 그날, 황금성 가라오케 그만두었어요. 그리고 사실 어제 발표 났는데 국비유학시험에 합격했어요."

"그래요? 정말 잘됐네요."

"학비만 지급되는데 생활비는 제가 그동안 벌어 놓은 돈 8만 위안으로 충분할 것 같아요. 아버지가 죽지만 않았어도 이 사실을 알려 드리는 건데……."

그녀는 이내 커다란 눈에서 눈물을 뚝뚝 흘리고 아버지의 죽음을 아직까지도 믿을 수 없다는 듯 고개를 설레설레 저었다.

"아마 아버님께서도 저승에서 기뻐하고 계실 겁니다."

그는 비통함에 잠긴 주리메이의 표정을 보니 다시 또 마음이 바뀌어 통장을 그녀에게 줘야 되는 게 아닌가 하는 생각이 들었다. 민완주는 장례가 끝난 다음 주리메이를 따로 만나 건네줘야겠다고 생각했다.

"집에서 아버님은 어떤 분이셨나요?"

"차 한 잔 하실래요? 이제 올 사람도 없는 것 같은데."

"폐가 안 된다면요."

"괜찮아요. 잠깐 앉아 계세요."

그때 친척인 듯한 사람이 빈소를 방문하였다.

"좀 기다리셔야 할 것 같은데……."

"아, 괜찮으니 천천히 들어오세요."

주리메이가 문상객을 맞고 올 동안 민완주는 방 안을 찬찬히 둘러보았다. 주리용의 책상 앞에는 초등학생들처럼 그의 생활계획표가 붙어 있었다.

4시	기상
5시	마오쩌둥 주석 사상집 읽기
6시	주요 일일업무 정리
6시 30분	말하기 연습
7시	산책
8시	출근
8시30분	현장시찰 및 간부정신교육
12시	근무
12시 15분	점심
13시	오침
17시	근무
18시	현장시찰
18시 30분	퇴근

※ 21시 이전 귀가 22시 취침

민완주는 그 생활계획표를 유심히 들여다보았다.

"4시? 빨리도 일어났네. 말하기 연습까지? 그래서 말을 청산유수처럼 했군."

그는 눈을 돌리다 주리용의 책상 위에 있는 노트가 눈에 띄었다. 민완주는 '행동강령 및 실행'이라고 적혀 있는 노트를 펼쳐 보았다.

"막무가내로 행동하는 줄 알았는데 보기와는 다르군."

민완주는 주리용에 대한 의외의 발견이라 생각하고 잠시 내용을 훑어보았다. 첫 번째 페이지에 다음과 같은 내용이 적혀 있었다.

〈꿈을 이루기 위한 나의 신조〉

1. 나의 꿈은 중화인민공화국 공산당 당서기가 되는 것이다.
2. 나는 부하들에게 사랑의 존재가 아니라 두려움의 존재이다.
3. 나는 상사에게 충성을 다한다. 단, 할 이야기는 반드시 한다.
4. 나는 아무도 상관하지 않고 오직 내가 시킨 대로만 행한다.
5. 나는 성공을 위해서라면 기꺼이 찬밥을 먹는다.
6. 나는 항상 정리정돈을 깨끗이 한다.
7. 나는 무엇이든 절약한다.

민완주는 주리용의 노트를 보고 놀라지 않을 수 없었다. 주리용은 외세를 몰아내고 완벽한 중화인민공화국 사회주의 실현을 위하여 마음에 안 드는 사람들을 괴롭히며, 목적 달성을 위해서는 수단과 방법을 가리지 않는 그런 국수주의자로 알았는데, 이렇게 규칙적인 생활과 자기관리를 철저히 해왔던 사람이었다는 사실이 민완주에게는 적잖은 충격이었다.

민완주는 주리용이 이런 원칙과 자기관리의 규율이 있었기에 남과 다르게 행동할 수 있었다는 것을 깨달았다.

'청화대학을 거저 들어간 것이 아니었구나.'

민완주는 가만히 생각해 보았다. 주리용은 비열하고 치사하긴 했지만 어떻게 생각하면 순진한 면도 많은 사람이었다. 술집을 악의 근원으로 생각하고 근처에도 가지 않으려 했고 담배나 술은 일체 입에 대지도 않았으며 회사에서도 늘 주위를 깨끗이 하여 자기 책상도 자신이 직접 걸레를 들고 닦곤 하였다. 그가 아는 노래라고는 〈인민해방군가〉 같은 군가밖에 없었고 외국 사람 알기를 우습게 알고 중국에 대한 자부심이 매우 강한 그런 사람이었다. 예전에 마홍량이 민완주에게 이렇게 말한 적이 있었다.

"주리용 저 작자는 중국 사람 일억 명에 한 명 나올까 말까 하는 아주 특이한 놈이야. 중국인들이 다 저렇다고 오해하면 안 돼."

지금 생각하니 그 말에 일리가 있었다.

"주리용이 좀 더 살았으면 정말 중국 공산당에서 뭐 하나 했겠는데."

민완주는 중얼거렸다. 그는 주리용이 살아 있을 때 전혀 느끼지 못하였던 새로운 면을 발견하고는 노트를 덮었다. 그때 주리메이가 아까보다는 밝은 얼굴로 나타났다.

"많이 기다렸지요?"

"아니요."

"아버지의 노트를 보셨군요?"

주리메이는 민완주의 손에 들려 있는 노트를 보았다.

"아, 죄송합니다. 그냥 한번 둘러보다가 여기 있어서 그만……."

"아니에요, 괜찮아요. 아버님은 자기관리가 매우 철저한 분이셨어요. 사실 저도 그런 면에서 아버지의 피를 물려받은 것 같지만요."

주리메이는 민완주에게 차를 건네주면서 잠시 아버지에 대한 이야기를 해주었다.

그녀의 이야기는 아버지 주리용의 고등학교 시절로 거슬러 올라갔다. 주리용은 북경과 진황도 사이의 '랑팡(廊坊)'이라는 시골에서 태어났다. 가난한 집안에서 태어난 주리용은 오남매 중 둘째였는데 나중에 모두 성장하고 나서도 주리용만 빼고는 전부 시골에 살 정도로 가난한 빈농 계급 출신이었다. 집은 가난했지만 주리용은 총명하여 초등학교에 입학하자마자 두각을 나타내기 시작했다. 주리용은 암기력이 뛰어나 마르크스·레닌주의나 마오쩌둥 사상에 관련된 글들은 어렸을 때부터 죄다 외우고 다녔다. 또한 고집이 매우 강하고 남에게 지기 싫어했다. 이러한 강한 경쟁의식으로 인해 마오쩌둥 사상의 실천에 누구보다도 앞장선 절대적 신봉자가 되었다.

마오쩌둥 사상은 마르크스·레닌주의에 입각하고 있으나, 근본적으로는 중국 현실에 기초한 독자성을 지니고 있고, 특히 중국을 외국 세력으로부터 지켜내려는 민족주의적 성향이 강하다. 또한 마오쩌둥 사상은 지나치게 과격하고 경제 부문에 대해 상당히 무관심한 면이 있다. 결국 이러한 마오쩌둥 사상의 특징들이 한 사람의 평생 성격이 형성되는 사춘기 시절 주리용에게 아주 깊숙이 파고들게 된 것이었다.

그는 생활 속에서 철저하게 마오쩌둥 사상을 실천하려 힘썼고 누가 당의 지시나 마오쩌둥 사상에 벗어나는 발언을 하면 살인 충동까지 느끼는 과격한 성격으로 바뀌게 되었다.

주리용의 고등학교 시절은 마오쩌둥 주석이 문화혁명을 한창 진행하여 정국이 어수선하고 누구 하나 정부에 대하여 이러쿵저러쿵 군소리조차 못하던 시절이었다. 특히 중국이 극심한 흉년을 치르고 나서 '만토우(饅斗)'라고 하는 빵도 배급받기가 쉽지 않았다.

그 당시 주리용의 큰 아버지가 랑팡시 공회 후근 주임을 맡아 한동안 빵 배급을 도맡았다. 그때 큰아버지가 인민들에게 나누어줄 빵을 뒤로 돌려 밀거래한 것이 적발되어 동네가 발칵 뒤집혔다.

그런데 큰아버지의 부정행위를 고발한 사람이 바로 주리용이었다. 주리용은 그 덕택에 청화대학교에 하북성 빈농계급 대표로 입학할 수 있었다. 어느 날 큰아버지가 주리용 집에 놀러와 술 한잔 하면서 아버지에게 그런 이야기를 하였는데 주리용은 그 길로 당장 큰 아버지를 신고하였고 결국 큰아버지는 사형을 선고받아 형장의 이슬로 사라지고 아버지 역시 충격을 받아 3년 후 잇따라 죽고 말았다.

주리메이는 그 이외에도 주리용에 관한 몇 가지 지난 일을 민완주에게 해주었는데 민완주는 그 이야기를 들으면서 주리용이라는 자의 진면모에 대해 비로소 이해할 수 있었다. 그녀는 자기의 아버지를 미화하지도 깎아내리지도 않고 아주 객관적으로 잘 분석하고 있었다. 민완주는 주리메이가 유학을 갈 만큼 굉장히 똑똑한 여자라고 생각했다. 민완주는 처음이자 마지막으로 찾아간 주리용 집에서 돌아오는 길에 그에 대하여 다시 한 번 곰곰이 생각해 보았다.

"주리용은 꿈을 이루기 위하여 자신의 모든 것을 바쳐온 사람이었군. 하지만 적을 너무 많이 만들었어. 그나저나 범인은 누구지? 주리용이 죽을 때 나한테 양카이더가 자기를 죽인 것이라고 했는데. 그걸 공안국에다 이야기해야 하나? 증거도 없이 이야기했다가는 내가 지어낸 이야기로 오해받기 십상인데……."

민완주는 밤하늘에 반짝이는 별을 올려다보았다.

집으로 돌아온 민완주는 책상에 앉아 담배를 한 대 피웠다.

"콜록, 콜록."

마른기침이 나왔다.

"아유, 나도 이제 담배를 끊든지 해야지, 원."

민완주는 담배를 두어 모금 빨더니 이내 재떨이에 비벼 껐다. 그리고는 책상 서랍에서 수처리과 안더롱이 준 카세트테이프를 꺼냈다. 그리고 하품을 크게 하며 기지개를 켰다.

"아아, 피곤하다. 내일 들을까?"

민완주는 테이프를 만지작거리다 카세트플레이어에 집어넣고 플레이 버튼을 눌렀다. 졸린 눈으로 별 생각 없이 테이프를 듣고 있던 민완주는 테이프에서 흘러나오는 충격적인 내용에 찬물이라도 뒤집어쓴 듯 정신이 번쩍 들었다. 테이프의 내용은 다름 아닌 죽은 주리용과 북경 중기위 왕쇼보 부과장과의 전화통화 내용이었다. 안더룽이 민완주에게 준 그 테이프에는 그 두 살인사건의 결정적인 증거가 담겨 있던 것이었다. 민완주는 흥분했다. 다시 테이프를 되감아 플레이 버튼을 눌렀다.

"그래, 어차피 나도 각오하고 하는 일이야. 물증은 확실해. 네가 오기만 하면 바로 잡을 수 있을 거야."

"알았어. 물증만 확실하다면 이건 큰 건수야. 양카이더 이번엔 제대로 걸려들었어. 안 그래도 여러 번 거론됐던 놈이야. 옛날에 너희 회사에 한 뭐라고 하는 한국인 있었지? 역시 한국 놈들은 웃기는 사람들이야. 그 사람이 그때 양카이더에 대해서 직접 장쩌민 주석 앞으로 투서했잖아. 그동안 쉬쉬하고 있었지만 사실 우리 부에서 계속 양카이더를 추적 감시하고 있었어."

찰칵.

민완주는 놀란 눈으로 카세트플레이어를 응시했다. 방금 전에 들은 테이프는 필시 지난번 안더룽이 교환대에 설치되었다고 주장한 도청장치로 녹음된 것임에 틀림없었다.

"누가 녹음을 하였는지 나중에 안더룽에게 물어보면 알 수 있는 것이고…… 좌우간 이것은 엄청난 사건이야. 그럼 주리용과 왕쇼보는 원래 아는 사이였고 둘이서 양카이더를 밀고하려고 하였는데…… 양카이더가 이를 먼저 알고 이 두 사람을 죽여 버린……?"

민완주는 허벅지를 내리쳤다.

"틀림없어. 공안국 장 국장도 이것은 동일범의 짓이라고 했어. 그럼 결국 주리용의 살해자는 양카이더?"

민완주는 담배를 한 대 물고 테이프를 처음부터 또다시 들었다.

"맞아, 범인은 양카이더야. 오, 이런 세상에! 이건 미친 짓이야!"

민완주는 그날 밤 잠을 이룰 수 없었다. 공안국에서도 못 찾고 있는 살인범의 배후에 대한 너무나도 명백한 증거가 자기 손안에 있기 때문이었다.

다음 날 민완주는 황급히 안더롱을 찾아 테이프의 출처에 대하여 물었더니 예상했던 대로 안더롱은 전화교환기실 한구석에 팽개쳐 놓은 도청장치를 발견하고 이를 주리용 전화기 단자에 물려놓았는데 우연히도 그 무서운 사실을 녹음하게 되었다고 솔직히 말하였다. 그리고 그날 살인사건이 일어난 후 그 배후 범인이 누구라는 것도 확신이 간다는 것이었다.

하지만 이 사실은 누구에게도 말할 수 없는 비밀이었기 때문에 혼자 끙끙 앓고 있었는데 이렇게 민완주 부장에게 털어놓게 되니까 한결 마음이 가벼워진 것 같다고 하였다. 그리고 안더롱은 민완주에게 조만간에 봉봉발전소를 그만두고 흑룡강성 무단장으로 갈 것이라고 하였다. 예전에 다니던 발전소에서 그를 다시 찾는다는 것이었다. 그것은 안더롱으로서는 아주 잘된 일이었다. 민완주는 안더롱과 이야기를 나눈 후 주리용을 죽인 이는 틀림없이 양카이더라는 확신을 가졌다. 그리고 민완주는 마음속에서 무엇인가 꿈틀거리기 시작함을 느꼈다.

그것은 지난 3년 동안 자기를 괴롭혀 왔던 양카이더에 대한 복수심이었고 더 근본적인 것은 악의 세력을 깨뜨리고 싶은 불타는 정의감이었다.

민완주는 주리용이 봉봉발전소의 한국인들을 괴롭힐 때, 그들을 그저 수준 떨어지고 악질적인 중국인이라 생각하고 매일같이 속만 부글부글 끓여왔었다. 하지만 민완주가 예전에 생각했던 것과는 달리 주리용은 어렸을 적부터 마오쩌둥 사상에 외골수로 심취한 나머지 사고방식과 성격이 너무 국수주의자로 흘렀을 뿐이지, 사실 근검절약하면서 부지런히 살려고 했던 사람이었음을 깨달았다.

하지만 양카이더는 달랐다. 그 사람이야말로 부정부패를 일삼는 악의 근원이었다. 양카이더는 오직 자신의 권력욕과 금욕을 위하여 가장 측근에 있던 사람도 그런 식으로 간단히 죽여버리는 인물이었다. 게다가 중앙정부 부패척결의 선봉인 중국공산당중앙기율검사위원회에서 조사 나온 공무원까지 죽인다는 것은 어느 누구도 감히 상상하지 못할 일이었다.

"양카이더야말로 중국 사회에서 진정으로 사라져야 할 악의 세력이야."

민완주는 양카이더의 비인간적인 만행을 생각하니 온몸에 소름이 끼쳤다. 그는 주리용이라는 극렬 국수주의자를 외국합작회사에 보내 자신의 권력 유지와 금품 갈취를 위하여 실컷 이용하다가 결국 필요 없게 되니 가차 없이 죽여 버렸다. 그런 양카이더야말로 오늘날 중국 사회에서 준엄한 법의 심판을 받아야 할 대상이었다.

민완주는 파도처럼 밀려오는 분노와 씨름한 지 사흘 만에 중대한 결단을 내렸다. 그것은 민완주가 지금까지 중국 진황도라는 곳에 파견 나와 생활하면서 주리용과 양카이더에 대하여 아는 모든 일들 그리고 마지막 살인사건에 대하여 상세히 기술하여 그 편지를 중국 국가 주석 앞으로 보내는 것이었다.

민완주는 처음에 그 편지를 작성하여 진황도개발구 공안국 부국장 장미엔에게 주려고 생각하였으나 곧 마음을 바꿨다. 양카이더가 황제로 군림하고 있는 진황도개발구에서 공안국 부국장도 한낱 그의 하수인에 불과하기 때문에, 그렇게 하는 것은 더 큰 화만 불러일으키는 짓이라고 판단했다. 그러다가 다시 편지를 중국공산당중앙기율검사위원회로 보낼까도 생각해 봤었는데 중기위 부과장을 칼로 찔러 죽일 정도의 대담성을 보이는 양카이더라면 혹시 중기위 내부에 누군가 그와 대단한 꾸안시(關係)를 맺고 있을지 모르기 때문에 잘못하면 자신의 편지가 효력도 발휘하기도 전에 오히려 자신의 입장이 위험하게 될 수도 있다고 판단하였다.

결국 민완주도 무모한 짓처럼 보였지만 한종민과 같이 중국 국가 주석 앞으로 편지를 보내야겠다는 결심을 하게 되었다. 물론 그 편지가 국가 주석 앞으로 직접 배달될지는 불투명한 일이었지만 그래도 분명 관계기관으로 공명정대한 명령이 하달될 것이라는 확신을 가졌다.

"나도 한 총경리님을 뒤따르는군."

민완주는 깨끗한 편지지를 펴고 중국어 사전을 찾아가면서 장문의 편지를 쓰기 시작했다. 또한 유언을 남긴 주리용에게는 미안하게 되었지만 양카이더의 비자금 통장도 증거물로 도청테이프와 함께 국가 주석 앞으로 보내기로 마음먹었다. 그렇게 하는 것이 지금까지 양카이더에게 당한 한종민, 송신양, 양동관 그리고 민완주 자신에 대한 자존심을 만회할 수 있는 유일한 길이라 판단하였다.

그리고 민완주는 한국 본사 인사부장 앞으로도 한 통의 편지를 썼다. 몸이 안 좋아 중국 현지 근무를 그만두고 한국에 들어가 지방 지사에서 일하고 싶다는 편지였다. 두 통의 편지를 보내고 난 일주일 후 본사 인사부장으로부터 연락이 왔다. 민완주는 중국에 있는 동안 만성위염과 담낭염이 생겨 한국에 돌아가 제대로 치료도 받고 싶다고 이야기했다. 결국 본사에서는 민완주의 신청을 받아들여 두 달 후 민완주의 대학 중문과 후배 오자룡이 있는 당진지사로 복귀하고 오자룡이 민완주 대신 중국으로 파견 나가는 것으로 결정되었다.

민완주가 편지를 보낸 지 정확히 10일 후, 북경 모처로부터 관계자가 나와 민완주를 비밀리에 접촉하였다. 중국 최고 권력자 비서실의 명을 받고 내려온 비밀요원은 민완주를 만나 사건 전말에 대한 자초지종을 듣게 되었다. 안 그래도 국무원에서는 중기위 중견간부가 진황도에서, 그것도 양카이더가 있는 자리에서 의문의 피살사건을 당했다는 소식을 듣고 진황도시를 곱지 않은 눈으로 바라보고 있었는데 우연찮게 민완주로부터 그런 충격적인 증거물을 제공받아 주리용과 중기위 왕쇼보 살인사건 해결의 일대 전기를 맞게 된 것이었다.

"민완주 씨, 이것은 우리에게 결정적인 제보입니다. 하지만 중국인들은 무서운 사람들입니다. 곧 진황도에 거대한 폭풍이 불어닥칠 것이고 이로 인하여 당신에 대한 보복이 걱정되니 그 이전에 한국으로 돌아가시는 것이 좋겠습니다."

"안 그래도 복귀할 예정입니다."

그는 민완주의 안전을 걱정하여 충고의 말을 해주었다. 그 요원이 돌아가고 일주일 후, 진황도에는 수천 년이 지나 다시 한 번 진시황의 망령이 되살아났다. 인간 세상에서는 수천 년이지만 영혼의 세상에서는 불과 며칠일지도 모른다. 되살아난 진시황의 혼백은 그 무시무시한 기운으로 수많은 목숨들을 불러들일 준비를 하고 있었다. 국가 주석의 공식적인 명령으로 진황도시 모든 관공서에 대한 일제 감사가 착수되었다. 게다가 전국 공안국에 주리용, 왕쇼보 사건 범인 체포에 대한 비상 명령을 내린 결과, 흑룡강성 치치하얼에서 어슬렁거리던 이피랑이 공안에 붙잡혔다. 결국 주리용과 왕쇼보 살인사건의 전말이 만천하에 드러나고 만 것이다. 조사 결과 예상했던 대로 양카이더가 이 모든 살인사건의 주모자였다. 민완주는 혹시나 했었는데 양카이더의 지령을 받고 행동에 옮긴 것은 역시 그의 행동대장 왕창이란 사실도 밝혀졌다.

중기위에서 특별 감사를 내려온 100명에 가까운 요원들이 진황도시를 완전 뒤집어 놓았고, 북경으로 체포되어 가는 공직자, 당직자 및 관련 기업가들이 날마다 줄을 이었다. 이것은 아마도 중화인민공화국 정부 수립 이후 사상 최대의 부정부패 척결 작전이었을 것이다. 중국 정부는 이를 통하여 정부의 투명성과 개혁의지를 만천하에 확실하게 보여주었다.

또한 지금까지 외국으로부터 투자를 유치한 후, 공공연하게 외국인들을 몰아내고 합자·합작 사업을 중국인이 독차지하는 것이 중국을 위하는 길로만 생각하는 일부 지도자들의 전근대적인 사고방식을 과감하게 바꿔보자는 의지를 보여준 것이기도 하다. 그러한 사고방식은 마오쩌둥의 사상 중에서 여전히 민족주의적 사상만을 강조하고 추앙하는 일부 지도자층에서 두드러지게 나타나는 사고방식이었다. 이들이 바로 문화혁명 시절 혁명대열의 선봉에 섰던 홍위병이었으며 오늘날 극좌파 사회주의자들이었다. 주리용도 그중 한 명인 셈이다.

중앙정부의 현명한 지도자들은 남의 나라가 투자한 돈을 억지 방법으로 착취하려는 구태의연한 사고방식을 가지고서는 더 이상 중국이란 나라가 세계 경제 무대에서 존재할 수 없다는 것을 잘 알고 있었다. 결국 거기에 진황도가 제물이 된 셈이었다. 국내외 신문들이 진황도 사건을 연일 대서특필하였다. 다행히 중앙정부 관계자의 배려로 결정적인 정보를 제공한 민완주에 대한 언급은 어느 언론에도 보도되지 않았다.

　　진황도의 대대적인 조사가 진행된 지 한 달 반만에 양카이더에게 사형이 선고되었다. 덤으로 그의 하수인 왕창도 양카이더를 따라 목을 내놔야 했다. 정말 번개처럼 속전속결로 이루어진 재판이었다.

　　민완주가 한국으로 떠나기 이틀 전, 민완주의 가족은 이미 이삿짐을 한국으로 보내고 꿈에 그리던 고국으로 돌아갈 날만을 손꼽아 기다렸다.

　　"흠, 이제 내 핸드폰도 중지시켜야겠구나. 나 아침밥 먹고 130렌통(連通)에 가서 전화 끊고 보증금 받아올게."

　　민완주는 아침밥을 먹으면서 아내에게 이야기했다.

　　"핸드폰 등록이 마홍량 부장 명의로 되어 있지 않나요?"

　　당시 중국에서는 외국인 명의로 핸드폰을 개통할 수가 없었다. 그래서 핸드폰을 쓰려면 반드시 중국인 명의로 개통하여야 했다.

　　"음, 마홍량에게 연락해서 같이 가야 돼."

　　민완주가 아침 8시 30분쯤 렌통통신회사 앞에 도착하니 완전히 북새통이었다. 날마다 그곳에서는 아침장이 서기 때문에 찬거리를 사로 나온 사람과 출근하는 사람들이 길거리 포장마차에서 아침식사를 해결하려고 와자지껄하였다. 아침은 주로 양탕(洋湯), 고기전병, 면 종류인데 노점상에서 파는 면 종류는 정말 많다. 사천성 연면(燃面), 단단면(担担面), 동북 삼성의 매운 소고기면(麻辣牛肉面), 하남성 회면(烩面), 면발을 칼로 무채 썰 듯하는 산서성 도삭면(刀削面) 그리고 가장 많이 팔리는 란주(兰州) 라면(拉面) 등등 그 가짓수가 부지기수이다.

중국은 보통 여덟 시까지 출근이기 때문에 그 시간에는 이미 큰물이 빠져나가지만 이날은 무슨 일인지 아직 많은 사람들이 길거리 노점상에서 아침식사를 하고 있었다. 130렌통통신회사는 한국의 SK나 KT와 같은 중국 굴지의 통신회사로 각 도시마다 지사가 있고 그곳은 언제나 전화요금을 지불하러 오는 사람들로 가득하였다.

"이 사람들 오늘 문 안 열려고 그러나?"

개점 시간이 5분이 지났는데 아직 문을 열지 않자, 민완주는 시계를 들여다보며 중얼거렸다.

"어이, 민 부장. 이리 와봐, 이리!"

그때 마홍량이 길거리 노점상에서 막 아침식사를 마치고 이를 쑤시며 계단을 올라오고 있었다.

"오늘 문 안 여는 거 아니야?"

민완주는 널따란 계단 한복판을 씩씩거리면서 올라오는 마홍량에게 소리쳤다.

"아마 그럴 거야. 조금 있으면 이곳에 아주 재밌는 구경거리가 있으니 아마도 그거 지나가고 열 것 같은데. 끄윽."

마홍량은 큰 소리로 트림을 하면서 민완주더러 내려오라고 손짓하였다.

"무슨 구경거리인데?"

"보면 알아. 이 사람들 모두 그거 구경하려고 나온 거야."

마홍량은 웃기만 하고 무슨 구경거리인지 가르쳐주지 않았다. 민완주도 더 이상 묻지 않았다. 얼마 후, 큰 길 멀리서 무장경찰(武裝警察) 트럭두 대가 나타났다. 그것을 본 군중은 일제히 함성을 질렀다. 우우우.

무장경찰. 정식 명칭은 중국 인민무장경찰부대이고 보통 무경(武警)이라고 부른다. 이들은 인민해방군 산하 조직이나 육·해·공군과는 또 다른 별도 독립조직이다. 군사조직이지만 평상시 공안국과 같이 경찰 업무도 병행하고 유사시에는 군사력으로 활용된다. 다른 나라의 경찰과는 엄연히 다르다. 굳이 한국에 비교하자면 헌병부대와 비교할 수 있겠다. 왜냐하면 국가 규율과 군기에 관련된 업무도 보지만 민간 치안도 담당하기 때문이다.

"아니, 대체 저게 뭔데?"

"가까이 오거든 잘 봐."

마홍량이 멀리서 다가오는 트럭에서 눈을 떼지 않고 말했다. 민완주는 시속 20여 킬로미터의 매우 느린 속도로 다가오는 무장경찰 트럭 위를 뚫어져라 바라보았다. 어느 초췌한 얼굴의 남자가 정면을 보고 있었고 그 옆에 총을 든 무장경찰 두 사람이 서 있었다. 그리고 트럭 측면 쪽으로 완전무장한 무장경찰들이 보도 쪽을 바라보고 줄을 서 있었다. 뒤쪽의 트럭도 마찬가지였다. 그런데 뒤 트럭에는 앞쪽을 바라보고 있는 이가 훨씬 많았다. 서너 명은 되어 보였다. 트럭은 점점 사람들이 운집해 있는 렌통통신회사 앞 광장 쪽으로 나아오고 있었다.

그제야 트럭 위에 있는 사람들을 정확히 볼 수 있었다.

"아, 아니, 저 사람은…… 양카이더 주임?"

민완주는 놀란 눈으로 트럭 위에 탄 사람을 바라보았다. 거기에는 양카이더가 죄수복을 입고 밧줄에 꽁꽁 묶인 채 양옆의 무장경찰들에게 팔을 단단히 잡혀 있었다.

"맞아, 양카이더야. 그 유명한 진황도 주임 양카이더."

마홍량은 트럭에서 눈을 떼지 않고 말했다. 뒤쪽 트럭에 탄 사람도 확인할 수 있었다.

"아니, 왕, 왕창?"

뒤 트럭에는 왕창이 양카이더와 같은 모양으로 밧줄에 단단히 묶인 채 서 있었다. 나머지 두 사람은 아마도 왕창의 조직 패거리들 같은데 민완주가 모르는 사람들이었다.

트럭은 잠시 군중이 운집해 있는 광장 앞에 멈췄다. 양카이더의 얼굴은 말이 아니었다. 그 화려했던 지난날의 영광은 얼굴 어느 구석에서도 찾아볼 수 없었고 넋 빠진 눈으로 정면만 바라보고 있었다.

왕창이 고개를 자꾸 떨어뜨리니 옆에 있던 군인이 뭐라고 하는 것 같았다. 그러면 왕창은 고개를 다시 들곤 하였는데 그의 눈이 부어 있는 것이 울고 있는 것 같았다.

"잘 봐, 지금 사형 집행하러 가는 거야. 중국에서는 사형시키기 전에 사형시킬 사람들 저렇게 차에 태워 시내를 한 바퀴 돌아."

"아니 그렇게 빨리 집행해?"

"당연하지, 중국이 뭐 만만디인 줄 알아? 이런 것은 너희 말대로 빨리 빨리야."

그때 누군가 뒤쪽에서 크게 소리 질렀다.

"야, 이 인민의 피를 빨아먹은 버러지 같은 놈! 너 같은 놈이 없어져야 우리나라가 발전한다. 빨리 사라져라!"

그 소리를 듣고 이쪽저쪽에서 욕지거리를 마구 퍼부었다.

"나쁜 놈의 탐관오리, 죽여라."

"이 자리에서 총살시켜라."

광장은 순식간에 군중들이 외치는 함성으로 뒤덮였다. 민완주와 마홍량은 아무 말 없이 담담하게 그 모습을 바라보았다.

그때였다. 군중 속에서 누군가 양카이더를 향하여 날계란을 던졌는데 그것이 빗나가 양카이더가 맞지 않고 그 옆에 있던 호위병 철모에맞아 보기 좋게 박살이 났다.

순간 광장은 찬물을 끼얹은 듯 조용해졌다.

"누구냐?"

트럭 위에 타고 있던 장교가 군중을 향하여 소리쳤다. 아무도 대답이 없었다.

"어떤 놈인지 빨리 나와."

장교는 쩌렁쩌렁한 목소리로 광장이 떠나갈 듯 소리쳤다. 그때 민완주로부터 얼마 안 떨어진 곳에서 어떤 남자가 소리쳤다.

"머리 맞았다! 머리! 나는 자랑스러운 홍위병이다. 내가 반역자를 맞혔다고!"

모든 사람들이 소리 나는 쪽을 일제히 쳐다보았다. 거기에는 다 떨어진 옷을 걸치고 족히 한 달은 씻지 않은 듯 꾀죄죄하기 이를 데 없는 남자가 연신 뭐라고 중얼거리고 있었다.

"당신 이리 나와 봐."

트럭 위의 장교는 지휘봉으로 그 사람을 가리켰다. 하지만 그 남자는 들은 척도 않고 혼자서 뭐라고 계속 중얼거리고 있었다.

"저 사람, 미친 사람이에요. 매일 시내에 나와 저렇게 소리치고 다닙니다."

"맞아요. 아무한테나 돌 던지고 그래요."

군중 속에 있던 사람들이 말했다. 장교는 인상을 한 번 쓰더니 운전 석을 향하여 소리쳤다.

"출발!"

장교의 명령에 두 대의 트럭은 다시 앞으로 전진했다. 양카이더와 왕 창이 서서히 시야에서 멀어져 갔다. 왕창은 고개를 떨어트리고 계속 흐 느끼는 것 같았다. 민완주는 트럭의 뒷모습을 멍하니 바라보았다.

양카이더. 시골 발전소의 석탄반 노동자에서 일약 진황도개발구 주임 까지 벼락출세한 양카이더. 그의 꿈은 아마도 부와 권력을 손아귀에 쥐 고 멋지게 살아보는 것이었을 것이다. 한동안은 자신의 꿈이 다 이루어 진 양 온갖 권력을 휘두르고 다녔겠지만 결국 그는 저렇게 형장의 이슬 로 사라져 갔다. 몇 시간 후면 그는 어느 비천한 삶으로 다시 태어나 또 다시 음모에 가득 찬 야망을 꿈꿀지 모르지만 어쨌든 이것이 그의 이생 에서 꾼 꿈의 종착역이 되고 말았다.

"우리 어디 가서 술 한잔 할까? 기분 영 더러운데."

마홍량이 호주머니에 손을 푹 쑤셔넣고 어깨를 구부린 채 말했다. 민 완주는 마홍량의 말을 들었는지 못 들었는지 고개도 돌리지 않고 한참 동안 트럭의 뒷모습을 바라보다가 마침내 마홍량을 바라보았다.

"그래, 아무래도 그래야겠다. 송 총경리님도 부르자. 내가 핸드폰 보증 금 찾아서 그걸로 한잔 살 테니까. 그런데 아침에 어느 술집이 문을 열 었겠어?"

"술집? 우리 집으로 가."

"나야 내일 한국 가니까 괜찮지만, 너는 회사 어떡하고?"

"내가 무슨 말단 사원이야? 앞으로 내가 발전소에서 부총경리가 될지 누가 알겠어?"

둘은 렌퉁통신회사 돌계단을 한 발 한 발 걸어 올라갔다. 트럭이 떠나고 난 이후 그 많던 사람들은 어느새 모두 사라지고 텅 빈 광장만 남았다. 하지만 방금 전 계란을 던져 분위기를 일시에 썰렁하게 만들었던 그 정신병자는 혼자 광장에 남아 아직도 연신 뭐라고 중얼거리고 있었다.

"내가 그 반역자를 죽였어. 하하. 나는 자랑스러운 홍위병이다. 반역자들은 죽어야 돼. 다 죽여 버려야 해."

주리용과 양카이더

2013년 홍콩 소더비 경매에서 중국 현대미술가 쩡판즈(曾梵志)가 그린 〈최후의 만찬〉이란 작품이 자그마치 250억 원에 낙찰되었다. 레오나르도 다빈치의 〈최후의 만찬〉을 패러디한 이 그림은 1990년대 중국 경제 개혁 시기 중국의 사회상을 묘사하고 있다. 쩡판즈의 그림을 살펴보면 가면을 쓰고 초등학교 교복을 입은 13명이 레오나르도 다빈치의 〈최후의 만찬〉과 똑같은 포즈를 취하고 있는데 이 중 붉은 삼각건을 맨 자들은 공산당원을 상징하고, 오직 한 사람, 노란 넥타이를 맨 자는 가룟 유다로서 그는 돈만 밝히는 탐관오리를 상징한다. 결국 자본주의 수박(西瓜, 서양 과일)을 맛본 중국 지도부 중 탐관오리는 돈 몇 푼에 사회주의 정통성을 팔아넘긴다. 이것이 1990년대 사회주의에서 자본주의로 급격히 이동하던 시절, 중국의 자화상이다.

이 소설은 이 시절 어느 중외(中外)합작기업을 통하여 본 중국의 '최후의 만찬'을 소개한 작품이다. 소설에 나오는 주리용(朱力勇)은 붉은 삼각건을 매고 중국 공산당과 마오쩌둥 사상의 정통성을 지키려는 사회주의 극좌파이고, 양카이더(楊開德)는 노란 넥타이를 매고 끝없이 돈을 거둬들이는 탐관오리이다.

중국 이야기를 하다 보면 종종 '중국에서 사업을 하면 중국인들이 다 빼먹고 회사 거덜 난다'는 이야기를 듣곤 한다. 실제로 이러한 일들은 그동안 빈번하게 일어났고 필자 역시 중국에서 이러한 경험을 적잖게 하였다.

중국인들이 중국에 들어온 외국 기업에 대하여 중국화 하려는 행동은 그 역사가 상당히 오래됐다. 그것은 100여 년 전 영국이 홍콩을 지배하던 시절부터 시작한다. 중화사상(中華思想)이 강한 중국인들은 영국 기업으로부터 노동력 착취를 당하는 것을 참을 수 없어, 영국은 자본만 제공하고 판매(賣)와 관리(辦)는 중국인이 맡는 매판(賣辦)기업을 탄생시켰다. 이는 국민당 시절 관료자본기업으로, 마오쩌둥 공산당 시절 민족기업으로, 현재에 이르러 중외합자·합작기업으로 승화된 것이다. 그러니 1990년대 중국에 투자한 중외합작기업 내에는 중화(中華)를 위하여 만리(萬里)를 뛰어도 지치지 않는 홍위병 지도자들이 적잖게 존재하였다. 이들은 중화인민공화국의 정신적 기초가 되고 있는 마오쩌둥 사상이야말로 외세로부터 중국을 지킬 수 있는 유일한 길이라고 믿는 민족주의자들이다. 이러한 마오쩌둥의 사상 중에서 민족주의적 요소만 강조하는 일부 지도자층은 문화혁명 시절 혁명 대열의 선봉에 섰던 홍위병이었으며 경제개혁 시기에는 극좌파 사회주의자였다.

요즘 중국에서는 또 다른 형태의 중화사상이 이어지고 있다. 삼성, 애플, 구글, 폭스바겐, 스타벅스 등 중국 내에서 많은 매출을 올리고 있는 외국 기업들을 대상으로 관영매체에서 그들의 잘못된 점에 대하여 집중 보도한다. 그러면 중국 정부에서 이에 대한 조사에 착수하여 영업 중지, 중과세 등 관련 조치를 취하여 이들을 직간접적으로 통제하고 있다. 이처럼 자국에 진출한 외국 기업에 대한 중국인들의 중화사상은 어떤 형태로든 끊임없이 작용하고 있다.

중국은 이제 G2를 뛰어넘어 세계 최강의 경제대국 G1을 향하여 힘차게 뛰어가고 있으며, 세계 각국 기업들은 14억 인구의 세계 최대 중국 내수시장에 진출하려고 면밀히 준비하고 있다. 중국의 비즈니스 세계를 이해하기 위해서는 이들이 사회주의에서 자본주의로 넘어가는 현대사의 변곡점이 되었던 1990년대 중국 기업을 이해하는 것이 무엇보다 중요하다.

'과거는 미래에 대한 가장 좋은 예언'이라는 바이런의 말처럼 이 시기 중국 공산주의 극좌파가 벌이는 중화사상 이야기가 중국에 진출하려는 기업과 중국에 도전하려는 젊은이들의 눈을 뜨게 해주는 타산지석이 되었으면 한다.

2014년 3월
김영우